How to Marry
a Millionaire Vampire
by Kerrelyn Sparks

くちづけはいつも闇の中

ケリリン・スパークス
白木智子［訳］

ライムブックス

くちづけはいつも闇の中

主要登場人物

シャナ・ウィーラン……………………歯科医
ローマン・ドラガネスティ……………〈ロマテック・インダストリー〉社長。科学者
グレゴリ・ホルスタイン………………〈ロマテック・インダストリー〉副社長
ラディンカ・ホルスタイン……………グレゴリの母親。ローマンの秘書
ラズロ・ヴェスト………………………〈ロマテック・インダストリー〉の化学者
アンガス・マッケイ……………………警備会社社長
ジャン＝リュック・エシャルプ………デザイナー
コナー……………………………………警備員
ショーン・ダーモット・ウィーラン……シャナの父親
イワン・ペトロフスキー………………ローマンの宿敵

1

ローマン・ドラガネスティは、誰かが自宅のオフィスに音もなく入ってきたことに気がついた。敵か、それとも親しい友人か。友人のほうだな、と彼は思った。敵がここまで来られるとは考えられない。マンハッタンのアッパー・イースト・サイドにあるこのタウンハウスは、すべての出入口に警備員が目を光らせているのだ。それだけでなく、五階あるフロアのそれぞれにも警備員が配置されていた。

ローマンには優れた暗視能力があるので、おそらく招かれざる客よりも彼のほうがよく見えているに違いない。黒い人影がルイ一六世様式のチェストにつまずいて小さく悪態をつくのが聞こえ、ローマンは確信を強めた。

グレゴリ・ホルスタインだ。どちらかといえば困った友人だが、友人には違いない。〈ロマテック・インダストリー〉のマーケティング担当副社長である彼は、どんな問題にも尽きることない熱意を持って取り組む。ローマンに自分の年齢を感じさせるにはそれだけで十分だった。ものすごく年をとった気分になるのだ。「何が望みだ、グレゴリ?」

招かれざる客がぱっと振り向き、目を細めてローマンのいる方向を凝視した。「なんでまたそんなところに座ってるんだ？　真っ暗な中にひとりきりで」

「ふむ。難しい質問だな。ひとりになりたかったんだと思う。暗闇《くらやみ》の中でね。きみも試してみるべきだ。もっと見えていいはずなのに、夜目が利かないようじゃないか」

「夜じゅう明かりが消えないこの街で、どうしてわざわざ暗視能力を磨かなきゃならないんだい？」グレゴリが壁を手探りしながら移動してスイッチを見つけた。とたんに落ち着いた金色の明かりが部屋に満ちた。「ふう、このほうがいい」

ローマンは革張りの椅子のひんやりした背もたれに身を預け、ワイングラスに口をつけた。液体が喉を焦がして流れ落ちていく。とてつもない代物だ。「目的があって来たのか？」

「もちろんさ。今夜は早めに仕事を切り上げて帰ってしまっただろう？　どうしても見せたいものがあったのに。あんたもきっと気に入ること間違いなしだよ」

ローマンはマホガニー材のデスクにグラスを置いた。「あせって仕事をこなさなくても時間なら十分あると学んだものでね」

グレゴリが鼻を鳴らした。「それなら何か面白いことを試してみるべきだ。実は、研究室《ラボ》ですごいものを開発したんだよ」彼の視線がふと、半分空になったローマンのグラスに留まった。「だからお祝いしたい気分なんだ。何を飲んでるんだい？」

「きみは気に入らないと思う」

グレゴリは部屋の隅に備えつけられたホーム・バーへ向かった。「どうして？　あんたの好みは上品すぎて、ぼくの口には合わないって？」彼はデカンターをつかむと、赤い液体を勢いよくワイングラスに注《つ》いだ。「うまそうな色だ」

「わたしの忠告を聞き入れて、冷蔵庫から新しいボトルを出したほうがいいぞ」

「ふん！　あんたに飲めるものならぼくだって飲めるさ」グレゴリはかなりの量を一気に流し込み、ローマンに向かって得意げな笑みを浮かべながら、音をたててグラスを置いた。次の瞬間、彼の目が驚きに見開かれた。普段は青白い顔が、紫がかった赤に染まる。首を絞められたような音が喉の奥からもれ始めたかと思うと、グレゴリは口の中のものを吐き出した。咳《せ》き込み、とぎれとぎれに悪態をつき、また咳き込む。しばらくしてようやくカウンターに両手をついて体を支え、あえぎながら身を乗り出した。

やっぱり、とんでもない代物だな。ローマンは心の中で思った。「大丈夫か？」

グレゴリが震える息をひとつ吸い込んで言った。「何が入ってるんだ？」

「ニンニクの搾り汁一〇パーセント」

「なんだって？」弾《はじ》かれたように体を起こす。「頭がおかしくなったんじゃないか？　自分に毒を盛ろうとしたって？」

「古い言い伝えが真実かどうか、試してみたかったんだ」ローマンは口もとをかすかに緩めて言った。「われわれの中には明らかに影響を受けやすい者がいるらしい」

「いいや、明らかなのは、われわれの中に危険すぎる生き方を好む者がいるということだ！」

浮かべかけた微笑《ほほえ》みを消し、ローマンはぼんやりと考え込むように言った。「われわれがすでに死んでいるのでなければ、きみの意見にもっと信憑性《しんぴょうせい》が感じられるんだろうが」グレゴリが近づいてきた。「まさか〝悲しいかな、わたしは地獄から来た呪《のろ》われた悪魔だ〟なんて言い出すんじゃないだろうな？」

「現実を直視するんだ、グレゴリ。われわれは何世紀ものあいだ、人間の命を奪うことで生き延びてきた。神の前ではいまわしい存在なのだ」

「こんなもの飲むなよ」グレゴリはローマンの手からグラスを取り上げて、手の届かないところへ置いた。「いいかい、聞いてくれ。あんた以上に、人間を守り、ぼくたちの中に潜む欲望を抑えるために尽力してきたヴァンパイアはいない」

「だから今では、この世に存在する悪魔のような生き物の中では、もっとも行儀のいい集団になったんだな。いいぞ。法王に連絡してくれ。わたしを聖人にしてもらおう」

苛立《いらだ》ちを帯びたグレゴリの顔が、好奇心に満ちた表情に変わった。「じゃあ、みんなが言っていることは本当なのか？　昔、あんたは修道士だった？」

「過去を振り返るのは好きじゃない」

「ぼくはそうでもないけど」

ローマンは両手を握りしめた。自分の過去については誰とも話したくない。「確か、ラボでなにか進展があったと知らせに来たのでは？」

「ああ、そうだった。くそっ、ラズロを廊下に待たせたままだ。なんていうか、先に説明しておきたかったんだ」

ローマンは深呼吸して、ゆっくりと手の力を抜いた。「それならさっさと始めてくれ。夜はいつまでも続くわけではない」

「わかった。ぼくもあとでクラブに行く予定なんだ。ちょうどシモーヌがパリから飛んできたばかりで――」

「羽を休める必要がある。使い古された言いまわしだ」ローマンはこぶしを握った。「脱線するな、グレゴリ。さもないと時間切れで、おまえを棺《ひつぎ》に送り返さなくてはならなくなる」

グレゴリが憤慨したような目をローマンに向けた。「もしかしたらあんたも行きたがるかと思って、言ってみただけさ。そんなところにひとりで座って毒を飲んでるより、ずっと面白いぞ」黒いシルクのボウタイを調整する。「シモーヌはいつだってあんたに熱を上げてる。実際のところ、階下《した》にいる女性たちはみんな、喜んであんたを元気づけようとするだろう」

「わたしのほうは彼女たちといても楽しい気分にならない。最後に見かけたときは全員死んでいたんだから」

「そんな気難しいことばかり言うなら、生きている女を試してみればいい」

「いやだ」ローマンはさっと立ち上がってワイングラスをつかむと、ヴァンパイアに備わった人の目に留まらないほどの速さで動ける能力を駆使して、瞬くまにホーム・バーへ移動した。「人間《モータル》はだめだ。もう二度と」

「おっと。痛いところを突いたのかな」

「話は終わりだ」ローマンは血とニンニクの混合物をシンクに流し、デカンターに入っていた残りも捨てた。彼はずいぶん昔に教訓を学んだのだ。人間とかかわると、結局最後は胸が裂けるはめになるだけだ。文字どおりの意味で。もう心臓に杭《くい》を打ち込まれるような目にあいたくない。なんと素晴らしい選択肢が残されているのだろうか。すでに死んでいる女性のヴァンパイアか、それともいずれ彼を殺そうとする生きた女性か、彼にはふたつしかないのだ。この状況はいつまでたっても変わらないだろう。心を持たない存在は何世紀も生き続けるのだから。ローマンが憂鬱《ゆううつ》な気分になっても不思議ではなかった。

いつもなら、彼は科学者として興味をそそられる題材を見つけ出して気を紛らわせることができた。けれどもときどき、ちょうど今夜のように、それだけでは満足できなくなることがある。ローマンはヴァンパイアが昼間でも起きていられる方法を研究中で、解明まであと一歩というところまで来ていた。だが、それがどうしたというのだ？　余分な時間を手に入れて何をする？　もっと働くのか？　仕事に費やす時間なら、この先何百年もあるというのに。

今夜はその事実がやけに身にしみて感じられた。日中も目覚めていたとしても、ローマンには話し相手すらいないだろう。彼のいわゆる人生というものに、さらに孤独な時間を加えるだけに違いない。そう思い至ったので、彼は研究を切り上げて家に戻ってきたのだった。やがてひとり暗闇に座り、冷たく孤独な心臓が鼓動を刻む単調な音に耳を傾けていた。やがて夜が明け、のぼってくる太陽が心臓を止めるときには、彼は安堵《あんど》に包まれてふたたび死を迎えるのだ。残念ながら最近では、昼夜を問わず死んでいるような気分を味わい始めていたが。

「どうかしたのか、ローマン？」グレゴリが用心深い目つきで彼を見ていた。「聞いた話だと、あんたのように正真正銘昔から存在しているヴァンパイアは、ときどきふさぎ込むことがあるそうだけど」

「思い出させてくれてありがとう。これ以上わたしが若くなることはないのだから、そろそろラズロを呼んできたらどうかな？」

「そのとおりだな。悪かった」グレゴリは真っ白なイブニングシャツの袖《そで》を引っ張った。「ただ、説明したかったんだよ。〈ロマテック・インダストリー〉の企業理念を覚えてるかい？〝ヴァンパイアと人間に等しく安全な世の中を〟」

「承知しているとも。確か、わたしが書いたんだから」

「ああ。だけど結局は、平和を脅かしているのはつねに貧困層と悪しき者たち《マルコンテンツ》だ」

「そうだな」現代のヴァンパイアたちが全員ローマンのように途方もない金持ちというわけではなく、たとえ彼の会社が手頃《てごろ》な価格で利用しやすい人工血液を作ったところで、経済的に困窮している者たちは、金を払わなくとも手に入る人間の血のほうがいいと思うだろう。だが無料のランチなどというものは存在しないことを彼らにわからせようと、ローマンは懸命に努力してきた。ヴァンパイアの被害にあった人間たちは、やがて腹を立てるようになる。テレビドラマの影響を受けたヴァンパイア・キラーもどきを雇い、そのお粗末な殺し屋たちがヴァンパイアを片っ端から始末しようとするに違いない。人間になんの危害も加えない、温和で法を順守するヴァンパイアだろうがおかまいなしに。悲しいことだが、あくまで人間を襲おうとする者たちがいるかぎり、ヴァンパイアにとってこの世は安全とは言えないのだ。

ローマンはゆっくりした足取りで自分のデスクに向かった。「貧困層の問題はきみに任せたはずだが」

「取り組んでいるところだよ。二、三日もすればプレゼンできると思う。その前に、ラズロが考え出した、マルコンテンツに対処するすごいアイディアを見せたいんだ」

ローマンは椅子にどさりと座り込んだ。マルコンテンツというのは、現存するもっとも危険なヴァンパイアの集団だ。彼らは自分たちを〝真なる存在《トゥルー・ワンズ》〟と呼び、現代のヴァンパイアたちが徐々に身につけてきた事柄をことごとくはねつけていた。マルコンテンツには、〈ロマテック・インダストリー〉が製造する高級な血液を買うだけの余裕がある。ローマンが開発した人気のグルメ血液〈ヴァンパイア・フュージョン・キュイジン〉を買うこともできるはずだった。最高級のクリスタルグラスで飲むことも可能だろう。だが、彼らはそれを望まないのだ。

マルコンテンツが興奮を覚えるのは血液ではなく、血を吸う行為のほうだった。やつらは嚙《か》むことを生きがいにしている。温かく柔らかい人間の首の肌に牙《きば》を沈める強烈な快感に優《まさ》るものは何もないと信じているのだ。

ここ一年ほどのあいだにマルコンテンツと現代的なヴァンパイアの関係が悪化し、宣戦布告こそしていないものの、交戦状態に近い状況になっていた。戦いになれば大勢の犠牲者が出るだろう。人間にも、ヴァンパイアにも。

「ラズロを呼んでくるんだ」

グレゴリがすばやく動いてドアを開けた。「もういいぞ」

「やっときたか」ラズロはむっとした声だ。「ここにいる警備員が、もう少しでわれわれのゲストの体腔《たいこう》検査をするところだったんですよ」

「そんな美しい娘を連れているからだ」スコットランド訛《なま》りでつぶやく声が聞こえてきた。

「彼女から手を離せ!」ラズロが両手で女性を抱え、まるでふたりでタンゴでも踊っているような足取りでオフィスに入ってきた。その女性は小柄なヴァンパイアの化学者より背が高いだけでなく、明らかに裸だった。

ローマンは驚いて椅子から立ち上がった。「ここに人間を連れてきたのか?」全裸の人間を?

「落ち着いて、ローマン、本物じゃない」グレゴリがラズロのほうに身を屈《かが》めた。「人間の女に関して、ボスはちょっと神経質になってるんだ」

「そういうわけじゃない、グレゴリ。わたしの神経はすべて、五〇〇年以上前に死んでいる」ローマンの位置からは女性の背中しか見えなかったが、長いブロンドの髪や丸みを帯びた尻が本物でないとは信じられなかった。

ラズロが椅子に女性を座らせた。屈み込み、まっすぐ突き出た脚を一本ずつ曲げていくと、そのたびに女性の膝がパチンと小さな音をたてた。

グレゴリが彼女のそばにしゃがんで言った。「まるで生きているみたいだ。そう思わないか？」

「ああ、確かに」ローマンは偽物の女性の脚のあいだの、ストリッパー風に細く整えられた巻き毛を見ながら答えた。「ブロンドの髪は染めているんだな」

「見ろよ」にやりとしたかと思うと、グレゴリが女性の脚を押し広げた。「フル装備だ。ほれぼれするだろう？」

ローマンは思わず息を吸い込んだ。「それは――」咳払《せきばら》いしてもう一度口を開く。「それは、人間が使う大人のおもちゃ《セックス・トイ》のようなものなのか？」

「ええ、そうです、そのとおり」ラズロが女性の口をこじ開けて言った。「ご覧ください。舌までついています。信じられないくらい本物そっくりの手触りです」彼はずんぐりした短い指を差し入れた。「本当に吸われているみたいな感覚になるんです」

ローマンは、女性の脚のあいだに膝をついて感心したようにその部分を眺めているグレゴリを睨《にら》みつけてから、口に指を出し入れしているラズロに視線を移した。なんということだ。頭痛を感じられる体なら、今頃はひどい片頭痛に見舞われていたに違いない。「わたしは失礼して、きみたち三人だけにしてやろうか？」

「いえ、社長」背の低い化学者は、人形の貪欲《どんよく》な口から指を引き抜こうともがきながら言った。「どれほど本物に近いか、お見せしたかっただけなんです」ポン、と音をたてて指が抜けた。緩んだ人形の口が笑みを形作っているところを見ると、どうやら彼女も楽しんだらしい。

「まったく、見事だよ」グレゴリが人形の脚をなでおろして満足げに言った。「ラズロが通販で注文したんだ」

「あなたのカタログに載っていたものだ」化学者はきまり悪そうに反論した。「わたしは普段、人間のセックスはしない。面倒すぎるから」

それに危険すぎる。ローマンは人形の胸から視線を引きはがした。グレゴリの言うように、女性のヴァンパイアの誰かとつき合うべきなのだろうか。人間がこの人形を本物と錯覚して楽しめるなら、彼もヴァンパイアの女性に対して同じことができるかもしれない。だが、死んだ女性がどうやって魂を温めてくれるというんだ?

グレゴリが人形の片足を持ち上げて観察している。「それにしてもこの娘は魅力的だな」

ローマンはため息をついた。人間が使うこのセックス・トイが、マルコンテンツの問題を解決するだと? 時間の無駄だ。そればかりか、孤独感に加えてむらむらした気分まで覚えてしまった。「わたしの知るヴァンパイアはみな、ブレイン・セックスのほうがいいと言っている。おそらくマルコンテンツも同じ意見だろう」

「残念ながら、ブレイン・セックスはできません」ラズロが人形の頭を軽く叩《たた》くと、まるで熟れたメロンのような音が響いた。

人形は青いガラスの瞳でまっすぐ前方を見つめ、うつろな笑みを浮かべ続けている。「IQはシモーヌと同程度らしいな」

「おい」人形の脚を胸に抱えたまま、グレゴリが顔をしかめた。「それは彼女に失礼だぞ」

「わたしの時間を無駄にするのも失礼だと思うがね」ローマンは厳しい目を向けた。「それで、どうやってこのおもちゃでマルコンテンツの問題を解決するんだ？」

「彼女はただのおもちゃではありません、社長」白衣のボタンをいじりながらラズロが言った。「改造してあるのです」

「VANNA《ヴァンナ》にね」グレゴリが嬉《うれ》しそうに人形の爪先を引っ張った。「かわいいヴァンナ。パパのところへおいで」

ローマンは歯を食いしばった。ただし、牙が引っ込んでいることを確認してから。ヴァンパイアの場合、油断すると下唇に穴を開けてしまう危険があるのだ。「暴力に訴えたくなる前に、きちんと説明してくれないか」

社長が不機嫌でも気にならないらしく、グレゴリは声をあげて笑った。

「ヴァンパイア《V》人工《A》栄養《N》供給《N》装置《A》だよ」

ラズロは心配そうに眉根を寄せ、白衣の緩んだボタンをくるくるまわしている。上司の反応を、グレゴリよりずっと深刻に受けとめているのだ。「噛みたいという衝動を捨て切れないヴァンパイアの問題を、彼女なら完璧《かんぺき》に解決できるのです。人種も性別も好きなように調整できますし」

「男の人形も作る予定なのか？」ローマンは尋ねた。

「はい、いずれは」緩んでいたボタンがついに取れて床に転がり落ちた。ラズロが急いで拾い上げ、ポケットにしまう。「グレゴリは〈デジタル・ヴァンパイア・ネットワーク〉でCMを流せると考えています。好みに合わせてVANNAブラウン、VANNAブラック――」

「これはVANNAホワイトか？」ローマンは眉をひそめた。「タレントのヴァンナ・ホワイトから訴えられるぞ。うちの法務部がさぞ喜ぶだろうな」

「いっそ彼女みたいに上品なイブニングドレスを着せて、プロモーション用の写真を撮ればいい」人形の土踏まずをなでながらグレゴリが言った。「セクシーな黒いハイヒールを履かせて」

ローマンはマーケティング担当副社長に不安げな視線を向けると、ラズロに目を移して訊《き》いた。「つまりこの人形は栄養摂取の目的で使用できるのか？」

「そうなんです！」ラズロが首を勢いよく縦に振った。「生きた人間の女性と同じで、用途はひとつではありません。性欲と食欲の両方を満たすことが可能なのです。ご覧ください」彼は人形の体を前に倒し、髪を脇にかき寄せた。「目立たないように、うしろのこの部分に設置しました」

ローマンは小さなスイッチとU字形の切れ込みを凝視した。Uの根元の部分から、端に留め具がついた小さな管が突き出している。「管を入れたのか？」

「はい。本物の動脈に似せて特別に作ったものです。彼女の中に循環システムを組み込んだんですよ」ラズロは人形に指を滑らせて、人工動脈の位置を示した。「胸腔を通って首の片側に上がり、そこから反対側を下って、最終的にまた胸に戻ります」

「そこに血液を入れるんだな？」

「そうです、社長。出荷時にはサービスで漏斗《じょうご》をつけるつもりです。血液と電池は別売りで」

「そうだろうとも」ローマンはそっけなく言った。

「取り扱いは簡単です」ラズロが人形の首を指差した。「まず留め具を外して小さな漏斗を挿し込み、〈ロマテック・インダストリー〉製の好みの血液を二リットル選んで充塡《じゅうてん》します」

「なるほど。残量が少なくなったらライトが点灯するのかな？」

ラズロは眉根を寄せて考え込んだ。「表示灯を組み込むことは可能だと思いますが——」

「冗談で言ったんだ」ローマンの口からため息がもれた。「続けてくれ」

「はい、社長」ラズロが咳払いした。「ここのスイッチで胸腔内の小型ポンプを作動させます。いわば人工の心臓ですね。このポンプが動脈に血液を流して、実際に脈動を起こすわけです」

ローマンはうなずいた。「それで電池が必要なのか」

「むむ」グレゴリの声はくぐもって聞こえた。「ずっと動き続けるんだよ」

副社長のほうをちらりと見ると、彼はVANNAの足の親指に歯を立てていた。表示灯さながらに目が赤く光っている。「グレゴリ！　やめろ」

低いうなりをあげて、グレゴリが人形の足を放した。「最近のあんたは面白みに欠ける」

ローマンは大きく息を吸い、我慢が限界を超えないように祈った。けれども誇り高い神はきっと、セックス・トイに関する悪魔の嘆願など聞きたくもないだろう。「まだテストを行っていないのか？」

「まだです、社長」ラズロがVANNAのスイッチを入れた。「初めての相手はぜひ社長にと思ったものですから」

初めて、か。ローマンは人形の完璧な体に視線を這《は》わせた。今では血液によって命を吹き込まれ、脈打っている体だ。「ついにヴァンパイアも実益と楽しみの両方を手に入れられるというわけだな」

グレゴリが笑みを浮かべて、黒いディナージャケットの皺《しわ》を伸ばした。「さあ、試食を楽しんでくれ」

ローマンはマーケティング担当副社長に向かって片方の眉を上げた。彼に試させるというのはグレゴリの思いつきに違いない。少しばかり興奮を味わわせて元気づける必要があると考えたのだろう。残念ながらグレゴリは正しい。

ローマンは手を伸ばしてVANNAの首に触れた。本物の人間より冷たいが、とても柔らかい。指の下で力強く一定のリズムを刻む脈が感じられた。最初は指に感じるだけだった脈動は、しだいに腕を這い上がり、肩へと伝わっていく。ローマンはごくりと唾《つば》をのみ込んだ。どれくらいになるだろう？　八年ぶりか？

脈動は彼のうつろな心とあらゆる感覚を満たしながら体内に広がっていった。鼻孔が膨らむ。血の匂《にお》いがした。A型Rhプラス。いちばん好きなタイプだ。人形に同調してローマンの全身が脈打ち始めた。理性的な思考が徐々に薄れ、長いあいだ忘れていた強烈な興奮が彼を圧倒した。血に飢えているのだ。股間《こかん》が張りつめる。ローマンは人形の首に指を巻きつけ、うなり声が喉の奥を震わせた。

ぐっと自分のほうに引き寄せた。

「味見をしよう」電光石火の早業で、彼はベルベットの長椅子に人形を横たえた。彼女は膝を曲げ、脚を開いた体勢のままじっと動かない。その光景は耐えがたいほどエロティックだった。ローマンの血管に残るわずかな血液が、もっと欲しいと叫んでいる。女を。そして血を。

彼は人形のそばに腰をおろし、彼女の首からブロンドの髪を払いのけた。ぼんやりした笑みを見ると落ち着かない気分になるものの、無視するのは簡単だ。頭を下げたローマンの目が、何も見ていないガラスの瞳に映る自身をとらえた。ヴァンパイアは鏡に映らないため、姿が見えたわけではない。そこには彼の瞳が放つ、燃えるように赤い光だけが輝いていた。VANNAが彼に火をつけたのだ。ローマンは人形の顔を横に向けて首をあらわにした。彼女の中で脈打つ血管が叫んでいる。奪って。わたしを奪って。

低くうなると、彼は人形の体に覆いかぶさった。瞬くまに牙が伸び、快感の波がうねりをあげて全身に広がっていく。血の匂いが彼を貫き、最後まで残っていた自制心のかけらをもぎ取った。内に潜む獣が解き放たれた瞬間だ。

ローマンは人形の首を噛んだ。激しい高ぶりの中で意識が異状に気づいたときは、すでに手遅れだった。人形の肌は表面こそ人間のように柔らかいが、内側の構造はまったく違っていた。頑丈で弾力のある厚いプラスティックだったのだ。けれども、たとえ疑問を感じたところで、すでに血の匂いが彼の思考能力を破壊してしまっていた。本能が勝利の瞬間を求めて飢えた獣のような咆哮《ほうこう》をあげる。彼はさらに深く牙を食い込ませ、ついに動脈の壁を突き破った。たちまち甘美な蜜《みつ》が噴き出すのがわかった。これぞ至福のときだ。ローマンはあふれる血の海に身を任せた。

一気に吸い上げると血が牙に沿って流れ込み、口内を満たした。それを飲み下し、さらに次を求める。VANNAはおいしかった。彼女はローマンのものだ。

彼は手を下に滑らせて、ぎゅっと彼女の胸をつかんだ。グラスから血をすすって満足していたとは、なんと愚かだったのだろう。牙を伝って流れ込む熱い血のほとばしりにかわるものがあるはずない。これがどれほど甘美な感覚か、すっかり忘れていた。頭ではなく、体が感じるものなのだ。ローマンの興奮は最高潮に達していた。感覚という感覚に火がついている。グラスなど、もう二度と使うものか。

人形の首をもう一度ぐいと引っ張ったところで、ローマンは彼女の血を飲み尽くしてしまったことに気がついた。最後の一滴に至るまですべて。そのとき、彼のまわりに立ちこめていた官能の靄《もや》がわずかに薄れた。なんということだ。完全に自分を見失っていた。これが人間の女性なら、今頃死んでいるに違いない。またひとつ神の子の命を奪ってしまうところだった。

教養あるヴァンパイアにふさわしいふるまいを目指すわれわれに、こんなものが役立つわけがない。この人形は、人間に牙を突き立てるときの強烈な快感を、すべてのヴァンパイアに思い出させてしまうだろう。もっとも現代になじんだヴァンパイアでさえ、本物を望まずにはいられなくなるはずだ。今のローマンがそうだった。目についた最初の生きた女に嚙みつくことしか考えられずにいる。VANNAは人間を守るための解決策にはならない。

それどころか、彼らの弔いの鐘となりかねなかった。

ローマンはうめき、人形の首から口を離した。白い肌に血が飛び散る。人形からもれ出しているのだろうか。いや、そんなはずはない。一滴残らず飲み干したのだから。くそっ。ローマンは気づいた。血は彼自身からこぼれている。「いったいどういうことだ?」

「ああ、そんな」ラズロがささやいた。

「なんだ?」人形の首に目を向けたローマンは、プラスティックの肌に彼の牙が一本突き刺さっていることに気づいた。

「うわっ!」よく見ようとしてグレゴリが近づいてきた。「どうしてこんなことになったんだ?」

「プラスティック――」開いた口からさらに血が滴った。せっかくの昼食がこぼれ落ちていく。「内側のプラスティックには弾力があって、かなり頑丈な造りになっているんだ。人間の肌とはまったく違う」

「なんとまあ」ラズロがまた白衣のボタンを不安げにいじり始めた。「これはひどい。外側の感触はまったく本物そのものだったんです。気づきませんでした……。本当に申し訳ありません、社長」

「問題はそれだけじゃない」ローマンは人形の首から牙を引っこ抜いた。この試作品に関する彼の結論を知らせるのはあとにしよう。まず牙の修復が先決だ。

「まだ血が出ているぞ」グレゴリが白いハンカチを差し出しながら言った。

「牙につながる血管が開いているんだろう」ローマンは、右の牙が存在するはずの場所にぽっかり開いた穴にハンカチを押しあてた。「くしょっ、、、」

「われわれには治癒能力がありますから、血管は自然に閉じますよ」ラズロが指摘した。

「永遠にとじゅてしまう。今後はじゅっと一本牙のままだ」血に染まったハンカチを外して牙を穴に戻す。

グレゴリが身を乗り出してのぞき込んだ。「うまく入ったみたいだぞ」

ローマンは手を離し、牙をしまおうと試みた。ところが左側はいつもどおり引っ込んだものの、右の牙はぽろりと落ちてVANNAの腹部に着地した。傷口からまた血があふれ出す。

「くそっ」彼はハンカチを口に戻した。

「社長、歯医者に行かれたほうがいいのではないでしょうか」ラズロが牙をつまみ上げてローマンに差し出した。「確か、抜けた歯をもとどおりにする方法があるとか」

「ああ、そりゃいいや」グレゴリが鼻を鳴らした。「どうなると思う？　歯医者に飛び込んで、〝すみません、ヴァンパイアなんだけど、セックス・トイの首に嚙みついたら牙が一本抜けちゃって〟とでも言うのか？　誰も手を貸したがらないと思うけどな」

「ヴァンパイアの歯医ちゃが必要だ」ローマンは言った。「ブラックペーじゅを見てくれ」

「ブラックページのことかい？」グレゴリがローマンのデスクに近づき、引き出しを開け始めた。「あのさ、わかってるかもしれないけど、発音がおかしいぞ」

「口に布が入ってるんだ！　しゅたの引き出しを見ろ」

グレゴリはヴァンパイア専用の黒い職業別電話帳を見つけ出して開いた。中のページは白い。「このあたりかな」広告を指でたどり始める。「〝墓地《セメタリー》区画販売、棺《コフィン》修理、地下室《クリプト》管理サービス〟　ふうん、特別注文の地下室が五〇パーセント引きだってさ。よさそうじゃないか」

「グレゴリ」ローマンはうなった。

「わかってるって」グレゴリはページをめくった。「よし、Dが出てきたぞ。〝ダンスレッスン――ラテン系の色男の動きを学べます。土《ダート》配達サービス――母国の土で赤ん坊のような眠りを。ドラキュラ・コスチューム――Sサイズから特大サイズまで〟」

ローマンの口からうめきがもれた。「しゃい悪の状況なんだぞ」唾をのみ込むと気の抜けたような血の味がして、彼は思わず眉をひそめた。最初のひと飲みはあんなにおいしかったのに。

グレゴリが次のページをめくった。「〝カーテン《ドレインバリー》――鬱陶しい日光を完全に遮断します。地下牢《ダンジョン》――各フロアの設計はお好みで〟」彼はため息をついた。「これで終わりだ。歯医者《デンティスト》はないよ」

ローマンは椅子にぐったりと身を沈めた。「人間用のところへ行くしかないな」くそっ。マインド・コントロールが必要になる。そのうえ、処置が終わったら歯医者の記憶を消さなければならない。そうでもしないと、進んで彼を助けてくれる人間などいないだろう。

「こんな夜中に診察している人間の歯医者を探すのは難しいかもしれません」ラズロがホーム・バーに駆け寄り、ペーパータオルのロールをつかんで戻ってくると、VANNAについた血をふき取り始めた。彼は不安そうにローマンを見た。「社長、歯は口の中に入れておくのがいいかと」

デスクではグレゴリがイエローページをめくっていた。「うへえ、歯医者ってこんなにいるのか」そこでぱっと体を起こし、満面の笑みを浮かべてローマンを見た。「見つけたぞ！〈ソーホー・ソーブライト・デンタル・クリニック〉――眠らない街のために二四時間営業中〟ぴったりだ」

ラズロが大きく息を吐いた。「ああ、よかった。こんな事態は聞いたこともないので自信はありませんが、おそらく今晩中にちゃんと処置しなければ、二度ともとどおりにならないと思われます」

ローマンは上半身を起こした。「どういうことだ？」

化学者は血のついたペーパータオルをデスクのそばのごみ箱に投げ入れた。「われわれの場合、負った傷は睡眠中に自然治癒します。夜明けが来て片方の牙を失ったまま眠りについたら、あなたの体は明日までに栄養補給用の血管と傷を永久に閉じてしまうでしょう」

くそっ。ローマンは立ち上がった。「しょれならじぇったい今夜中に処置しなければ」

「ええ、社長」ラズロがまた白衣のボタンをいじり始めた。「運がよければ、年次総会には完璧な姿で参加できるはずです」

なんということだ！ ローマンは思わずあえいだ。年に一度の春の会議を忘れていたなんて！ 二日後の夜には開会記念舞踏会が予定されている。各地でヴァンパイアを監督するコーヴン・マスターたちが世界中から集まってくるはずだった。ローマンはアメリカ最大の集団《コーヴン》を率いる責任者として、この一大イベントを任されているのだ。片方の牙を失ったまま姿を現せば、この先一〇〇年は笑い物になるだろう。

グレゴリが紙に住所を走り書きした。「さあ、ここだ。ぼくらも一緒に行こうか？」

ローマンは指示がはっきり伝わるように、ハンカチを外して牙を取り出してから言った。

「ラズロに車を運転してもらう。VANNAを乗せていけば、誰かに見られてもラボに戻る途中だと思われるだろう。グレゴリ、きみは予定どおりシモーヌと出かけるんだ。何もかも普段どおりにしろ」

「わかったよ」グレゴリはさっと動いて、デンタル・クリニックの住所を書いた紙をローマンに渡した。「幸運を祈る。助けが必要になったらいつでも連絡してくれ」

「大丈夫だ」ローマンは部下ふたりに厳しい視線を向けた。「今回のことは二度と口にするな。もちろん他言無用だ。わかったな？」

「はい、社長」ラズロがVANNAを抱え上げた。

化学者の手は人形の丸いヒップを包んでいる。くそっ。ローマンは内心で悪態をついた。ひどい目にあったというのに、まだ興奮がおさまらない。欲望が彼の体をつまびき、血と女の肌への渇望をかきたてていた。これから訪ねる歯医者が男であることを祈るしかない。彼の目の前を横切る人間の女性をひとり残らず、神が守ってくださいますように。牙はまだ片方残っている。それを使わずにすめばいいのだが。

2

デンタル・クリニックで過ごす、終わりのない退屈な夜がまたやってきた。シャナ・ウィーランはキーキー音をたてるオフィスの椅子に背中を預けて座り、天井の白いタイルを見上げた。水もれのしみはまだそこにあった。まあ、驚きだわ。三日もかけて導き出した結論が、天井のしみはダックスフントの形に見えるということだなんて。わたしの人生、この程度のものなのね。

ふたたび椅子をきしませてまっすぐ座り直し、時計付きのラジオに目を向けた。午前二時三〇分。勤務はまだ六時間も残っている。ラジオのスイッチを入れると、ありきたりのBGMが流れてきた。フランク・シナトラの『ストレンジャーズ・イン・ザ・ナイト』のインストゥルメンタル・バージョン。退屈な曲だ。背が高くて黒髪で、しかもハンサムな見知らぬ男性《ストレンジャー》と出会い、恋に落ちる可能性があるなら話は別だが。シャナのつまらない人生には起こりえない。昨夜いちばん興奮した出来事は、音楽に合わせて椅子をきしませる方法を習得したことだった。

うーん、とうめくと、彼女は組んだ腕をデスクについて頭をもたせかけた。あの格言はなんといったかしら？　〝願い事には気をつけよ。かなうかもしれないのだから〟だった？　ええ、確かにわたしは平凡な暮らしを求めたわ。そして見事、手に入れたのよ。このクリニックで働き始めて六週間で、診察した患者はたったひとり。歯列矯正具をつけた男の子だった。真夜中に突然口の中のワイヤーが緩んだのだ。取り乱した両親が少年を連れてきたので、シャナはワイヤーをつなぎ直してやった。さもないと口腔《こうくう》内に突き刺さる恐れがあった。そうなれば……出血する。

シャナはぶるっと体を震わせた。血のことを考えるだけで意識が朦朧《もうろう》としてきた。脳の奥まった暗い片隅で、あの事件の記憶が膨らみ始めるのだ。身の毛もよだつ血まみれの光景が彼女に脅しをかけ、鮮やかによみがえりそうになる。いやよ、あんなことを思い出して一日を台なしにするつもりはないわ。今日だけでなく、この新しい人生をめちゃくちゃにするのはいや。あれは別の人生、別の人間に起こった出来事よ。生まれてから地獄を見るまでの二七年間を、勇気を持って楽しく生きた女性に起こったこと。証人保護プログラムのおかげで彼女は退屈なジェーン・ウィルソンとして生まれ変わり、平和な地区の面白みのないロフトに住んで、毎晩うんざりする仕事について時を過ごしている。

退屈なのはいいことだわ。退屈は安全だもの。生きながらえるという唯一の目的のために、ジェーン・ウィルソンはマンハッタンで大勢の人の中に紛れ込み、身を隠していなければならなかった。あいにく、退屈もストレスの原因になるらしい。

シャナはラジオを消し、無人の待合室を行ったり来たりし始めた。淡いブルーの壁沿いに布張りの椅子が、くすんだブルーとグリーンの二色を交互に配して合計一八脚並んでいる。壁には患者の不安を静める目的で、モネの『睡蓮《すいれん》』の複製画がかけられていた。効果のほどは怪しい。シャナの神経は相変わらず高ぶったままだからだ。

日中は混《こ》み合うクリニックも、夜にはすっかり寂しい場所になる。だが、シャナにはかえって好都合だった。深刻な状態の患者がやってきたとしても、今の自分にはちゃんと処置できるか自信がない。以前は腕のいい歯医者だったのに。あの……事件の前までは。考えてはだめよ。彼女は自らに言い聞かせた。だけど、実際に緊急の患者がクリニックに来たらどうするつもり？　つい先週も、脚の手入れ中にうっかり肌を傷つけてしまったのだが、ほんの一滴血がにじんだのを見ただけでどうしようもなく膝が震え出し、しばらくその場に横たわっていなければならなかったほどだ。

歯医者をやめるべきかもしれないわ。仕事を失ったところでどうだというの？　家族を含め、すでに何もかもなくしているのだ。その点に関して、シャナは司法省からはっきり言い渡されていた。いかなる事情があろうと、家族の誰とも、あるいは友人の誰とも連絡をとってはならない。本人の命のみならず、彼女が愛する人たちまで危険にさらしてしまう恐れがあるからだった。

そういうわけで、退屈なジェーン・ウィルソンには家族も友人もいない。話し相手は担当の連邦保安官ただひとり。この二ヵ月で四キロ以上太ったのも無理はなかった。食べることが彼女に残された唯一の楽しみだ。それと、ピザを配達してくれる若くてハンサムな男の子とのおしゃべりが。待合室を歩きまわるシャナのペースが速まった。こんなふうに毎晩ピザを食べていれば、そのうち鯨みたいに膨れてしまうわ。でもそれはそれで、悪人たちに気づかれなくてすむかも。わたしは残りの人生をずっと安全に、太ったまま過ごすのよ。彼女の口から思わずうめきがもれた。安全で太って退屈で、しかも孤独なまま。

そのとき入口のドアをノックする音が聞こえ、シャナははっと足を止めた。たぶんピザの配達だわ。そう思ったものの、心臓はすでに不規則に打ち始めている。彼女は大きく深呼吸すると、覚悟を決めて正面の窓に近づいた。クリニックの中が見えないように夜は常時おろしてある、白いミニ・ブラインドの隙間《すきま》から外をのぞく。

「ドクター・ウィルソン、ぼくだ」トミーの声がした。「ピザの配達だよ」

「わかったわ」シャナはドアを開錠した。クリニックはひと晩中オープンしているが、用心するに越したことはない。彼女はまともな患者が来たときだけ鍵《かぎ》を開けようと決めていた。もちろん、ピザが届いたときにも。

「やあ、ドクター」笑みを浮かべたトミーがゆっくりした足取りで入ってきた。二週間前からずっと、毎晩このティーンエイジャーがピザを届けてくれている。いかにも若者らしくシャナの気を引こうとする会話は、ピザと同じくらい楽しみだった。実際のところ、それが一日の最大の目玉と言ってもいいくらいだ。ああ、こんな調子だと、どんどん哀れな女になっていくわ。

「こんばんは、トミー、調子はどう？」シャナはバッグを探してオフィスのカウンターへ向かった。

「特大サイズのペパロニを持ってきたよ」トミーはぶかぶかのジーンズのウエストをぐいと引っ張り、それから手を離した。ジーンズが細い腰をわずかに滑り落ちると、『スクービー・ドゥー』がプリントされたシルクのボクサーショーツが七、八センチ見えた。

「でも、注文したのはSサイズよ」

「ピザのことじゃないよ、ドクター」トミーは大きくウインクして箱をカウンターに置いた。

「あらそう。わたしにはちょっとお粗末に思える。ピザのことじゃないわよ」

「ごめん」頬をピンク色に染め、トミーが恥ずかしそうに微笑んだ。「男はつい言いたくなるんだ」

「そうみたいね」シャナはピザの代金を支払った。

「どうも」トミーは金をポケットに入れて言った。「あのさ、うちには数え切れないくらいピザの種類があるんだよ。別の味も試してみるべきだと思うけどな」

「また今度にするわ。たぶん明日」

彼はあきれたように目をまわしてみせた。「先週も同じことを言ってたじゃないか」

そのとき突然、電話の音があたりに響き渡った。思わずシャナが飛び上がる。

「おっと、ドクター、コーヒーはカフェイン抜きにするほうがいいかも」

「だって、ここで働き始めてから電話が鳴るのは初めてなのよ」もう一度ベルが鳴った。まあ。ピザ・ボーイと電話と、刺激的なことがふたつも同時に起こるなんて。ここ何週間かでいちばん興奮する夜だわ。

「それじゃ、ぼくは退散するよ。また明日、ドクター・ウィルソン」トミーは手を振ると、肩で風を切るように歩いてドアへ向かった。

「さよなら」シャナはジーンズがずり落ちそうなうしろ姿をうっとりと見つめた。絶対にダイエットしよう。ピザは今夜で最後にするわ。またしても電話が鳴ったところで、彼女は受話器を取った。「〈ソーホー・ソーブライト・デンタル・クリニック〉です。どうかされましたか？」

「ああ、したとも」ぶっきらぼうな男の声に続いて荒い息づかいが聞こえてきた。さらにもう一度。

あら、すてき。今夜は変質者が退屈を紛らわせてくれるのね。「おかけ間違いのようですよ」そう言って受話器を置こうとした瞬間、ふたたび相手が口を開いた。

「間違ってるのはあんたの名前だろ、シャナ」

呼吸が止まる。まさか、そんなはずないわ。そうよ、シャナなんてありふれた名前だもの。電話をかけて〝シャナはいるか？〟って訊く人は大勢いるわ。いいえ、本当はそうじゃないとわかってる。このまま切るべきかしら？　だめ。彼らはすでにわたしの正体を知っているんだもの。

それだけでなく居場所まで突き止めている。恐怖がシャナの体を突き抜けた。どうしよう、やつらが来るわ。

落ち着くのよ！　冷静にならなくては。「申し訳ありませんが、やはり番号違いのようだわ。こちらは〈ソーホー・ソーブライト・デンタル・クリニック〉のドクター・ウィルソン――」

「いいかげんにしろ！　どこにいるかわかっているんだぞ、シャナ。そろそろ借りを返す頃合いだ」カチャッ。通話が切れたとたんに悪夢が舞い戻ってきた。

「うそ、うそ、うそ」受話器を置いたシャナは、つぶやきがいつのまにか大きくなり、本格的な悲鳴に変わる寸前だと気づいた。しっかりして！　彼女は頭の中で自分をひっぱたき、急いで警察に通報した。

「〈ソーホー・ソーブライト・デンタル・クリニック〉のドクター・ジェーン・ウィルソンです。わたし……あの、襲われそうなの！」シャナは住所を告げた。通信係はすぐにパトカーを向かわせると請け合ってくれた。これでよし。だけど、警察の到着はわたしが殺されてから一〇分後になるかもしれない。

ふと入口の鍵を開けたままだったと思い出し、シャナは息をのんだ。弾かれたようにドアに駆け寄って鍵をかける。次に裏口へ走りながら、白衣のポケットに入れた携帯電話を取り出して連邦保安官の番号を打ち込んだ。

最初の呼び出し音が鳴った。「お願いよ、ボブ。電話に出てちょうだい」ようやく裏口のドアにたどりつく。安全錠はすべて施錠されていた。二度目の呼び出し音が鳴る。

いやだ、うそでしょ！　こんなことをしても無駄じゃないの。クリニックの表側は全面ガラス張りだった。鍵をかけて閉じこもったところで安全とは言えない。ガラスを割れば簡単に入ってこられるのだから。そしてやつらはシャナを撃ち殺すだろう。だめだめ、もっとましな方法を考えなくちゃ。なんとかしてここから出るのよ。

三度目の呼び出し音のあとに続いてカチッと音がした。「ボブ、助けて!」

けれども続いて聞こえてきたのは抑揚のない声だった。〝ただ今、電話に出られません。お名前と電話番号を残していただければ、できるだけ早くご連絡します〟

ピー。「冗談はやめてよ、ボブ!」シャナはバッグを取りにオフィスへ戻った。「いつでも連絡がつくと言ったじゃない。あいつらはわたしの居場所を知ってるの。今にもここへやってくるわ」彼女はボタンを押して通話を切り、携帯電話をポケットに戻した。いまいましいボブ! 〝政府がきみを守る〟だなんて甘い言葉で約束しておきながら、実際はこんなものなのね。いいわ、思い知らせてやる。ええと、ええと……税金を払うのをやめるわ。殺されてしまえば結局払えなくなるけど。

脱線しないで! シャナは自分を叱《しか》りつけた。ちゃんと考えないと死ぬはめになるわよ。彼女はデスクのそばで急停止してバッグをつかんだ。裏口から出てタクシーが見つかるまで走り続けよう。それから……どこへ行けばいいの? 仕事場を知られているなら、家も見つかっているかもしれない。ああ、どうしよう、もうめちゃくちゃだわ。

「こんばんは」部屋の向こうから低い声が聞こえてきた。

シャナは悲鳴をあげて飛び上がった。入口にとてつもなくすてきな男が立っている。とてつもなくすてき? 殺し屋に対してそんなふうに感じるなんて、いよいよ正気を失いつつあるんだわ。男は白いものを口に押しあてていたが、それが何かはよくわからない。男の目にとらえられて、視線を外すことができないのだ。彼はかすかに飢えがのぞく金茶色の瞳でシャナの全身を見た。

たちまち氷のように冷たい空気が彼女の頭を貫いた。あまりに突然で激しい感覚に、思わずこめかみに手を押しあてる。「どうやって……いったいどうやって中に入ったの?」

男はなおもシャナを見つめながら、片手を小さく動かしてドアのほうを示した。

「ありえないわ」彼女はささやいた。ドアも窓も施錠されたままだ。もっと前から忍び込んでいたの? いいえ、やっぱりありえない。それならこの男に気づいたはずだ。シャナの体の細胞という細胞が彼を意識していた。目の錯覚かしら? 彼の瞳がどんどん金色味を増して情熱的になっていく気がする。

男の黒い髪は肩までの長さで毛先が少しはねていた。黒いセーターが広い肩幅を際立たせ、ヒップと長い脚を黒いジーンズが包んでいる。背が高くて黒髪でハンサムな……殺し屋。大変だわ。もしかしたら、女性の鼓動を異常に速まらせて殺すのがこの男の手口かもしれない。現にわたしはものすごく動悸《どうき》がしている。彼には武器すら必要ないのだ。あの大きな手があれば――。

そのときふたたび冷たい痛みがシャナの頭を刺し貫いた。フローズン・ドリンクを急いで飲んだときのように頭が痛む。

「きみに危害を加えるつもりはない」男の声は低く、まるで催眠術をかけているみたいだ。そうよ、それだわ。金茶色の瞳と蜜のように甘い声で犠牲者をうっとりさせて、それから本人も気づかないうちに――。シャナは頭を振った。いいえ、抵抗できる。絶対に屈するものですか。

男が黒い眉をひそめた。「きみは難しいな」

「そのとおりよ」彼女はバッグの中を手探りして、三二口径ベレッタ・トムキャットを取り出した。「驚いた？　このくそったれ」

ところが彼は厳しい顔のまま驚きも恐怖も見せず、わずかに苛立ちをあらわにしただけだった。「お嬢さん、そんな武器は意味がない」

しまった、安全装置を忘れていたわ。シャナは震える指で安全装置を外し、男の広い胸にねらいを戻した。経験不足に気づかれないといいんだけど。彼女は警察ドラマで見たとおりに足幅を広げて立ち、両手で銃を構えた。「あなたに撃ち込む弾はたっぷりあるのよ、くず野郎。覚悟しなさい！」

男の目の中で何かが光った。恐怖を感じてしかるべきなのに、あろうことか面白がっているらしい。彼は足を一歩前に踏み出した。「頼むから銃をおろしてくれ。芝居がかったふるまいもやめるんだ」

「いやよ！」シャナは最高に凶暴な目つきで男を睨んだ。「撃つわよ。殺してやる」

「言うは易《やす》く行うはかたし」男がもう一歩近づいてきた。

彼女は銃をさらに数センチ上げて構えた。「本気よ。とんでもなくハンサムだってかまうものですか。細切れにして部屋中にまき散らしてやる」

男の黒い眉が上がった。どうやら今度は驚いているみたいだ。ゆっくりと彼女を見つめ直す瞳が、溶けた熱い金のような濃い色に変わった。

「そんなふうに見るのはやめて」シャナの両手が震え始める。

男がまた一歩踏み出した。「危害を加えはしない。きみの助けが必要なんだ」彼は口もとを覆っていたハンカチをおろした。白い布地に赤いしみがまだらについている。血だわ。

シャナは息をのんだ。思わず手が下がり、胃がむかむかしてきた。「あなた……出血してるわ」

「自分の足を撃つ前に銃をおろせ」

「いやよ」彼女は血のことを考えないようにして、ふたたびベレッタで男にねらいを定めた。結局のところ、彼を撃てば、今よりもっと血が出るのだから。

「きみに助けてほしい。歯が抜けたんだ」

「あなた――あなたは患者なの？」

「そうだ。診てもらえるかな？」

「まあ、大変」シャナはバッグに銃をしまった。「ごめんなさい」

「普段は銃口を向けて患者を出迎えたりしないんだろう？」彼の目がおかしそうにきらめいた。

いやだ、この人、ものすごくゴージャスだわ。死ぬ二分前に完璧な男性と出会うなんて、どれほど運が悪いのかしら。「ねえ、すぐにやつらが来るの。ここから離れたほうがいいわ。急いで」

男が目を細めた。「きみはトラブルに巻き込まれているのか？」

「そうよ。ここであいつらに見つかったらあなたまで殺されてしまう。来て」シャナはバッグをつかんだ。「裏口から出ましょう」

「わたしを気づかっているのか？」

シャナは振り返って男を見た。まだデスクのあたりにいる。「もちろんよ。罪のない人が殺されるのを見たくないもの」

「罪がないと思うだろうが、実際は違う」

彼女は鼻を鳴らした。「わたしを殺すためにここへ来たの？」

「いや」

「それで十分。さあ、こっちよ」シャナは診察室を横切り始めた。

「歯のことで手助けしてもらえるクリニックは他《ほか》にないだろうか？」

振り返った彼女は息をのんだ。物音はまったくしなかったのに、男がすぐうしろに来ていたのだ。「いったいどうやって――」

彼はてのひらを上にしてこぶしを開いた。「わたしの歯だ」

シャナはたじろいだ。数滴の血がてのひらにたまっている。懸命に努力して、彼女はなんとか歯に焦点を合わせた。「何よこれ？　むかつく冗談か何か？　人間の歯じゃないわ」

男が口もとを強《こわ》ばらせた。「いい、わたしの歯だ。もとどおりにしたい」

「ばかなこと言わないで。動物の歯を移植するつもりはありませんからね。吐き気がするわ。そんな……そんな犬の歯なんて。それとも狼《おおかみ》かしら」

鼻孔を膨らませた男は、不思議なことに七、八センチ背が高くなったように見えた。彼は手にのせた歯をぎゅっと握りしめた。「よくもそんなことを。わたしは人狼《ウェアウルフ》ではない」

シャナは驚いて何度も瞬《まばた》きした。この人、気味が悪いわ。もしかしたら、ちょっと危ないやつかも。そうでなければ……。「ああ、わかったわ。トミーがあなたをここへよこしたのね」

「トミーなんて知らない」

「それなら誰が——」彼女の言葉はクリニックの前に急停止する車の音にさえぎられた。警察かしら？　神様、そうでありますように。シャナはオフィスのドアに近づいて外をのぞいた。サイレンも聞こえなければ点滅灯も見えない。歩道を踏みつける重い足音が響いた。

たちまち冷たい汗が肌を伝う。彼女はバッグを胸に抱え込んだ。「あいつらが来たわ」

頭のおかしな患者は狼の牙をハンカチに包んでポケットに入れた。「あいつらとは？」

「わたしを殺したがっているやつらよ」シャナは裏口を目指して診察室内を走った。

「きみはそれほど腕の悪い歯医者なのか？」

「違うわ」震える手で安全錠を外す。

「では、何か悪いことをしたのか?」

「いいえ、そうじゃなくて、見てはいけないものを見てしまったの。今すぐここを出ないと、あなたも同じ目にあうわよ」裏口から押し出そうとして、シャナは男の腕をつかんだ。彼の口の端からひと筋の血がこぼれる。男は急いで手でぬぐったものの、形のいい顎に沿って赤い血の跡が残った。

あの場は血だらけだった。生気を失った血まみれの顔があちこちに見えていた。かわいそうなカレン。口にたまった血が彼女の最後の言葉を詰まらせた。

「ああ、神様」シャナの膝がぐらつき、視界がぼやけ始めた。だめ、今はだめよ。走って逃げなくちゃならないんだから。

気のふれた患者が彼女の腕を取った。「大丈夫か?」

シャナは男の手に強くつかまれている腕を見おろした。白衣に赤いしみがついている。血だわ。ぎゅっと目を閉じたとたん、男のほうへ体が傾いた。バッグが床に落ちる。

男が彼女を腕に抱えた。

「だめよ」わたしは気を失いかけている。このままではいけない。最後の力を振り絞り、シャナはまぶたをこじ開けた。

男の顔がすぐそばにあった。薄れゆく意識の中で、じっと彼女を見つめる彼の目が光り始めるのがわかった。

彼の瞳は赤だわ。血の色。

シャナは男にささやいた。次の瞬間、彼女は暗闇に包まれていた。「あなたは逃げて、お願いよ」死ぬのね。わたしはもうすぐ死ぬ。カレンと同じように。

驚くべき事態だ、とローマンは思った。普通なら、この女性は人間ではないと考えただろう。これまで五〇〇年以上の年月を通じて、彼のマインド・コントロールに屈しない人間は初めてだった。しかも彼女は彼に罪がないと信じているばかりか、彼の身を案じる人間に出会ったのも初めてだ。しかも彼女は彼に罪がないと信じてさえいる。それに、彼のことをとんでもなくハンサム――彼女が実際にそう言った――だと思っているのだ。

だが、この女性は人間《モータル》だ。腕の中の彼女の体は温かく柔らかい。ローマンは頭を下げ、鼻から深く息を吸い込んだ。人間の血のみずみずしく豊かな香りが鼻孔を満たす。A型Rhプラス。彼がいちばん好きな味だ。女性を抱く手に力がこもった。股間が反応する。意識を失った女性はひどく無防備で、頭をのけぞらせ、汚れのない白い首をさらしていた。他の部分もきっと美味なのだろうと思われた。

体にもそそられるが、さらにローマンの興味をかきたてたのは彼女の心だった。いったいどうやってマインド・コントロールを遮断したのだろう？　何度試みても、そのたびに彼女はぴしゃりと彼の侵入をはねつけた。おかげで格闘するはめになったが、不思議と腹は立たなかった。それどころかまったく反対の気分だ。ローマンは苦労の末に多少なりとも彼女の考えを読み取ることに成功した。彼女は血を見て恐怖を感じたらしい。気を失う直前には、彼女の死について考えていた。

こんなにも生き生きしているのに。腕に抱いた女性はぬくもりと活力を放ち、命が力強く脈打って、気絶した状態でさえローマンをひどく興奮させた。なんということだ。わたしはこの女性をどうするつもりなんだ？

そのとき、きわめて感度のいい彼の聴覚が、表の歩道にいる男の声をとらえた。

「シャナ！　手間をかけさせるな。われわれを中に入れるんだ」

シャナ？　ローマンは視線を下げ、白い肌とピンク色の唇、かすかにそばかすが散った鼻を見つめた。この女性にぴったりの名前だ。柔らかい茶色の髪は染めているように見える。興味深いな。若く美しい女性が本当の髪の色を隠そうとする理由はなんだろう？　ひとつだけ確かなことがあった。本物の女性に比べれば、VANNAはお粗末な代用品にすぎない。

「もういい、雌犬め！　入るぞ」クリニックの正面に何かがぶつかり、ガラスが粉々に砕ける音がした。ミニ・ブラインドがガタガタ鳴る。

なんと、あの男たちは本気でこの女性を傷つけようとしているらしい。彼女は何をしたんだ？　どうしても犯罪者とは思えないのだが。銃の扱いが下手すぎる。それに、あまりにも簡単にローマンを信用した。自分自身より彼の身の安全を心配したくらいだ。気絶する前の最後の言葉でも、彼に逃げろと言っていた。自分はこんな状態なのに。

まともに考えれば、彼女をこの場に置いて立ち去るべきなのだろう。歯医者なら他にもいるはずだし、ローマンは人間界の問題にはめったにかかわらないことにしていた。

彼は女性の顔を見おろした。〝あなたは逃げて、お願いよ〟無理だ。このまま見捨てて死なせるわけにはいかない。彼女はなんというか……他の人間とは違う。ローマンの胸で何かに、おそらく何百年も眠っていた本能に火がついた。そして彼は気づいていた。両腕に抱いているのは稀有《けう》な宝物だと。

クリニックの表側からまたガラスが割れる音が聞こえてきた。くそっ、急いで移動しなければならないぞ。幸運なことに、ローマンにとってその点はたいした問題ではなかった。彼は片方の肩に女性を担ぐと、両面にマリリン・モンローがプリントされた風変わりなバッグを手に取った。裏口のドアを開けて外をのぞき見る。

通りの向こうにはビルがひしめき、それぞれの壁に金属製の非常階段がジグザグに張りついていた。ほとんどの建物はすでに営業を終了している。まだ明かりがついているのは角のレストランだけだ。もっと広い通りには車が行き交っていたが、この脇道《わきみち》は静かで、道の両側に沿って車が停《と》まっていた。ローマンの鋭い感覚はそこに人の気配を感じ取った。通りの反対側に駐車している車の背後にふたりいる。姿は見えなくとも、彼らの血管を流れる血が匂うのだ。

ローマンは瞬くまにドアを押し開け、ブロックの端まで移動した。さっと角を曲がりながらうしろを確認すると、先ほどのふたりの人間はやっと反応し始めたところだった。銃を抜き、開け放たれたドアめがけて走っていく。ローマンの動きがあまりに速くて、彼らには見えなかったのだろう。彼はもうひとつ角をまわって、クリニックの正面の通りへ出た。配達用トラックの背後に身を隠し、あたりの状況を確認する。

三台の黒いセダンが通りをふさぐように停まっていた。男が三人、いや四人だ。ふたりがクリニックのガラスを割るあいだ、残りのふたりがあたりを見張っているらしい。シャナの命をねらうこの男たちは何者なんだ？

ローマンは彼女を抱く手に力をこめた。「もう少し我慢してくれ。少しドライブするぞ」彼は背後にある一〇階建てのビルの屋上に意識を集中させた。次の瞬間にはそこに立ち、殺し屋の一団を見おろしていた。

歩道に散らばるガラスのかけらを、シャナを殺そうとするやつらの靴が音をたてて踏みしめている。クリニックの窓は縁にギザギザのガラスが残っているだけだった。殺し屋のひとりが、枠だけになったガラス張りのドアに手袋をした手を差し込んで鍵を開けた。残りの男たちはコートから銃を抜いて中に入っていく。

彼らが通ったあとでドアが閉まると、細かいガラスのかけらが歩道に降り注いだ。ミニ・ブラインドが揺れ、金属がこすれる音が響いた。続いて家具がぶつかり合う音が聞こえてくる。

「あいつらは何者なんだ？」ローマンのささやきに返事はなかった。シャナはまだ意識が戻らず、彼の肩に担がれたままだ。ふいに、女物のバッグを手に立つ自分の姿がばかばかしく思えてきた。

屋上はテラスになっていて、プラスティック製の備品――グリーンの椅子が二脚に小さなテーブルがひとつ、平らに伸ばした寝椅子がひとつ置いてあった。ローマンが彼女を寝椅子に横たえ、体に沿って片手を滑らせていくと、ポケットに何か硬いものが入っていた。携帯電話のようだ。

バッグを下に置き、ポケットから彼女の携帯電話を取り出す。ラズロにかけて車で迎えに来させよう。テレパシーで他のヴァンパイアに連絡することも可能だが、その方法だとプライバシーが保てるとはかぎらなかった。偶然別のヴァンパイアに会話を聞かれる危険を冒したくない。牙が一本抜けたあげく、彼よりもっと深刻なトラブルに見舞われている人間の歯医者を誘拐したなどと、誰にも知られたくなかった。

ローマンはビルの縁に近づいて下をのぞき込んだ。殺し屋たちがクリニックを出るところだった。正面から入った四人に裏口のふたりが加わり、合計で六人になっている。身ぶりからして、みな憤慨しているようだ。ローマンの高感度の聴覚が、もれ聞こえてくる彼らの悪態をとらえた。

ロシア語だ。殺し屋たちはディフェンスのラインマンのようにがっしりした体格をしていた。ローマンは肩越しに振り返ってシャナを見た。こんな荒くれ者どもに追われていては、生き延びるのに大変な苦労をするだろう。

男たちがふいに動きを止めて黙り込んだ。そのとき、暗闇から誰かが姿を現した。くそっ、全部で七人か。なぜ先ほどは気づかなかったんだ？　いつもなら人間の体内を流れる血や彼らが放つ熱を感じ取れるのだが、最後の男に関してはまったく感知できなかった。

六人の男たちが、まるで身を寄せ合うほうが安全だというようにじりじりと集まり始めた。六人対ひとり。屈強な殺し屋たちが、どうしてたったひとりの男を恐れるのだろう？　男はクリニックの入口に近づいた。壊れたブラインドの隙間から中の明かりが幾筋かもれて、男の顔を照らし出した。

まさか！　ローマンは思わずあとずさりした。七番目の男の気配を感じなかったのも無理はない。イワン・ペトロフスキー――ロシアのヴァンパイアを率いるコーヴン・マスター。ローマンのもっとも古くからの敵のひとりでもある。

この五〇年というもの、ペトロフスキーはロシアとニューヨークを頻繁に行き来して、世界中のロシア系ヴァンパイアたちを厳しく管理していた。ローマンと友人たちはこの昔からの敵に関して、つねに情報を交換し合っている。最新の報告によれば、ペトロフスキーは殺し屋としてかなりの額を稼いでいるらしかった。

暴力的なヴァンパイアたちが誰かに雇われて人殺しをするというのは、昔からよくあることだ。彼らにとって人間を殺すのはたやすく、愉快でさえある。食事を楽しめるうえに報酬も得られるのに、受けない手はないというわけだ。ペトロフスキーはその論理を気に入り、心底好きなことを仕事にしているのだろう。おまけに彼は間違いなく腕利きだ。

ローマンが耳にしたところによると、ペトロフスキーはロシア系マフィアからの依頼を好んで引き受けているらしい。彼の仲間がロシア語を話す銃を持った人間であることも、それで説明がつく。これは厄介だ。シャナの命をねらっているのはロシア系マフィアだったのか。

ロシア人たちはペトロフスキーがヴァンパイアだと知っているのだろうか？　それとも単に、いつも夜に仕事をする母国出身の殺し屋だと思っているのか？　いずれにしろ、彼らは明らかにペトロフスキーを恐れていた。

それだけの理由があるのだ。彼に刃向かって生きていられる人間はいない。たとえマリリン・モンロー柄のスパンコールのバッグにベレッタを忍ばせている、根性のある若い女性でも無理だ。

そのとき背後からうめき声が聞こえ、ローマンは根性のある若い女性に注意を戻した。彼女は目を覚ましつつあった。けれどもロシア人たちがシャナを始末するためにイワン・ペトロフスキーを雇ったのなら、あとひと晩も生きながらえるのは難しいだろう。

だが、もしも……もしも彼女が別のヴァンパイアに保護されていれば、話は変わってくる。ロシア系ヴァンパイア全体を相手にできるだけの力と財力を持つヴァンパイアに。すぐにでも戦いに応じられる部隊を備えたヴァンパイア。以前にペトロフスキーと対決したことがあり、生き延びたヴァンパイア。どうしても歯医者を必要としているヴァンパイア。

ローマンはそっとシャナに近づいた。彼女はまたうめき、片手で額を押さえた。彼のマインド・コントロールを拒んで格闘したせいで頭痛がするのかもしれない。それにしても、彼女がローマンを退けられたとは驚きだ。結局マインド・コントロールに失敗したので、彼にはシャナが次に何をするのか、なんと言うのか、見当もつかなかった。彼女は取り扱いに注意が必要な危険物と同じだ。それがかえって彼女を魅力的にしているのだが。

ボタンを留めていない白衣の前が開き、ベビーピンクのTシャツに包まれた胸があらわになっていた。シャナが呼吸するたびに胸が隆起する。ローマンはジーンズがますますきつくなってくるのを感じた。彼女の血管を流れる温かい血が、脈打つごとに彼を引き寄せるのだ。ローマンの視線は、シャナがはいているローウエストの黒いタイトなパンツに向けられた。彼女はとても美しい。それにすごくおいしそうだ。いろいろな意味で。

くそっ。シャナを手もとに置いておきたい。彼女はローマンが罪のない人間だと思っている。命を救う価値のある人間だと。彼女が真実を知ったらどうなるだろう？　本当は悪魔だとわかれば、彼を殺そうとするに違いない。ローマンはエリザの件で、十分すぎるほど教訓を得たはずだった。

彼は体を起こした。もう二度と自分を無防備な状態にさらすことはできない。だが、この女性が彼を裏切るだろうか？　どういうわけか、そうはならないと思えて仕方がなかった。シャナはローマンに逃げるよう懇願した。純粋な魂の持ち主だ。

またシャナがうめいた。なんと傷つきやすい姿だろう。ペトロフスキーのような怪物の前に、どうしてこんな状態の彼女を残していけるというんだ？　ローマンの視線はシャナの体をさまよい、美しい顔に戻った。わたしなら彼女を守れる。ただし、飢えた肉体が叫びをあげ、欲望が体を震わせているかぎり、シャナの安全は保証できないが。

ペトロフスキーから保護しても、わたし自身からは守れないかもしれない。

3

シャナは額をこすった。遠くのほうから車のクラクションや救急車のサイレンが聞こえてくる。どちらも死後の世界では必要なさそうなものだ。どうやらまだ生きているらしい。だとしたらここはどこだろう？

目を開けると、ところどころ霧に隠れているものの、星が輝く夜空が見えた。そよ風に乱された髪が頬をかすめる。シャナは顔を右に向けた。屋上？ 彼女はテラスの寝椅子の上に横たわっていた。どうやってここまで来たのかしら？ 視線を左手に移す。

彼だわ。狼の牙を持っている危ない患者。彼がわたしを運んできたに違いない。そして今はこちらへ向かってこようとしている。慌てて起き上がろうとすると軽い素材の寝椅子が傾き始め、彼女は息をのんだ。

「気をつけて」いつのまにかすぐそばに現れた彼がシャナの腕をつかんだ。驚いた、どうしてこんなに速く移動できるの？

頭に痛みを感じ、まわりの温度が二、三度下がったような気がした。彼女をつかむ手はびくともしない。「放して」

「わかった」彼はシャナを解放して体を起こした。

思わずはっとする。こんなに背が高い人だとは気づかなかった。かなり大きい。

「あとになったら感謝したくなるかもしれないぞ。命を救われて」

またあの声だわ。低くてセクシーな声。とても魅力的には違いないが、今の彼女は誰も信じる気になれなかった。「それならお礼のカードを送っておくわ」

「わたしを信用していないんだな」

察しがいいじゃないの。「信用する理由がある？　状況を見るかぎり、あなたはわたしを連れ去ったのよ。許可もなく」

彼の口もとが緩んだ。「許可を求めたら許すのか？」

シャナは男を睨んだ。「いったいどこへ連れてきたの？」

「きみのクリニックから通りを渡ったところだ」彼はゆっくりした足取りで建物の端へ向かった。「わたしが信用できないというなら、自分の目で見ればいい」

気のふれた男と一緒に屋根の縁に立てというの？　冗談でしょう。走って逃げるべきときに気絶するなんて、愚かなまねはもう十分だ。これ以上、弱々しい女ではいられない。このゴージャスな男性が運んできてくれたというのは本当だろう。間違いなく命を助けてくれたのだ。彼は背が高くて、黒髪でハンサムで、ヒーローでもある。まったく完璧な男性だが、難点がひとつだけ。彼は口の中に狼の牙を突っ込みたがっている。自分が狼男《ウルフマン》だと思い込んでいるのかしら？　だから銃を向けられても怖がらなかった？　彼を傷つけるのは銀の銃弾だけだと信じているのかもしれない。月に向かって吠《ほ》えるのかしら？　ちょっと、しっかりしてよ。シャナはズキズキする額をこすった。くだらない想像をやめて次の手を考えなければ。

ふと、足もとに置かれたバッグに目が留まった。うそ！　彼女はバッグを膝に置いて中をのぞいた。やった！　まだベレッタがある。これで自分を守れるわ。必要とあらば、ゴージャスなウルフマンからも。

「確かめたいなら、やつらはまだ下にいるぞ」彼が振り返って言った。

シャナはバッグの口を閉じ、脅《おび》えたバンビのような顔で彼を見つめ返した。「やつらって？」

彼はバッグをちらりと見てから彼女の顔に視線を戻した。「きみを殺したがっているやつらだ」

「あの、実を言うと、今日はもう十分堪能《たんのう》したと思うの。だからそろそろ行くことにするわ」シャナは立ち上がった。

「今出ていけばつかまるだろう」

確かにそうね。だけど、病院を抜け出してきたハンサムな男性と屋根の上にいるほうが安全だと言えるかしら？　彼女はバッグを胸に抱きしめて言った。「わかったわ。もう少しここにいる」

「よし」彼の口調が和らいだ。「わたしが一緒にいる」

シャナはあとずさりして、テラスの椅子がふたりのあいだにくるように位置を調整した。

「どうしてわたしを助けたの？」

彼はゆっくりと笑みを浮かべた。「歯医者が必要なんだ」

ずるいわ。そんな微笑みを向けられたら女はみんなとろけて、ぷるぷる震えるホルモンのかたまりになってしまう。溶けちゃう。溶けちゃう。「どうやって……ここまで来たの？」

暗闇の中で彼の瞳がかすかに光った。「わたしがきみを運んできた」

シャナは息を詰まらせた。ピザのせいで余分な肉がついているのに。だが、彼は腰を痛めたようには見えなかった。「屋上までずっとわたしを抱えて？」

「それは……エレベーターを使った」彼がうしろのポケットから携帯電話を取り出した。

「知り合いに連絡して、われわれの迎えを頼む」

われわれ？　冗談でしょう？　この人を信用なんてできない。だけど、殺し屋から助け出してくれたのよ。それに今までのところは紳士的にふるまっている。謎《なぞ》めいた命の恩人から十分に距離をとりながら、シャナは意を決して建物の端へ移動した。

下を見る。まあ。彼はうそをついていなかった。ここは確かにクリニックの向かいのビルだ。通りをふさいで三台の黒いセダンが停まり、数人の男が立ったまま何やら話をしていた。わたしの殺害計画を立てているんだわ。抜き差しならない状況だ。こうなったら、差し出された手を取るべきかもしれない。ハンサムだけど頭のおかしいウルフマンを信用するべきかも。

「ラディンカ?」彼が携帯電話で話している。「ラズロの携帯の番号を教えてくれないか?」

ラディンカですって? ラズロ? ロシア人の名前じゃない? ぞっとして鳥肌が立った。どうしよう。大変なことになったわ。この人は味方を装ってわたしを油断させ、街から連れ出して――。

「ありがとう、ラディンカ」彼は別の番号にかけ始めた。

あたりを見まわしたシャナは階段に通じるドアを見つけた。彼に気づかれずにあそこまで行けさえすれば。

「ラズロ」彼の口調が威圧的になった。「急いで車を戻してくれ。緊急事態が発生した」

シャナはじりじりと動き始めた。静かに。

「だめだ、ラボへ行く時間はない。今すぐ引き返すんだ」相手の言葉に耳を傾ける。「いや、歯はまだ治していない。だが歯医者は一緒にいる」彼がシャナのほうをちらりと見た。

彼女は凍りつき、とっさに退屈そうな顔を装った。鼻歌でも歌おうかしら。今夜早くに耳にした『ストレンジャーズ・イン・ザ・ナイト』しか思いつかないけれど。あら、ぴったりの曲だわ。

「もう方向転換したか?」ウルフマンは苛立っているようだ。「よし。では、よく聞いてくれ。絶対に、いいか、繰り返すぞ、絶対にクリニックの前を通るな。一ブロック北へ来てくれ。そこで落ち合おう。わかったか?」

また口を閉じた。彼は相手の話を聞きながら、振り返ってビルの下をのぞいている。シャナはふたたび階段を目指してこっそり移動し始めた。

「あとで説明する。今は黙って指示に従ってくれ。そうすれば危険はない」

彼女はテーブルのそばを忍び足で通り過ぎた。

「きみがただの化学者にすぎないことはわかっているとも。だが、わたしはきみの能力に全幅の信頼を置いているんだ。いいか、このことは誰にも知られたくない。そういえば、われわれの……乗客はまだ車に乗っているのか?」彼は声をひそめ、シャナに背を向けたままビルの角に向かって歩き出した。

わたしの耳に入れたくない話なんだわ。〝聞こえるか?〟かすかに聞き取れた言葉でシャナははっとした。いいえ、聞こえない。ああ、もうっ、仕方ないわね。シャナは爪先立ちになって彼のあとを追った。昔のバレエの先生がこのスピードを見たら、さぞや感心することだろう。

「聞くんだ、ラズロ。歯医者を一緒に連れていくが、必要以上に彼女を警戒させたくない。だからVANNAを後部座席から出して、トランクに突っ込んでおいてくれ」

シャナははっと足を止めた。あんぐりと口が開く。喉がふさがって息ができなかった。

「トランクにどんながらくたが入っていようと知ったことじゃない。裸のまま車に乗せて走りまわるわけにはいかないんだ」

いやだ、どうしよう。彼女は酸素を求めてあえいだ。やっぱり殺し屋だったんだわ。

ふいに彼が振り返ってシャナのほうを向いた。押し殺した悲鳴をもらし、彼女はうしろに飛びすさった。

「シャナ?」彼が通話を切り、携帯電話を持つ手を伸ばした。

「わたしに近づかないで」あとずさりしながらバッグの中を手探りする。

彼が眉をひそめた。「携帯を返してほしくないのか?」

わたしの携帯電話だったの? 殺人をするだけでは飽き足らず、泥棒でもあるのね。シャナはようやく探りあてたベレッタを取り出して彼にねらいを定めた。「動かないで」

「またか。そんなふうに抵抗し続けたら手助けできないぞ」

「まあ、本気でわたしを助けたいようなことを言って」彼女は階段のほうへ動き始めた。

「お友達との会話が聞こえたわ。〝ああ、ラズロ、連れがいるんだ。死体はトランクへ移しておいてくれ〟」

「誤解だ」

「わたしはばかじゃないのよ、ウルフマン」じりじりと動き続ける。彼は一応言われたとおり、その場にとどまっていた。「最初のときに撃っておくべきだったわ」

「発砲してはいけない。下にいるやつらに銃声が聞こえる。そうなればすぐにここへ上がってくるだろう。わたしひとりで全員を倒せるという確信はない」

「全員を? ちょっと買いかぶりすぎだと思うけど」

彼の瞳の色が濃くなった。「わたしには特別な才能があるんだ」

「ええ、そうでしょうとも。トランクに入れられたかわいそうな女の子なら、あなたの特別な才能についてたっぷり説明できるわね」

「彼女は話せない」

「あたりまえでしょう。普通、誰かを殺すと、その人は無口になるものよ」

彼が口もとを歪《ゆが》めた。

シャナはついに階段へ続く扉に到達した。ところが瞬きして目を開けると、もうそこに彼がいた。

そう言い放ち、彼女はドアを開けた。「追ってきたら殺すわ」

勢いよくドアを閉め、シャナの手から銃をもぎ取ってかたわらに投げる。銃は音をたてて床に落ち、地面を滑っていった。彼女は身をよじって抵抗し、相手の向こうずねを蹴《け》った。たちまち手首をつかまれてドアに体を押しつけられた。

「まったく、きみはコントロールしがたい」

「そのとおりよ」引き抜こうとしても、手首を押さえつけている手はびくともしなかった。

彼が身を乗り出した。息が髪にかかって額をかすめる。「シャナ」涼しいそよ風のようなささやきだ。

シャナは身震いした。彼の声が彼女をとらえてなだめ、安らぎに身を任せて安心すればいいと誘いかけてくる。けれどもそれは偽りの安心だ。「おとなしく殺されるつもりはないわ」

「きみを殺したいとは思っていない」

「そう、よかった。だったら手を離して」

彼が頭を下げると、息がシャナの喉をくすぐった。「きみには生きていてほしい。温かくて元気いっぱいのまま」

別の震えが彼女の全身を稲妻のように駆け抜けた。ああ、どうしよう、彼はわたしに触れようとしている。キスするつもりかも。胸をどきどきさせながら、シャナはその瞬間を待った。

耳もとで彼がささやく。「きみが必要なんだ」

口を開きかけた彼女は、もう少しでイエスと答えそうになっている自分に気づき、慌てて閉じた。

シャナの手首をつかんだまま、彼がうしろに下がった。「信用してもらわなければならない、シャナ。わたしならきみを守れるんだ」

ふたたび激しい頭痛が彼女を襲い、氷のような痛みがこめかみを貫いた。シャナは全身の力を振り絞って抵抗し、彼の股間を膝で蹴り上げた。

寸前で悲鳴を押し殺したのか、彼の喉から鋭い息がもれた。結果的に出てきたのは不明瞭《ふめいりょう》なかすれ声だけだった。彼は体をふたつに折って地面に膝をついた。もともと青白かった顔がまだらに赤く染まっている。

シャナはたじろいだ。かなり効いたみたいだわ。あたりを見まわした彼女はテラスのテーブルの下に銃を見つけ、走って取りに行った。

「ちくしょう！」四つん這いになった彼があえぎながら言う。「とんでもなく痛いぞ」

「そのようね」シャナはベレッタをバッグに戻すと、階段を目指して駆け出した。

「今まで一度も――こんなことをされたのは初めてだ」彼が顔を上げた。苦痛に歪んでいた表情に、新たに驚きが混じっている。「なぜだ？」

「それがわたしの特別な才能のひとつだから」彼女は階段へ続くドアのノブに手をかけた。「ついてこないで。次はそこに弾を撃ち込むわよ」大きくこすれる音がしてドアが開いた。

踊り場に一歩足を踏み出して手を離すと、ドアがきしみながら勝手に閉まり始めた。シャナが階段を半分ほどおりたところでバタンと音をたてて閉まり、あたりは完全な闇に包まれた。ああ、もう、いやになるわ。仕方なく彼女はペースを落とした。映画に出てくる女の子たちのまねだけはしたくない。彼女たちは必ずと言っていいほど転んで足首をひねり、どうすることもできずその場に横たわったあげく、悪者に追いつかれて悲鳴をあげるのだ。やがて手すりがとぎれて階段が終わり、シャナはいちばん下の踊り場におり立った。両手を前に突き出してじりじり前に進むと、指先にドアが触れた。

それを開けたとたん、明かりに出迎えられた。廊下には誰もいない。よかった。シャナはエレベーターまで走った。金属製の扉の上に表示がぶら下がっている。〝故障中〟ですって！　彼女は肩越しにうしろを振り返った。あの卑劣な男はやっぱりうそをついていたんだわ。エレベーターでわたしを運ぶことは不可能だった。念のために業務用のものを探してみたが、他にエレベーターは見つからなかった。でも、彼がどうやって屋上まで上がったにせよ、今はそんなことを気にしていられない。

シャナは吹き抜けの階段に目を留めた。ありがたいことに明かりがついている。彼女は階段をいくつも駆けおり、ついに一階に着いた。背後から物音は聞こえない。ウルフマンは追いかけてきていないようだ。彼女は階段の扉を少しだけ開けてのぞいた。ビルのロビーは薄暗く、人がいる気配は感じられなかった。正面玄関にはガラスのドアがふたつあり、外の黒い車と殺し屋たちの姿が見えた。

シャナはすばやくロビーに出ると、ぴったり壁に張りつきながら裏口へ移動した。まるで自由を約束する信号灯のように、赤い光を放つ出口の表示が彼女を呼んでいる。あそこに安全があるのだ。外へ出てタクシーを見つけ、人目につかないホテルへ行こう。部屋をとって身を落ち着けたら、もう一度ボブ・メンドーサに連絡をとってみる。それでも連邦保安官がつかまらなければ、明日の朝いちばんに預金を全額おろし、列車に乗ってどこかへ行こう。行き先はどこでもいい。

裏口から外をうかがったシャナは、誰もいないのを確認してビルを出た。とたんにたくましい腕が背後からウエストに巻きつき、岩のように硬い体に引き寄せられた。有無を言わせぬ力で手が口をふさぐ。彼女は相手の向こうずねを蹴り、足を踏みつけた。

「やめろ、シャナ。わたしだ」今ではすっかり聞きなれた声が耳もとでささやいた。

ウルフマン？　いったいどうやって先まわりしてきたの？　シャナは口をふさぐ彼の手に向かって、苛立ちのこもったうめき声をあげた。

「こっちだ」彼はシャナを引っ張って通りを歩き出し、無人のパラソル付きテーブルの列を通り過ぎていった。ビストロの名前の入った垂れ幕が頭上ではためいている。その隣は正面がガラス張りの店で、泥棒よけの柵《さく》が設置されていた。彼はその店の奥まった出入口へシャナを引きずり込んだ。張り出した日よけが街灯をさえぎって、ちょうど陰になっている場所だ。「すぐにラズロがやってくる。それまでおとなしくしているんだ」

シャナは彼の手を払いのけようとやみくもに頭を振った。

「息ができないのか？」彼が心配そうに尋ねた。

返事のかわりにうなずく。

「手を離しても叫ばないと約束するか？　申し訳ないが、殺し屋がすぐそばにいるから、きみに騒ぎを起こさせるわけにはいかないんだ」そう言って、彼が少し手を緩めた。

「それほどばかじゃないわ」てのひらに向かってもごもご言う。

「きみはかなり頭がいいと思う。だが今は最悪の状況だ。この手のストレスがかかると、誰でも愚かなふるまいをする可能性がある」

シャナは彼の顔を見ようと頭をめぐらせた。引きしまって力強い顎だ。目は通りに向けられている。危険がないか探っているに違いない。「あなたは何者なの？」彼女は小声で訊いた。

シャナを見おろす彼の口もとにかすかな笑みが浮かんだ。「歯医者を必要としている男だ」

「うそをつかないで。歯医者なんて他にも山ほどいるわ」

「うそじゃない」

「エレベーターのことではうそをついたでしょう。故障中だったじゃない。だからわたしは仕方なく階段を使ったのよ」

彼が顔を強ばらせ、ふたたびあたりに警戒の目を向け始めた。わざわざ答えるまでもないということらしい。

「どうやってこんなに速くおりてこられたの？」

「何か問題でも？　きみを守りたいんだ」

「なぜ？　どうしてあなたが気にするの？」

彼の動きが止まった。「こみ入った話なんだ」そう言ってシャナを見る。その瞳に浮かぶ苦悩に気づき、彼女は息をのんだ。何者であれ、この人は苦しみというものを知っている。

「わたしに危害を加えるつもりはないのね？」

「ああ。誰かをつらい目にあわせるのは、もううんざりなんだ」彼は寂しげに微笑んだ。

「それに本気できみを殺したいと思っていれば、今までに何度も機会があった」

「それを聞いて安心できると思う？」シャナが身震いすると、体にまわされた手に力がこもった。

通りの向こうでネオンサインが光を放っている。霊能力者が開いているという店はまだ営業中のようだ。全力で走ってあそこへ駆け込み、警察を呼ぶのはどうだろう。それよりわたしの未来を見てもらうほうがいいかもしれない。不思議なことに、シャナは自分が危険にさらされている感じがしなかった。ウルフマンの腕は力強く、彼女が寄りかかっている胸は広くてたくましい。それに彼はシャナを守りたいと主張していた。このところ彼女はひどく孤独だった。できることなら彼を信じたい。

気持ちを落ち着かせようと深呼吸したシャナは思わず咳き込んだ。「ここは匂うわね。なんの店なの?」

「葉巻だ。どうやらきみは吸わないようだな?」

「ええ、吸わないわ。あなたは?」

彼は歪んだ笑みを浮かべた。「吸うのは日のあたる場所にいるときだけだ」

どういう意味? けれどもシャナが口を開く前に、ダークグリーンの車がふたりの前を通り過ぎた。ウルフマンが彼女を促し、隠れ場所から歩道の縁石のほうへ向かい始める。

「ラズロだ」彼は手を振って運転手の注意を引いた。

グリーンのホンダ・アコードが道路脇に駐車している車の向こうに重ねて停まった。ウルフマンはシャナを引っ張って車に近づいていく。

彼を信用していいのかしら? 車に乗ってしまったら逃げられなくなるのでは? 「ラズロって誰? ロシア人なの?」

「違う」

「アメリカ人らしくない名前だけど」

彼が片方の眉を上げた。答えるのが面倒だと思っているらしい。「彼はハンガリー人だ。もともとは」

「あなたは?」

「このあたりの生まれ？」

「アメリカ人」

今度は両方の眉が上がった。明らかに苛立っている。けれども彼の言葉には、かすかだが間違いなく訛りがあった。うるさがられようと安全には代えられない。

ホンダの運転手が何かぎこちなく手探りすると、ポンと音がして車のトランクが数センチ開いた。ふいに死体のことを思い出し、シャナはぎょっとして飛び上がった。

「落ち着いて」ウルフマンが彼女をとらえたままの手に力をこめた。

「落ち着いてなんていられる？」彼から離れようともがいてみたものの、その試みは無残にも失敗に終わった。「あそこに死体が入ってるんでしょ？」

彼がため息をついた。「神よ、お助けください。こんな目にあうのはわたしのせいですか？」

車から白衣を着た小柄な男が転がるようにして出てきた。「ああ、よかった。言われたとおり、大急ぎで来たんですよ」シャナの姿に気づいた彼は、白衣のボタンをもてあそび始めた。「こんばんは。あなたが歯科医の方ですか？」

「そうだ」ウルフマンが肩越しにうしろを振り返って答えた。「急いでいるんだ、ラズロ」

「わかりました」ラズロが後部座席のドアを開けて中に頭を突っ込んだ。「VANNAを移動させましょう」体を起こした彼は座席から裸の体を引っ張り出した。

シャナは息をのんだ。

ウルフマンの手が彼女の口を覆う。「本物じゃない」

逃れようとして暴れるシャナを彼が胸に引き寄せ、きつく抱きしめた。

「よく見るんだ、シャナ。あれはおもちゃだ。等身大のおもちゃなんだよ」

彼女の動揺にラズロも気づいたらしい。「そのとおりです。人間ではありません」彼は人形の頭から鬘《かつら》を取ってみせると、またかぶせ直した。

どうしよう。ウルフマンは殺し屋ではなかった。変態だったのよ!

シャナは彼のみぞおちを肘で突いて不意打ちを食らわせ、なんとかして彼から離れた。

「シャナ」伸びてきた彼の手を、うしろに飛びすさって逃れる。

「わたしに近づかないで、この変態」

「なんだって?」

彼女はラズロがトランクに突っ込もうとしている人形を指差した。「あんなおもちゃを持っている男は例外なく変態よ」

彼はまごついたように瞬きした。「これは……わたしの車じゃない」

「おもちゃもあなたのものじゃないと言いたいの?」

「そうだ」そこで彼はうしろを見た。「くそっ!」車のほうへシャナを押す。「乗るんだ」

「どうして?」彼女はドアのところで入口の枠の両側をつかみ、肘を突っ張って抵抗した。

アニメに出てくる猫は、水に落とされたくないときにこの方法をとって成功している。

ウルフマンがそばに身を寄せて、彼女の視界をさえぎった。「黒い車がこの通りへ曲がってこようとしている。きみの姿を見られたくないんだ」

黒い車が？ 黒いセダンか、それともグリーンのホンダか。どうやら選択肢はこのふたつしかないらしい。どうかこれが正しい決断でありますように。シャナはそう祈ると、ホンダ・アコードの後部座席に乗り込み、床にバッグを置いた。うしろを振り返ったが、黒い車は見えなかった。ラズロがまだトランクを開けていたのだ。

「急げ、ラズロ！ もう行くぞ」ウルフマンが隣に乗り込んできてドアを閉めた。リアウインドウをうかがっている。

ラズロが音をたててトランクを閉めた。

「まずい」ウルフマンはシャナの肩をつかんで押し下げた。

「きゃっ！」突然の出来事だった。息をつく間もなく、気がつけば彼女の鼻はチクチクする黒いデニムにぴったり押しつけられていた。いやだ、彼の膝に突っ伏しているわ。男らしい香りと洗いたての石鹸《せっけん》の匂いがする。それとも柔軟剤かしら？ シャナは起き上がろうとしてもがいたが、上から押さえつけられて身動きできなかった。

「すまない。だが、この車のガラスは色付きじゃないんだ。やつらにきみを見られる危険は冒せない」

エンジンがかかる音がして車が動き始めた。伝わってくる振動のおかげで、まるでジーンズを使ってフェイシャル・マッサージをされているような感触だ。

必死で身をよじっているうちに、なんとか鼻と口に空気を送り込める場所を見つけた。深呼吸を何度か繰り返したところで、シャナはその貴重な空間が彼の脚のあいだの隙間だと気づいた。すてきじゃないの。彼の股間で息をあえがせるなんて。

「黒い車がついてきます」ラズロが不安そうに言った。

「わかっている」ウルフマンの声には苛立ちがにじんでいた。「次の角を右に」

シャナは横向きに体勢を変えようとしたが、ちょうど車が向きを変えたせいでバランスを崩してしまった。後頭部がウルフマンのファスナーのあたりにぶつかる。おっと。彼は気づいたかしら。彼女は股間から離れようと身をくねらせた。

「さっきからずっと動いているが、何か目的があるのか？」

いやだわ。気づいていたのね。「あの――息ができなかったのよ」シャナはもぞもぞして片方の肩を下にすると、両足を引き上げて丸くなった。こうすれば、彼の腿に頬をあてて横たわる形になるのだ。

ふいに車が停止した。シャナの体がうしろに滑り、またしてもファスナーにぶつかった。

ウルフマンがたじろぐ。

「ごめんなさい」ああ、もう、信じられない。最初は膝蹴りで今度は頭突き。ひと晩でどれほどひどい目にあわせれば気がすむの？　彼女はもう一度頭を前にずらした。

「申し訳ありません」ラズロが言った。「信号が急に赤に変わったもので」

「わかっている」ウルフマンはシャナの頭に軽く手を置いた。「くねくねするのをやめてもらえないだろうか？」

「やつらが横に停まろうとしています！」

「いいんだ。好きなだけ見ればいい。男がふたり乗っているだけだとわかるだろう」

「これからどうすれば？」ラズロが訊いた。「まっすぐ進みますか？　それとも曲がりましょうか？」

「次の交差点で左折だ。彼らがついてくるかどうか試そう」

「承知しました」ラズロは憂鬱そうな声でつけ加えた。「あのう、わたしはこういうことの訓練を受けていないんです。コナーかイアンを呼ぶべきではないでしょうか？」

「きみはよくやっている。それで思い出した」ウルフマンが腰を上げた。

シャナははっと息をのみ、ずり落ちないように彼の膝をつかんで体を支えた。頬の下で腿の筋肉が盛り上がるのがわかる。ああ、スリル満点の乗り心地だわ。

「これだ」座席に座り直して彼が言った。「きみのいまいましい電話をうしろのポケットに入れたままだった」

「あら」携帯電話を見ようと、シャナは仰向けになった。ところが車が動き出したせいで、体が回転して彼の股間のほうを向く形になってしまった。鼻をファスナーに押しつけて。

「ごめんなさい」彼女はつぶやき、慌てて離れようとした。

「いや……いいんだ」彼が携帯電話を座席に落とした。「電話は使わないほうがいいと思う。やつらがきみの番号を知っていれば、通話を追跡して居場所を突き止めるかもしれない」

ころころ転がられるのを阻止するためか、彼はシャナの肩に手を置いた。

車が急ハンドルを切って左に曲がった。幸い、今度は腿の上をわずかに滑っただけですんだ。「まだ追ってきている?」

「やつらの車はもう見えません」ラズロが興奮した様子で言った。

「喜ぶのはまだ早いぞ」ウルフマンが左右を見まわした。「確認のために、もう少しこのあたりを走ってみてくれ」

「わかりました。ご自宅へ向かいますか、それともラボへ?」

「ラボって?」シャナは起き上がろうとしながら訊いた。

だがウルフマンが肩に置いた手に力をこめ、もとの体勢に戻されてしまった。「じっとして。まだ終わったわけじゃないんだ」

ああ、最高。もしかして、わたしを手荒く扱って楽しんでいるんじゃないでしょうね。

「わかったわ。それで、ラボって?」

彼がシャナを見おろした。「〈ロマテック・インダストリー〉の研究室だ」

「聞いたことがあるわ」

彼の眉が上がった。「本当に?」

「ええ。人工の――け、血液を発明して大勢を救った会社でしょう。あなたはそこで働いているの?」

「ああ、われわれふたりともそうだ」

シャナは安堵のため息をついた。「素晴らしいことだわ。あなたは人の命を救っているのね……奪っているんじゃなくて」

「そうできればと望んでいる」

「まだ名前を聞いていなかったわね。いつまでもウルフマンとは呼べないし」

彼がさっと眉をひそめた。「言ったはずだ。わたしはウェアウルフではない」

「だけど、ポケットに狼の牙を入れているじゃないの」

「実験の一環なんだ。トランクに入っている人形と同じで」

「あら、そう」シャナは前の座席に顔を向けた。「それが、あなたが今取り組んでいることなの、ラズロ？」

「そうなんです。あの人形はわたしの現在進行中の研究のひとつです。心配する必要はまったくありません」

「それを聞いて安心したわ」シャナは微笑んだ。「変態ふたりとドライブしているなんて考えたくないもの」ウルフマンに向き直った彼女の鼻が、また彼のファスナーをかすめた。まあ。さっきはこんなに突き出ていなかったのに。

シャナは急いで体をずらした。「もう起きてもいいんじゃないかしら」

「まだ安全とは言い切れない」

それはそうだけど。どんどん大きくなる股間から数センチしか離れていなくても安全だと言えるのかしら。少なくともわたしの攻撃が与えたダメージは、それほどひどくなかったようね。ウルフマンは十分に回復しつつある。十二分かも。「それで、あなたの名前は？」

「ローマン。ローマン・ドラガネスティだ」

ラズロがスピードを落とさないまま角を曲がった。

シャナの体が滑ってローマンにぶつかった。大きくて岩のように硬いローマンに。「ごめんなさい」股間の強ばりをよけて頭を傾ける。それにしても、刻一刻と大きくなっているようだ。

「どちらにしますか？」ラズロが訊いた。「ラボか、それともご自宅か」

ローマンがシャナの肩から首へ手を移動させた。彼の指がゆっくりと、肌の上で小さく円を描くように動き始めた。

シャナの全身に震えが走り、鼓動が速くなった。

「彼女を家へ連れていく」ローマンがささやくように言った。

シャナは思わず喉を鳴らした。どういうわけか、今夜自分が重大な転機を迎えているような気がした。人生がすっかり変わるほどの転機だ。

ふいに車が停まった。車体の揺れに合わせて頭がぐらつき、ウルフマンの文字どおり獣のように興奮している場所をこする。彼がうめき、シャナの顔をじっと見つめた。

彼女は息をのんだ。彼の目が赤く光っていたのだ。そんなことありえない。きっと赤信号が反射しているに違いないわ。

「ご自宅に連れていって大丈夫ですか？」ラズロが尋ねた。

「わたしが口をつぐんでいるかぎり問題ない」ローマンの口もとにかすかな笑みが浮かんだ。

「それと、ファスナーを閉めているかぎり」

ごくりと唾をのみ込み、シャナは顔をそむけた。せっかく与えられた退屈に感謝するべきだったのだ。こんな興奮が続けば神経がもたないかもしれないわ。

4

荒れ狂う欲望を隠しておけるのもここまでか。ローマンの見たところ、膝の上の美しい歯科医はとうとう、彼の強ばった股間から逃れるすべはないと悟ったようだ。彼女が苦労してわずかな距離を空けるたびに、彼が立ち上がって隙間を埋めてしまう。

ローマンにとっても驚きを覚えずにいられない状況だった。これほど激しい欲望を感じるのはおよそ一〇〇年ぶりだ。シャナはようやく彼に頭をぶつけるのをやめ、ファスナーにぴったりくっついたままじっと横たわっていた。煙るような青い瞳が、なんでもないと言わんばかりに車の天井を見つめ続けている。けれども赤く染まった頰と、ときおり彼女の温かい体を駆け抜ける震えが、実際は違うと告げていた。シャナはかなり彼を意識している。ローマンの欲望に気づいているのだ。

それを知るのに彼女の心を読む必要はなかった。心ではなく体を読み取ればいい。ローマンには新鮮な体験で、結果的に彼の欲望をさらに熱く燃え上がらせることとなった。

「ローマン？」シャナがちらりと彼を見た。頰の赤みが濃くなっている。「うるさい子供みたいにあなたを煩わせたくはないんだけど……。まだ着かないの？」

彼は窓から外をうかがった。「セントラル・パークまで来た。もうすぐだ」

「そう。ええと、あなたはひとり暮らし?」

「いや。住んでいる……人間は大勢いる。それに昼夜を問わず警備チームが監視しているから、うちにいればきみは安全なはずだ」

「どうしてそんなに厳重な警備をしているの?」

ローマンは窓に視線を向けたまま答えた。「安心できるように」

「どんな危険があるの?」

「きみは知りたくないだろう」

「ふうん、たっぷり情報をくれてありがとう」シャナがつぶやいた。

ローマンは微笑まずにいられなかった。彼のコーヴンに所属する女性のヴァンパイアたちは彼を誘惑しようと必死で、決して不満をあらわにしないのだ。シャナの態度は新鮮に感じられた。とはいえ、彼女が苛立ちを募らせ、また彼の股間を膝蹴りするような事態だけは避けたい。どういうわけか、五四四年もこの世に存在していながら、ローマンはその手の苦痛を経験したことがなかった。ヴァンパイア・キラーたちはたいてい、まっすぐ彼の心臓《ハート》をねらう。

ただ正直なところ、シャナはローマンの心《ハート》にも襲いかかりつつあった。胸の中で干上がり、抜け殻にすぎなくなっていた彼の心が、いつのまにか太古からのリズムを刻み始めていた。彼の宿わがものにして守りたいという渇望のリズムだ。ローマンはこの女性が欲しかった。彼の宿敵が彼女をとらえて傷つけるのを黙って見ているつもりはない。

だが、それだけではなかった。なぜシャナをマインド・コントロールできないのか知りたい。精神的な面でローマンにとって彼女は、解明したくてたまらない難問と同じだった。そして現状から判断すれば、明らかに肉体的な面でも、彼女に抵抗するのは難しいようだ。

「着きました」ラズロが車のスピードを落とし、ローマンの車に横づけして停めた。

ローマンはドアを開けた。シャナの頭をほんの少し持ち上げて彼女の下から抜け出す。続いてシャナも起き上がろうとした。「だめだ。わたしが安全を確認するまでそのままでいるんだ」

彼が車を出てドアを閉めると、ラズロも同じように外へ出てきた。ローマンは車から数メートル離れた場所へ移動するよう化学者に合図した。「よくやってくれた、ラズロ。ありがとう」

「どういたしまして、社長。もうラボへ戻ってもかまいませんか?」

「まだ頼みたいことがある。中へ入って、人間の客を連れていることをみんなに知らせてほしいんだ。彼女を守らなければならないが、われわれの正体を知られるわけにもいかないからな」

「どうしてこんなことをなさるのかお尋ねしても?」

ローマンはロシア人の気配がないかと、通りをざっと見渡した。「ロシアのコーヴン・マスター、イワン・ペトロフスキーの名前を聞いたことがあるか?」

「もちろん」ラズロがふたつだけ残った白衣のボタンのひとつを握りしめた。「卑劣で無慈悲だとか」

「そうだ。そいつがなんらかの理由で、この歯医者を殺したがっている。だが、わたしも彼女が必要だ。だから保護しなければならない。われわれが介入しているとペトロフスキーに知られないようにして」

「ああ、そんな」ラズロがものすごい勢いでボタンをまわし始めた。「ひどく腹を立てるに違いありません。彼は……われわれに宣戦布告してくるかも」

「そのとおりだ。でも、わざわざシャナに教える理由はない。できるだけ事情を知らせずにおくつもりだ」

「ここで暮らすなら、それは難しいかと思いますが」

「わかっている。それでもやってみなければ。彼女が知りすぎたと判断したときには、わたしが記憶を消す」大企業の最高経営責任者《CEO》であるローマンは、人間界に姿を見せないようつねに気を配ってきた。仮に見られた場合でもマインド・コントロールや記憶の消去が可能なので、さほど苦労はなかった。けれどもシャナの記憶を消せるかどうかは、残念ながら確信が持てない。

ローマンはタウンハウスの階段を上がり、ドアのそばのキーパッドに暗証番号を打ち込んだ。「できるだけ早くみんなへの説明をすませてくれ」

「承知しました、社長」そう言ってラズロがドアを開けたとたん、彼の喉もとに長い剣が突きつけられた。「ひゃあっ！」よろめいてあとずさりした彼は背後のローマンにぶつかり、おかげで段を転げ落ちずにすんだ。

「失礼」スコットランド高地《ハイランド》の戦士が好んで使う短剣をベルトにつけた鞘《さや》に戻しながら、コナーが言った。「まさか玄関から入ってくるとは思わなかったもので」

「職務に忠実で安心したよ」ローマンはラズロを通路に押し戻した。「客を連れているんだ。詳しいことはラズロが説明する」

化学者はうなずき、ふたたび白衣のボタンをいじり始めた。コナーがドアを閉める。

ローマンは急いで階段をおりて車に戻った。後部座席のドアを開けた彼は、シャナのベレッタにねらわれていることに気づいた。

「あら、あなただったの」彼女はほっと息を吐いて銃をバッグに戻した。「ずいぶん長いあいだ戻ってこなかったから、捨てられたのかと思い始めていたところよ」

「きみを保護すると決めた。だからきみの安全は守る」彼は笑みを浮かべて続けた。「少なくとも、もうわたしを撃ちたいとは思っていないはずなんだが」

「ええ。どういう間柄にしろ、とりあえず相手に殺意がないってのはいいことよね」

ローマンは声をあげて笑った。かすれているものの、間違いなく笑い声だ。なんということだろう。最後に笑ってからどのくらいたつ？ 思い出すことすらできない。この美しい歯医者は、神に見捨てられた終わりのない存在に活気を取り戻してくれたのだ。

そうはいっても、シャナと一緒にいたいという強い衝動を抑えるべきだろう。結局のところローマンは非道な存在で、彼女は人間なのだから。歴史的に見ても、彼はシャナをつき合う相手としてではなく、ランチと見なして彼女の血を欲しがるべきだ。それなのに実際は違った。シャナといると、次にいったいどんな言葉が出てくるのか待っている自分に気づく。応《こた》える喜びを味わうために。そして彼の体は、偶然の触れ合いを心待ちにしているのだ。いや、もう偶然を待ってはいられない。

「あなたを信用するべきじゃないのかも。だけど、なぜかわからないけど信じているの」シャナが車をおりて近くに立ったとたん、ローマンの全身が目を覚ました。

「きみは正しい」彼はささやき、片手でそっとシャナの頰に触れた。「わたしを信頼するなんてとんでもない」

シャナの目が大きく見開かれた。「でも……あなたといれば安全だと言ってなかった?」

「違う種類の危険があるんだ」彼女の顎のラインを指でたどる。

シャナが一歩うしろに下がったが、すでにローマンは彼女の体に走った震えを感じ取っていた。彼女はバッグを肩にかけ、タウンハウスのほうを向いて尋ねた。「それで、ここがあなたの家? とてもすてきね。美しい建物だわ。まわりの環境もいいし」

「ありがとう」

「何階なの?」何もなかったふりをするつもりか、シャナが早口で訊いた。お互いを意識して、ふたりのまわりの空気が焦げつきそうになっていることなど無視して。もしかすると彼女は感じていないのかもしれない。ローマンだけなのかも。

「どの階がいい？」

シャナがちらりと彼を見た。たちまち視線が絡み合う。彼女がわずかに顎を上げ、ゆっくりと口を開いた。やはり彼女も感じているのだ。シャナは息をあえがせながら言った。「どういう意味かしら？」

ローマンは一歩彼女に近づいた。「全部所有しているんだ」

シャナがうしろに下がった。「タウンハウスを丸ごと？」

「ああ。それと、きみに新しい服を用意しよう」

「なんですって？　ちょっと待って」彼女は目をそらし、二台の車のあいだをすり抜けて歩道に上がった。「あなたに……囲われるつもりはないわ。着るものは持っているし、部屋代や食事代も喜んで支払います」

「きみの服があるのは自宅だろう？　今、戻ったら危険だ。わたしが提供する」ローマンは彼女と並んで歩道に立った。「なしですますほうがいいというなら話は別だが」

シャナが唾をのみ込んだ。「二、三着で十分よ。かかった分のお金は払うわ」

「金はいらない」

「他のものをあげる気はないわよ！」

「きみの命を救ったことに対して、少しばかりの感謝も示してもらえないのかな？」

「ありがたいと思っているわ」シャナはローマンを睨んだ。「だけど、感謝の気持ちは立ったままで伝えるわ」

「そうか。それならきみに思い出させてあげよう」彼は前に進み出た。「ちょうど今、ふたりとも立っているんだが」

「あの……そうみたいね」睨みつけていた彼女の視線が、用心深く探るようなものに変わった。

ローマンはもう一歩踏み出し、互いの胸が触れる寸前まで近づいた。シャナがあとずさりするかもしれないと思い、彼女の背中のくぼみに手をあてる。ところが彼女は身動きひとつしなかった。

彼はシャナの頬に触れた。柔らかくて温かい。彼女が大きく息を吸ってまぶたを閉じた。指を彼女の首筋に滑らせる。脈が速まるのがわかった。シャナが目を開けると、そこには彼への信頼が浮かんでいた。それだけでなく欲望も。

ローマンは彼女を胸に引き寄せた。唇がこめかみをかすめて、なめらかな髪に移る。先ほど彼の瞳が赤く光ったのを見てシャナの顔に浮かんだ驚きの表情を思い出し、念のために視線を合わせないよう気をつけた。やがて彼女が完全に目を閉じて、初めてのキスを乞《こ》うように唇を開いた。

彼はシャナの髪をうしろになでつけて首をあらわにさせ、美しい耳に口づけて、拍動する脈が感じられる場所までキスでたどった。

ため息をついて、シャナが頭をのけぞらせた。ローマンは彼女の香りを吸い込んだ。A型Rhプラス。シャナの全身をくまなく循環しているのだ。動脈に沿って舌先を這わせると、反応して彼女が身を震わせるのがわかった。彼は危険を承知でシャナの顔に目を向けた。まぶたはまだ閉じられたままだった。彼女の準備は整っている。ローマンが唇にキスしようとした瞬間、ふたりは突然の明かりに照らされた。

「おっと、しまった」最後の音を強く響かせるスコットランド訛りが聞こえてきた。コナーが玄関を開けたらしい。

シャナはびっくりして飛び上がり、ドアを凝視した。

「どうかしたのか？」ラズロが尋ねた。「ええと、ドアを閉めるべきじゃないかな」

「冗談じゃない！」今度はグレゴリの声だ。「もっと見たいんだ」

頬を赤らめて、シャナがうしろに下がった。

ローマンは戸口に詰めかけた三人を睨んだ。「いいタイミングだな、コナー」

「確かに」コナーの顔は、彼の赤い髪よりわずかに薄い色に染まっている。「準備が整った」

これでよかったのかもしれない。考えてみると、ローマンの口にはまだ血の味が残っているだろう。血を極端に恐れるシャナのことだから、キスをしたら大惨事になっていたかもしれない。これからはもっと慎重にならなければ。

これから？　ふたりにどんな未来があるというのだ？　ローマンは人間の女性には二度とかかわるまいと誓っている。正体を知ったとたん、彼を殺そうとするに決まっているからだ。そうだとして、彼女たちを責められるだろうか？　なんといっても、彼は悪魔のように凶悪な存在だ。「中へ入ろう」ローマンはシャナをエスコートして階段を上がろうと、彼女の肘に手を添えた。

けれども彼女は動こうとしなかった。凍りついたように立ち尽くし、ドア口を見つめ続けている。

「シャナ?」

彼女はコナーを凝視していた。「ローマン、あなたの家の玄関にキルトを着た男の人がいるんだけど」

「家の中にはハイランダーが大勢いる。わたしの警備チームなんだ」

「本当に? 驚いたわ」シャナはローマンの手を無視して、ひとりで階段を上がり始めた。

彼女のほうを見ようともしない。

くそっ。今、抱き合っていたことをもう忘れてしまったのか?

「ようこそ、マイ・レディ」シャナを通そうと、コナーがうしろに下がった。ラズロとグレゴリもあとに続いたが、彼女はふたりの存在に気づいてすらいないようだ。

シャナは笑みを浮かべてスコットランド人を見つめた。「マイ・レディですって? そんな呼ばれ方をしたのは初めてよ。なんだかとても……中世っぽい表現ね」

それには理由がある。コナーの古めかしいふるまいは、本当に古いものなのだ。ローマンは急いで階段を駆け上がった。「彼には少し時代遅れなところがあってね」

「あら、わたしは好きよ」シャナは玄関ホールを見渡し、磨き込まれた大理石の床やカーブを描く大きな階段を眺めた。「それにこの家も。最高に美しいわ」

「ありがとう」ドアをロックしたローマンは、彼女とコナーたちを改めて引き合わせた。シャナがコナーに注意を戻して言った。「あなたのキルト、すごく気に入ったわ。どういう柄なの？」

「これはブキャナン一族のタータンです」コナーは軽くお辞儀をして答えた。

「それに、あなたのソックスについているその小さな飾り。キルトにとてもよく合っているわ。すごくキュート」

「お嬢さん、これはフラッシーズといって、靴下を留めるものですよ」

「それはナイフかしら？」コナーのソックスをよく見ようと、シャナが身を乗り出した。

ローマンはうなりたくなるのをこらえた。このままだと、次は毛むくじゃらの膝がかわいいとかなんとか言い出しかねない。「コナー、われわれの客人をキッチンに案内してくれないか。空腹かもしれないのでね」

「承知した」

「それからきみの部下たちに命じて、半時間ごとの徹底的な見まわりをさせてほしい」

「それも承知した」コナーは玄関ホールの奥を示して言った。「こちらへどうぞ」

「彼と一緒に行ってくれ、シャナ。わたしもすぐに行くから」

「承知した」彼女は不安げな目でちらりとローマンを見たものの、ぶつぶつ言いながらコナーについてキッチンへ向かった。「やっぱり撃っておくべきだったかしら」

キッチンのドアが閉まったとたん、グレゴリが低く口笛を吹いた。「いいね。あんたの歯医者はえらく元気のいい子じゃないか」

「グレゴリ――」ローマンの厳しい視線はいともたやすく無視された。グレゴリはシルクのボウタイを直して言った。「うん、ぼくも検診してもらったほうがいいと思うんだ。治療が必要な虫歯があってね」

「もうたくさんだ！」ローマンは吠えた。「彼女のことは放《ほう》っておけ。わかったな？」

「はいはい、みんなわかってるって。あんたが外でよだれを垂らしてたのを見たんだから」グレゴリは目を輝かせながらローマンに近づいた。「それで結局、人間に熱を上げてるみたいだけど？〝もう二度といやだ〟とか言ってたんじゃなかったっけ？」

ローマンは片方の眉を上げた。

グレゴリはにやにやしている。「彼女、スカート姿の男を本気で気に入ってたな。コナーに頼めば貸してもらえるかもしれないぞ」

「あれはキルトというんだ」ボタンをいじりながらラズロが口をはさんだ。

「なんでもいいさ」グレゴリはローマンをじろじろ見た。「あんたの脚はどれくらいセクシーかな？」

ローマンは警告をこめてグレゴリを睨んだ。「ところで、どうしてここにいるんだ、グレゴリ？　シモーヌと一緒に出かける予定じゃなかったのか？」

「ああ、出かけたよ。タイムズ・スクウェアのそばに新しくできたクラブに連れていったんだが、誰も彼女に気づかないものだから、すっかり不機嫌になっちゃって」

「気づかないといけないのか？」

「彼女は有名なモデルなんだぞ！　先月は『コスモポリタン』の表紙を飾った。知らないのか？　とにかく、シモーヌは逆上して、ダンスフロアの反対側までテーブルを投げ飛ばしたんだ」

ローマンの口からうめきがもれた。ヴァンパイアになると、人間だった頃より格段に腕力が増して五感が鋭くなるものだが、残念ながら知性の向上はまったく望めないようだ。

「彼女みたいに瘦《や》せた女にそんな怪力があるなんて、怪しまれるかもしれない」グレゴリが続けた。「そう思ったから後始末をしておいた。その場にいた全員の記憶を消して、彼女をここへ連れて帰ったんだ。今はあんたのハーレムの女たちと一緒にいる。みんなに同情されて、ペディキュアをしてもらってるよ」

「できれば〝わたしのハーレムの女たち〟と呼ぶのはやめてほしいんだが」ローマンは閉まっている談話室のドアをちらりと見た。「全員いるのか？」

「ああ」グレゴリは面白がっているようだ。「あそこでおとなしくしているように言っておいた。でも、彼女たちが言いつけを守るかどうかなんて誰にわかる？」

ローマンはため息をついた。「今はその問題にかかわっている時間がない。きみのお母さんに連絡して、彼女たちから目を離さないように頼んでくれないか？」

グレゴリが鼻息を荒くした。「喜んで引き受けると思うよ」彼はポケットから携帯電話を取り出すと、電話をかけるために脇へ寄った。

「ラズロ？」

背の低い化学者はびくっとした。「はい、社長？」

「キッチンへ行って、シャナに訊いてもらえないか？　その……処置に必要なものを」

ラズロは意味がわからず困惑していたが、次の瞬間、ぱっと晴れやかな顔になった。「ああ、なるほど！　処置ですね」

「それからコナーにここへ来るよう伝えてほしい」

「わかりました」ラズロは急いでキッチンへ向かった。

「母さんがこっちへ向かってる」携帯電話をポケットにしまいながら、グレゴリが言った。

「まだ歯を治してもらってないのかい？」

「まだだ。問題が発生してね。イワン・ペトロフスキーだ。やつの最新の殺しのリストに、どういうわけかあの若い歯科医が載っているらしい」

「まさか！　彼女、いったい何をしたんだ？」

「詳しいことは知らない」ローマンはキッチンに目を向けた。「だが、突き止めるつもりだ」

キッチンのドアが開いてコナーが出てきた。彼は玄関ホールの階段下でローマンたちと合流した。「歯医者のためにターキー・サンドイッチを作らなきゃならない理由を教えてもらえるとありがたいんだが」

ローマンは息を吐いた。警備チームの主任には状況を知らせざるをえないようだ。「今夜ある実験を行っていて、わたしの牙が一本抜けた」彼はジーンズのポケットから血のついたハンカチを取り出し、開いて中身を見せた。

「牙を失ったと？　なんたることだ」コナーがささやいた。「そんな話は聞いたことがない」

「わたしもだ」ローマンは悲しげに認めた。「ヴァンパイアになって五〇〇年以上たつというのに」

「もしかしたら年のせいかも」口をはさんだグレゴリは、自分に向けられたローマンとコナーの表情を目にして顔をしかめた。

「原因として思いつくのはただひとつ、われわれの新しい食事だ」ローマンは歯を包み直してポケットに戻した。「ヴァンパイアになって以来、変化したことといえばそれしかない」

コナーが眉をひそめた。「だが、今でも血を飲んでいる。違いがあるとは思えないんだが」

「飲み方だよ」ローマンは説明した。「われわれはもう嚙むことをしない。きみたちが最後に牙を出したのはいつだった？」

「覚えてもいないな」ボウタイの端を引っ張って結び目を解きながら、グレゴリが言った。

「グラスから食事をとるのに牙は必要ないだろう？」

「確かに」コナーも同意する。「それに牙を引っ込めていないと、飲むときにグラスにあたって邪魔になるからな」

「そうだ」ローマンは自分で出した結論が気に入らなかったが、それしか説明がつかないように思えた。「おそらく〝使わなければやがて失う〟ということなんだろう」

「やれやれ」コナーがつぶやいた。「われわれには牙が必要なのに」

グレゴリが目を見開いて言った。「だけど、今さら人間を噛むわけにはいかないぞ。ぼくは断固として拒否する！　せっかくこれまで積み重ねてきた努力が水の泡になってしまうじゃないか」

「そのとおりだ」ローマンはうなずいた。グレゴリ・ホルスタインにはときどき苛々させられるものの、全体的に見ると、彼はヴァンパイアと人間に等しく安全な世界にするという使命に献身的に取り組んでいた。「何かエクササイズ・プログラムのようなものを考えられるかもしれない」

「それだ！」グレゴリが目を輝かせた。「すぐに取りかかるよ」

ローマンの顔に笑みが浮かんだ。どんな問題でも、グレゴリは尽きることのない熱意を持って立ち向かう。彼を昇進させてよかったと感じるのはこういうときだ。

キッチンのドアが開き、三人のもとへラズロが駆け寄ってきた。「問題発生です、社長。あの女性は、最適な処置を行うためにはクリニックの設備が必要だと主張しています。でも自分の職場へ戻るのはいやだと」

「それに関しては彼女が正しいだろう」ローマンは認めた。「今頃は警官だらけに違いない」

コナーが短剣の柄に手をかけた。「ラズロの話では、あのかわいそうな娘の命をねらうろくでなしどもがいるとか。いまいましいやつらめ」

「そうなんだ」ローマンはため息をついた。彼としては、シャナに安全で人目につかない彼の家で歯を治してほしいと願っていたのだ。「グレゴリ、他のクリニックを探してくれ。すぐ行けるように、この近くがいい」

「わかった」

「あの娘の様子を見に戻ったほうがよさそうだ」コナーがぶつぶつ言った。「冷蔵庫の中を探られるとまずい」スコットランド人は急いでキッチンへ戻っていった。

ラズロが白衣から緩んだボタンをむしり取った。「社長、彼女は歯の再植が成功する確率をかなり高める、特殊な製品のことを口にしていました。デンタル・クリニックならどこでも置いてあるはずだそうです」

「そうか」ローマンはポケットからハンカチに包んだ牙を取り出してラズロに渡した。「きみもグレゴリと一緒に行ってくれ。わたしが着くまでこれを頼む」

大きく息を吸うと、ラズロは包みを白衣のポケットにしまった。「わたしたちは、そのう……不法侵入するんですね？」

「心配するな」グレゴリが小柄な化学者の肩をつかんで玄関へ促した。「きっと誰もいないさ。人間たちは何があったか気づきもしないよ」

「ええ、まあ、たぶん」扉のところでラズロが足を止め、ローマンを振り返った。「お伝えしておくべきだと思うんですが、社長。あの若い女性は情報こそ提供してくれましたが、どんな状況であれ、絶対にあなたの口に狼の歯を移植するつもりはないと言い張っています」

グレゴリが笑い出した。「狼の歯だと思われているのか？」

ローマンは肩をすくめた。「誤解だが、彼女の側からすれば理にかなっている」

「なるほどね」グレゴリの顔に苛立ちが浮かぶ。「それなら彼女の頭に正しい認識を植えつければすむはずだ。どうしてそうしなかったんだい？」

ローマンはためらった。ラズロもグレゴリも彼の返答を待っている。くそっ。ひと晩でどれほどの屈辱に耐えなければならないんだ？「それは――彼女の心をコントロールできなかったからだ」

ラズロの口がぽかんと開いた。

グレゴリはぎょっと身を引いた。「なんてこった《スナップ》！ けちな人間ひとり、コントロールできなかっただって？」

ローマンはこぶしを握りしめた。「そうだ」

グレゴリは自分の額をぴしゃりと打って言った。「スナップ！」

「何をそんなに噛みつい《スナッピング》ているんだ？ きみはカミツキガメ《スナッピング・タートル》か？」グレゴリを首にするべきだと思うのはこういうときだ。

「あまりのことに唖然《あぜん》として、言葉が出てこないときの表現だよ。まったく。最近の言いまわしをもうちょっと知っておいたほうがいいぞ」

ラズロが眉をひそめた。指は前よりも速いスピードでボタンをいじっている。「失礼ですが、社長、そういうことは以前にもあったのですか？」

「初めてだ」

「やっぱり年のせいかも」グレゴリが言う。

「くたばれ」ローマンはうなった。

「だめだめ。もっと今風の言い方じゃないと。Fのつく言葉を使うといい」そこでグレゴリは口をつぐんだ。顔が徐々にピンク色に染まる。「ああ、なんだ、ぼくに向かって言ったんだね?」

ローマンは片方の眉を上げた。「若いやつらはときどき鈍くて困る」

ラズロが玄関ホールを引き返してきた。「専門外なので断言はできませんが、あなたは明らかな可能性を見逃していらっしゃるように思えてなりません」

ふたりはそろって小柄な化学者を見つめた。

ラズロは唇をなめ、ボタンをぐいと引っ張って続けた。「ミスター・ドラガネスティがこの……問題を経験するのが初めてだとおっしゃるなら、ご自身の能力や、その、力不足が理由ではないのかもしれません」ボタンが床に転がり落ち、彼は慌てて拾い上げた。

「何が言いたいんだ?」グレゴリが訊いた。

ラズロは取れたボタンを白衣のポケットに滑り込ませた。「つまり、問題は人間の側にあるのではないかと」

「彼女は並はずれて意志が強い」ローマンも認めた。「だが、われわれの力に抵抗できる人間がいるなどとは聞いたことがないぞ」

「わたしもです」ラズロはうなずき、白衣に残った最後のボタンをもてあそび始めた。「ですが現実に、どういうわけか彼女は抵抗したのです。あの女性には他と違う何かがあるのでしょう」

ラズロの発言が浸透するあいだ、あたりに沈黙が広がった。ローマンもすでにシャナはどこか違うと疑っていたのだが、部下の中でもっとも頭の切れる化学者が同じ結論に達したと聞かされると——落ち着かない気分になった。

「こりゃまずい」グレゴリがつぶやいた。「マジでやばいぞ。われわれでコントロールできないとなれば、彼女は——」

「非常に興味深い」ローマンはささやいた。

グレゴリが顔をしかめる。「危険だ、と言おうとしたんだ」

確かにそれも正しい。けれども今夜のローマンには、危険さえ興味をそそられる気がするのだ。シャナがかかわっているのでなおさら。

「別の歯医者を探してみましょう」ラズロが提案した。

「だめだ」ローマンは首を横に振った。「夜明けまで数時間しかない。それにきみも自分で言っていたじゃないか、ラズロ。歯は今夜中に処置しなければならない。グレゴリ、ここからいちばん近いデンタル・クリニックにラズロを連れていって、中の安全を確保してくれ。彼の車を使えばいい。表に停めてあるから。ラズロ、わたしの牙を救うためにできることはなんでもするんだ。三〇分ほど時間が欲しい。それから階上《うえ》のわたしのオフィスに電話をかけてくれ」

ラズロが目を丸くした。「わたしの声を利用して瞬間移動《テレポート》するんですか?」

「そうだ」処置をすませるにはそれがもっとも速い。だがそのためにはシャナの心を完全にコントロールして、あとで彼女の記憶を消す必要があった。「グレゴリ、できるだけ早く戻ってきてくれ。きみとコナーに手伝ってほしいんだ。なんとしてでも彼女の心をコントロールしなければ」

「わかったよ」グレゴリが肩をすくめた。「クラブでは一〇〇人の記憶を一度に消したんだ。それくらいなんでもないさ」

ラズロの顔を見れば、彼がグレゴリとは違う意見なのは明らかだった。

「うまくいくはずだ」ローマンは言った。「ひとりのヴァンパイアに抵抗できたとしても、三人の力を合わせればかなうわけがない」

玄関から出ていくふたりを見送りながら、ローマンはラズロの言葉を思い返していた。シャナには他と違う何かがある。もしも彼女をコントロールできなかったら？　動物の歯だと信じているかぎり、彼女は絶対にローマンの牙を治そうとしないだろう。これから永遠に物笑いの種になって暮らしていかなければならないのだ。一本牙の珍しいヴァンパイアとして。

ヴァンパイアであることをシャナに告げるつもりは毛頭なかった。話したところで牙の治療をしたがるとは思えない。エリザと同じ反応を見せて、彼の心臓に杭を打ち込もうとするだろう。

5

「シャナ・ウィーランを見つけたんだろうな」イワン・ペトロフスキーは、ロシア系マフィアが最高の殺し屋として推薦してきた四人を睨みつけた。

男たちはそろって彼の視線を避けた。臆病者《おくびようもの》どもめが。シャナ・ウィーランが近くに隠れている場合に備えて、イワンは〈ソーホー・ソーブライト・デンタル・クリニック〉からあまり離れないように指示を出していた。四人の男たちは路地や裏通りをくまなく捜索した結果、手ぶらで帰ってきたのだ。

三ブロック向こうから、荒らされたクリニックの前に急停止するパトカーの音が聞こえてきた。点滅灯が近くのビルに反射して、住人たちが目を覚まし始めている。人間たちは何か面白い光景が――たとえば死体が――見られないかと期待して、おそるおそる通りへ出てきていた。

イワンにとって彼らにスリルを味わわせるのは楽しくてたまらないことなのに、今夜はステーシャ・ブラーツクの手下どもにその喜びを台なしにされてしまった。まったく、無能なやつらだ。

彼は警察が到着する前に現場から移動させておいた、二台の黒いセダンに向かって歩き始めた。「消えてしまったなんてありえない。あの女はただの人間なんだぞ」

四人の男たちがイワンのあとからついてきた。顎が角張ったブロンドの大男が口を開いた。「正面からも裏口からも、女が外に出るところは見ていません」

イワンはネアンデルタール人のようなその男の匂いを嗅《か》いだ。O型Rhプラス。薄味すぎる。いまいましいほどの愚か者だ。「だから消えたと思うのか?」

返事はない。男たちはうつむいたまま足を引きずるように歩いている。

「裏口のドアが開くのを見ました」しばらくして、ひとりの男が告白した。顔に点々とにきび跡が残っている男だ。

「それで?」イワンは苛立たしげに促した。

「ふたりの人間を見かけたように思うんですが」にきび面が眉をひそめて言った。「われわれがドアに駆けつけたときには、もう誰もいませんでした」

「音を聞いたような気がします。シューッというような」三人目の男が申し出た。

「シューッという音だと?」イワンはこぶしを握りしめた。「報告できるのはそれだけか?」

彼の全身が強ばり、脊椎《せきつい》上部の筋肉に張りが集中してきた。ふいに頭を傾けると、首がポキンと音をたてた。おかげで緊張が和らぎ、少しすっきりした。

四人の人間どもはすっかりひるんでいる。

ステーシャ・ブラーツクはこのあたりのロシア系マフィアのボスで、シャナ・ウィーランの殺しに自分の手下を参加させると言い張った。だが、その要求をのんだのは大きな間違いだったのだ。男たちの太い首に手をまわし、命を絞り出してやりたくてうずうずする。傘下のヴァンパイアたちに任せてさえいれば。今頃ウィーランの小娘は死に、イワンは二五万ドルの報酬を手にしていたはずだ。

彼はなんとしてもその金を手に入れるつもりだった。クリニックの内部を改めて思い出してみる。女はどこにもいなかった。ただひとつ、手をつけないまま置かれていたピザがイワンの注意を引いた。箱には赤と緑の鮮やかな文字で店名が印刷されていたはずだ。「〈カルロズ・デリ〉というのはどこにある？」

「リトル・イタリーです」ブロンドが答えた。「うまいピザを出す店ですよ」

「おれはラザニアのほうが好きだ」にきび面が言った。

「この間抜けどもめ！」イワンは男たちを睨みつけた。「今夜のおまえたちの失敗を、ステーシャにどう報告するつもりだ？　ボストンにいる彼のいとこは終身刑を食らっているんだぞ。それもこれも、あの雌犬が法廷で不利な証言をしたせいだ」

男たちは落ち着きなく足を踏み替えた。

イワンは深呼吸した。ステーシャや彼の親族に何があろうとどうでもいい。結局のところ彼らは人間なのだから。だがステーシャたちのために働いているこの男たちは、もっと忠誠心を示すべきだ。愚かなまねを控えて。「今後、夜の仕事には自分の部下を使う。昼間はおまえたちで〈カルロズ・デリ〉とウィーランの小娘のアパートメントを見張るんだ。女を見つけたらあとをつけろ。わかったか？」

「わかりました」男たちが声をそろえて返事をした。

残念ながら、イワンはたいして彼らに期待していなかった。行方不明のシャナ・ウィーランを見つけることに関しては、彼の配下のヴァンパイアたちのほうが有能だと証明されるはずだ。ただひとつ、彼らは夜間しか動けないという問題がある。従って日中はこのいまいましい人間どもに任務を続行させざるをえない。

三台目の黒いセダンが他の二台の横に停まり、ステーシャの手下がさらにふたりおりてきた。

「それで？　女を見つけたのか？」イワンは訊いた。

顎髭《あごひげ》を生やしたスキンヘッドの男が前に進み出た。「ここから一ブロック北で車を見つけました。グリーンのホンダです。男がふたり乗っていた。パヴェルは女の姿も見たと言うんです」

「確かに見ました」パヴェルが断言した。「男たちはその女をトランクに突っ込んでいたんです」

イワンは眉を上げた。彼より先に誰かがウィーランの小娘をつかまえたのだろうか？　ちくしょう。報酬をねらっているやつが他にもいるのだ。彼の金なのに。「そいつらはどこへ行った？」

パヴェルが悪態をついて車のタイヤを蹴った。「見失いました」

イワンはもう一度ポキンと首を鳴らし、募ってくる圧迫感を解放した。「おまえたちはなんの訓練も受けていないのか？　田舎から出てきたばかりのところをステーシャに雇われたのか？」

スキンヘッドの顔が紅潮した。たっぷりのぼった血で赤く染まったのだ。イワンは鼻孔を膨らませた。AB型Rhマイナス。ああ、腹が減った。当初の予定ではウィーランの小娘で食事をすませる予定だったが、こうなっては他で調達しなければならない。

「ナンバーを控えてある」パヴェルが口を開いた。「それで車の所有者を突き止めます」

「そうしろ。二時間以内に報告するんだ。おれはブルックリンの自宅にいる」

パヴェルが青ざめた。「はい」

おそらく噂《うわさ》を耳にしているのだろう。夜にロシア・コーヴンの本部に入った人間が、二度と姿を見せなくなることがときどきあった。イワンは六人の男たちに近づき、それぞれの目を直視して言った。「女を見つけても殺すんじゃないぞ。それはおれの仕事だ。報酬をひとりじめしようなんて考えるなよ。その金を使えるほど長く生きてはいられないだろうからな。わかったか？」

唾をのみ込む音に続いて男たちがうなずいた。

「もう行け。ステーシャが報告を待っているぞ」

六人の男たちは黒いセダンに乗り込み、そのまま走り去った。

イワンは〈ソーホー・ソーブライト・デンタル・クリニック〉へぶらぶらと歩いていった。

近隣の住人たちが数人ずつ固まって立ち、警察の仕事を眺めている。彼はピンクのバスローブを着たかわいらしいブロンドに目を留めた。その女をじっと見つめる。〝こっちへ来い〟ブロンドの女が振り返り、品定めするようにイワンを見た。口もとにゆっくりと笑みが浮かぶ。愚かな女め。自分から彼を誘っていると思い込んでいるのだ。イワンは身ぶりで暗い路地を示した。女はのんびりした足取りで腰を振り、ピンク色に塗った長い爪でふわふわしたピンクのバスローブをなでつけながら、彼のほうへ歩いてくる。

イワンは暗闇に姿を隠して女を待ち構えた。

賞賛の言葉と愛撫《あいぶ》を求めて美容院に飛び込んでいくピンクのプードルのように、愚かな女はまっすぐ死に向かっている。「このあたりに越してきたばかりなのかしら？　あなたを見かけた覚えがないわ」

〝もっと近くへ〟「そのバスローブの下には何か着ているのかな？」

女がくすくす笑った。「恥を知りなさい。すぐそばに警官がいるのを知らないの？」

「そのほうが興奮するだろう？」

ふたたび女が笑い、さらにハスキーな声で言った。「いけない人ね」

イワンは女の肩をつかんだ。「ああ、おまえには見当もつかないほど」たちまち牙が飛び出す。

女がはっと息をのんだ。けれどもそれ以上の反応を見せる前に、彼は女の首に深く牙を突き立てていた。口の中に血があふれる。濃くて熱く、警官がすぐそばにいるという危険が加味されて、特別に刺激的な味わいだった。

少なくとも、今夜はまったくの失敗ではなかったようだ。うまい食事にありつけただけでなく、この女の死体が行方不明の歯科医から警察の目をそらしてくれるだろう。

イワンは仕事と楽しみを混同するのが大好きだった。


シャナはキッチンの中を歩きまわっていた。絶対に引き受けるものですか。あの男の口に狼の牙を突っ込むなんてごめんだわ。彼女がしぶしぶ教えた情報を持ってラズロが出ていき、今はローマン・ドラガネスティの家のキッチンにひとりきりだった。ローマンが彼女の命を救ってくれたことは間違いない。彼が安全な隠れ家を提供してくれたこともまた真実だ。けれどもシャナは、なぜだろうと疑問を感じずにいられなかった。ローマンはどうしても動物の牙を移植したいと必死になるあまり、彼女に恩を着せようとしているのだろうか？

シャナはテーブルのそばで足を止め、ダイエット・コーラをもうひと口飲んだ。コナーが彼女のために作ってくれたターキー・サンドイッチにはまだ手をつけていない。神経が高ぶっていて、食べられそうになかった。今夜、彼女はもう少しで殺されるところだったのだ。今になってその衝撃をまともに感じ始めている。ローマンは命の恩人だ。でも、だからといってばかげた狼の歯を移植するつもりはない。

それにしても、ローマン・ドラガネスティとはいったい何者かしら？　これまで出会った中で最高にハンサムな男性であることは確かだが、それが彼の正気を保証するわけではない。

わたしの身の安全を心から気にしてくれているようだけど、どうしてだろう？　それにキルト姿の警備員を大勢雇っているのはなぜ？　どこで調達してくるの？　まさか新聞に広告を出しているとか？　〝求む――キルトをはいたハイランダー多数〟なんてね。

これほど厳重な警備を必要としているなら、ローマンには凶悪な敵がいるに違いない。そんな人を信用していいのかしら？　まあ、たぶん大丈夫かも。わたしにも恐ろしい敵がいるけれど、こちらに落ち度があるわけではないもの。

ため息をつくと、シャナはまたテーブルの前で止まってコーラを飲んだ。ローマンという人を理解しようとすればするほど混乱してくる。しかも、もう少しで彼とキスしそうになったという事実がさらに困惑を深めていた。わたしは何を考えているのかしら？

ああ、もう、わかりきったことじゃないの。何も考えていないのよ。あのドライブが引き金になったのだ。ロシア人から逃げたこととローマンの膨張した股間にぶつかったことが合わさって、アドレナリンが一気に噴き出したに違いない。興奮と欲望が混じり合った。それだけだ。

ドアがさっと開き、コナーが急ぎ足で入ってきた。キッチンの中をざっと見渡している。

「問題はないかな、お嬢さん？」

「ええ。動物の歯を移植するつもりはないって、ローマンに伝えてくれた？」

コナーの顔に笑みが浮かんだ。「心配無用だ。ミスター・ドラガネスティにはラズロがきちんと説明するだろう」

「それでいいわ」シャナはテーブルに座り、サンドイッチがのった皿を引き寄せた。ラズロの話によると、ミスター・ドラガネスティはどうしても彼女に協力させたがっていたらしい。望むものはなんであろうと手に入れる人物だそうだ。なんて傲慢《ごうまん》な男！　自分が命令すればみんな従うと思っている。

〈ロマテック・インダストリー〉――彼はそこで働いていると言っていた。ロマテック。ローマン。「まあ、大変」シャナは椅子の背にもたれた。

コナーが眉を上げた。

「ローマンは〈ロマテック・インダストリー〉のオーナーなのね？」

コナーは片方の足からもう一方の足へ重心を移し替えた。シャナをうかがう目が用心深い。

「確かにそうだが」

「それなら、人工血液の製法を発明したのは彼ね」

「ああ、そうだ」

「それってすごいことよ！」シャナは立ち上がった。「生きている中で、もっとも才能ある科学者だわ」

コナーが表情を曇らせた。「正確に言うと違うんだが、かなり知的な男であることは間違いない」

「彼は天才よ！」シャナは両手を高々と宙に上げた。なんてことかしら。わたしを助けてくれたのは天才的な科学者だった。世界中の何百万という人の命を救う発明をした本人だ。その彼が今回はわたしの命を救った。シャナはめまいを覚えて椅子に腰かけた。ローマン・ドラガネスティ。ハンサムでたくましく、セクシーで謎めいていて、今の世の中で最高に知的な頭脳の持ち主。ああ。彼は完璧だわ。

完璧すぎる。「結婚しているんでしょうね」

「いいや」コナーの青い瞳が輝いた。「それはつまり、彼のことが好きだと言っているのかな、お嬢さん?」

シャナは肩をすくめた。「そうかもしれないわ」突然おいしそうに見えてきたターキー・サンドイッチを手に取り、勢いよくかぶりつく。信じられないほど素晴らしくて、結婚相手にもっとも望ましい独身男性が、今夜突如として彼女の人生に現れたのだ。興奮する事態には違いないが、その彼がクリニックにやってきたのはかなり異様な理由からだったことも忘れてはならない。シャナは口の中のものをのみ込んで言った。「それでも、あの歯の移植はお断りよ」

コナーが微笑んだ。「ローマンはいつも自分のしたいようにする」

「ええ、そうね。わたしの父を思い出すわ」それが彼に賛成しかねるもうひとつの点でもあった。シャナはダイエット・コーラを飲み干した。「もう少しいただいてもいいかしら? 自分で取ってくるわ」そう言って立ち上がる。

「いや、いい。わたしが取ってこよう」コナーが慌てた様子で冷蔵庫へ向かい、下段から二リットル入りのボトルを取って戻ってきた。彼はそのボトルをテーブルの上に置いた。

「このサンドイッチ、とてもおいしいわ。本当にあなたはいらないの?」

コナーはシャナのグラスにコーラを満たした。「もう食べたのでね。だが、尋ねてくれてありがとう」

「ところで、ローマンはどうして家の警備にスコットランド人の一団を雇っているの? 気を悪くしないでね。ただ、ちょっと普通とは違うと思ったの」

「そうだろうな」コナーはダイエット・コーラのボトルにキャップをしながら言った。「われわれは自分にもっとも適したことをする。わたしは昔、いわゆる戦士だった。だからマッケイで働くのがわたしにとっては最適な仕事なのだ」

「マッケイ?」シャナはサンドイッチをもうひと口食べ、詳しい説明を待った。

「〈マッケイ警備調査〉だ」コナーがテーブルの向かいに座った。「エディンバラに拠点を置く大企業だ。アンガス・マッケイが自分で経営している。聞いたことはないのか?」

シャナは首を横に振った。口の中がいっぱいだったのだ。

「この分野では世界最古の会社なのだ」コナーが誇らしげに言った。「アンガスとローマンは古くからの友人だ。ローマンの警備はすべて、ここも会社のオフィスもアンガスが手がけている」

そのとき、裏口からビーッという警告音が聞こえ、コナーが弾かれたように立ち上がった。ドアのほうを見たシャナは、すぐ横に二種類の表示灯——ひとつは赤でもうひとつは緑——がついたスイッチがあることに気づいた。赤いほうのランプがともっている。コナーがベルトからさっと短剣を抜き、そっとドアに近づいた。

シャナは息をのんだ。「どうしたの？」

「心配はいらない、お嬢さん。外にいるのが警備員のひとりなら、すぐにIDカードを読み取らせるはずだ。そうすればランプは緑に変わる」コナーの言うとおり赤いランプが消え、今度は緑がともった。彼はまだ短剣を抜いたまま、身構える虎《とら》さながらの体勢でドアの反対側に移動した。

「それならどうして――」

「敵が警備員を襲っていた場合、IDカードを盗んだかもしれない」コナーは唇に指をあて、静かにするようシャナに警告した。

静かにしろですって？　彼女はここから逃げ出す方法を必死で考え始めた。

ドアがゆっくりと開いた。「コナー？　ぼくだ、イアンです」

「ああ、入れ」コナーが短剣を鞘に戻した。

イアンという人物も、また別のキルト姿のハイランダーだった。だが、警備の仕事をするにしてはかなり若く見える。まだ一六歳にもなっていないようだ。

彼は腰につけた革製の袋にIDカードを入れ、シャナに恥ずかしそうな笑みを向けた。

「こんばんは」

「はじめまして、イアン」まあ、よく見るとものすごく若い子だわ。気の毒なこの少年は、本来なら学校に行っているべきだ。ひと晩中、ロシア系マフィアから人々を守るのではなく。

イアンがコナーに向き直った。「警備員一同で徹底的に見まわりました。異状はありません」

コナーがうなずいた。「よし。持ち場に戻っていいぞ」

「はい。あの、ぼくも他の者たちもかなり動きまわったので喉が渇いています」イアンが緊張した様子でちらりとシャナを見た。「できたら……少しばかり飲み物をいただきたいのですが」

「飲み物を？」コナーがさっとシャナに目を向けた。眉間《みけん》に皺が寄った心配そうな顔だ。「外で飲まなければならないぞ」

どういうわけか、突然ふたりとも彼女のそばにいるのが気づまりになったようだ。シャナはできるだけ友好的な雰囲気を作ろうと笑みを浮かべ、テーブルからコーラのボトルを取って言った。「これはいかが、イアン？　わたしはもう十分いただいたから」

イアンが不快そうに眉をひそめた。

彼女はボトルを置いた。「わかったわ。確かにこれはダイエット・コーラよ。だけどそれほど悪くないわよ。本当に」

彼は申し訳なさそうにシャナを見た。「ええと、それ――それもいいと思います。でもぼくも他の者たちも、別の種類の飲み物のほうが好みなので」

「プロテイン飲料だ」コナーが口をはさんだ。

「そうなんです」イアンがうなずく。「プロテイン飲料。それだ」

コナーが急ぎ足で冷蔵庫へ向かい、イアンについてくるよう合図した。ふたりはささやきを交わしながら、ドアを開けた冷蔵庫の前に身を寄せて何かを取り出した。うしろへ下がって扉を閉める。それからシャナに背を向けたまま肩と肩をぴったりつけ、歩調を合わせたすり足で横歩きして、カウンターの上の電子レンジに近づいた。

何をしているのか見当もつかないが、ふたりがシャナに見られたくないと思っているのは明らかだ。かなり変じゃない？　まあ、いいわ。今夜は奇妙なことばかりだもの。彼女はサンドイッチを食べながら、ふたりのスコットランド人を観察した。音から推測すると、ボトルの蓋《ふた》を開けたようだ。カチッ。これはたぶん電子レンジの扉が閉まる音。ピッピッと何度か小さな電子音がして、やがて推測どおり、レンジが作動するウィーンという音が聞こえてきた。

スコットランド人たちが振り返った。カウンターに背を向けて肩を寄せ合い、シャナに背後の光景が見えないようにしている。彼女はふたりに微笑みかけた。ふたりも笑みを返す。

「われわれは……その、プロテイン飲料を温めて飲むのが好きなんだ」沈黙に耐えかねたようにコナーが口を開いた。

シャナはうなずいた。「おいしそうね」

「それで、ロシア人が追っているというのはあなたなんですか？」イアンが訊いた。

「残念ながらそうなの」シャナは空になった皿を押しやった。「こんなことにあなたたちを巻き込んで申し訳なく思うわ。担当の連邦保安官に連絡するつもりよ。あとは彼に任せられるから。そうしたらもう、わたしに煩わされなくてすむわ」

「いや、お嬢さん」コナーが言った。「ここにいなくては」

「そうですよ。ローマンの命令だ」イアンがつけ加えた。

おやおや。全能のローマンが口を開くと、全員が従わなければならないというわけね。いいわ、わたしが彼に従ってあの歯を移植すると思っているなら、驚かせてあげる。父親のおかげで、支配的な男に反抗するのはお手のものなのだ。

電子レンジがチンと鳴り、ふたりの男がさっと振り返った。カウンターに向かって何やら忙しく手を動かしている。プロテイン飲料の蓋を締め直してボトルを振っているらしい。それからふたりはぴたっと動きを止め、顔を見合わせた。コナーがシャナをちらりと見たかと思うと、キャビネットに駆け寄り、使い古しの紙袋を取り出した。そのあいだもイアンはボトルに覆いかぶさったままだ。コナーがカウンターに戻ると、彼らはシャナに見えないところで慌ただしく動き始め、続いてカサカサという紙袋の音がした。

ようやく振り返ったイアンは両手で紙袋を持っていた。上の部分が折りたたまれている。中に入っているのは間違いなく謎のプロテイン飲料だろう。彼がドアへ歩いていくと、袋の中からガラスのボトルがぶつかり合う音が聞こえてきた。「もう行かないと」

コナーがドアの鍵を開けた。「三〇分したら、また報告するように」

「わかりました」イアンがシャナを見て言った。「よい夜を」

「じゃあね、イアン。気をつけて」彼女はうしろから声をかけた。ふたたび鍵をかけ終えたコナーににっこりと笑いかける。「もう、悪い人ね。あなたたちが何をしていたのかわかっているわよ。プロテイン飲料だなんて、まったく」

彼が目を丸くした。「そんな……まさか――」

「恥を知りなさい。あの子はまだ年が足りないはずでしょう？」

「イアンが？」コナーは困惑しているようだ。「何に対して年が足りないと？」

「ビールよ。彼に渡したのはビールなんでしょ？　ビールを温めて飲むなんて、わたしには理解できないけど」

「ビール？」繰り返した彼の声は驚きにあふれ、たっぷり三〇秒は最後の音を響かせて発音されていた。「ビールなんて飲むものか。そもそも、勤務中の警備員は絶対に酔っ払ったりしない。それは断言できる」

コナーはすっかり腹を立てているようだ。シャナは自分の推測が間違っていたのだろうと思った。「わかったわ、ごめんなさい。仕事をないがしろにしていると言うつもりはなかったの」

怒りはいくらかおさまったらしく、彼がうなずいた。

「それどころか、あなたたちに守ってもらって心から感謝しているのよ」それでもシャナには言わずにいられないことがあった。「だけど、イアンのように若い子を警備に使うのはどうかと思うわ。あの子はちゃんとしっかり寝て、朝になったら学校へ行くべきよ」

コナーが眉をひそめた。「彼は見かけより年がいっている」

「あら、いくつなの？　一七歳？」

コナーは胸の前で腕を組んだ。「もっとだ」

「じゃあ、二九歳とか？」皮肉のつもりで言ったのだが、彼には面白くなかったらしい。コナーは答えを探すように、困り果てた様子でキッチンを見まわした。

そのとき、玄関ホールに続くドアがさっと開き、大柄な男が中に入ってきた。

「助かった」コナーがつぶやく。

ローマン・ドラガネスティが戻ってきたのだ。

6

ローマンは家も会社も自信たっぷりにやすやすと支配しているに違いない、とシャナは確信した。警備チームの色鮮やかなキルトと比べると、彼の黒ずくめの服装は味気なく見えてもおかしくないのだが、実際は彼をより危険に見せていた。超然とした反逆児のようで、よだれが出るほどセクシー。

シャナが見つめていると、ローマンはコナーにうなずき、それから金茶色の瞳を彼女に向けた。またしても彼の視線のパワーを感じる。このままではあの視線にとらえられ、他の世界から隔離されてしまいそうだ。シャナは目をそらして椅子に座り直し、空の皿をじっと見つめた。ローマンに影響されたりするもんですか。うそつき。本当は心臓がどきどきしている。肌がざわつく感覚が腕を這いのぼってきていた。好むと好まざるとにかかわらず、彼に心を乱されているのは間違いなかった。

「食事は十分だったかな?」ローマンの低い声が響いた。

シャナはうなずいたものの、かたくなに彼から目をそらし続けた。

「コナー、昼番の者たちに伝言を残しておいてくれ。キッチンに食料を補充してほしいと。

こちらのドクター……?」

ためらいながらも彼女は答えた。「ウィーラン」結局のところ、すでに本当のファーストネームを知られているのだ。ロシア系マフィアに命をねらわれていることもローマンは知っている。今さらジェーン・ウィルソンのふりを続けても意味はない。

「ドクター・シャナ・ウィーラン」ローマンが繰り返した。口にすればその名を、シャナ自身までもコントロールできると言わんばかりに。「コナー、わたしのオフィスで待っていてくれるかな? すぐにグレゴリが戻ってくる。彼が詳しい説明をするだろう」

「承知した」コナーはシャナにうなずいてから出ていった。

彼女は前後にスイングするキッチンのドアを見つめて言った。「彼はとてもいい人みたいね」

「ああ」ローマンはキッチンのカウンターに寄りかかり、広い胸の前で腕を組んだ。

居心地の悪い沈黙が広がる。彼の視線を意識しながら、シャナはナプキンをもてあそんだ。ローマンが世界でもっとも優れた科学者であることは疑いようがない。可能なら、ぜひ彼のラボを見てみたい。いいえ、ちょっと待って。彼は血を扱っているのよ。そう気づいたとたん、シャナの体に震えが走った。

「寒いのか?」

「いいえ。あの——命を救ってくれたことで、あなたに感謝を伝えたいと思って」

「本当に? 今、きみは立っていないようだが」

シャナは驚いて彼を見た。口の端が持ち上がり、目にユーモアがきらめいている。この人はキッチンへ入る前にわたしが口にした〝感謝の気持ちは立ったままで伝える〟という言葉を持ち出して、からかっているんだわ。だけどあのとき、彼とでは立ったままでも危険だとわかった。危うくキスしそうになったことを思い出し、彼女の頬は熱くなった。「お腹《なか》が空《す》いていない？　よかったらサンドイッチを作るけど」

ローマンの目の輝きが強さを増した。「まだいいんだ」

「そう」シャナは立ち上がって、空の皿とグラスをシンクへ運んだ。しまった、動かなければよかった。今や彼女とローマンは一メートル足らずしか離れていない。この男性のいったい何が、彼の胸に身を投げ出したい気持ちにさせるのだろう？　シャナはグラスをすすいだ。「わたし――あなたが何者か知っているわ」

ローマンがあとずさりした。「何を知っているって？」

「あなたが〈ロマテック・インダストリー〉のオーナーだということ。それに人工血液の製法を発明した本人だということも。あなたは世界中の何百万という人の命を救ったのよ」シャナは水を止めてカウンターの縁をつかんだ。「並はずれて立派な人だと思うわ」

ローマンが返事をしないので、彼女は勇気を出して彼のほうを見た。ローマンはびっくりした顔で彼女を見つめている。あら、自分がすごい人間だと知らなかったというの？

眉をひそめ、ローマンが顔をそむけた。「わたしはきみが考えているような者ではない」

シャナはにっこりした。「あなたは知的じゃないと言いたいの？　そうね、正直なところ

――すてきな笑顔で狼の歯を見せびらかしたがるなんて、賢明だとは思えないわね」

「狼の歯ではない」

「人間の歯でもないわ」シャナは頭を傾けて彼をうかがった。「本当に歯が抜けたの？　それとも漫画のプリンス・ヴァリアントみたいに、立派な馬に乗ってわたしの救出に駆けつけただけ？」

ローマンの口もとが歪んだ。「立派な馬を持っていたのはずいぶん昔の話だ」

「だったら、あなたの甲冑《かっちゅう》も錆《さ》びついてしまったんじゃない？」

「ああ」

シャナは彼のほうへ身を乗り出した。「それでもあなたはヒーローよ」

ローマンが浮かべていたかすかな笑みが完全に消えた。「いや、それは違う。だが、どうしても歯科医を必要としているのは本当だ。ほら？」彼は人差し指で唇の端を持ち上げてみせた。

確かに、本来なら犬歯があるべき場所に隙間ができている。「抜けたのはいつ？」

「数時間前だ」

「それなら、まだ間に合うかもしれないわ。つまり、あなたが本物の歯を持っているならの話だけど」

「もちろん持っている。実はその、ラズロに渡してあるんだ」

「そう」シャナは彼に近づき、爪先立ちになって言った。「見てもいいかしら？」

「ああ」ローマンが頭を下げた。

シャナは彼の目から引き離した視線を口もとに移動させた。胸がどきっとする。彼の両頬に触れ、それから指を浮かせた。「手袋をしていないんだけど」

「かまわない」

わたしもかまわない。過去数年間で大勢の口の中を診察してきたけれど、こんな気持ちになるのは初めてだわ。シャナは彼の唇に軽く触れた。大きくて官能的な唇。「開けて」

ローマンが指示に従った。彼女は指を中に滑り込ませ、歯の隙間を調べた。「どうして抜けたの？」

「ああああ」

「あら、失礼」シャナは微笑んだ。「患者さんが話せないときに質問する悪い癖があるのよ」

彼女は指を抜こうとしたが、ローマンがすぼめた唇につかまってしまった。はっとして彼の目を見たとたん、強烈な金色の輝きに包まれるような感じがした。ゆっくりと指を引き抜く。ああ、どうしよう。膝に力が入らない。シャナの脳裏に、このまま彼の体に沿って崩れ、床に横たわる自分の姿が浮かんだ。そこから彼に手を差し伸べて言うのだ。〝わたしを奪って、おばかさん〟

ローマンの手が彼女の顔に触れた。「今度はわたしの番かな？」

「えっ？」実は自分の心臓の音が大きすぎて、彼が何を言ったのかほとんど聞き取れなかったのだ。

ローマンの視線がシャナの口もとへ下がる。親指がそっと下唇をかすめた。

そのとき、ふいにキッチンのドアが開いた。「戻ったよ」グレゴリが言った。ふたりの様子を目にしてにやりとする。「ぼくは何かを邪魔したのかな？」

「ああ。わたしの人生を」ローマンが彼を睨んだ。「わたしのオフィスへ行け。コナーがきみを待っている」

「そうか」ドアから出ながらグレゴリが言った。「母さんが着いたよ。そこで待ってる。ラズロも準備万端だ」

「わかった」ローマンは背筋を伸ばし、何もなかったようにシャナを見て言った。「来てくれ」

「ちょっと」彼女はキッチンを出ていくローマンの姿を呆然《ぼうぜん》と見送った。ひどいじゃないの。ビジネスモードに戻るというわけ？　わずかながら心を開いてくれたと思ったら、もう尊大な男に逆戻りだ。

いいわ、わたしにあれこれ指図できると思ったら大間違いよ。シャナはわざと時間をかけて白衣のボタンをかけた。それからテーブルの上のバッグを取り、彼のあとを追って歩き始める。

ローマンは階段の下に立って、彼より年上の女性と話をしていた。女性は高価そうなグレーのビジネススーツに身を包み、給料ひと月分に相当しそうなバッグを持っていた。髪はほぼ黒だが、左のこめかみのあたりからひと筋の銀髪がのぞき、うなじでまとめたシニヨンの中へ消えていた。彼女は近づいてきたシャナに気づいて、完璧に整えられた眉を上げた。

ローマンが振り返った。「シャナ、こちらはグレゴリの母親で、わたしの個人秘書でもあるラディンカ・ホルスタインだ」

「はじめまして」シャナは手を差し出した。

ところがラディンカは反応せず、じっとシャナを見つめている。握手を拒否するつもりかと思い始めたそのとき、ラディンカが急に笑みを浮かべてシャナの手を取り、ぎゅっと握りしめた。「ついに現れたのね」

シャナはびっくりして目をしばたたいた。なんと答えていいかわからない。

ラディンカの笑みが広がる。彼女はローマンに視線を移し、またシャナを見て、最後にもう一度彼を見た。「あなたたちふたりのこと、とても嬉しく思うわ」

ローマンが腕を組んでラディンカを睨みつけた。

彼女は気にせずシャナの肩に手を置いて言った。「何か必要なものがあれば、わたしに知らせてちょうだい。毎晩ここか〈ロマテック・インダストリー〉のどちらかにいるわ」

「夜に働いているんですか？」シャナは尋ねた。

「施設は二四時間、開いているの。わたしは夜間勤務のほうが好きなのよ」ラディンカは空中で手をひらひらさせた。指の爪は完璧に整えられ、艶《つや》やかなダークレッドに塗られている。

「昼間はずっとトラックが出入りして、うるさすぎるんですもの。考え事もままならないのよ」

「まあ」

ラディンカが腕にかけたバッグの位置を調整し、ローマンに目を向けた。「他にも何か必要なものがあるかしら？」

「いや。また明日会おう」彼は向きを変えて階段を上がっていく。「来るんだ、シャナ」お座り。吠えろ。転がれ。シャナはローマンの背中を睨みつけた。

ラディンカがくすくす笑った。そんな声でさえ、どこかエキゾティックで異国風に聞こえた。「心配しないで、あなた。何もかもうまくいくわ。またすぐにお話ししましょうね」

「ありがとう。お会いできてよかったわ」シャナは階段を上がり始めた。ローマンはわたしをどこへ連れていくつもりなのかしら？　ゲストルームへ案内してくれるだけだといいのだけれど。でもラズロが彼の歯を持っているなら、できるだけ早く再植処置を試みなければならない。「ローマン？」呼びかけたが、彼はほとんど姿が見えないくらい先を行っていた。

一階と二階のあいだの最初の踊り場で、シャナは足を止めて美しい玄関を見おろした。玄関ホールの右側に閉じられたドアが並び、そのひとつにラディンカが向かっている。磨き抜かれた大理石の床に、グレーのレザー・パンプスの音が響いた。彼女にはどこか風変わりなところがある、とシャナは思った。だけどそれを言うなら、この家にいる人たちはみんな奇妙だ。ラディンカがドアを開けると、中からかすかにテレビの音が聞こえてきた。

「ラディンカ！」甲高い女性の声がした。「ご主人様《マスター》はどこ？　あなたと一緒だと思ってたのに」話すにつれて、その女性のフランス訛りが顕著になっていく。

また訛り？　まあ、わたしは国際変人会館にとらわれてしまったのかしら。

「彼に来るように言って」フランス訛りが続けた。「わたしたちは楽しみたいの」

さらに別の女性たちの声が加わった。全員がラディンカに対して口々に、すぐにマスターを連れてくるよう訴えかけている。シャナは鼻を鳴らした。マスターですって？　いったい何者なの？　まるで〝今月のプレイメイト〟の男性版みたいな響きだわ。

「静かに、シモーヌ」部屋に入ったラディンカは怒っているようだった。「彼は忙しいのよ」

「だけど、わたしがはるばるパリから来たのに――」そこでラディンカがドアを閉めたので、哀れっぽい声は聞こえなくなった。

あの女性たちが切望しているのはどんな男性かしら？　スコットランド人のひとり？　それなら無理もないわね。わたしだって、キルトの下をちょっとのぞいてみたいもの。

「来ないのか？」二階に立ったローマンがシャナを見おろして言った。

「行くわよ」彼女は自分のペースで階段を上がった。「ねえ、わたしの身の安全を守るためにあなたがしてくれたことには、本当に感謝しているの」

不機嫌そうだったローマンの顔が晴れやかになった。「どういたしまして」

「だから怒らないで聞いてほしいんだけど、あなたの警備チームのことで、いくつか心配な点があるのよ」

ローマンの眉が上がった。彼はちらりとうしろに目を向けてから、平然とシャナを見つめて言った。「彼らは世界で最強の警備チームだ」

「ええ、そうかもしれない。でも——」二階にたどりついた彼女は、踊り場のローマンのうしろに、また別のキルト姿の警備員がいることに気づいた。

そのスコットランド人はたくましい腕を広い胸の前で組み、シャナに厳しい視線を向けている。背後の壁には油絵が数枚かけられていた。どれも肖像画で、豪華に着飾った人々が彼女を睨みつけているように感じられる。

「詳しく説明してもらえるかな？」金茶色の瞳を楽しげにきらめかせて、ローマンが静かな口調で言った。

いやな人ね。「ええと」シャナは咳払いした。ときどき口がすぎて、いろいろ弁解しなければならないはめになる。「彼らがそろってハンサムだということは認めざるをえないわ。女なら誰でもそう思うはずよ」ハイランダーの表情が少し和らいだ。「それにおしゃれね。見事な脚をしているし。彼らが歩く様子には見とれてしまう」

今や警備員は微笑み始めていた。「よく言った、お嬢さん」

「ありがとう」シャナも笑みを返した。

ところがローマンはふたたびしかめっ面になっている。「きみは警備員たちを男らしさの完璧な見本と考えているようだが、それならきみの心配な点とやらを教えてくれないか？」

シャナは彼のほうに身を乗り出した。「武器よ。彼らが持っているものといったら、腰の小さな剣だけで——」

「ハイランド・ダークというんだ」ローマンが口をはさんだ。

「ええ、それだわ。あとはソックスに差したナイフ」

「スキャンドゥ」またしても彼にさえぎられた。

「なんでもいいわ」シャナはローマンを睨みつけた。「あのナイフを見て。木製なのよ！　まるで青銅器時代以前だわ。だけどロシア人たちはマシンガンを持っているの！　これ以上詳しく説明する必要がある？」

警備員が小さく喉を鳴らして笑った。「なかなか賢い娘を連れてきましたね。彼女に見せてもかまいませんか？」

ローマンがため息をついた。「いいだろう」

即座に警備員はうしろを向き、壁の肖像画を扉のように開けて秘密の戸棚の存在を明らかにした。彼は停止することなくそのまま一回転すると、ふたたびシャナと向き合った。その動きはあまりにも速く、彼女にはひるがえるキルトを楽しむ余裕すらなかった。そして気づくといつのまにか、彼が手にしたマシンガンがシャナに向けられていたのだ。

「まあ」彼女はささやいた。

警備員は武器をもとに戻し、片側を蝶番《ちょうつがい》で留めた肖像画の扉を閉じた。「これで安心かな、お嬢さん？」

「ええ、もちろん。あなたの動きは見事だったわ」

彼がにやりとした。「お安いご用だ」

「この家にはいたるところに兵器が隠してある」ローマンがうなるように言った。「きみは安全だとわたしが言ったら、それは真実なんだ。これ以上、詳細に説明する必要があるかな？」

シャナは口をすぼめて答えた。「いいえ」

「それなら来たまえ」ローマンは次の階に続く段を上がり始めた。

シャナの口からため息がもれる。そんなに無愛想な態度をとらなくてもいいのに。彼女は警備員に向き直って言った。「あなたのキルトのその模様、すてきだわ。他の人のものとは違うのね」

「シャナ！」次の踊り場でローマンが待っている。

「今行くわよ！」足音も荒く階段を上がる彼女のうしろから、警備員の忍び笑いが聞こえてきた。ローマンはどうして突然あんなに不機嫌になるの？「セキュリティの問題は片づいたけど、話したいことはもうひとつあるの」

ローマンは一瞬目を閉じ、深呼吸してから口を開いた。「それは何かな？」彼は次の階段をのぼり始めた。

「イアンのことよ。こういう危険な仕事につくには若すぎるんじゃないかしら」

「彼は見かけより年がいっているんだ」

「一六歳に達しているとは思えないわ。あの子は学校に行かせるべきよ」

「言っておくが、イアンは教育を修了している」ローマンは三階に到達し、そこにいたキルト姿の警備員にうなずいた。

続いてシャナも男性に手を振って挨拶《あいさつ》した。まさか、絵画の奥に核融合装置を隠していたりしてね。武器がたっぷり詰め込まれたこの家が、どうも安全だとは思えなくなってきたのだ。「つまり、わたしを守るために子供を使ってほしくないと言いたいの」

ローマンはさらに上の階へ向かっている。「きみの意見はわかった」

それだけ？　意見を聞いて、すぐさま却下？　「真剣に言ってるのよ。ボスはあなたなんだから、なんらかの手を打つべきだと思うわ」

ローマンの足が止まった。「わたしが〈ロマテック・インダストリー〉を所有していると、どうして知ったんだ？」

「推測したの。コナーも認めたし」

ため息をつき、ローマンはまた階段をのぼり始めた。「コナーとは少し話をしなければならないな」

シャナは眉をひそめて彼を見た。「イアンのことであなたが動かないつもりなら、彼の上司と話さざるをえないわね。アンガス・マッケイと」

「なんだって？」ローマンがふたたび立ち止まった。驚きに目を見開いて彼女を振り返る。

「彼のことを知っているのか？」

「その人が〈マッケイ警備調査〉の経営者だとコナーが教えてくれたわ」

「なんということだ」ローマンは小声で言った。「コナーとは長い話し合いが必要らしい」

四階へ向かう彼の足取りが重くなった。

「何階へ行きたいの？」

「五階だ」

シャナも階段をのぼり続ける。「五階に何があるの？」

「わたしのオフィスがある」

彼女の心臓が一瞬止まった。まあ、どうしよう。息を整えようと、シャナは四階に着いたところで足を止めた。キルトを身にまとった警備員が暗がりに立っている。「ゲストルームはどこにあるの？」

「きみの部屋は四階になる予定だ。あとで案内しよう」ローマンはさらに階段をのぼっていく。「さあ、来るんだ」

「どうしてあなたのオフィスへ行こうとしているの？」

「重要な問題を話し合う必要があるからだ」

「今ここで話し合うわけにはいかない？」

「だめだ」

頑固な人ね。あきらめのため息をつき、シャナは何について話をするつもりか想像しようとした。「エレベーターを設置しようと思ったことは？」

「ない」

つれない返答に、彼女は仕方なく話題を変えた。「ラディンカはどこの出身？」

「確か今はチェコ共和国と呼ばれているのではなかったかな」

りながら尋ねた。

「彼女が言っていた〝ついに現れたのね〟ってどういう意味?」シャナは最後の数段をのぼりながら尋ねた。


ローマンが肩をすくめた。「ラディンカは自分に超能力があると信じているんだ」

「本当に? あなたはどう思っているの?」

彼はようやく最上階に到達した。「仕事をこなしてくれるかぎり、彼女が何を信じようとかまわない」

「それはそうでしょうけど」この人はきっと感受性訓練に落第しているわ。「じゃあ、あなたは仕事の面で彼女を信頼しても、超能力者だとは信じていないのね」

ローマンは眉をひそめた。「彼女の予言のいくつかは間違っているからだ」

「どうして間違いだとわかったの?」

最後の一段を上がる。ローマンの眉間の皺が深まった。「わたしが人生で大きな喜びを見いだすと予言した」

「それが何か問題でも?」

「わたしが楽しそうに見えるか?」

「いいえ、見えないわ」まったく腹立たしい男ね! 「まさか、彼女が間違っていると証明するためだけに、自分を惨めにしているんじゃないでしょうね?」

彼の瞳が光を放った。「そうじゃない。ラディンカと出会う何年も前から、わたしはずっと陰鬱な気分だった。

「あらまあ、おめでとう。彼女は関係ない」

あなたは生涯にわたって惨めでいる誓いを立てたのね」

「違う」

「いいえ、違わない」

ローマンが腕を組んだ。「大人げないぞ」

シャナも腕を組む。「そんなことないわ」彼女は笑い出してしまわないように唇を噛んだ。この人をあおるのは面白すぎてやめられない。

彼は用心深い目でシャナを見ていたが、やがて口の端を緩めた。「きみはわたしを困らせようとしているんだな？」

「だって、惨めなのが好きなんでしょう？　違う？　違う？」

ローマンが声をあげて笑った。「いったいわたしに何をしたんだ？」

「あなたを笑わせたこと？」シャナはにっこりした。「もしかして初めての経験なの？」

「そうではないが、長いあいだ遠ざかっていた」ローマンは驚きの目で彼女を見つめている。

「今夜もう少しで殺されるところだったことを、きみは理解しているのかな？」

「ええ、もちろん。人生って、ときどきひどくおぞましくなるわ。そういうときは笑い飛ばすか、それとも泣くか。わたしの場合、笑いたくなってしまうことがあるの」涙なら、もう十分に流した。「それに今夜のわたしはとても幸運だった。助けを必要としていたちょうどそのときに、守護天使を見つけたんですもの」

ローマンが体を強ばらせた。「わたしのことをそんなふうに考えないでくれ。かけ離れている……。救いようのない存在なのだ」

深い自責の念が、溶けた金のように彼の瞳で揺らめいていた。「ローマン」シャナは彼の顔に手を伸ばした。「どんなときでも望みはあるわ」

彼はあとずさりした。「わたしにはあてはまらない」

シャナは、ローマンが少しでも彼女を信頼して何か言ってくれるのではないかと、期待をこめて待った。けれども彼は無言のままだった。彼女はローマンに背を向け、あたりを見まわした。暗い隅にまた別の警備員が立っている。廊下に沿ってふたつのドアがあり、そのあいだに大きな絵がかかっていた。近くでもっとよく見ようと、シャナはその風景画に歩み寄った。緑に覆われた丘陵地帯に日が沈むところを描いたものらしい。谷に目を向けると、霧に包まれたロマネスク様式らしい石造りの建物が廃墟《はいきょ》となって横たわっていた。

「美しいわ」彼女はつぶやくように言った。

「それは……ルーマニアにあった修道院だ。今はもう何も残っていない」

きっと記憶だけが残っているのね。ローマンの顔に浮かぶ厳しい表情から判断すると、いい記憶ではなさそうだ。この絵に心を乱されるのなら、なぜかけたままにしているのかしら？　ああ、そうだったわ。彼は惨めなのが好きなんだった。シャナはさらに顔を近づけて見た。ルーマニア？　ローマンの話し方にかすかな訛りがあるのもそれで説明がつく。この建物は、おそらく第二次世界大戦中か、ソビエト占領下にあったときに破壊されたのだろう。でもそれにしては、もっとはるかに年月を経ているように見える。奇妙だわ。古い修道院の廃墟とローマンにどんな関係があるのかしら？

彼が右側のドアへ向かった。「ここがわたしのオフィスだ」扉を開け、シャナが中に入るのを待っている。

突然の強い衝動に駆られ、彼女は階段を駆けおりて逃げ出したくなった。どうして？ この人は今夜、わたしの命を救ってくれたのよ。今になって危害を加えると思う？ それに、わたしにはまだベレッタがある。シャナはバッグを肩からおろして胸に抱え直した。いやだわ。この何ヵ月かの経験のせいで、心から他人を信じられなくなっているみたい。

それは何よりも最悪の事態だった。シャナは残りの人生をたったひとりで過ごさなくてはならないだろう。普通の人生が送れればそれでいいのに。夫と子供たちに囲まれ、やりがいのある仕事をして、環境のいい場所にすてきな家を持つ。白い棒杭の囲《ピケットフェンス》いがあればもっといい。ごく普通の人生だ。だが、その夢はもう決してかなわない。ロシア人たちはカレンを殺したようにはシャナを殺さなかったかもしれないが、結果的に彼女の人生を奪ったのだ。

シャナは背筋を伸ばすと、大きな部屋の中へ足を踏み入れた。ローマンの家具の好みに好奇心を覚えてあたりを見まわす。そのとき、部屋の向こうで何か動くものが見えた。暗がりから現れたのはふたりの男だった。コナーとグレゴリだ。ほっとしていいはずなのに、彼らの厳しい表情がシャナを不安にさせた。ふいに室内の温度が下がった気がした。氷のように冷たい風が頭の周囲で渦巻き始め、寒くてたまらなくなる。

震えながら、彼女はうしろを振り返った。「ローマン？」

彼はドアをロックすると、鍵をポケットに滑り込ませた。

シャナは息をのんだ。「なんなの？」

瞳に金の炎を揺らめかせながら、ローマンがじっと彼女を見つめている。やがて彼はシャナに近づいてきてささやいた。「時間だ」

7

ヴァンパイアは何世紀も前からマインド・コントロールを利用してきた。人間が進んで彼らの食糧供給源となるように仕向けるには、それが唯一の方法だったのだ。あとで彼らの記憶を消すためにも必要な措置だった。人工血液の製法を発明する以前は、ローマンも夜ごとマインド・コントロールを行っていた。そのたびに気が咎《とが》めながらも。だが、生き延びるにはそれしかなかった。正常な行為なのだ。

シャナを上の階にあるオフィスへ導きながら、ローマンはその事実を自分に言い聞かせていた。罪の意識を感じることはない。彼とグレゴリ、そしてコナーの三人で彼女の心を支配したら、彼の牙をもとに戻すよう命令を下す。そして処置が終われば、彼女の記憶を消してしまえばいい。簡単なことだ。異常でもない。それなら、階を上がるごとに苛立ちが増してくるのはなぜだろう？　オフィスに到達する頃には、ローマンは今回の計画に大きな疑問を感じるまでになっていた。ヴァンパイアが三人がかりで、たったひとりの人間に襲いかかる？　確かに、シャナの精神的な防御を突き破るには唯一の方法かもしれない。いまいましい牙をもとどおりにするためには、このやり方しかないのかも。だが一方で、ひどい暴力行為に思えて仕方がないのだ。

今、ローマンたち意識を支配されてオフィスに立つシャナを見ていると、急速に罪悪感がこみ上げてきた。こうするしかない、とまた自分に言い聞かせる。彼女に真実を知らせるわけにはいかない。彼が悪魔だとわかれば、彼女が協力を申し出ることは絶対にないだろう。そのとき、ローマンの指示を待たずにグレゴリとコナーが動いた。ふたりの念力がシャナの心に照準を合わせ、部屋を横切って飛びかかっていく。

バッグが床に落ちた。シャナがうめき声をあげ、てのひらの付け根をこめかみに押しあてた。

心配になったローマンは精神で彼女に覆いかぶさり、無事を確かめた。どうやら大丈夫らしい。シャナは人間に可能とは思えないスピードと力で防御壁を築いていた。まったく、驚くばかりだ。

グレゴリが攻撃の力を強め、冷酷な決意で彼女に迫った。〝おまえの思考はもうこちらのものだ！〟

〝ここにもいるぞ〟コナーの精神がシャナの防御を崩しにかかった。

〝やめろ〟ローマンは警告をこめて友人たちを一瞥《いちべつ》した。ふたりはたじろぎ、びっくりした顔で彼を見つめている。シャナからの抵抗は予測していても、ローマンに止められるとは思いもしなかったのだろう。だが真実を言えば、彼はシャナの思考を奪うのは自分だけにしたかった。彼女に無事でいてほしかったのだ。確かにシャナの防御を破るには三人分の念力が必要かもしれないが、それだけ強烈な力なら、壁が崩れたとたんに勢いあまって彼女の心を引き裂き、ぼろぼろにしてしまう可能性があった。

ローマンはシャナに近づいて、彼女を胸に引き寄せた。「大丈夫か?」

シャナが彼の胸にもたれかかる。「気分がよくないの。頭が……。すごく寒いわ」

「もう大丈夫」ローマンは彼女に腕を巻きつけた。己の古い肉体からもっと熱を発することができればいいのにと願いながら。「わたしといれば安全だ」それ以上の攻撃から守ろうとするかのように、彼はシャナの後頭部を手で覆った。

グレゴリとコナーが心配そうに顔を見合わせた。

コナーが咳払いして言った。「少し話せるだろうか?」

「待ってくれ」ふたりはローマンからの説明を求めている。それはわかっているが、言葉が見つからないのだ。今夜、彼をのみ込んでいるこの奇妙な感情を、どうやったら説明できるだろうか。渇望、欲求、恐怖、楽しみ、罪悪感、後悔。まるでシャナとの出会いが、深い眠りから彼を覚醒《かくせい》させたかのようだ。彼女に会うまで、ローマンは自分がどれほど感覚を失っていたか、気づいていなかった。それが今はあふれる活力を感じている。

シャナの全身に震えが走った。「こちらへ来て休むといい」ローマンは彼女を促し、今夜早くに彼がVANNAの血を吸ったのと、まさに同じベルベットの長椅子へ導いた。

椅子に横たわったシャナは両腕で体を抱いて丸まった。「寒くてたまらないの」

隣接する部屋のキングサイズのベッドにスエードの上掛けがある。取りに行こうとしたローマンはふと、椅子にかかったワイン色のシェニール織りブランケットに目を留めた。まだ一度も使ったことがないが、彼のオフィスにはもっと温かみが必要だと主張して、ラディンカが購入したものだ。ローマンはそのブランケットをつかみ、シャナの上に広げた。

「ありがとう」彼女は房飾りのついた端を持って顎まで引き上げた。「どうしちゃったのかわからないんだけど、ひどい悪寒がするの」

「すぐに温まるはずだ」ローマンは彼女の髪をうしろへなでつけた。不安を取りのぞいてやる時間があればいいのだが。けれどもホーム・バーの前ではコナーが行ったり来たりし続け、グレゴリは壁にもたれてローマンを睨んでいる。「グレゴリ、ドクター・ウィーランが快適に過ごせるように面倒を見てあげてくれないか？　キッチンから何か持ってきてほしいものがあるかもしれない。熱いお茶とか」

「わかった」グレゴリはゆっくりとシャナのほうへ歩いていった。「やあ、スウィートケーキ。どうだい？」

スウィートケーキだと？　ローマンは顔をしかめた。コナーと話をするために部屋を横切っていく。

ハイランダーはシャナに背を向け、かなり声を抑えて話し出した。ヴァンパイアの鋭い聴覚でなければ聞こえないほどの小声だ。「ラズロがあの娘は他と違うと言っていた。そのときはまさかと思ったが、今は信じられる。精神の力がこれほど強い人間は初めてだ」

「同感だ」ちらりとシャナを振り返る。グレゴリが魅力を振りまいているらしく、彼女は楽しそうにしていた。

「ラズロは、今夜中に治療を施さなければ二度と歯はもとどおりにならないとも話していた」

「そうだ」

「他の歯医者を探している時間はない」コナーはマントルピースの上に置いたアンティークの時計を示した。「あと一八分でラズロが電話をかけてくる」

「わかっている」

「それならどうしてわれわれを止めた？　もう少しだったのに」

「彼女の心にはひびが入りかけていた。かなり強力に攻めていたから、いったん突き破ってしまうと彼女を破壊しかねない、それが心配だったんだ」

「なるほど」コナーは人差し指で顎をこすった。「脳が損傷を受ければ歯を治すこともできなくなる。確かに」

ローマンは眉をひそめた。いまいましい歯のことなどすっかり忘れていた。彼はただシャナが心配だったのだ。いったい彼女はわたしに何をした？　過去に数え切れないほどの罪を犯し、今さら良心が芽生えるとも思えないのに。ローマンはもう一度振り返った。グレゴリが長椅子の端に腰かけている。彼はシャナの足を持ち上げて自分の膝に置いた。

「それで、これからどうする？」コナーの声がローマンの注意を引き戻した。

「彼女の信頼を得なければならない。自らの意志でわたしを頭の中に受け入れるように」

「ふん。いったい、いつから女が協力する世の中になったんだ？　信頼されるには一〇〇年かかる。だが実際は一八分しかない」コナーが時計を見た。「一七分になった」

「特別魅力的にふるまう必要があるだろう」われながら、まるでやり方がわかっていると言わんばかりだ。ローマンがちらりとシャナの様子をうかがうと、グレゴリが彼女の足から靴を脱がせていた。

「なるほど」コナーがうなずいた。「ご婦人方はうっとりさせられるのが好きだ」

ローマンは目を細めた。グレゴリがシャナの足をマッサージし始めた。たちまち記憶がよみがえる。あいつはVANNAの足をもてあそび、足の指に歯を立てていた。目を赤く輝かせて。くそっ。「彼女から手を離せ！」予想外の大声が部屋に響き、全員がびっくりして飛び上がった。

グレゴリがシャナの足を長椅子におろして立ち上がった。「彼女が快適に過ごせるようにしろと言ったじゃないか」

シャナがあくびをして手足を伸ばした。「すごく上手だったわ、グレゴリ。ローマンが頭のおかしい牛みたいなわめき声をあげるまで、うとうとしていたくらい」

「頭のおかしな牛だって？」グレゴリの笑い声は、ローマンの顔を見たとたんに消えた。彼は咳払いしてシャナのそばを離れた。

「コナー、そこのキャビネットにウイスキーが入っている」ローマンはホーム・バーを示して言った。

コナーがキャビネットを開ける。「スカイ島のタリスカーじゃないか。モルト・ウイスキーなど、どうするつもりだ？」

「アンガスが送ってくれた。彼の希望で〈ヴァンパイア・フュージョン・キュイジン〉の新しい味を開発する予定なんだ」

「おお。それは素晴らしい」コナーはボトルを抱え上げてうっとりと見つめている。「こいつの味がどれほど恋しいか」

「グラスに注いでドクター・ウィーランに渡してくれ」ローマンは長椅子に歩み寄った。

「少しは気分がましになったかな？」

「ええ」シャナは片手を額にあてた。「ひどい頭痛がしていたんだけど、もう消えてしまったみたい。とても奇妙なの。間違いなく頭の中で声が聞こえたのよ」眉をひそめる。「だけど、やっぱり変よね」

「いや、そんなことはない」いい知らせだ。彼女は頭の中で聞こえたのが誰の声か、認識できていないらしい。それにマインド・コントロールなど疑いもせず、ただの頭痛だと思っているようだ。

シャナが額をこすった。「ウイルスにやられたのかしら」彼女は顔をしかめた。「もしかしたら統合失調症かも。まいったわ。次はどこかの犬が、ああしろこうしろと話しかけてきそう」

「それについては心配いらないだろう」ローマンは長椅子の彼女のそばに腰かけた。「きみの症状は簡単に説明がつく。おそらく心的外傷後ストレスだ」

「まあ。そうね、そうかもしれない」シャナは彼が座りやすいように少し横へ移動した。「連邦捜査局《ＦＢＩ》の精神科医がその話をしていたわ。もしかしたら今後ずっと、パニック発作を繰り返す可能性もあるらしいの。そんなことを言われて明るい気持ちになると思う？」

「ＦＢＩ？」ウイスキーのグラスを持ってきたコナーが訊き返した。

シャナの顔が曇る。「本当は話しちゃいけないのよ。でも、あなたたちはとてもよくしてくれているんだもの。知る権利があるわよね」

「話しても差し支えないことだけ教えてくれればいい」ローマンはコナーからグラスを受け取ってシャナに渡した。「これを飲めば体が温まるはずだ」それに舌も軽くなる。さらには防御も緩むに違いなかった。

彼女は長椅子に肘をついて体を起こした。「ビールより強いお酒は飲まないんだけど」

「今夜きみは地獄を味わってきたんだ」悪魔が全員集合した地獄だ。ローマンはシャナの手にグラスを持たせた。

ひと口飲んだとたん、彼女は咳き込んだ。「うう！」目に涙がにじんでいる。「これ、ストレート？」

ローマンは肩をすくめてグラスを受け取り、床に置いた。「ハイランダーが他にどんな注ぎ方をすると思う？」

シャナは目を細めて長椅子に横たわった。「信じられないわ、ローマン。もしかして冗談ってていた。

「まあ、そんなところだ。うまくいったかな？」魅力を振りまいて女性の心に入り込もうと試みるのは、彼にとって初めての経験なのだ。これまで、欲しいものはもっと簡単に手に入っていた。

「のつもり？」


シャナの顔にゆっくりと笑みが浮かんだ。「あなたが前に言っていたことは間違いだったようね。今のあなたには希望があるもの」

なんということだ。シャナはどこまでも快活な楽観主義者に違いない。そんな彼女に残酷な現実を突きつけて打ちのめさなければならない日が、いつか来るのだろうか？ 人の命を奪う悪魔に希望などあるわけがないのだから。けれどもその日が来るまでは、彼女に夢を見続けさせてやりたい。とりわけ、それが彼女の心に侵入する助けになるのなら。「ＦＢＩの話をしていたようだが？」

「ああ、そうね。わたしは証人保護プログラムの適用を受けているの。担当の連邦保安官がいて、困ったことがあれば連絡することになっているわ。だけど今夜は電話がつながらなくて」

「シャナというのは本名なのか？」

彼女はため息をついた。「ジェーン・ウィルソンと名乗らなくちゃいけないのよ。シャナ・ウィーランは死んだの」

ローマンは彼女の肩に触れた。「とても死んでいるようには感じられないが」

シャナはぎゅっと目を閉じた。「家族も失ったわ。もう二度と会えないの」

「ご家族について聞かせてくれ」彼はさっと時計に目を向けた。あと一二分。

ふたたび開いた彼女の目は、どこか遠くを見ているようにぼんやりしていた。「妹と弟がひとりずつ。小さい頃のわたしたちはとても仲がよかったわ。お互いしかいなかったから。父が国務省の仕事をしているので、いろいろな国で暮らしたの」

「たとえば？」

「ポーランド、ウクライナ、ラトヴィア、リトアニア、それにベラルーシ」

ローマンとコナーは顔を見合わせた。「お父さんは具体的にはどんな仕事を？」

「何かの援助だと思うんだけど、はっきり教えてもらったことがないの。頻繁に旅行していたわ」

ローマンは頭を傾けてデスクを示した。うなずいたコナーがそっとコンピューターに向かう。「お父さんの名前は？」

「ショーン・ダーモット・ウィーラン。母は以前教師をしていたから、わたしたちきょうだいは母に勉強を教えてもらっていたの。自宅学習が続いたのは……」シャナは顔を曇らせ、ブランケットを頬まで引き上げた。

「続いたのは？」コナーがキーボードを叩く音が聞こえた。ショーン・ダーモット・ウィーランの調査を開始したのだ。

シャナはため息をついた。「一五歳になったとき、両親はわたしをコネティカット州にある寄宿学校へ入れたの。正式な学校教育を受けた記録を残すほうが、わたしのためになると言って。そうすればいい大学に入れるから」

「理にかなっているように聞こえるな」

「当時はわたしもそう思ったわ。でも……」

「でも？」

彼女は横向きになってローマンと顔を合わせた。「弟や妹は寄宿学校へやられなかった。わたしだけだったのよ」

「なるほど」家から出ていくように選ばれたのはシャナだったのだ。ローマンにはそのときの彼女の気持ちがよくわかった。

ブランケットの房飾りをもてあそびながら、シャナが続けた。「きっとわたしが何か悪いことをしたからに違いないと思ったわ」

「どうしてまた？　きみはまだ子供だったのに」過去の記憶がよみがえってローマンの胸を満たした。長いあいだ、忘れ去ったと思っていた記憶だ。「家族が恋しかっただろうな」

「ええ。初めは辛《つら》くて。でも、それからカレンと出会ったの。わたしたちは親友になったわ。最初に歯科医になりたがったのは彼女だったのよ。人の口に手を突っ込んで生計を立てることに関して、よく彼女をからかった。だけどいよいよ進路を決めるときになると、わたしも歯科医の道を選んでいたの」

「そうか」

「人の助けになって、社会の一部になりたかった。地元で子供たちのソフトボールチームを後援するような、地域に密着した歯医者になりたかったのよ。世界中を移動してまわるのはいやだった。それに子供の治療をしたかったの。昔から子供が大好きだから」シャナの瞳が潤んでいる。「だけど、もう子供を持つこともかなわない。いまいましいロシア人のせいで」彼女は前屈みになると、床からウイスキーのグラスを取って、もうひと口飲み下した。

たちまち咳き込んだシャナの手から、ローマンはグラスを取り上げた。くそっ。酔わせるのではなく、リラックスさせるのが目的だったのに。彼はちらっと時計を見た。あと八分でラズロが電話をかけてくるだろう。「ロシア人のことを教えてほしい」

シャナは長椅子に身を沈めた。「ボストンで、カレンとわたしは一緒にアパートメントを借りていたの。金曜の夜になると、毎週ふたりでデリに出かけたわ。ピザとブラウニーにかぶりついて男たちを呪った。ふたりともデートの相手がいなかったから。そしてある金曜日の晩――」彼女の体が小刻みに震えた。「まるで古いギャング映画みたいだった」

シャナにデートの相手がいなかった？　ローマンには不思議でならなかった。人間の男どもの目は節穴に違いない。彼はシャナの手を取った。「続けて。やつらにはもう、今のきみを傷つけられないよ」

彼女の目にふたたび涙が浮かんできた。「今でもわたしを苦しめているわ。あれから一日も欠かさず毎日。眠りにつくと必ずカレンの夢を見るの。目の前で死んでいく姿が見えるのよ。それに、わたしはもう歯科医として役立たずなの！」シャナはまたウイスキーのグラスをつかもうとして身を乗り出した。「いやだわ。自分を哀れむなんて最低」

「待ってくれ」ローマンは彼女の手が届かないところへグラスを移動させた。「歯科医として役立たずとはどういうことだ?」

シャナは力が抜けたようにまた長椅子に横になった。「現実を直視するべきだとわかっているわ。わたしは仕事も失ってしまったのよ。ち、血を見ただけで気絶する歯科医に治療ができると思う?」

ああ、そうか。彼女は血を恐れているんだった。すっかり忘れていた。「その症状は事件の夜から始まったのか?」

「ええ」彼女は涙をぬぐって続けた。「化粧室にいたときに恐ろしい叫び声を聞いたの。いたるところに銃弾が撃ち込まれた。壁にあたる音が聞こえたわ。悲鳴も。やつらがデリにいた人々を……撃ったのよ」

「それがロシア人だったのか?」

「そう。銃声がやんで、しばらくしてからそっと化粧室を出てみたの。床に横たわるカレンが見えた。彼女は……お腹と胸を撃たれていた。まだ息があって、わたしに気づいて首を振るの。まるで、来てはだめと警告するみたいに」

シャナは両手で目を覆った。「そのとき、またやつらの声が聞こえてきたわ。ピザ用のオーブンのうしろで、ロシア語で叫んでいた」手をおろしてローマンを見る。「実際にはわたしはロシア語が理解できないけど、悪態だということはわかった。違う言語の悪態をいくつ覚えられるか、よく弟と競い合っていたから」

「そのロシア人たちはきみの姿を見たのか？」

「いいえ。声がしたので、散乱したものや大きな鉢植えのうしろに隠れたの。厨房《ちゅうぼう》のほうからさらに銃声が聞こえて、やつらが姿を現したわ。カレンのそばで足を止めて彼女を見ていた。そのとき、わたしにも向こうの顔が見えたのよ。それからみんな店を出ていった」

「カレンにしたように、他の犠牲者のそばでも立ち止まったのかな？」

懸命に思い出そうとするように、シャナが眉をひそめた。「いいえ、それはなかったわ。実は――」

「なんだい？」

「やつらは彼女のバッグを開けて運転免許証を見ていたの。それから急に腹を立てて、ひどい悪態をつき始めたかと思うとバッグを投げ捨てた。おかしいわよね。だって、あのデリで一〇人もの人を殺したのよ。わざわざカレンのIDを確認する理由があるかしら？」

理由？　ローマンは自分が導き出した結論が気に入らなかった。確信が持てるまでシャナに知らせたくない。彼女をむやみに怖がらせたくなかった。「その後、きみは裁判でロシア人たちの不利になる証言をして、新しい身分を与えられることになったんだな？」

「ええ、そうよ。わたしはジェーン・ウィルソンになって、二ヵ月前にニューヨークへ移ってきたの」シャナはため息をついた。「ここに知り合いはひとりもいない。ピザを配達してくれるトミーだけ。誰かに話ができて少しすっとしたわ。あなたは聞き上手ね」

ローマンはマントルピースの上の時計に目をやった。あと四分しかない。今ならシャナは彼に気を許して、心の中へ入れてくれるかもしれない。「できるのは聞くことだけじゃない、シャナ。わたしは……催眠療法の専門家なんだ」

「催眠療法？」彼女の目が驚きに見開かれた。「過去へ記憶をさかのぼったりするやつ？」

ローマンは微笑んだ。「実は、催眠術を使って血に対する恐怖心を消せるのではないかと考えていたんだよ」

「まあ」シャナが瞬きして体を起こした。「まじめに言ってるの？ そんなに簡単に消せるものなの？」

「ああ。きみがわたしを信頼してくれれば――」

「すごいわ！ 仕事をあきらめなくてもいいのね」

「そうだ。だが、そのためにはわたしを信じてもらう必要がある」

「ええ、そうよね」彼女はふいに疑わしげな目つきになった。「催眠から解けても変な暗示が残るようなのはやめてよ。あなたが〝タクシー〟と叫ぶたびに、全裸になって雄鶏《おんどり》のまねをするとか、そういうのはごめんだわ」

「きみに鬨《とき》の声をあげさせたいとは思っていない。もうひとつのほうは――」ローマンは身を乗り出してささやいた。「非常に興味をそそられるが、自発的に服を脱いでくれるほうが好みだ」

シャナは頬を真っ赤にして顎までブランケットを引き上げた。「わかったわ」

「では、わたしを信頼するんだな？」

彼女はローマンと目を合わせた。「今すぐ実行するつもり？」

「ああ」視線で意志を伝え、シャナが彼から目をそらせないようにする。「おそらく簡単にすむだろう。きみはただリラックスしていればいい」

「リラックス？」ローマンを凝視している彼女の目がぼんやりしてきた。

「横になって」彼はそっとシャナを促し、ゆったりした体勢で横たわらせた。「わたしの目を見つめ続けるんだ」

「ええ」彼女は小声で応えた。眉根を寄せている。「あなたの目、珍しい色ね」

「きみの目はとても美しい」

シャナは微笑んだかと思うと急にたじろぎ、きれいな顔に苦痛の表情を浮かべ始めた。

「また寒くなってきたわ」

「すぐにおさまって、次は気分がよくなってくる。きみは恐怖心を取りのぞきたいと思っているのか、シャナ？」

「もちろんよ」

「それならうまくいくはずだ。きみは強くなり、自信がみなぎってくる。きみが優れた歯科医になるのを阻止できるものは何もない」

「すてき」

「非常にくつろいだ気分だ。とても眠い」

「ええ」シャナのまぶたが震えながら閉じた。

中に入ったぞ。驚くほど簡単だった。彼女は扉を大きく開け放したままにしてくれたのだ。あとは正しい動機づけをするだけでよかった。これをしっかり覚えておこう。この先また同じような人間にでくわしたときのために。けれどもシャナの思考に分け入りながら、ローマンは彼女が特別な存在だと気づいていた。

一見すると、シャナの精神は知的できちんとまとまっているように思える。だが整った外見の内側では強い感情が膨らみ、ローマンを取り巻いて引っ張り込もうとしてくるのだ。恐怖。苦悩。悲しみ。後悔。そして感情の嵐《あらし》の下にある、何があろうと守り抜こうとする断固とした意志。どの感情も彼にはなじみ深いものだったが、それでいてシャナが発すると、また違ったものに感じられた。とても新鮮でありのままだ。ローマンの感情は五〇〇年以上前に死んでしまっていた。それをふたたびこんなふうに感じられるとは。まるで酔ったように、めまいのする感覚。シャナには情熱があふれ、解放のときを待ち焦がれていた。ローマンなら解き放ってやれる。彼女の頭と心を開いてやれるのだ。

「ローマン」グレゴリが腕時計を見ながら声をかけた。「四五秒しかないぞ」

ローマンは心の中で自分自身を揺さぶった。「シャナ、聞こえるか?」

「ええ」目を閉じたまま、彼女がささやいた。

「きみは素晴らしい夢を見るだろう。デンタル・クリニックにいる自分を見つける。新しくて安全なクリニックだ。患者はわたしで、きみに歯の再植を依頼している。ごく普通の歯だ。

わかったかな？」

シャナはゆっくり頭を動かしてうなずいた。

「たとえ血が出たとしても、きみはひるんだりしない。ためらわない。処置が終わるまで自信たっぷりで、冷静にふるまい続けるだろう。そのあと一〇時間のあいだぐっすり眠って、起きたことをすべて忘れてしまうんだ。目が覚めると、きみは爽快《そうかい》で幸せな気分になっている。わかるかな？」

「わかるわ」

ローマンはシャナの顔にかかった髪をうしろになでつけた。「今からしばらく眠る。すぐに夢が始まるだろう」彼は長椅子から立ち上がった。シャナは横たわったままだ。片手を顎の下に敷き、ブランケットの房飾りに絡ませて、安心しきったように眠っている。疑うことを知らない、汚れのない姿に見えた。

そのとき、電話が鳴った。

コナーが出た。「そのまま待ってくれ。スピーカーフォンにする」

「もしもし？　聞こえますか？」不安げなラズロの声が響いた。「そちらの準備が整っているといいのですが。もうあまり時間がありません。四時四五分だ」

小柄な化学者の白衣にまだボタンは残っているのだろうか。そう思いながら、ローマンは言った。「よく聞こえているぞ、ラズロ。歯医者を連れてすぐにそちらへ行く」

「彼女——彼女の協力はとりつけられたのですか？」

「ああ、大丈夫だ」ローマンはグレゴリに向き直った。「日の出の正確な時刻を調べてくれ。われわれがこちらへテレポートして戻れるように、夜が明ける五分前に向こうへ電話をかけてほしい」

グレゴリがたじろいだ。「それではぎりぎりだ。ぼくは家に帰れない」

「ここで休めばいい」

「わたしもですか？」電話の向こうからラズロが尋ねた。

「そうだ。心配するな。ゲストルームはたくさんある」ローマンは眠っているシャナを腕に抱えた。

「妙だな」コナーが立ち上がって言った。「彼女の父親のことだが。存在の痕跡《こんせき》がまるでないんだ。中央情報局《CIA》かもしれない。イアンをラングレーにやって突き止めさせよう」

「ああ、それがいい」ローマンはシャナを抱え直した。「始めてくれ、ラズロ。われわれがそこへ着くまで話し続けるんだ」

「承知しました、社長。おっしゃるとおりにします。ええと、こちらの準備はすべて整っています。そちらの女性に勧められたように、あなたの歯は歯牙保存キット《セイブ・ア・トゥース》に入れました。それで思い出したのですが、こんな歯医者の映画がありませんでしたか？　悪い歯医者で、〝それは安全かね？〟という同じ質問を繰り返すんです。あの俳優の名前はなんといったか……」

ラズロの声が押し寄せてきたが、ローマンは個々の言葉に気を留めなかった。かわりに彼の声を誘導信号として利用し、つながりを確立するまで精神を差し伸べ続けた。たとえば自宅から〈ロマテック・インダストリー〉のオフィスへのような、いつもの移動なら記憶に刻まれている。ところが行き先や出発点になじみがないテレポートの場合、ある種の感覚の錨《いかり》とでもいうべきものを利用するのが、もっとも安全な方法だった。場所が見えれば移動は簡単だ。見えないときは声を追尾することで目的の場所へ行ける。だがもし錨を使わなければ、煉瓦《れんが》の壁の中とか、照りつける太陽の下とか、うっかり誤った場所で再実体化してしまう恐れがあった。

グレゴリがローマンの自宅オフィスに残ることになっていた。日の出前にデンタル・クリニックに電話をかけ、帰りの誘導を担当するのだ。やがてローマンの目の前で部屋がぼやけ始め、彼は声を頼りにラズロがいる場所へテレポートした。彼が実体化を終えて姿を現したとたん、化学者は安堵のため息をついた。そこはあらゆるものが黄褐色に塗られた、個性に欠ける病院だった。消毒薬の匂いがあたりに満ちている。

「よかった。成功ですね、社長。さあ、こちらへ」ラズロが診察室へ向かった。

ローマンはシャナの無事を確認した。彼女は腕の中で穏やかに眠り続けている。彼はラズロのあとを追いながら、シャナの父親に関してイアンはどんな情報を手に入れるだろうかと考えていた。彼女の父親が海外駐在中にロシア系マフィアと揉《も》め事を起こしていたとすれば、やつらは復讐《ふくしゅう》を望むはずだ。父親自身に報復できなくて、かわりに娘を選ぶということも十分ありうる。やつらがカレンのＩＤを確認してひどく腹を立てたことも、それで説明がつくのだ。ローマンはシャナを抱く手に力をこめた。この推測が間違いであってほしい。しかし、直感は彼が正しいと叫んでいた。

ロシア系マフィアは、ボストンの殺人事件で証言したためにシャナを殺したがっているのではない。そもそも事件は彼女が原因で起こったのだ。やつらのねらいはシャナだ。彼女の命を奪うまで決してあきらめないだろう。

8

イワン・ペトロフスキーはデスクで未開封の郵便物にざっと目を通していた。電気料金。ガス料金。どれも数週間前の消印が押されたものが積まれている。彼は肩をすくめた。六〇〇年以上存在し続ける者にとって、三週間がなんだというのだ？　それに、俗っぽい人間の世界になどかかわりたくもない。イワンはいちばん上の封筒を破いて開封した。ほう、今日はラッキーな日だ。おれには生命保険に加入する資格があるらしい。低能どもめ。彼は封筒をごみ箱に投げ入れた。

次に象牙色《ぞうげいろ》の封筒が目に留まった。差出人は――〈ロマテック・インダストリー〉。低いうなり声がイワンの喉を震わせた。彼は封筒を中身ごとふたつに裂きかけて、途中でふと手を止めた。いまいましいローマン・ドラガネスティはなぜこんなものを送ってくるんだ？　お互い口もきかない仲なのに。イワンは封筒からカードを取り出し、裂けた紙をデスクに並べた。

それはイワンとコーヴンのヴァンパイアたちに宛《あ》てた、二日後の夜に〈ロマテック・インダストリー〉で開催される、春の年次総会の開会記念舞踏会への招待状だった。ふん、またこの時期が来たか。ドラガネスティは毎年、世界中のヴァンパイアたちが参加するこの一大イベントを主催していた。そこでコーヴン・マスターたちが密《ひそ》かに会合を開いて、現代のヴァンパイアの暮らしに関するさまざまな問題を議論するのだ。女々しいろくでなしどもが。吸血行為こそが何より優れた生き方だと知らないのか？　問題はつねに人間どもによって引き起こされ、やつらに対処する方法はただひとつしかない。血を吸い尽くして殺すのだ。議論など必要ない。この惑星には何十億という人間どもが詰め込まれ、しかも子を産んで増え続けている。ヴァンパイアが食糧不足に陥る恐れなどありえない。

イワンは招待状をごみ箱に投げ捨てた。この一八年間、彼は無意味な会議に参加していなかった。裏切り者のドラガネスティが、ヴァンパイア界に新しい人工血液を導入したときから。イワンはむかつくあまりその場を立ち去り、二度と戻らなかった。

ドラガネスティがその後も毎年招待状を送ってくるとは驚きだ。あのばかは、いつかイワンと部下たちが心変わりして、やつが提唱する新しく高尚な観点に基づく、穏やかなヴァンパイアの生き方に応じることを期待しているのだ。冗談じゃない。

不満とストレスがイワンの首に引き寄せられていく。彼は耳のうしろの筋肉をマッサージして目を閉じた。脳裏に映像が浮かんでくる。ドラガネスティと彼の支持者たちが開会記念舞踏会に参加して、上品な服に身を包み、クリスタルのフルートグラスに入ったあのいやらしい偽の血をすすっている光景が。高められて進化した彼らの感覚を称《たた》え、互いの肩を叩き合っている者たちもいた。ふん、へどが出る。

イワンは新鮮な人間の血も、彼らを狩るスリルも、さらには肌に牙を立てるときの快感も、あきらめるつもりは毛頭なかった。ヴァンパイアの定義からすれば、ドラガネスティと仲間たちこそが裏切り者だ。いまわしい行為をする面汚しだ。

これ以上悪くはならないだろうとイワンが思ったそのとき、彼らはまたしてもやってくれた。裏切り者からばかげた愚か者へと急降下だ。二年前、ドラガネスティがやつの最新の発明――〈ヴァンパイア・フュージョン・キュイジン〉とやらを世間に紹介したのだ。イワンは思わずうめいた。首がズキズキする。苦痛を和らげようと、彼は脊椎骨をポキッと鳴らした。人間が関節を鳴らすのと同じだ。

〈ヴァンパイア・フュージョン・キュイジン〉だと？　笑わせる。恥を知れ。だが、やたら誘惑的で油断ならないものであることも確かだ。〈デジタル・ヴァンパイア・ネットワーク〉ではひっきりなしにそのコマーシャルが流れていた。イワンのハーレムにさえ、血とチョコレートを融合させた〈チョコラッド〉とかいう、ドラガネスティの邪道な飲み物をこっそり持ち込んだ女がふたりもいた。彼はその女たちを鞭打《むち》ちの刑に処した。ところがハーレムの女たちはそれでも、彼の不在時をねらって密かに、胸の悪くなるその代物を飲んでいるらしい。美しく色気のある彼の女たちの体重が、この数百年で初めて増えつつあった。

いまいましいドラガネスティめ！　やつはヴァンパイアの生き方を台なしにしている。男たちを弱々しい臆病者に変え、女たちを太った雌牛に変えて。さらに悪いことに、やつはどんどん金持ちになっている。ドラガネスティとそのコーヴンのヴァンパイアたちが快適な暮らしを楽しんでいる一方で、イワンと手下たちはブルックリンのメゾネットに詰め込まれ、窮屈な生活を強いられていた。

だが、それもあと少しの辛抱だ。もうすぐシャナ・ウィーランの死体を届け、報酬として二五万ドルを手にするのだから。さらに稼ぎのいい殺しをあと数件引き受ければ、イワンはあのうぬぼれたコーヴン・マスターたちと同じくらいの金持ちになれるはずだった。ローマン・ドラガネスティにアンガス・マッケイ、それにジャン＝リュック・エシャルプ。やつらは高級な〈ヴァンパイア・フュージョン・キュイジン〉を飲み、つねに脚光を浴びている。

そのときドアにノックの音がして、むかつくローマン・ドラガネスティのことを考えていたイワンは現実に引き戻された。「入れ」

現れたのは、彼が信頼を置くアレクだった。「人間がひとり、会いたいと言って来ています。パヴェルと名乗っていますが」

がっしりしたブロンドの男が狭い部屋へ入ってきた。不安そうにあちこちに視線を泳がせている。ステーシャは、部下の中でこの男がいちばん知的だと言っていた。つまり、字は読めるということだろう。

イワンは椅子から立ち上がった。天井まで伸び上がって驚かせることもできたのだが、その悪ふざけはあとまで取っておくことにした。「おまえの実にひどい失敗を知らされて、ステーシャはなんと言っていた？」

パヴェルが顔を歪めた。「喜んではいませんでした。ですが、われわれは確実に優位に立っています」

「ピザ屋か？　女が現れたのか？」

「いいえ。女の姿はどこにもありません」

イワンはデスクの端に腰かけた。「それならどこが優位なのだ？」

「わたしが見た車です。グリーンのホンダでした。あの車のナンバープレートから持ち主を特定できました」

イワンはじりじりしながら説明を待った。「それで？」まったく。人間ときたらなんでも大げさにして、芝居じみた間を取りたがる。

「あの車はラズロ・ヴェストのものでした」

「それがどうした？」イワンは首に刺すような痛みを感じた。ぐずぐずと時間がかかりすぎている。「そんなやつの名前は聞いたこともないぞ」

アレクが目を細めた。「わたしも知りません」

パヴェルがどこかうぬぼれの感じられる笑みを浮かべた。「そう聞いても驚きませんよ。われわれも何者か知らなかった。でも、その男の雇い主の名前なら、もちろん耳にしたことがある。きっと想像もつかないと思いますよ」

イワンは目にも留まらぬ速さでパヴェルに近づいた。パヴェルが恐怖に目を見開き、よろめきながらあとずさりする。イワンは彼のシャツをつかむと、ぐいと手前に引いて言った。

「こざかしいまねをするな、パヴェル。おまえの知っていることをさっさと話すんだ」

パヴェルが息をのんだ。「ラズロ・ヴェストは〈ロマテック・インダストリー〉で働いています」

イワンは手を離してうしろに下がった。くそっ。わかっているべきだった。背後にローマン・ドラガネスティがいることを。あの憎むべきろくでなしにはつねに悩まされてきた。首に感じるいやな痛みの元凶なのだ。彼は首を傾け、ポキッという音とともに脊椎骨をもとの位置に戻した。

パヴェルがたじろぐ。

「そのラズロという男は昼勤か、それとも夜勤なのか?」

「あの……夜勤だと思われます」

ヴァンパイアだ。シャナ・ウィーランがあれほどすばやく姿を消した理由がそれでわかった。「そいつの住所はわかっているんだろうな?」

「はい」パヴェルはズボンのポケットから紙きれを引っ張り出した。

「よし」ひったくって目を通す。「昼間に見張る場所をあと二箇所増やしてくれ。ラズロ・ヴェストのアパートメントとローマン・ドラガネスティのタウンハウスだ」イワンは歯ぎしりしてつけ加えた。「やつはアッパー・イースト・サイドに住んでいる」

「わかりました」パヴェルがそこでためらいを見せた。「あのう、もう行ってもいいでしょうか?」

「うちの女どもがおまえを夜食にしようと決める前にここから出られるものなら、好きに出ていくがいい」

パヴェルは小声で悪態をつくと、玄関へ向かって走り出した。

イワンは紙きれをアレクに渡した。「数名を連れてこの住所へ行け。夜明けまでにミスター・ヴェストを無傷で連れ帰るんだぞ」

「承知しました」アレクは紙きれをポケットに入れた。「どうやらあの女はドラガネスティが匿《かくま》っているようですね。いったい何が望みなんでしょう?」

「わからん」イワンはゆっくりした足取りでデスクに戻った。「やつが金のために人間を殺すとは思えない。意気地がなさすぎるからな」

「そうですね。それに金も必要としていないし」

それなら、ドラガネスティはどういうつもりでいるのだ? 金持ちになるというおれの計画を邪魔できると思っているのだろうか? いまいましいくそったれめ《スヴォーッチ》。イワンの視線がごみ箱をさまよい、先ほど引き裂いた招待状に留まった。「ウラジミールに言って、ドラガネスティの自宅を見張らせろ。おそらく女はそこにいる。さあ、行け」

「かしこまりました」アレクが部屋を出てドアを閉めた。

イワンは身を屈めてごみ箱から招待状を取り出した。ドラガネスティと対決するには、この方法がいちばん簡単だ。あのろくでなしはつねにスコットランドのヴァンパイアの一団に囲まれているので、この機会を逃せば近づくのは不可能だろう。

ローマン・ドラガネスティが警備を厳重にしているのは正しい判断だと言える。やつは過去数年で何度か暗殺されかけ、そのつど生き延びてきたのだ。彼の警備チームが〈ロマテック・インダストリー〉で爆弾を見つけたことも、一度や二度ではない。もちろんそれらはトゥルー・ワンズと呼ばれる秘密組織からの贈り物だった。残念なことに、爆弾はすべて爆発する前に発見されてしまったのだが。

イワンはデスクの引き出しをかきまわし、テープを見つけた。慎重な手つきで招待状をもとどおりに修復する。年次総会は招待客しか入れない。イワンは信頼できる者たちを連れて、一八年ぶりに参加することになるだろう。そろそろドラガネスティに思い知らせてやってもいい頃だ。イワン・ペトロフスキーの邪魔をすれば、いつまでもほくそ笑んではいられないことを。

イワンはロシアのコーヴン・マスターというだけではなく、トゥルー・ワンズのリーダーでもある。開会記念舞踏会を忘れられない夜にしてやるつもりだ。

9

こんなに強い明かりがないと見えないとは、人間も困ったものだ。ローマンは頭上のまぶしいライトを避けて目を閉じた。彼はデンタル・クリニックの診察室で脚を伸ばして仰向けに横たわり、首のまわりに幼児用のよだれかけのようなものをかけていた。少なくともここまでは、マインド・コントロールがうまく作用していた。聞こえてくる物音から、シャナがロボットのように効率よく動きまわっているとわかる。この穏やかで落ち着いた雰囲気を保っているかぎり、治療はうまくいくはずだ。彼女はすべて夢だと思っているので、目を覚ますような刺激を与えてはならない。

「開けて」静かで単調な声だ。

指示に従ったローマンは、歯茎に鋭い痛みを感じた。目を開けてみる。ちょうどシャナが彼の口から注射器を離すところだった。「それはなんだ?」

「局所麻酔を打ったから、もう痛みを感じなくなるわ」

それでは遅すぎる。麻酔のための注射が痛いのだから。とはいえ、ローマンが最後に専門家の手にかかってからこれまでに、歯科医療技術は大きな進歩を遂げていると認めざるをえない。彼が子供の頃は、村の床屋が錆びたペンチを使って人々の腐った歯を引っこ抜いていた。その光景を見ていたローマンは、歯を健康に保つためにできるだけのことをした。当時の歯ブラシは小枝を削ったものにすぎなかったのだが。おかげで三〇歳になっても、彼の歯は一本も欠けていなかった。

その年に、ローマンの新しい人生が——あるいは死が——始まったのだ。ヴァンパイアとなってからは、五一四年を経た今でも、彼の体は三〇歳のときのまま変化していない。ヴァンパイアの暮らしが平穏だったからというわけではない。むしろ正反対だ。切り傷、骨折、ときには銃創まで、さまざまな傷を負ってきたものの、一日ぐっすり寝ても癒《い》えない傷はひとつもなかった。今夜までは。

今、ローマンは歯医者のなすがままに横たわっている。しかも彼女をどこまでコントロールできるかはわかっていない。

シャナがパチンと音をたててラテックス製の手袋をはめた。「麻酔が効き始めるまで数分かかるわ」

ラズロが咳払いしてローマンの注意を引き、自分の腕時計を示してみせた。時間切れを恐れているのだ。

「もう感覚《デッ》がない《ド》」ローマンは口を指して言った。厳密に言うと、彼の体はすでに死んで《デッド》いる。確かに長いあいだそう感じてきた。ところが今夜、シャナに股間を蹴られ、彼はとんでもない痛みを感じた。それに車の中ではもう少しで爆発するところだった。彼女と出会ったことで、彼はふたたび生き返ったような気がし始めている。とくにベルトから下の部分が。

「すぐに取りかかれないかな?」

「いいわ」シャナがキャスター付きの小さな椅子に腰かけて、ローマンのほうへ移動してきた。彼女が身を乗り出すと、ちょうど胸が腕にあたった。うめきがもれそうになるのを、彼は懸命にこらえた。

「開けて」シャナは彼の口に指を入れて上の歯茎を探った。「何か感じる?」

もちろんだ。口を閉じて彼女の指を吸い、いまいましいラテックスを取り去りたい。手袋を外してくれ。そうすれば、何を感じているか教えよう。

眉をひそめて、シャナが彼の口から指を出した。自分の手をじっと見ていたかと思うと、突然手袋を外し始める。

「だめだ!」ローマンは彼女の腕に触れた。くそっ。シャナは思ったより強力に彼と結びついているようだ。「何も感じない。だから治療を続けよう」

「わかったわ」彼女が手袋をはめ直した。

なんということだ。にわかには信じがたい。人間相手のマインド・コントロールはつねに一方通行のはずだ。ローマンが彼らの頭に指示を植えつけ、彼らの心を読むのであって、その反対はない。人間がヴァンパイアの心を読むことは不可能なのだ。ローマンは用心深くシャナをうかがった。実際、彼女にはどこまでわかるのだろう?

考え事に気をつける必要がある。安全な内容だけにしなければ。シャナの体のどの部分が彼の口にすっぽりおさまるだろう、などと考えてはいけない。だめだ。絶対に。まるで違うことを考えよう。たとえば、彼女の口がすっぽり包み込むのは彼の体のどの部分か――。ローマンの下半身が反応した。いや、だめだ！　セックスに関連するものは禁止だ。今はいけない。いまいましい歯をもとどおりにする必要があるのだから。

「あなたはわたしに歯の再植をしてほしいの？」シャナが頭を傾け、かすかに眉をひそめて訊いた。「それともオーラル・セックスをしましょうか？」

ローマンは言葉を失ってシャナを見つめた。信じられない。彼女は本を読むように彼の思考を読むだけでなく、彼とセックスするのをいやがっていないようだ。驚いた。

ラズロが息を弾ませながら言った。「なんとまあ、いったいどうしてそんな――とんでもないことを思いついたのか――」彼は目を細めてローマンに視線を移した。「ミスター・ドラガネスティ！　何を考えているんです？」

シャナの申し出を無視できるわけないだろう。人間とオーラル・セックス？　興味深い。デンタル・クリニックの椅子で人間式のセックスをする。非常に興味深い。

「社長！」普段より一オクターブも高い声でラズロが叫んだ。指で白衣のボタンをもてあそんでいる。「両方の、その――治療をしている時間はありません。どちらかに決めていただかなくては。あなたの歯か、それともあなたの……」彼はしぶい顔で、ローマンの膨らんだジーンズにちらりと目をやった。

歯根か、それとも男根か？　後者はジーンズのファスナー部分を押し上げていた。今にも飛び出てきて声をあげそうだ。こっち、こっち！

「社長？」ラズロがうろたえて目を見開いた。

「思案中だ」ローマンは低い声でうなった。くそっ。シャナを見る。彼女はすぐ近くに立っていた。無表情な顔にうつろな目をして、まるでマネキンみたいに生気がない。彼女にとって現実の出来事ではないのだろう。これではＶＡＮＮＡとセックスするようなものだ。いや、あとになってシャナは彼を憎むに違いないと考えると、もっと悪い。やはり無理だ。どれほどシャナが欲しくても、待たなければならない。彼女が本心から望んでいると確信できるまで。

ローマンは深呼吸した。「わたしの歯を治してほしい。やってくれるかな、シャナ？」

彼女は焦点の合っていない目を彼に向けた。「歯を再植するわ。ごく普通の歯よ」前にローマンに指示されたとおりのことを繰り返す。

「そうだ。そのとおり」

「賢明な判断です、社長。わたしが言うのもなんですが」視線を下げたラズロは、ついさっき急に申し出られた計画変更に困惑しているらしい。彼は用心深くシャナに近づいて瓶を手渡した。「中に歯が入っています」

彼女は瓶の蓋をひねって開けると、内側の網状の容器を引き上げた。中にローマンの牙が入っている。シャナがそれを取り出す様子を、彼は息をのんで見守った。牙を見たとたんにわれに返りはしないだろうか？

「状態は申し分ないわ」シャナが告げた。

よかった。彼女は普通の歯だと認識している。

ラズロが腕時計を見た。「五時一五分です、社長」ぐっと引っ張ったので、彼がもてあそんでいたボタンが取れた。「まいったな。間に合わないかもしれない」

「グレゴリに電話して、日の出の正確な時刻を訊いてくれ」

「わかりました」化学者はボタンを白衣のポケットに入れ、かわりに携帯電話を取り出した。診察室の向こうへ移動しながら電話をかける。

少なくともこれでラズロにはすることができた。白衣のボタンはもう全部取ってしまって、残るはシャツかズボンのボタンしかない。その先を想像して、ローマンは身震いした。

シャナが彼に覆いかぶさってきた。またしても腕に胸が押しつけられる。彼のジーンズがさらにきつくなった。考えてはだめだ。

「開けて」

ジーンズの前を、という意味ならいいのだが。ローマンは口を開けた。シャナの胸は張りがあって、しかも柔らかかった。ブラジャーのサイズはいくつだろう？　大きすぎず、小さすぎることもない。

「三六B」トレイから器具を選びながらシャナが言った。

考えていることが聞こえるのか？　どれくらい伝わるのだろう？　〝あー、あー、ただ今テスト中。きみの服をそろえるのに、どのサイズを買えばいいのかな？〟

「一〇。いいえ、やっぱり違う」シャナが顔をしかめた。「一二」〝ピザの食べすぎだわ。それにチーズケーキも。ああ、もう、体重が増えていやになっちゃう。ここにブラウニーがあればいいのに〟

ローマンは思わず微笑みたくなったが、限界まで口が広げられていては無理だった。彼女は驚くほど正直だ。〝ところで、わたしのことをどう思う？〟

〝ハンサムで……謎めいていて……変わってる〟シャナは忙しく手を動かし始めた。〝それに知的で……傲慢で……やっぱり変わってる〟懸命に自分の手とその動きに集中しながらも、彼女の思考に取りとめがなくなってきた。〝興奮していて……馬並み〟

〝もう十分だ、ありがとう〟馬並みだって？　それは不快に思っているのか、それとも気に入っているのだろうか？　くそっ、ばかな質問をするのではなかった。人間にどう思われようが、どうせ知ったことではないだろう？　〝さっさとこのいまいましい歯を治してくれ〟

だが、変わっているとはどういうことだ？

シャナがふいに体を起こした。「奇妙だわ」

なるほど、奇妙か。たしかに彼はそういう存在だ。

彼女は器具のひとつに顔を近づけてじっと見た。クロムめっきを施した長い棒状のもので、先に丸い鏡がついている。

ああ、それはだめだ。「きっと壊れているんだよ」ローマンは言った。

「だけど自分の姿は見えるのに」シャナは眉をひそめて首を振った。「わけがわからないわ。

どうしてあなたの口の中は見えないの？」

「鏡が壊れているんだ。なしで進めてくれ」

それでも彼女はまだ鏡を見つめている。「壊れてはいないわ。だってわたしは映っているもの」そう言うと、片手を額にあてた。

くそっ、夢から覚めかけているぞ。

携帯電話を耳にあてながら、ラズロが戻ってきた。彼はひと目で問題が持ち上がったことを見て取った。「おや、どうしたんです？」

「鏡をおろすんだ、シャナ」ローマンは静かに命じた。

「どうしてあなたの口の中が映らないの？」彼女が困惑した視線を向けてきた。「全然見えない」

ラズロが表情を曇らせた。「なんてことだ」彼は電話の相手に小声で言った。「グレゴリ、問題が発生した」

それは控えめな表現だ。もしもここでシャナをコントロールできなくなれば、ローマンの牙はもう二度ともとどおりにならないだろう。牙のありのままの姿を目にしたら、彼女は再植を拒否するに違いなかった。しかも、それは問題の始まりにすぎない。

ローマンが鏡に映らない理由に気づいてしまうかもしれないのだ。

彼はシャナに意識を集中させた。「わたしを見るんだ」

彼女が顔をあげて彼を見た。

ローマンはその視線をとらえ、彼女の心をつかむ力を強めた。「きみはわたしの歯をもとどおりにするんだ。いいね？　きみはこの処置を望んでいる。血に対する恐怖心を克服したい」

「恐怖心」シャナがささやいた。「ええ、そうだわ。もうこれ以上脅えたくない。仕事を失いたくないの。普通の生活がしたいのよ」彼女は鏡のついた器具をトレイに戻し、ローマンの牙を取り上げた。「今からあなたの歯を再植するわ」

ローマンは安堵の息を吐いた。「よし」

「ああ、危なかった」電話に向かってラズロがささやく。「本当に危ういところだった」

ローマンはシャナが治療を再開できるように口を開けた。

ラズロは携帯電話を手で覆って話していた。「詳しいことはあとで説明するが、しばらくのあいだ、歯医者が007のドクター・ノーに変わりそうだったんだ」よく見ようと近づいてくる。「今は静かになった。静かすぎるくらいだ」

その電話がうるさいぞ。ローマンは内心でうめいた。

「顔を少し横に向けて」シャナが彼の顎をそっと左に動かした。

「列車が線路に戻った」ラズロがささやいた。「これからフルスピードだ」

ローマンは歯槽に牙が戻されるのを感じた。

「歯科医が鳥を巣に戻した」ラズロによる実況中継はまだ続く。「繰り返す、鳥が巣に戻った」しばらく沈黙。「こういう話し方をするしかないんだ、グレゴリ。われわれはこの……

狐《きつね》を巣穴にとどめておかねばならない。真っ暗な状態で。それなのにさっき、彼女がもう少しで明かりのスイッチを入れそうになった」

「あぁぁぐあ」ローマンはラズロを睨みつけた。

「ミスター・ドラガネスティは口がきけないんだ」ラズロが説明する。「かえってよかったかもしれない。歯医者のとんでもない申し出に心を動かされて、危うくこの計画を断念するところだった」

「ぐぉおお！」ラズロを睨みつける。

「おっと」化学者がびくりとした。「いや、その――その件は話さないほうがよさそうだ」

彼は口をつぐみ、相手の話に耳を傾けた。

ローマンは頭の中で繰り返し悪態をついた。グレゴリはもっと詳しく聞き出そうとして、ラズロを説得しているに違いない。

「あとで説明するから」ラズロはそうささやいたあと、声を高めて言った。「わかった、その情報をミスター・ドラガネスティに伝える。ありがとう」彼は携帯電話をポケットにしまった。「グレゴリが言うには、きっかり六時六分に夜が明けるそうです。彼は六時に電話をかけてきます。もし早く終われば、こちらから連絡するということで」腕時計に目をやる。

「六時まであと二〇分です」

「あぁうあー」ローマンはほっとして声をあげた。ようやくラズロが電話から手を離したのだ。

シャナがローマンの上唇を持ち上げて、戻した牙の様子を確かめた。「歯はもとどおりに入ったけど、二週間はこのまま固定する必要があるの」話しながら手を動かし続けている。ローマンの口に血の味が広がった。彼女が息をのんだ。見る見るうちに顔が青ざめていく。ちくしょう、今は気絶しないでくれ。彼はシャナをじっと見つめ、彼女の心に力を送り込んだ。〝きみはひるまない。ためらったりしない〟

シャナが少しずつローマンに近づいてきた。「あ、開けて」彼女はホースのような道具を手に取ると、彼の口の中に水を噴射した。それから別のホースを入れて言った。「閉じて」

口中の血と水が吸い上げられていく。

その工程が何度か繰り返され、やがて血を見てもシャナはあまり反応しなくなった。

ラズロは何度も時間を確かめながら行ったり来たりしていた。「あと一〇分で六時です、社長」

「できた」シャナがつぶやいた。「歯をワイヤーで固定したの。二週間後にもう一度診て、固定具を外してから歯根管を形成することになるわ」

ワイヤーの固定具は口の中でかなり大きく感じられた。だがローマンには、それも明日の夜には取り外せるとわかっていた。彼が寝ているあいだに、体は治療過程を終わらせてしまうだろう。「これでおしまいかな？」

「ええ」シャナがゆっくり立ち上がった。

「やったぞ！」ラズロがこぶしを突き上げて叫んだ。「しかもまだ九分も残っている！」

ローマンは体を起こした。「よくやった、シャナ。きみは恐れなかったんだ」

彼女は手袋を引っ張って外しながら言った。「硬いものやくっつきやすいもの、それから歯応えのある食べ物は避けてね」

「問題ない」ローマンは無表情なシャナの顔を見つめた。大喜びしてもいい場面なのに、彼女が実感できないのは残念だ。明日の夜になったら治療した歯を見せて、彼女が血の恐怖に対してどれほど勇敢に闘ったか教えよう。そうすればシャナは祝いたい気分になるかもしれない。ローマンと一緒に。たとえ彼のことを変わっていると思っていても。

シャナが手袋をトレイに落として目を閉じた。そのまま片側に傾いていく。

「シャナ？」ローマンは立ち上がって彼女をつかんだ。膝に力が入らないようだ。

「どうしたんです？」ラズロがボタンを手探りしたが、白衣にはもうひとつも残っていなかった。「何もかもうまくいっていたのに」

「大丈夫。眠っているだけだ」ローマンはシャナをデンタル・チェアに横たえた。彼のせいだ。処置を終えたあと、彼女は一〇時間ぐっすり眠るという暗示をかけたから。

「グレゴリに連絡します」ポケットから携帯電話を取り出し、ラズロが待合室へ向かった。

ローマンはシャナに屈み込んだ。「きみを誇りに思うよ」彼女の額にかかる髪をそっと払う。「終わったら眠れなんて言わなければよかった。本当はわたしに腕をまわして、情熱的にキスしてほしいと願っていたんだ。そのほうがずっとよかった」

彼は指でシャナの顎のラインをたどった。これから一〇時間、彼女は眠り続けるだろう。

つまり目覚めるのは午後四時ということになる。キスでシャナを起こすのは無理だ。その時間はまだ日が高い。

ため息をついて、ローマンは伸びをした。なんと長い夜だったことか。一週間くらいたったような気がする。彼は、シャナをひどく困惑させる原因となった鏡付きの器具に目を留めた。いまいましい鏡め。五一四年たった現在でも、鏡の前に立つと思わずぎょっとしてしまう。あらゆるものが映っているのに彼の姿だけが見えないのだ。ローマンは家中の鏡を処分した。自分がすでに死んでいることを、どうして毎日思い知らされなければならないんだ？

彼は眠っているシャナを見つめた。美しくて勇敢なシャナ。浅ましい魂にまだ少しでも高潔さが残っているなら、このかわいそうな女性を放っておくべきだろう。どこか安全な場所へ連れていって、もう二度と会わない。けれども、夜明けがすぐそこに迫っている今は時間がなかった。ローマンにできるのは、日がのぼって眠りに落ちてしまう前に、彼女を安全なゲストルームに落ち着かせることだけだった。

携帯電話を耳に押しあてたラズロが待合室から走ってきた。「ああ、準備はできている」彼はローマンに目を向けた。「先に行かれますか？」

「いや、あとでいい」ローマンは電話に手を伸ばした。「これが必要になる」

「おお、そうですね。もちろん」ラズロは頭を傾け、ローマンに渡した携帯電話に耳を近づけた。目を閉じてグレゴリの声に集中する。化学者の姿はゆっくりと消えていった。

「グレゴリ、このまま待っていてくれ」ローマンはいったん電話を置いて、腕にシャナを抱いた。ぐったりした体がうまくおさまるように何度か抱え直したあと、苦労して電話を耳にあてる。不安定な体勢のせいでバランスを崩しかけて前のめりになり、顔と顔がくっついた。電話の向こうから笑い声が聞こえてきた。いったいどうしたのだろう？「グレゴリ、きみか？」

「オーラル・セックスだって？」グレゴリがまた噴き出した。

ローマンは治療したばかりの歯を食いしばった。ラズロのやつ。向こうへ帰ってほんの数秒しかたっていないのに。

「なんてこった《スナップ》！ とんでもなくホットな子だ！ みんなに話したらびっくりするぞ。いや、あんたのハーレムの女たちに言うべきか。ミャアーオ！」グレゴリは猫同士の喧嘩《けんか》のまねをした。

「黙れ、グレゴリ。日の出前に戻らなくてはならないんだ」

「だけど、ぼくが黙ったら帰ってこられないじゃないか。ぼくの声が必要なんだから」そう言って、また笑い出す。

「首を絞められたら二度と声が出なくなるんだぞ」

「おやおや、いいじゃないか。そんなに深刻にならなくても。それで、本当なのか？ どちらの……治療にするか、選ぶのに迷ったっていうのは」グレゴリがくすくす笑った。「ふたつ目のほうに乗り気だったと聞いたよ」

「きみを絞め殺したあとで、ラズロの舌を切り取って犬にくれてやる」

「犬を飼ってたっけ？」グレゴリの声が遠くなった。「信じられるか？　ぼくらを痛めつけると言って脅してる」

後半の言葉はラズロに向けたものらしい。遠くから恐怖に満ちた甲高いわめき声が聞こえてきた。

「臆病者！」グレゴリが叫んだ。「ちぇっ、ラズロはゲストルームへ逃げていったよ。彼は、あんたが昔は残忍な殺人鬼だったとかいう噂を聞いたんじゃないかな」

根拠のない噂ではない。ヴァンパイアになってからまだ一二年のグレゴリは、何百年にもわたってローマンが犯してきた罪の大きさを知らないのだ。

「もうひとつの噂によると、以前は司祭か修道士だったとか」グレゴリは声をあげて笑った。「それはないよな。セクシーなヴァンパイアの女の子を一〇人以上もハーレムに囲ってる男が、まさかそんな……」

ローマンがグレゴリの声の所在に意識を集中させると、声はしだいに小さくなっていった。目の前に広がるクリニックの光景が揺らぎ始め、続いて真っ暗になったかと思うと、彼は自宅に戻っていた。

「ああ、おかえり」グレゴリが電話を切って言った。ローマンのデスクに座っていた彼は、椅子に背を預けた。

ローマンは無言で彼を睨みつけた。

「歯医者は眠ってるんだろう？」グレゴリがデスクに両足をのせてにやりとした。「彼女を疲労困憊《こんぱい》させたのか？」

ラズロの携帯電話をデスクに落とすと、ローマンは長椅子に歩いていった。血のように赤いベルベットの上にシャナをおろす。

「彼女は牙をうまくもとどおりにしたと聞いたぞ」グレゴリは話し続けた。「ところで、あんたが言ったエクササイズ・プログラムのことをずっと考えていたんだ。牙の状態を良好に保つために行うっていう、あれ。実はいいことを思いついたんだよ」

ローマンはデスクに向き直った。

「エクササイズのビデオを作って〈デジタル・ヴァンパイア・ネットワーク〉で売るんだ。シモーヌに頼んだら、出演してくれると言ってた。どう思う？」

ゆっくりデスクに近づいていく。

グレゴリの笑みが徐々に消えた。「どうしたんだい？」

デスクに両手をついて、ローマンは身を乗り出した。

グレゴリが慌ててデスクから足をおろし、彼に用心深い目を向けた。「何か問題でも、社長？」

「今夜の出来事に関しては、どんなことであれ二度と口にするんじゃない。わたしの牙や、とくにシャナについては何も言うな。わかったか？」

「ああ」グレゴリは咳払いした。「何も起こらなかった」

「よし。もう行け」

グレゴリは小声でぶつぶつ言いながらドアへ向かった。「気難しい年寄りだなあ」ノブに片手をかけて、ちらりとシャナを振り返る。「ぼくの知ったことじゃないけど、彼女は手もとに置いておくべきだと思うな。あんたのためにもよさそうだ」そう言って、彼は部屋から出ていった。

そうかもしれない。だが、ローマンのほうはともかく、シャナのためにはならないのだ。彼はのろのろとデスクの椅子に座った。こんなふうに急にぐったり疲れるとは、太陽がそろそろ地平線に触れつつあるに違いない。闇が薄れるにつれてヴァンパイアの体力も衰えるというのは厳しい現実だ。もうすぐ目を開けてさえいられなくなるだろう。

ヴァンパイアにとって最大の弱点である無防備な状態は、いまいましいことに毎日やってくる。これまで何世紀ものあいだ、昼間に体が見つかりはしないかと心配しながら眠りについたことが、いったい何度あっただろう？ 自分ではどうすることもできず横たわるそのときなら、人間はローマンの心臓に杭を打ち込める。実際、一八六二年にもう少しでそうなるところだった。彼が最後に人間の女性とかかわりを持ったときだ。エリザ。

あの瞬間の恐怖は決して忘れられない。日没後に目を覚ますと棺の蓋が開いていて、胸に木の杭が置かれていた。そんな不安は終わりにしなければ。だからローマンは今もラボで研究を続けている。太陽が出ているあいだもヴァンパイアが目を開けて、力を保っていられるようにする方法を探しているのだ。依然として肌を焦がす直射日光を避ける必要はあるものの、きわめて重大な発明になるはずだった。研究は大詰めを迎えている。もしも成功すれば、ヴァンパイアの世界はすっかり変わるだろう。

生きているように見せかけることも可能だ。

ローマンは、何も知らず眠るシャナに目を向けた。真実を知ったら彼女はどんな反応を見せるだろう？　彼がすでに死んでいるという事実に目をつぶることができるのか？　それとも、彼が命のない悪魔のような生き物だという現実が、ふたりのあいだに永久に杭を打ち込むのだろうか？　エネルギーが急速になくなっていくのを感じ、ローマンはデスクで前屈みになった。もちろん太陽のせいだろうが、憂鬱も関係しているかもしれない。本当のことを知ったときの、シャナの脅えた顔を見るのが怖いのだ。

恥ずかしさ。罪悪感。深い後悔。最低だ。そんな世界に彼女を引きずり込むわけにはいかない。シャナには喜びに満ちた人生がふさわしい。

ローマンはペンとメモ用紙を取った。〝ラディンカ〟と書き出す。デスクに置いておけば、メッセージの確認に来たときに見つけてくれるだろう。〝シャナに必要なものをすべてそろえてほしい。サイズは一二、三六Bだ。希望は――〟彼は引きずるようにして紙にペンを走らせた。〝色鮮やかなものがいい。黒はだめだ〟シャナに黒は似合わない。彼女は太陽の光だ。ひどく恋しいが永遠に手が届かないもの。色彩と甘美な期待に満ちた、まるで虹《にじ》のような存在。ローマンは瞬きすると、目を細めて紙を見つめた。〝彼女のためにブラウニーを用意してくれ〟彼はペンを落とし、椅子から立ち上がった。

シャナを腕に抱えると思わずうめきがもれた。ローマンは重い足取りでオフィスを出て、階段の上に立った。一度に一段ずつゆっくりとおりていく。ようやく踊り場までたどりつくと、休まずにいられなかった。長いトンネルの先を見ようとしているように、だんだん視界がぼやけ始める。

そのとき、誰かが階段を上がってきた。

「おはようございます」元気のいい声がローマンに挨拶した。〈マッケイ警備調査〉から派遣されている昼番の警備員のひとり、フィルだ。「いつもならとっくに休まれている時間ですよ」

ローマンは口を開いたものの、かき集めた残りの力はすべてシャナを落とさないために使っていて、声を出すことすらできなかった。

フィルが目を丸くした。「何か問題でも？　手伝いましょうか？」そう言うと、彼は踊り場まで駆け上がってきた。

「青い部屋。四階」ローマンは息を切らしながら指示した。

「さあ、こちらへ」フィルがシャナを抱き取り、先に立って四階へおり始めた。

ローマンはよろよろと彼のあとについていった。ありがたいことに、昼番の警備員たちはみな信頼できる。アンガス・マッケイがしっかり訓練し、口をつぐんでいさせるためにかなりの額を支払っていた。彼らは警備の対象がどんな種類の生き物か正確に把握しているが、気にしていないのだ。アンガスによれば、中にはヴァンパイアとはまた別の、人間でない者たちがいるらしい。

四階にある一室の前でフィルが立ち止まった。「ここで間違いないですか？」ローマンがうなずくのを見てノブをまわし、足でドアを押し開けた。

とたんに戸口から日光があふれ出してきた。

驚いてローマンの足が止まる。「シャッター」彼はなんとかそれだけささやいた。

「わかりました」フィルが急いで部屋の中に入った。

ローマンは外で待っていた。廊下のカーペットまで伸びてきた太陽光を避けて壁にもたれかかる。体力の消耗が激しく、立ったまま寝てしまいそうだ。金属の触れ合う音がして、すぐに光の筋が消えた。フィルが窓に設置されたアルミ製の厚いシャッターを閉めたのだろう。

ローマンはよろめきながらドアまでたどりついた。部屋の中では、フィルがベッドの上にシャナをおろしていた。

「他に手伝うことはありませんか？」フィルはドアのほうへ戻ってきて言った。

「いや。ありがとう」ふらふらと部屋に入ったローマンは、大型の戸棚につかまって体を支えた。

「では、よい一日を――いや、おやすみなさい、ですね」まだ心配そうな目を向けながらも、フィルは部屋を出てドアを閉めた。

ローマンはおぼつかない足取りでベッドに近づいた。靴を履いたままシャナを寝かせるわけにはいかない。彼は白いナイキのスニーカーを脱がせて床に落とした。しみのついた白衣も脱がせなければ。屈み込んだとたん、シャナの上にくずおれそうになった。頭を振って意識をはっきりさせる。目を開けるんだ！　あとほんの少しでいい。彼は白衣のボタンを外して袖を引っ張り、彼女を横向きにして体の下から引き抜いた。ようやく脱がせた白衣をスニーカーの隣に放り出すと、ローマンはクイーンサイズのベッドの足もとへ移動した。カバーをめくって清潔な白いシーツをあらわにする。彼は苦労してシャナを転がし、シーツの上まで移動させた。足を中に入れ、シーツとベッドカバーを顎まで引き上げた。さあ、これで彼女は快適に眠れる。

だがローマンには、もう力が残っていなかった。

シャナは驚くほどの爽快感と幸せを感じながら目を覚ました。けれども自分のいる場所に覚えがないと気づくと、気分のよさはたちまち薄れ始めた。暗い部屋だ。ベッドはとても快適。だが部屋に入ったことも、ベッドにもぐり込んだことも覚えていない。実際のところ、思い切ってローマン・ドラガネスティのオフィスに足を踏み入れてからあとの記憶がなかった。ひどい頭痛がして、それからベルベットの寝椅子に横たわり――。それだけだ。

シャナは目を閉じて懸命に思い出そうとした。ふとデンタル・クリニックの光景が頭をよぎる。彼女の働いていたところとは違う、初めて見る場所だった。変ね。新しい職場で仕事をする夢でも見ていたのかしら。

カバーを押し下げ、シャナは上半身を起こした。ストッキングをはいた足に厚いカーペットが触れた。靴はどこ？　ベッドのそばで時計付きラジオの赤い数字が光を放っている。四時六分。午前か午後か、どちらだろう？　部屋の中がかなり暗いのでわかりづらい。でも、ローマンのオフィスへ行ったときは午前四時を過ぎていた。それなら今は午後四時に違いない。

ベッドサイドのテーブルを手探りすると、ランプの下の部分に手が触れた。スイッチを入れたシャナは息をのんだ。

なんてきれいなステンドグラスのランプかしら。ほのかなライトがくすんだブルーとラヴェンダー色の光をあたりに投げかけている。前よりよく見えるようになった。ソーホーにある彼女のアパートメント全体よりも大きな部屋のようだ。カーペットはグレーで、壁は淡いブルー。ブルーとラヴェンダー色の控えめなストライプのカーテンが窓を縁取っていた。窓そのものは、光沢のある金属製のシャッターが完全に覆っている。室内が暗いのもうなずけた。

ベッドは白のオーク材で、四隅に支柱があって天蓋《てんがい》がついているものだ。上部の枠に沿って、やはりブルーとラヴェンダー色の透ける布地がかけられていた。美しいベッドだわ。シャナは肩越しにうしろを振り返った。

ベッドに人が寝ている。

押し殺した悲鳴をあげて、彼女はさっと立ち上がった。うそでしょ、ローマン・ドラガネスティがいる！　わたしのベッドで眠るなんて、どういうこと？　いやだ、もしかするとわたしが彼のベッドにもぐり込んだのかもしれない。ここは彼の部屋なのかも。ああ、どうして記憶がないの？

シャナは自分の体を見おろした。靴と白衣はなくなっているものの、あとはそのままのようだ。どうにもなっていない。ベッドカバーの上に仰向けに横たわっているローマンも、黒いセーターとジーンズを身につけたままだった。あら、彼は靴を履いているわ。

いったいどうして彼がわたしと寝ることになったのかしら？　そこまで献身的に守ってくれようとしているの？　それとも他に動機があるとか？　シャナの視線は彼のジーンズに吸い寄せられた。ローマンは彼女に惹《ひ》かれていることを隠そうとしていなかった。セクシーないい男が誘惑してくるなら、むしろ幸運と思うべきかもしれない。ただ、何も思い出せないのだが。

シャナはベッドをまわりながらローマンを観察した。眠っている姿は穏やかで無害に見えるが、そうでないことはわかっている。寝たふりをしているだけだとしても驚かない。

白衣と靴が床に落ちていた。自分では覚えがないので、ローマンが脱がせてくれたに違いなかった。それならなぜ彼は自分の靴も脱がなかったのだろう？

シャナはもっと近くへ寄ってみた。「ねえ？　おはよう……それとも、こんにちは、かしら」

返事はない。

彼女は唇を嚙み、どうしようかと考えた。こんなにぐっすり眠るなんて、護衛としてどうなのよ。シャナはローマンの顔に屈み込んだ。「ロシア人が来るわよ！」

彼の顔はぴくりとも動かなかった。もう。これでは助けにならないわ。シャナは部屋の中を見まわした。ドアがふたつある。ひとつを選んでさっと開けると、両側にドアが並ぶ長い廊下が見えた。ここはおそらく四階にあるゲストルームのひとつに違いない。五階には廊下がなかった。ローマンがフロア全部をひとりで使っていたのだ。階段のそばに男性がひとり、こちらに背を向けて立っている。キルト姿ではないものの、ベルトに銃のホルスターをつけていた。おそらく警備員だろう。どう見てもハイランダーではないが。カーキ色のパンツにネイビーのポロシャツという服装は普通だ。

シャナはそのドアを閉めて、もうひとつのドアを開けた。嬉しいことにそこはバスルームだった。トイレ、バスタブ、シンク、タオル、歯磨き粉に歯ブラシと、ほとんどすべてがそろっているのに鏡だけがない。なんだか奇妙な感じだ。彼女は用を足すと、鍵を開けて部屋の中をうかがった。ローマンはまだベッドにいて、ぐっすり眠っている。シャナはバスルームの明かりをつけたり消したりして、ストロボのように彼の顔を照らしてみた。それでも反応はなかった。どれだけ眠りが深いのだろう。

顔を洗って歯を磨く。身支度を整えてさっぱりすると、彼女のベッドにいる招かれざる客と対決する準備ができた。

シャナは微笑みを顔に貼《は》りつけてベッドに歩み寄り、大きな声で告げた。「おはよう、ミスター・ドラガネスティ。今後は自分のベッドで寝てほしいとお願いしたら、無理な要求になるかしら？」

返事はなかった。いびきすらかいていない。男の人はみんな、いびきをかくものじゃないの？　そうよ、寝たふりをしているのかも。

「あなたと一緒がつまらないというわけじゃないのよ。よく笑わせてくれるもの」もっと近くへ寄ってローマンの肩をつつく。「ねえ、ちょっと、寝たふりなんでしょ」

反応なし。

シャナは身を屈めて彼の耳もとでささやいた。「覚悟のうえで闘いを挑んでいるんでしょうね」やはり無反応だ。彼女はローマンの全身に視線を走らせた。長い脚、引きしまった腰、広い肩、力強い顎にまっすぐな鼻。鼻は少し長すぎるかもしれないが、彼にはぴったりな気がした。尊大な彼には。ひと房の黒い髪が頬骨にかかっている。シャナは手を伸ばしてその髪をなでた。なめらかで柔らかい。

そこまでしてもローマンは身動きひとつしなかった。まったく、死んだふりの達人というしかない。

シャナはベッドの端に腰かけて、彼の両肩に手を置いた。「あなたの体を奪いに来たわ。抵抗しても無駄よ」

反応なし。ああ、もうっ！　わたしを拒むのはそんなに簡単なの？　いいわ、次は手荒な手段に訴えるから。シャナはさっとベッドの端まで行ってローマンの靴を脱がせた。大きな音をたてて靴が床に落ちる。やはり反応なし。彼女は厚手の黒いソックスを指でなで、足の裏をくすぐった。ローマンは微動だにしない。

左足の親指を引っ張ってみた。「ちっちゃなブタさんが市場に行きました」順番に小指まで移動していく。「ちっちゃなブタさんは鳴きました。ブー、ブー、ブー……」指を離れ、今度は長い脚をのぼり始めた。「家までずうっと」

シャナはローマンの腰で指を止めた。彼はびくともしない。彼女の視線がファスナーのあたりをさまよった。これならさすがに彼も起きるはずよ。ただし、わたしに実行する勇気があるなら。

視線をローマンの顔に移し、シャナは言った。「寝たふりだとわかっているのよ。赤い血が流れる男性なら、無視して眠り続けられるはずがないもの」

返事はなし。いまいましい。わたしがどこまでするか確かめるつもりね。わかったわよ。忘れられないモーニングコールにしてあげる。

シャナはローマンの黒いセーターを押し上げてジーンズのウエストをあらわにした。素肌が目に入るとどきどきしたが、そのままもう少し上まで上げた。「あまり日のあたるところへ行かないみたいね」

彼の肌は青白かった。だが、ウエストや腹部は贅肉《ぜいにく》がなく引きしまっている。ひと筋の黒い毛が胸からへそのまわりを通って黒いジーンズの中へ消えていた。まあ、すごい。彼はなんてゴージャスなのかしら。とても男らしくて、ものすごくセクシー。

そしてまったく反応がない。

「起きてよ、もう！」シャナはローマンのへその上に身を屈めると、舌を出してぶーっと息を吐いた。

　彼は動かない。

「まったく、死人みたいに熟睡するのね！」彼女はあきれ果ててローマンの隣に腰をおろした。そのとき、はっと気づく。いびきをかかなくてあたりまえだ。息をしていないのだから。シャナは震える手を伸ばして彼の腹部に触れた。冷たい。

　ぎょっとして手を引っ込めた。うそ、うそ、こんなことが起こるわけがない。昨夜の彼は申し分なく健康だったのよ。

　だけど、ここまでぐっすり眠る人なんていない。ローマンの腕を持ち上げて放すと、そのままどさっと音をたててベッドに落ちた。

　どうしよう、うそじゃないわ！　シャナはベッドから這いおりた。喉をせり上がってきた恐怖が悲鳴となって噴き出した。

　ローマン・ドラガネスティは死んでいる。

10

わたしは死体と一緒に寝ていたんだわ。確かに、過去にベッドをともにしたことがある数人の男性とも、大成功をおさめたとは言いがたい。しばらくするとみんなシャナのもとを去り、二度と戻ってこなかった。彼らは動いていたが、それがプラスの要素だとは考えたこともなかった。

シャナが大地を揺るがすほどの悲鳴をあげたあとも、ローマンは変わらず穏やかに、じっとその場に横たわっていた。死んでいるのは間違いない。ああ、どうしよう！

彼女はふたたび悲鳴をあげた。

音をたててドアが開いた。びっくりして振り返る。

「どうしたんです？」先ほど廊下で見かけた男性が、銃を手にドアの外に立っていた。

シャナはベッドを指差して言った。「ローマン・ドラガネスティが……死んでいるの」

「なんだって？」男は銃をホルスターに戻した。

「死んでるのよ！」シャナはもう一度ベッドを手で示した。「目を覚ましたら彼がベッドにいた。死んでいたの」

心配そうな顔で男がベッドに近づいた。「なんだ」すぐに眉間の皺が消えた。「大丈夫ですよ。死んでいるわけじゃない」

「いいえ、死んでいるわ」

「いや、違うんです。ぐっすり眠っているだけですから」男はローマンの首に指を二本あてた。「脈は正常。心配することはありません。ぼくは訓練を受けた警備の専門家です。死んでいればわかりますよ」

「そう、わたしは訓練を受けた医療のプロよ。死体は見ればわかるわ」それにカレンが亡くなったときに、いやというほどたくさん見た。膝が震え出し、シャナは椅子を探してあたりを見まわした。ない。座れそうな場所はベッドしかない。そして、そこにはかわいそうなローマンがいる。

「彼は死んでいません」警備員が言い張った。「眠っているだけなんです」

ああ、もう、鈍い人ね。「ねえ、いいこと——ええと、あなたの名前は?」

「フィル。昼番の警備員です」

「フィル」シャナはベッドの支柱の一本に寄りかかって体を支えた。「事態を認めたくないのはわかるわ。だってあなたは警備員で、人を生かしておくのが仕事なんだもの」

「彼は生きていますよ」

「いいえ、違う!」声が勝手にどんどん高くなった。「彼は死んでいるの! 死亡した。くたばった。なんとでも言えばいい。ローマ帝国《ローマン・エンパイア》は崩壊したのよ!」

フィルが目を丸くしてあとずさりした。「わかった、わかりました。とにかく落ち着いてください」彼はポケットからトランシーバーを引っ張り出した。「四階に応援を頼みます。ゲストが取り乱している」

「取り乱してなんかいないわよ！」シャナは窓へ向かって歩き出した。「シャッターを開ければ光が入って、はっきりわかるかもしれない」

「だめだ！」フィルの声があまりにも必死だったので、彼女は途中で立ち止まった。

トランシーバーから雑音が聞こえ、続いて声がした。「いったいどうしたんだ、フィル？」

ビーッ。

「問題発生です」フィルが応答した。「ミス・ウィーランが目を覚ましたら、ミスター・ドラガネスティがベッドにいたそうなんですが、彼女は彼が死んでいると思い込んでいて」

トランシーバーの向こうから笑い声が聞こえてきた。シャナはぽかんと口を開けた。なんて冷酷な人たちなの。彼女はフィルのところへ戻った。「あなたの上司と話せるかしら？」

警備員は恥ずかしそうな顔をした。「今、話していたのが上司です」彼はボタンを押して言った。「ハワード、ここまで来ていただけますか？」

「ああ、わかった」ハワードが答えた。「こんな機会は見逃せないからな」ビーッ。

フィルがトランシーバーをポケットに戻した。「すぐ来ると思います」

「わかったわ」シャナは部屋の中を見渡したが、どこにも電話が見あたらなかった。「九一一にかけてもらえる？」

「それは……できません。ミスター・ドラガネスティは絶対に望まないでしょうから」

「ミスター・ドラガネスティが望むとか望まないとか、そんな次元は超えているの」

「お願いです！　信じてください。何もかもうまくいきますよ」フィルは腕時計に視線を落とした。「あと二時間ほど待ってください」

待つ？　二時間すれば死体が少しはましになるとでもいうの？　シャナは部屋の中を行ったり来たりし始めた。ああ、もう、どうしてローマンがこんなふうに死んだりするの？　たくましくて健康そのものに見えていたのに。脳卒中か心臓発作に違いないわ。「近親者に知らせないと」

「全員亡くなっています」

家族がいないの？　シャナは歩くのをやめた。かわいそうなローマン。ずっとひとりきりだったのね。わたしと同じだわ。悲しみの波がどっと押し寄せてきた。わたしたち、これからだったのに。もう二度と、あの美しい金茶色の瞳をのぞき込むこともできないのだ。彼女はベッドの支柱に寄りかかって、ローマンのハンサムな顔を見つめた。

ドアにノックの音がして、大柄な中年男性が部屋に入ってきた。フィルと同じくカーキ色のパンツにネイビーのポロシャツを着ている。腰のユーティリティ・ベルトには、銃や懐中電灯などさまざまなものが収納されていた。首が太く、何度も骨折したらしい鼻は歪んでずんぐりしていて、もとフットボール選手のように見えた。バーコードみたいな髪とおかしそうにきらめく目がなければ、かなり威圧的で恐ろしい男に思えただろう。

「ミス・ウィーラン?」鼻声なのは、おそらくつぶれた鼻のせいだ。彼はニュージャージー州まで聞こえるほど大きないびきをかくに違いない。「日中の警備責任者のハワード・バーです。調子はどうですか?」

「元気よ。あなたの雇い主とは比べものにならないほど」

「うーむ」ハワードがベッドに視線を向けた。「彼は死んでいるのか、フィル?」

フィルの目が見開かれた。「いいえ。もちろん違います」

「よし」ハワードは両手をぴしゃりと打ってこすり合わせた。「これで解決だ。階下のキッチンでコーヒーでもいかがです?」

シャナは驚きに目をしばたたいた。「なんですって? あなた――遺体を調べないつもりなの?」

ハワードはベルトの位置を調整すると、ベッドへ歩いていった。「問題があるようには見えませんね。ただし、ここで寝ているのは奇妙だな。ミスター・ドラガネスティが自分のベッド以外で寝たという話は聞いたことがない」

シャナは歯ぎしりして言った。「寝ているんじゃないわ」

「何が起こったかわかるような気がします」フィルが口を開いた。「今朝六時過ぎに彼を見たんです。ミス・ウィーランを抱いて階段をおりてくるところだった」

ハワードが眉をひそめた。「六時過ぎ? もう太陽がのぼり始めていたはずだ」

恐ろしい考えがシャナの頭に浮かんだ。「彼はわたしを運んでいたの?」

「ええ」フィルが答える。「ちょうどそこへでくわして幸運でした。彼はおりるのにひどく苦労していたので」

シャナは息をのんだ。そんな、うそでしょ。

フィルが肩をすくめて言った。「おそらく疲れ果てて、自分の部屋へ戻る力が残っていなかったんじゃないかな」

シャナはベッドの上の、ローマンの足もとにへたり込んだ。どうしよう、わたしが重すぎたんだわ。彼が心臓発作を起こしたのはわたしのせいだった。「こんなのひどい。わたし――わたしは彼を殺してしまったのね」

「ミス・ウィーラン」ハワードが苛立ちを見せた。「そんなことは絶対にありえません。彼は死んでいない」

「死んでいるに決まってるじゃない」彼女はすぐそばにあるローマンの体にちらっと目を向けた。「もう二度とピザは食べないわ」

フィルとハワードが心配そうに視線を交わした。そのとき、彼らのトランシーバーが鳴った。

さっと反応したハワードがトランシーバーを取り出して応答した。「なんだ?」

割れた声が聞こえてきた。「ラディンカ・ホルスタインが買い物から戻りました。ミス・ウィーランに談話室まで来てもらえないかと言っていますが」

「そりゃいい」ハワードは明らかにほっとして息をついた。「フィル、ミス・ウィーランを階下の談話室まで案内してくれないか？」

「わかりました」フィルもまた安堵の表情を浮かべている。「こちらです」

シャナはためらいを覚えてローマンを見た。「彼をどうするつもり？」

「心配いりません」ハワードがユーティリティ・ベルトの位置を直した。「彼のベッドルームへ移しておきます。数時間もすれば目を覚まして、あなたと一緒に今度のことを笑っているでしょう」

「わかったわ」シャナはフィルと並び、重い足取りで廊下を歩いた。

階段をおりるあいだ、ふたりとも無言だった。ローマンと一緒にここを上がったのはつい昨夜のことだ。あのときの彼はどこか雰囲気が違って――人を寄せつけない悲しみのようなものが感じられて――彼女はわざとうるさく話しかけ、彼を笑わせたいと思った。そして実際にローマンは声をあげて笑い、そのことに自分でも驚いているようだったので、シャナは二重に報われた気がしたのだ。

ローマンのことをほとんど知らないのに、彼が恋しくなり始めている。彼は強く、優しかった。頭が切れて意欲的で。どうしてもシャナを守ると言い張ったところは、とても男らしかった。そして、もう少しで彼女にキスしかけた。二度も。シャナはため息をついた。ローマンとのキスがどんな感じか、知る機会は永遠になくなった。彼のラボを見学することも、ローマンと次に控えている素晴らしい研究について話を聞くこともできない。もう二度とローマンと話すことはないのだ。一階に着く頃には、彼女はすっかり憂鬱な気分になっていた。そしてラディンカの顔に浮かぶ同情を見て取ったとたん、こみ上げてくる感情をこらえきれなくなった。目が涙でいっぱいになる。

「ラディンカ。残念だわ。彼は亡くなってしまったの」

「さあ、さあ」ラディンカはシャナを抱き寄せ、訛りのある深い声で話しかけた。「心配しないで。何もかもうまくいきますよ」彼女は玄関ホールの右手にある部屋へシャナを案内した。


昨夜のように女性たちが集まっているかと思っていたが、予想に反してそこには誰もいなかった。栗色《くりいろ》のレザーのソファが三つ、四角いコーヒーテーブルの三方を囲むように置かれている。残りの一方の壁には、巨大なワイドスクリーンテレビがかけられていた。

シャナは倒れ込むようにソファに座った。「彼が亡くなったなんて信じられないわ」

ラディンカがコーヒーテーブルにバッグを置いて座った。「目を覚ますわよ」

「そうは思えない」シャナの頰を涙が流れ落ちた。

「ここの人たちはとても深く眠るの。うちの息子のグレゴリだってそう。いったん寝たら起こすのは不可能よ」

シャナは涙をぬぐった。「いいえ、彼は死んでいるの」

ラディンカはデザイナーズ・ブランドのスーツから目に見えない糸くずを払った。「説明したら、もしかすると気分がましになるかもしれないわね。今朝早くわたしがここにいたときに、何が起こったのかグレゴリが話してくれたの。ローマンがあなたを連れてどこかのデンタル・クリニックへ行って、そこであなたが彼の歯を治療したそうよ」

「ありえないわ」脳裏にクリニックの記憶がぼんやりと浮かんだものの、手が届きそうで届かない。「わたし……夢だと思っていた」

「現実だったのよ。ローマンがあなたに催眠術をかけたの」

「なんですって？」

「グレゴリの話では、あなたも同意のうえだったようだけど」

シャナは目を閉じて、なんとか思い出そうとした。あのとき、彼女はローマンのオフィスの長椅子で休んでいた。そこで彼が催眠療法を提案して、彼女も同意した。仕事を失いたくなくて必死だったのだ。普通の暮らしを取り戻すチャンスがどうしても欲しかった。「じゃあ、彼は本当にわたしに催眠術をかけたのね？」

「そうよ。あなたたちふたりにとっていいことだったわ。彼は歯科医の助けを必要としていたし、あなたは血への恐怖を克服するのに手伝ってもらう必要があった」

「あの……わたしの恐怖症のことを知っているの？」

「ええ。あなたはローマンに、レストランで起こった恐ろしい出来事について話したでしょう。あのとき、そばにグレゴリもいたの。彼がわたしに話したことで、あなたが気を悪くしないといいんだけど」

「いいえ、いいの、問題はないと思うわ」シャナは柔らかいレザーのクッションにもたれかかり、頭を休めた。「わたしは昨夜、本当にローマンの歯を治療したの？」

「ええ。あなたの記憶は曖昧《あいまい》になっているようね。でも、そのうちにはっきりしてくるわ」

「血を見て気絶したり、脅えたりしなかったのかしら？」

「わたしの知るかぎり、あなたは見事に処置したみたいよ」

シャナは鼻を鳴らした。「そんな魔法にかかったような状態で、まともに何かできたとは思えないわ。正確にはどういうことをしたの？」

「ローマンの抜けた歯をもとに戻したのよ」

シャナはびっくりして座り直した。「狼の歯じゃないわよね！　ああ、お願い、わたしが彼に動物の歯を移植したなんて言わないで。ううう」彼女はふたたびクッションに身を沈めた。だけど、それがどうしたというの？　かわいそうなあの人は死んだのよ。

ラディンカが微笑んだ。「普通の歯だったわ」

「ああ、よかった。検視官が彼の体を調べて狼の牙を見つけたら、いったいどう思ったことか」気の毒なローマン。死ぬにはまだ若すぎる。それにセクシーすぎるわ。

ラディンカの口からため息がもれた。「彼がまだ生きていることをあなたに納得させられればいいんだけど。うーん、難しいわね」彼女は閉じた唇に人差し指をあてて考えている。濃い赤に塗ったマニキュアが口紅の色と完璧に調和していた。「痛みを和らげるために、彼に何か麻酔をかけなかった？」

「わたしにわかると思う？　もしかしたら下着姿でオペラを歌っていたかも。昨夜、自分が何をしたか覚えていないの」シャナは思い出そうとして額をこすった。

「麻酔のことを持ち出したのは、それで彼がぐっすり眠っている理由が説明できるかもしれないと思ったからよ」

はっと息をのみ、シャナは慌てて立ち上がった。「ああ、そんな、わたしが麻酔で彼を殺してしまったの？」

ラディンカが目を丸くした。「そういうつもりで言ったわけじゃないわ」

シャナは眉をひそめた。「過剰投与したのかもしれない。あるいはわたしの体重が重すぎたせいかも。どちらにしろ、わたしが彼を殺したんだわ」

「ばかなことを言うのはおやめなさい。どうして自分を責めるの？」

「わからない。わたしに責任があるからだと思うけど」目にまた涙があふれてきた。「カレンに起こったことでも自分を責めているわ。どうにかして助けられたはずなのに。わたしが見つけたとき、彼女はまだ生きていたの」

「レストランで亡くなった、あなたの若いお友達ね？」

シャナはすすり泣きをこらえてうなずいた。

「お気の毒に。ねえ、今はとても信じられないでしょうけど、麻酔が切れたらローマンは目を覚ますわ。彼にまったく問題がないことを自分の目で確かめればいいのよ」

うめき声をあげて、シャナはソファに体を投げ出した。

「彼のことが好きなのね？」

ため息をつき、天井を凝視する。「ええ、そうなの。だけど死んだ人が相手では、長続きする関係は期待できそうもないわ」

「ミセス・ホルスタイン？」戸口から男性の声がした。

シャナが肩越しに振り返ると、カーキ色とネイビーに身を包んだ、また別の警備員がいた。キルトの人たちはどうしたのかしら？　鮮やかなキルトとすてきな訛りのハイランダーたちが恋しい。

「〈ブルーミングデールズ〉から荷物が届きました」警備員が告げた。「どこに運びましょう？」

ラディンカが優雅に立ち上がった。「箱をいくつかこちらに持ってきてちょうだい。残りはミス・ウィーランのお部屋へ」

「わたしの部屋へ？」シャナは訊いた。「どうして？」

ラディンカは微笑んでいる。「あなたのものだからよ」

「だけど——何も受け取れないわ。それに、死体があるのに荷物を運び込むなんてよくないと思う」

警備員があきれたように目をまわした。「ミスター・ドラガネスティなら、彼の部屋へ移しましたよ」

「そう。それならよろしくね」ラディンカはふたたび腰をおろした。「わたしが選んだものがお気に召すといいんだけど」

「本気で言っているのよ、ラディンカ。贈り物なんて受け取れないわ。ひと晩の避難場所を与えてくれただけで十分よ。わたし――司法省に連絡して相談するわ」

「ローマンはあなたにいてもらいたがっているの。これも受け取ってほしいと思っているわ」ラディンカは、箱を抱えて部屋に入ってきた警備員を振り返った。「ここのテーブルに置いてちょうだい」

シャナは沈んだ気持ちで箱を眺めた。心が揺れる。自分のアパートメントへはとても戻れそうにないし、服は今着ているものしかないのだ。それでもやはり、受け取ることはできないと思われた。「あなたの心づかいには本当に感謝しているわ。でも――」

「ローマンの心づかいよ」ラディンカがさえぎって、箱のひとつを膝に置いて開けた。「ああ、これ。とってもすてき。あなたはどう思う？」白い薄紙の上に置かれているのは、赤いレースのブラジャーとパンティーだった。

「まあ」シャナはブラジャーを手に取った。いつも身につけているものよりずっと高級だ。値段もかなり高いだろう。彼女はタグを確かめた。三六B。「ぴったりのサイズだわ」

「そうよ。ローマンがあなたのサイズを書いたメモを残しておいてくれたの」

「なんですって？　いったいどうやってわたしのブラのサイズを知ったのかしら？」

「催眠中に彼に話したんじゃない？」

シャナは息を吸い込んだ。いやだ、本当に下着姿でオペラを歌ったのかもしれない。

「ええと」ラディンカがハンドバッグの中を探っている。「メモをまだ持っていたはずなんだけど」彼女は一枚の紙をシャナに渡した。

「まあ」ローマンが亡くなる前、最後に書き残したものに違いなかった。シャナはメモに目を通した。〝サイズは一二、三六Bだ〟彼は確かにサイズを知っていたのだ。催眠療法中に教えたのかしら？　他にわたしは何をしたの？　〝彼女のためにブラウニーを用意してくれ〟シャナははっと息をのんだ。たちまち涙がこみ上げてくる。

「どうしたの？」

「ブラウニーよ。彼はなんて優しいの」訂正――優しかった、の。「わたしは痩せるべきだと思わなかったのかしら？」

ラディンカが微笑んだ。「思わなかったようね。ブラウニーはキッチンに置いてきたの。だけど、食べたいなら急いだほうがいいわ。昼番の警備員たちがよだれを垂らしていたもの。あの人たちはなんでも平らげてしまうのよ」

「あとでいただくかもしれないわ。ありがとう」シャナは空腹で胃が痛くなりかけていたが、食べることを考えるたびに、彼女を抱えてよろめきながら階段をおりるローマンの姿が目に浮かぶのだ。

「他のものも見てみましょう」ラディンカが残りの箱を開け始めた。

セットになったレースの下着や青いシェニール織りのバスローブ、サーモンピンクのタンクトップやそれに合うジャケット、さらにはスリッパとそろいの、ブルーのシルクのナイトガウンまであった。

「クリスマスよりすごいわ」シャナはつぶやいた。「多すぎる」

「気に入った?」

「ええ、もちろんよ。でも――」

「それなら問題解決」ラディンカは箱を積み重ねた。「お部屋に運ぶわね。それから、起きたらあなたが会いたがっていると、ローマンのオフィスにメッセージを残しておくわ」

「でも――」

「でも、はなし」ラディンカは立ち上がり、集めた箱を抱えた。「キッチンへ行って食事をしなさい。警備員のひとりにあなたのサンドイッチを作るように頼んでおいたの。待っているはずよ。それから熱いシャワーをたっぷり浴びて、新しい服を着るの。あなたの支度が終わる頃には、ローマンが目を覚ましているでしょう」

「だけど――」

「悪いけど、忙しくて議論をしている暇はないの。今夜は〈ロマテック・インダストリー〉でしなければならないことが山のようにあるのよ」ラディンカは箱を抱えて部屋を出ていきながら言った。「またあとで会いましょうね」

あらまあ。仕事に関して、ラディンカはやり手の猛女という感じがする。けれども服の好みは素晴らしかった。ほとんど返さなくてはならないと思うと辛かったが、シャナにはそれが正しいことだと思えた。思い切ってここを出ていくべきかしら? でもロシア人につかまれば、辛いどころではすまなくなる。

キッチンでサンドイッチを食べたシャナは、意志の力を振り絞ってテーブルに置かれたブラウニーの箱を無視すると、階段を上がって部屋に戻った。ドアを開けて中をのぞき込む。ベッドは空だった。ショッピングバッグや箱がベッドの足もとに積んであった。彼女は長い時間をかけて熱いシャワーを浴びた。シェニール織りのバスローブを着て、バッグや箱の中身を調べる。違う状況なら楽しい作業だったかもしれないが、この支払いを引き受けてくれる男性は亡くなったばかりなのだと思うと、悲しみが増すばかりだった。

罪悪感が針のように肌を突き刺す。これだけの贈り物を全部受け取ることはできない。このままここにいるわけにもいかなかった。連邦保安官のボブ・メンドーサに連絡をとって、どこかまた別の場所で新しい人生のスタートを切り直すのだ。知っている人が誰もいない、誰にも知られていない場所で。また一から。

ああ、気が重い。証人保護プログラムを受けているので、シャナは家族とも友人ともいっさい連絡をとれない。だが、彼女は誰かとかかわりを持ちたくてたまらなかった。愛情が欲しい。ローマンに出会うまで、自分がどれほど強くそう願っていたか気づいていなかった。ひどいわ。人生に多くを望みすぎているとは思えない。わたしは他の大勢の女性たちと同じものが欲しいだけなのに。誇りを持てる仕事、愛してくれる夫、それから子供たち。かわいらしい子供たち。

残念ながら非常事態が発生して、シャナの人生の目的は変えられてしまった。今では毎日が生き残りをかけた試験のようなものだ。

彼女は窓のほうへ歩いていった。醜悪としか思えないアルミ製のシャッターがおりている。

カーテンのうしろで見つけたスイッチを入れてみるとシャッターが開き、淡い日の光が部屋に差し込んできた。

　窓からの眺めは素晴らしかった。すぐ下に並木道が見え、遠くにセントラル・パークが一望できる。太陽は西に傾きかけ、霞《かすみ》のような雲を紫とピンクの筋で染めていた。シャナは窓のそばに立って外を見つめ続けた。夜の訪れとともに安らぎに包み込まれるような気がした。もしかしたら、何もかも乗り切れるかもしれない。ああ、だけど、ローマンが生きてさえいたら。

　ラディンカが正しいということはありうるのだろうか？　彼はただ大量の麻酔薬で眠っているだけなの？　シャナは眉をひそめた。気の毒な男性に自分が何をしたか、まったく思い出せないなんて。あともう少しだけここに残るべきかもしれない。ローマンに正式に死が宣告されるか、あるいは奇跡的に目を覚ますまで。どちらにしろ、確かなことがわかるまでは出ていけそうにない。

　シャナはいくつか着るものを選んで身支度を整えた。大型の戸棚を開いてみると、中にテレビがあった。いいわ、待っているあいだはこれで時間がつぶせる。彼女は無造作にチャンネルを変えてみた。あら、見たことのないチャンネルがあるわ。画面の奥からアニメの黒いコウモリが飛んできたかと思うと、バットマンを思わせるロゴマークに変わった。下にメッセージが出ている。〝ようこそDVNへ。どこかが夜であるかぎり二四時間放送中〟

　DVN？　何かのビデオ・ネットワークということかしら？　夜であることと放送になん

の関係があるの？　やがてコウモリのロゴマークが消え、別のメッセージが画面に表示された。〝DVN――デジタル放送に対応していなければご覧いただけません〟奇妙だわ。そのときドアにノックの音がして、シャナの思考はさえぎられた。彼女はテレビを消してドアに向かった。きっとフィルね。彼が四階を担当しているようだったから。

「コナー！」シャナは驚いて甲高い声をあげた。「戻ったのね！」

「ああ」ドアの外に立って微笑んでいたのは、あのハイランダーだった。「戻ってきた」

彼女は思わずコナーの首に腕をまわして抱きついた。「また会えてすごく嬉しいわ」

彼は頬を赤くしながら身を引いた。「怖い思いをしたと聞いたんだが」

「そうなの。恐ろしいことよね？　それにとても残念だわ、コナー」

「何をそんなに残念がることがあるのかな、お嬢さん？　わたしをここへよこしたのはミスター・ドラガネスティ本人だ。彼は階上であなたを待っている」

シャナは鳥肌が立つのを感じた。「そんな……そんな、ありえない」

「今すぐ会いたいそうだ。案内しよう」

彼が生きているというの？「行き方なら知っているわ」そう言うと、シャナは階段を目指して走り出した。

11

目覚めたとき、ローマンはどうやって自分のベッドに戻ったか記憶がなかった。彼は服を脱がず靴も履いたまま、スエードの上掛けの上に横たわっていた。口の中に舌を這わせてみる。ワイヤーの固定具はまだそこにあった。今度は指で牙を触ってみた。ぐらついていない。もちろん、牙が出し入れできるかまだ確信は持てなかった。歯がワイヤーで固定されているかぎり、試してみることは不可能だ。なんとかシャナを説得して固定具を外してもらう必要があるだろう。

手早くシャワーを浴びてバスローブを着ると、ローマンはメッセージをチェックするためにオフィスへ行った。ラディンカの繊細な字が目に留まる。シャナのための買い物をすませてくれたらしい。よかった。ラディンカはさらに、開会記念舞踏会の準備がすべて整っているかどうか確かめたいので、今夜は早めに〈ロマテック・インダストリー〉へ行くつもりだと書いていた。そして最近は夜も昼も働いているのだから、また昇給してもらってもいい気がする、と。また？　いいだろう。

それぞれ西ヨーロッパとイギリスのコーヴン・マスターであるジャン＝リュック・エシャ

ルプとアンガス・マッケイは、午前五時に到着する予定だった。よし。彼らのためのゲストルームは三階に準備ができている。ローマンは舞踏会で〈ヴァンパイア・フュージョン・キュイジン〉シリーズの二種類の新しい味を紹介するつもりだった。そのための五〇〇本分のボトルもすでに用意してある。何もかも順調なようだ。

そのとき、ローマンの目がメモの最後の部分をとらえた。しまった。シャナ・ウィーランが、目覚めると同時に彼女のベッドにいるローマンを発見した。シャナは彼が死んでいると思い込んで、ひどく動揺したらしい。くそっ。もちろん、彼女はローマンが死んでいると思ったはずだ。日中の彼には脈がない。だが前向きに考えてみると、シャナが彼に関心を持っているからこそ動揺したと解釈できなくもない。

ラディンカは、ローマンの眠りが深いのはデンタル・クリニックで投与した麻酔のせいだと言ってシャナを説得しようとしたらしい。けれども不幸なことにその説明のせいで、彼女は自分がローマンを殺してしまったと結論づけたようだ。なんだ。シャナは彼に愛情を感じているからではなく、罪の意識を感じたために動揺したのか。状況が目に浮かぶようだ。彼女がひどくうろたえて部屋の中を走りまわり、その一方でローマンは丸太のように横たわっている。くそっ。

彼はメモを握りつぶしてごみ箱に投げ入れた。もう我慢も限界だ。なんとしてでも、昼間も起きていられる薬を完成させなければ。シャナが彼を必要としているときに、無力に横たわったままではいられない。

ローマンはインターコムのボタンを押した。

「キッチンです」鼻にかかった声が返答した。

「ハワード？　きみか？」

「はい。起きて動きまわっていらっしゃると聞いてほっとしましたよ。お休みのあいだに、ちょっとした騒ぎがあったものですから」ハワードのうしろから押し殺した笑い声が聞こえてきた。なんということだ。わたしは北アメリカ最大のコーヴンでマスターを務めているのだから、少しくらい敬意を払われてもいいはずだろう？

「文句を言っているわけではありません」ハワードが続けた。「普段の勤務はとても退屈ですからね。ああ、コナーが来ました」

「ハワード、今夜は大切な客人を迎える予定だ。きみの雇い主であるアンガス・マッケイもやってくる。慎重を期して日中の警備を強化してもらいたい」

「わかりました。みなさんにしっかり目を配ります。ハイランダーたちがやってきましたので、そろそろ失礼します。よい夜を」

「おやすみ。コナー、いるのか？」

一瞬の間が空き、ビーッという音が聞こえてきた。「ああ、ここにいる」

「一〇分以内にミス・ウィーランをわたしのオフィスへ連れてきてくれ」

「承知した」

ローマンはホーム・バーへ歩いていくと、小型冷蔵庫から人工血液のボトルを取り出して電子レンジに入れた。温めているあいだにベッドルームへ戻る。彼は黒いズボンとグレーのドレスシャツを取り出した。今夜は重要な客を迎える予定なので、少しでもフォーマルに見える装いをしたかった。アンガスと側近たちは頭のてっぺんから爪先まで、スコットランド風に着飾ってくるだろう。ジャン＝リュックは彼の有名なオートクチュールのイブニングドレスを着せた、美しいヴァンパイアのモデルたちを伴ってくるに違いない。

ローマンはクローゼットの奥をかきまわし、三年前にジャン＝リュックがくれた黒いタキシードとそろいのケープを見つけた。思わずうめきがもれる。ジャン＝リュックはハリウッド版ドラキュラのような装いを楽しんでいるかもしれないが、ローマン自身は現代に即した、もっと緩やかなドレスコードのほうが好みだった。彼はクローゼットからタキシードを引っ張り出した。開会記念舞踏会までにアイロンをかけてもらわなければ。

電子レンジが鳴った。今晩最初の食事ができたのだ。ローマンはタキシードをベッドの上に置いた。ちょうどそのとき、オフィスのドアが開く音がした。

「ローマン？」シャナの叫ぶ声だ。「そこにいるの？」明らかにせっぱ詰まった口調だった。神経を高ぶらせて息を殺し、パニックを起こしかけている。

まだ一〇分たっていないはずだ。彼女はここまでずっと走ってきたのだろう。まいったな。朝食はあとにするしかなさそうだ。

「ここにいる」ローマンが答えると、たちまち息をのむ音が聞こえた。彼は裸足《はだし》のままベッドルームを出ていった。

シャナは彼のデスクのそばに立っていた。走ってきたせいか顔を赤くして、美しい口をぽかんと開けている。オフィスに入っていったローマンを見て、彼女が目を見開いた。「うそ、信じられない」シャナがささやいた。潤んだ瞳がきらきらと光を放つ。彼女は震える手で口もとを覆った。

シャナは大変な思いをしていたのだ。彼女に試練を味わわせたことが申し訳なくなり、ローマンは視線を外してうつむいた。おや、すごい格好だな。シャツの前が開いたままだ。ボタンを留めていないズボンが腰の低い位置で引っかかり、黒いボクサーショーツがのぞいている。彼は湿った髪を顔から払いのけ、咳払いして言った。「何があったか聞いたよ」

シャナはじっとローマンを見つめたまま無言で立ち尽くしている。

そこへ慌てた様子のコナーが姿を現した。「申し訳ない。速度を落とさせようとしたんだが――」彼はローマンの身なりに気づいた。「おお、先にノックするべきだったな」

「生きているのね」シャナがローマンのほうへじりじりと近づいてきた。

そのとき、また電子レンジが鳴った。彼の朝食がまだ残っていると知らせる確認のブザーだ。だがシャナが部屋を出るまで、朝食には待ってもらわなければならない。

コナーが眉をひそめた。彼には、目覚めた直後のヴァンパイアがどれほど空腹かわかるのだ。「出直したほうがいい」コナーはシャナを促した。「ミスター・ドラガネスティが支度を終えてからまた来よう」

けれども彼の声はシャナに届いていないようだ。彼女はローマンのほうへ向かってゆっくり移動していた。息を吸うと彼女の匂いがした。シャナはかぐわしい香りがして、淡いオレンジ色のトップを身につけた姿は、まるで熟れた桃のようにみずみずしく見えた。ローマンの体内にわずかに残っていた血液がどっと下半身に流れ込み、彼は二重の飢えを感じずにいられなかった。彼女の体と、そして血と。

ローマンの激しい渇望はあからさまだったに違いない。コナーがドアのほうへ下がっていった。「ふたりだけにしたほうがよさそうだ」彼はそう言うと、部屋を出てドアを閉めた。

シャナは手を伸ばせば届くところまで近づいていた。ローマンはこぶしを握りしめて誘惑と闘った。「わたしのせいできみを怖がらせてしまったと聞いた。すまない」

涙がひと粒こぼれたが、頰を流れ落ちる前にシャナがぬぐった。「あなたが無事なら、それでいいの」

そこまで心配してくれていたのか？ ローマンは改めて彼女の様子をうかがった。シャナは彼の全身を目で確かめていた。むき出しの胸でいったん止まった視線が腹部へとおりていく。くそっ、彼女が欲しい。目が赤く輝き始めていないといいのだが。

「本当に大丈夫そうね」シャナが手を伸ばして指先でローマンの胸に触れた。軽く触っただけなのに、まるで稲妻に撃たれたような衝撃だ。彼はすばやく反応し、シャナを引き寄せてきつく抱きしめた。

最初は驚いて身を強ばらせたものの、やがて彼女の体から力が抜け、ローマンの胸に頰を寄せるまでになった。彼のシャツに軽く手をあてている。「あなたを失ったかと思ったのよ」

「わたしは簡単に追い払えないんだ」くそっ、空腹でたまらない。落ち着け。自制心を保つんだ。

「ラディンカから、昨夜わたしがあなたの歯を治療したと聞いたわ」

「そうだ」

「見せてちょうだい」シャナがローマンの口に手を伸ばし、固定具を調べた。「歯の状態は良好なようね。少し尖《とが》りすぎているようだけど。急速に治っているみたい」

「そうなんだ。もうワイヤーを取ってもいいと思うんだが」

「なんですって？　だめよ。こういう場合は時間がかかるの」またしても鳴った電子レンジの音が彼女の注意を引いた。「あれが必要なんじゃないの？」

ローマンはシャナの手を取って指にキスした。「わたしに必要なのはきみだ」

彼女は軽く鼻を鳴らして手を引き抜いた。「ねえ、本当なの？　あなたがわたしに催眠術をかけたというのは？」

「ああ」真実に近い。

シャナが眉をひそめて彼を見た。「わたし、何か変なことをしなかったわよね？　つまり、その、何かしたのに記憶がないなんて、ひどく落ち着かないものだから」

「きみはプロそのものだった」ローマンは彼女の手をとらえ直し、今度はてのひらにキスした。彼女がまたオーラル・セックスを提案してくれればいいのに。

「血を見て脅えなかった？」

る。「いや」彼はシャナの手首の内側に口づけた。A型Rhプラスの血液が血管を脈打たせている。「きみはとても勇敢だった」

シャナの目が輝いた。「それがどういう意味を持つかわかる？　わたしのキャリアは終わっていないということよ。素晴らしいわ！」彼女はローマンの首に腕を巻きつけ、彼の頬にキスをした。「ありがとう、ローマン」

彼女を抱く腕に力がこもる。わずかな希望がローマンの胸を膨らませた。だがそのとき、彼はデンタル・クリニックでシャナに語りかけたことを思い出した。ちくしょう！　これはシャナの意志ではない。彼女はただわたしの指示に従っているだけなのだ。彼は身をよじってシャナの腕から逃れた。

驚きもあらわに彼女が息をのんだ。表情が崩れて泣きそうになる。けれどもそれは一瞬で、すぐに感情を閉ざした無表情な顔に変わった。シャナはうしろへ下がった。しまった。拒絶されたと思っているに違いない。そして懸命に苦痛を覆い隠そうとしている。彼女は本気でローマンを気づかってくれているのに、愚かな彼は何もかも台なしにしかけている。昼間はシャナを脅えさせ、今は彼女の心を傷つけて。ほとんど経験がないので、ローマンは人間の女性をどう扱えばいいのかわからなかった。

また電子レンジのブザーが鳴った。彼はさっとレンジに近づくと、乱暴にコンセントを引き抜いた。さあ、これで温かい血の誘惑を断ち切ることができる。残念ながらシャナの差し出す誘惑は、電子レンジの中の血よりもはるかに拒みがたい。彼女は生きているのだ。

「もう行ったほうがよさそうね」オフィスのドアへ向かいながらシャナが言った。「あの、わたし……あなたが生きていて嬉しいわ。歯の調子もよさそうだし。あなたには感謝しているの。守ってもらったうえに、すてきな贈り物までもらって。全部は受け取れないけど」

「シャナ」

彼女はドアノブをつかんだ。「あなたは忙しい人だから、もう邪魔しないわ。そろそろここを出て――」

「シャナ、待ってくれ」ローマンは彼女のほうへ歩き出した。「説明したい」

シャナは彼を見ようとしない。「必要ないわ」

「いや、必要だ。昨夜、きみが……催眠状態にあったときに、わたしはきみの頭にある考えを植えつけたんだ。そんなことをするべきではなかったが、わたしに腕をまわして情熱的なキスをするよう暗示をかけた。たった今、きみがまさに指示どおりのことをしたと気づいた――」

「ちょっと待って」シャナが疑わしげな目でローマンを見た。「自分が仕向けたから、わたしがキスしたと思っているの？」

「そうだ。悪かった。でも――」

「ばかばかしい！　まず第一に、わたしはあなたに操られているわけじゃないわ。まったく、自分自身の行動さえ思いどおりにならないのに」

「そうかもしれないが――」

「第二に、あなたが思うより、わたしをコントロールするのは難しいわよ」

ローマンは口をつぐんだ。シャナの言うとおりだ。だが認めたくない。

「そして三つ目。あれは情熱的なキスなんかじゃなかったわ。ただちょっと頬をついただけ。あなたくらいの年の男性なら違いがわかるはずでしょう」

ローマンは眉を上げた。「そうかな?」まさか、人間だった年月のほとんどを修道院で過ごしたことは言えない。

「もちろん。ほっぺたをつつくのと情熱的なキスとでは大違いよ」

「そのふたつの区別ができないから、きみは怒っているのか?」

「怒ってなんかいないわ! まあ、少しは怒ってるかもしれないけど」シャナが彼を睨んだ。

「だってあなた、汚らわしい女だと言わんばかりにわたしから離れたわ」

ローマンは彼女に近づいて言った。「もう二度としない」

シャナが小さく鼻を鳴らした。「いいこと言うじゃない」

彼は肩をすくめた。「わたしは科学者なんだ、シャナ。必要なデータがなければ、二種類のキスの比較分析は難しい」

シャナは目を細めた。「あなたの考えていることはお見通しよ。うまいこと言って、わたしから無料サンプルを得ようとしているのね」

「それはつまり、通常は有料ということかな?」笑みを浮かべて訊く。「情熱的なキスはいくらで手に入る?」

「そういう気分になったらただであげるわ。でも、今はそんな気分じゃない」シャナは彼を睨みつけた。「よほど寒い日でもなければ、あなたに情熱的なキスをしたいと思わないでしょうね」

まいったな。彼女の気持ちを傷つけたことへの仕返しか。「あのキスでもかなり刺激的に思えたんだが」

「冗談はやめて。本物の情熱の話をしているの。ジャングル熱にかかったみたいに体がほてって汗ばむ、そういう情熱。万が一地獄が凍りつくようなことがあったら、あなたに情熱的なキスをするわ」シャナはドアにもたれかかり、腕を組んで続けた。「信じて。そのときはさすがのあなたにも違いがわかるでしょうよ」

「科学者としては、ただ信じろと言われて従うわけにはいかない」ローマンはさらに近づいた。「証拠がないと」

「わたしが示すと思わないで」

彼はシャナの前で足を止めた。「きみには無理なのかもしれない」

「ふん！　あなたこそ、受け止められないかも」

ローマンは片手を彼女の頭のすぐそばのドアに置いた。「挑発しているのかな？」

「心配してあげているの。あなたの健康状態を考えると、心臓がもたないんじゃないかしら」

「さっきのキスは大丈夫だった」

「だから、あれはキスでもなんでもないんだったら！　本物の情熱的なキスは唇にするの」

「それは確かなのか？　定義が狭すぎないかな」もう片方の手をシャナの頭の横に置いて、彼女を腕の中に閉じ込める。ローマンはゆっくりと彼女に視線を這わせた。「情熱をこめてキスしたい場所は他にもいくつか思いつく」

シャナの頬がピンク色に染まった。「ええと、そろそろ行かなきゃ。あなたが死んでしまったと思って心配していたけど、どうやら――」

「目覚めた？」彼女に覆いかぶさりながら尋ねる。「確かに目覚めている」

シャナは背を向けてドアノブに手をかけた。「身支度を終えるといいわ」

「すまなかった、シャナ。きみを怖がらせたり傷つけたりするつもりはなかったんだ」

彼女がローマンの目を見た。涙で瞳が光っている。「ああ、ローマン、ばかな人ね。あなたを失ったと本気で思ったのよ」

ばかな人？　五四四年この世に存在しているが、そう呼ばれたのは初めてだ。「わたしはいつでもここにいる」

シャナが飛び上がって彼に抱きつき、首に腕をまわした。突然のことに驚いたローマンはよろめいてうしろに下がった。部屋がぐるぐるまわり始める。引っくり返らないように、彼は足を広げて踏ん張った。めまいがするのは空腹のせいかもしれない。あるいは愛情を示されてショックを受けたせいかも。結局のところ、彼は怪物だ。誰かに抱きしめられたのはいつ以来だろう？

ローマンは目を閉じてシャナの香りを吸い込んだ。シャンプーと石鹸と、動脈を息づかせる血の匂いだ。激しい飢餓感が彼に襲いかかった。ローマンは彼女の頭のてっぺんに、それからなめらかな額にキスをした。こめかみで脈打つ血管が彼を引きつける。彼はシャナに口づけ、かぐわしい香りをいっぱいに吸った。彼女が頭を傾けてローマンを見上げたが、彼は目が赤く光っているのではと不安になって首筋にキスを移した。肌をついばみながら上へ上がり、耳たぶをかじる。

シャナがうめいて、彼の髪に両手を差し入れた。「あなたとキスする機会を永遠に失ったかと思ったのよ」

「初めてきみに会ったときからキスしたかった」ローマンは唇で彼女の顎をたどり、また口もとへ戻った。

唇と唇が軽く触れたかと思うとまた離れる。シャナの温かい息を顔に感じた。そっとうかがうと、彼女はまぶたを閉じていた。よかった。これなら目の心配をしなくてすむ。

ローマンは両手でシャナの顔を包んだ。汚れを知らず、彼を信じ切っている顔だ。彼女はローマンにどんなことができるか知らない。今はただ、誘惑に耐えられるよう祈るばかりだ。彼はそっとシャナにキスした。髪をつかむ手に力がこもり、彼女がローマンを引き寄せた。彼はシャナの下唇を吸って舌の先で弾いた。彼女が体を震わせる。もっと多くを乞うように、シャナの唇が開いた。

ローマンは侵入し、中を探った。彼の動きにシャナが舌を合わせる。熱く生き生きとした彼女の反応にローマンの五感が燃え上がった。興奮を増しながらしがみついてくる彼女が見える。どくどくと流れる血の音が聞こえる。シャナの神経が震え、熱が上昇するのを感じる。彼女の蜜があふれる匂いがする。

あとは味わうだけだ。

ローマンはシャナの体に腕をまわした。片手を背中にあて、胸と胸をぴったりつける。彼女の呼吸が速まり、肌に触れる胸が上下するのが感じられた。彼はもう一方の手を下へ滑らせてヒップをつかんだ。彼女は天国だ。引きしまって、しかも丸みを帯びている。情熱を示す手腕があると言った言葉はうそではなかった。

シャナが彼の下腹部に体を押しつけてきた。くそっ、腰を揺らしているぞ。身をよじっている。生きている喜びと、もっと命を生み出したいという抑えがたい衝動を享受しながら。悲しいかなローマンの場合、抑えがたい衝動は命を破壊したいというものだ。

彼はシャナの首に顔を寄せた。左の牙が飛び出す。ところが、右の牙はワイヤーの固定具に行く手を阻まれてしまった。痛い！　ローマンは思わず体を引き、ぎゅっと口を閉じた。ものすごい痛みだ。だが、おかげで分別が戻ってきた。

シャナを噛むことはできない。人間の女性にはもう二度と牙を立てないと誓ったのだ。ローマンは彼女を放してうしろに下がった。

「どうしたの？」シャナは息を切らしている。

彼は手で口を覆った。片方の牙が伸びたままでは返事もできない。

「まあ、大変。固定具ね？　歯は大丈夫？　ぶつかってぐらぐらさせてしまった？」シャナが慌てて近づいてきた。「見せて」

ローマンは無言で首を横に振った。空腹でたまらないのに牙を引っ込めようと努力しているせいで涙目になっていた。

「すごく痛そうよ」彼女が肩に触れて言った。「お願い、見せて」

「むむむ」ローマンは首を振りながらあとずさりした。厄介な状況だ。だが、もう少しでシャナを噛みそうになった自分が悪い。

「まだ固定具をつけているのにキスしてはいけなかったのよ」彼女が眉をひそめた。「そもそも、キスなんてすべきじゃなかった」

左の牙がようやく言うことを聞いて引き下がった。ローマンは片手で口を覆ったまま言った。「大丈夫だ」

「でも、わたしは重大な規則違反をしてしまったわ。患者とは絶対につき合わないと決めていたのに。あなたにかかわるべきではなかったのよ」

彼は手をおろした。「それならきみを主治医から解任する」

「そんなことできないわ。まだ固定具が口の中にあるんだから」シャナが近づいてきた。「さあ、口を開けて見せてちょうだい」

今度はローマンも指示に従った。

シャナが固定具を指でつつく。彼はその指を舌でくすぐった。

「やめて」彼女が手を引いた。「信じられない。ワイヤーが緩んでいるわ」

「きみはよほどのキスの名手なんだな」

シャナの頬が赤らんだ。「何をしてそんなふうになったのかわからない。でも、心配しないで。二度とあなたにキスしないから。歯科医として、わたしには何よりもまずあなたの歯の健康に責任が――」

「解任した」

「無理よ。この固定具がついているかぎり――」

「引きちぎる」

「ばかなこと言わないで！」

「きみを失うつもりはない、シャナ」

「失うなんて大げさよ。一週間くらい待つ必要があるだけ」

「待つつもりもない」こういう経験をするために、すでに五〇〇〇年以上待ったのだ。たとえ一週間だろうが、もう我慢できそうになかった。自分の自制心を過信するのは非常に危険だ。

ローマンはベッドルームへ向かった。頭の中で黒点が飛び交っている。彼はそれを無視し、激しい空腹のことを考えないようにした。

「ローマン！」シャナがあとを追ってきた。「固定具を取っちゃだめよ」

「取らない」彼は乱暴に引き出しを開け、積み重なった下着の奥に手を突っ込んだ。引き出しの底に赤いフェルトの袋があった。それを引っ張り出す。フェルトを通してさえ、中に入れた銀が熱く感じられた。素手なら火傷《やけど》で水ぶくれになってしまうだろう。

ローマンは袋をシャナに差し出した。だが、彼のベッドルームをきょろきょろ見まわしている彼女は気づいていない。彼女の視線がキングサイズのベッドをさまよった。

「シャナ？」

こちらを向いた彼女は、ようやくローマンが持っている袋に気づいた。

「きみに持っていてほしい」足がふらつく。なんとしてでも早急に食事をとらなければ。

「これ以上いただけないわ」

「受け取るんだ！」

シャナが顔をしかめた。「患者に対する接し方《ベッドサイドマナー》を学んだほうがいいわよ」

ローマンはドレッサーにもたれかかった。「それを首につけてほしい。きみを守ってくれるだろう」

「なんだか迷信的ね」彼女は袋を受け取ってひもを緩め、中身をてのひらに出した。

それは一四七九年にローマンが初めて誓いを立てたあのときと、まったく変わっていなかった。銀のチェーンのネックレスは簡素だが質がいい。十字架は中世の職人の技術の粋を集めたものだ。

「まあ。きれいだわ」シャナがよく見ようと手を近づけた。「とても古いみたい」

「つけてくれ。きみを守るものだ」

「何から守るの？」

「知らないほうがいい」ローマンは悲痛な思いで十字架を見つめた。コンスタンティン神父がこれを首にかけてくれたとき、彼は誇りでいっぱいになった。誇り。それが転落の始まりだった。

「手伝ってくれる?」シャナが半ば横向きになり、ポニーテールのように髪を持ち上げて言った。ネックレスをローマンに差し出す。

銀に触れないように、彼はよろめきながらあとずさりした。「できない。もしよければ、仕事に行きたいんだが。今夜はすべきことがたくさんあるので」

シャナの目は用心深くローマンをうかがっていた。「わかったわ」彼女が手を離すと、茶色の髪が肩の上にふわりと落ちた。「わたしにキスしたことを後悔しているの?」

「いや、それはない」ドレッサーの端をつかんで支えにしながら、ローマンは言った。「その十字架。それをつけてくれ」

シャナは動かず、彼をじっと見つめたままだ。

「お願いだ」

彼女が驚いて目を見開いた。「あなたがその言葉を知っているとは思わなかった」

「非常時のためにとってあるんだ」

シャナの口もとに笑みが広がった。「それなら……」彼女はネックレスを首にかけて髪を引き上げた。十字架は胸の上に、まるで彼女を守る盾のようにおさまった。

「ありがとう」ローマンは力を振り絞って、シャナをドアまで促した。

「また会える?」

「ああ。今夜遅くに。会社から戻ってきたら」彼はドアを閉めて鍵をかけた。ふらつく足でオフィスに入り、電子レンジからボトルを取り出すと、すっかり冷めてしまったやつを一気に飲み干した。くそっ、シャナのおかげで混乱の連続だ。彼女にもう一度キスするのが待ち切れない。ローマンは天国の味を覚えつつある悪魔だった。

地獄は間違いなく凍り始めている。

12

階段をおりるシャナの頭はローマンのことでいっぱいだった。彼が生きていてよかった！だが、そうなると問題が発生する。このまま彼の保護下にい続けるか、それともボブ・メンドーサに連絡をとるか。ローマンのそばにいるという考えにはかなり心を揺さぶられた。これほど男性に魅力を感じるのは初めてなのだ。好奇心をそそられるのも。

物思いにふけりながらキッチンに足を踏み入れた彼女は、シンクの前にいるコナーを見つけた。彼はすすいだボトルを食器洗い機に入れていた。

「大丈夫かな、お嬢さん？」

「もちろんよ」カウンターに絆創膏《ばんそうこう》の箱があった。「怪我《けが》をしたの？」

「いや。あなたに必要かと思ったんだが」コナーがシャナの首もとに顔を近づけた。「うっ、銀のネックレスか。いいお守りになるだろう」

「ローマンがくれたの」シャナはアンティークの十字架をうっとりと眺めた。

「ああ、彼はいい男だ」コナーは絆創膏の箱を手早く引き出しにしまった。「彼を疑うべきではなかったな」

シャナはキャビネットを開けた。「グラスはどこにしまってあるの？」

「ここだ」コナーが別のキャビネットを開けてグラスを取り出した。「何を飲む？」

「水がいいわ」彼女は冷蔵庫のドアに備えつけのディスペンサーを指して言った。「自分で入れるわ」

コナーはしぶしぶという様子でシャナにグラスを渡したものの、冷蔵庫までついてきた。

「何もできない子供じゃないのよ」氷を入れた彼女は、冷蔵庫の扉にもたれかかっているハイランダーに微笑みかけた。「あなたたちは本当に優しいわ。甘えてばかりいてはだめになってしまいそう」そう言ってグラスに水を満たした。

コナーの顔が赤く染まった。

シャナはテーブルに座ってブラウニーの箱を開けた。「おいしそうね」ひとつ取り出す。

「いくつか歯科治療用の器具を調達してもらうことは可能かしら？　ローマンの歯の固定具を締め直さなければならないの」

コナーが向かい側に座った。「わかった。なんとかしよう」

「ありがとう」シャナはブラウニーの端をつまんだ。「ここで何かすることはある？」

「談話室の向かいの図書室に蔵書がたっぷりある。寝間にはテレビもあったはずだ」

寝間？　ハイランダーたちの言いまわしは、どこか古めかしくていい感じだ。ブラウニーを食べ終えると、彼女は図書室を探索することにした。その部屋は、三方の壁に天井から床までずらりと本が並んでいた。一部の本はかなり古いもののようだ。シャナにはわからない言語で書かれた本もあった。

残る一面の壁は厚いカーテンで覆われた大きな窓が占めていた。外をのぞくと、淡い明かりに照らされて、両側に車が停まっている通りが見えた。とても静かで平穏な夜に思える。どこかに自分の命をねらう人間が存在しているとは信じられない。

玄関ホールから話し声が聞こえてきた。女性の声だ。シャナはドアのほうへ移動した。正直なところ、ローマンの談話室でテレビを見ていた謎の女性たちのことが気になっていたのだ。彼女はドアの隙間から外をうかがった。

美しい女性がふたり、談話室へ向かっていた。ひとりはモデルのような雰囲気の女性で、黒いスパンデックスのキャットスーツに身を包み、拒食症の豹《ひょう》かと思うような身のこなしだ。長い黒髪を背中に垂らしている。細いウエストに巻いているのは、まばゆいばかりのラインストーンをちりばめた黒いベルトだった。黒光りするマニキュアを施した長い爪にも、それぞれにラインストーンがついていた。

もうひとりの女性は小柄で、黒い髪をボブにカットしていた。ぴったりした黒いセーターが豊かな胸の谷間をこれ見よがしに強調し、黒いミニスカートの下から黒の網タイツに覆われた細い脚が伸びている。小さくてかわいらしい感じの女性だが、不格好な黒い靴を履いているせいで、まるで水牛が歩いているように見えた。

しぐさからして、キャットスーツの女性は怒っているらしい。玄関ホールのシャンデリアの明かりで爪がきらきら光った。「どうしてこのわたしにこんな扱いができるのよ？　セレブだって知らないのかしら？」

「彼は忙しいのよ、シモーヌ」もうひとりが答えた。「明日から始まる会議の関係で、することが無数にあるから」

シモーヌが艶やかな黒髪をさっと肩から払いのけた。「だけど、彼に会えると思ったからわざわざ早めに来たのに。いやなやつ《rat》！」

フランスのキャットウーマンの〝r〟の発音に、シャナは思わず眉をひそめた。まるで喉に絡んだ痰《たん》を吐き出そうとしているみたいに聞こえる。

憤慨したシモーヌが言った。「すごく失礼《rude》だわ！」

シャナは歯を食いしばった。絶対に何か喉に詰まっているんだわ。毛玉かも。

シモーヌが談話室の両開きのドアを乱暴に開けた。部屋の中には女性が大勢いて、栗色の三つのソファに分かれてくつろいでいた。クリスタルのワイングラスから何かを飲んでいる。

「こんばんは、シモーヌ、マギー」入ってきたふたりに女性たちが声をかけた。

「もう始まった？」マギーが巨大な黒い靴で音をたてながら部屋に入っていった。

「いいえ」女性たちのひとりが答えた。中央のソファに座っているので、シャナの位置からは後頭部しか見えない。その女性はツンツンに尖らせたショートヘアを、濃い赤というよりは紫に近い色に染めていた。「まだニュースをやってるわ」

シャナはワイドスクリーンのテレビに視線を向けた。ごく普通の感じの男性キャスターが口を動かしている映像が見えた。画面の端で〝消音〟の文字が赤く光っている。ここにいる女性たちは最近の出来事に興味がないらしい。消音表示の下には黒いコウモリのロゴマークがしるされていた。彼女たちが見ているのはDVNなのだ。

シャナが数えたところ女性たちは全部で一一人いて、全員が二〇代に見えた。いったいどういうことだろう？　ローマンとの関係を進めるつもりなら、彼女たちがここにいる理由を突き止める必要がある。シャナは図書室から玄関ホールに足を踏み出した。

シモーヌが、コーヒーテーブルに置かれたクリスタルのデカンターの中身をワイングラスに注いだ。「今夜、誰かマスターを見かけなかった？」彼女は左側のソファの端に腰かけて訊いた。

紫の髪の女性が、同じく紫色に塗った爪を眺めながら答えた。「別の女性と会ってると聞いたわ」

「なんですって？」シモーヌの目が光った。身を乗り出し、テーブルに音をたててグラスを置く。「そんなのうそよ、ヴァンダ。わたし《モア》がいるのに、彼が別の女に会いたいと思うわけがないわ」

ヴァンダが肩をすくめた。「うそじゃないわ。フィルが教えてくれたんだから」

「昼番の警備員の？」マギーがシモーヌの隣に座った。

ヴァンダが立ち上がる。彼女も黒いキャットスーツを着ていたが、腰に巻いているのは革ひもを編んだベルトのようだ。紫のショートヘアに片手を突っ込んで言う。「フィルはわたしに熱を上げてるの。訊けばなんでも答えてくれるわ」

シモーヌがソファに身を沈めると、痩せた体がほぼ完全にのみ込まれてしまった。「じゃあ、本当なの？　別の女がいるというの？」

「そうよ」ヴァンダが首をめぐらせて匂いを嗅いだ。「なんなのこれ？」そこで彼女は、玄関ホールにいるシャナを見つけた。「ほら、噂をすれば影よ」

一一人の女性たちがいっせいにシャナを見た。

彼女は笑みを浮かべて談話室に入っていった。「こんばんは」女性たちをざっと見渡す。ニューヨーク・シティで黒い服は珍しくもないが、ここにいるうちの数人はどう考えても奇妙な服装をしていた。ひとりの女性は中世のドレスのようなものを身にまとっている。もうひとりはヴィクトリア朝風。あのスカートはフープで膨らませているのだろうか？

ヴァンダと呼ばれた女性がソファをまわってきて、テレビのそばでポーズをとって止まった。あらまあ。キャットスーツの前は、ウエストに達するほど深く切れ込んでいた。おかげで見たいと思わない部分まで目に入ってくる。

「わたしはシャナ・ウィーラン。歯科医なの」

ヴァンダが目を細めた。「わたしたちの歯は完璧よ」

「あらそう」この女性たちに睨まれるようなことを何かしたかしら？　中にひとり、他から離れて座る女性がいて、彼女だけはシャナに好意的な笑みを向けてくれた。ブロンドで現代風の服装だ。

ヴィクトリア朝のドレスの女性が口を開いた。いわゆる南部美人という感じのしゃべり方だ。「女性の歯医者なの？　断言しますけど、マスターが彼女を招いた意味がわからないわ」

中世風のドレスの女性が同意する。「彼女はここにふさわしくない。立ち去るべきよ」

愛想のいいブロンドの女性が言った。「ねえ、あなた方のマスターの家なのよ。彼が望むなら法王を招待したって文句は言えないわ」

他の女性たちが悪意のこもった視線をブロンドに向けた。

ヴァンダが頭を振った。「この人たちを怒らせないで、ダーシー。毎日が悲惨になるわよ」

「どうせひどい毎日だもの」ダーシーが目をくるりとまわして言った。「ああ、怖い。わたしは何をされるのかしら？　殺される？」

中世風ドレスがつんと顎を上げた。「そのかさないで。そもそも、あなたもここにいるべきではないのよ」

なんて風変わりなグループかしら。シャナはあとずさりした。

南部美人が睨んだ。「じゃあ、本当なのね？　あなたがマスターの新しい女性のお友達なの？」

シャナは首を横に振った。「そのマスターという人のことは知らないわ」

女性たちがくすくす笑った。ダーシーは眉をひそめている。

「いいわ《ボン》」ソファの隅でシモーヌが、満足した猫のように丸まった。「それなら彼を放っておいてちょうだい。わたしがはるばるパリから来たのは、彼と過ごすためなのよ」

マギーがシモーヌに身を寄せて耳もとで何かささやいた。

「うそ《ノン》！」シモーヌの目が丸くなった。「なんてこと《ジュタロル》！　彼女に教えてないの？」腹立たしげに言う。「彼はわたしをないがしろにしているのよ。彼とセックスしたがったと思って。あのろくでなし！」

マギーがため息をついた。「彼はわたしたちの誰とも、もうセックスしないのよ。昔がなつかしいわ」

「わたしも」ヴァンダが言うと、他の女性たちもそろってうなずいた。

いやだ。シャナが眉をひそめた。マスターという人は、ここにいる全員とセックスにふけっていたわけ？　ぞっとする。

「でも、わたしとなら別よ」シモーヌが断言した。「わたしを拒める男はいないんだから」

彼女は見下すようにシャナを見た。「彼がこの人を選ぶかしら？　だって、サイズは一四くらいあるわよ」

「なんですって《エクスキユゼモア》？」シャナは無礼なフランス女を睨みつけた。

「まあ、見て！」マギーがテレビを指差した。「ニュースが終わったみたい。ドラマが始まるわ」

女性たちはシャナをほったらかしにしてテレビに向き直った。マギーがリモコンのボタンを押して消音を解除する。画面に流れているのはコマーシャルで、女性が〈チョコラッド〉という名の飲み物をこくがあっておいしいと絶賛していた。

ヴァンダが腰を揺らしながらソファをまわってシャナのほうへやってきた。近くでよく見ると、彼女のベルトは本物の鞭を巻いたものだった。片方の胸のふくらみの内側にコウモリのタトゥーを入れている。もちろん、紫のコウモリだ。

怖《お》じ気《け》づくまいとして、シャナは腕を組んだ。

ヴァンダがすぐそばで足を止めて言った。「マスターは誰かのベッドでぐっすり寝ていたと聞いたわ」

「うそよ！」テレビのことなどすっかり忘れたらしく、女性たちが振り返ってシャナを見た。

ヴァンダは注目を楽しむように微笑み、紫色の髪をなでた。「フィルが教えてくれたの」

「誰のベッドよ？」シモーヌが詰問した。「その女の目をえぐり取ってやるわ」

ヴァンダは無言でシャナを見た。他の女性たちも見つめている。

シャナは両手を上げて言った。「ねえ、みなさん、ベッド違いよ。あなたたちのぞっとするマスターなんて知らないもの」

ヴァンダがくすくす笑う。「この人、あまり利口じゃないわね」

もうたくさん。「ちょっと、あなた。わたしだって結構利口よ。少なくとも髪を紫に染めたりしない。ひとりの男性を一〇人の女性たちと共有したりしないわ」

女性たちはそれぞれの反応を見せた。笑う者もいれば怒る者もいる。

「フィルはあなたのベッドに男性がいたと言っていたわ」ヴァンダが冷笑した。「目を覚ましたあなたは、彼が死んでいると思ったそうね」

女性たちが笑い出した。

シャナは眉をひそめた。「それはローマン・ドラガネスティのことだわ」

ヴァンダの顔にゆっくりと笑みが広がった。「ローマンがマスターなの」

シャナの口がぽかんと開いた。まさか。ローマンが一一人もの女性と同棲《どうせい》しているというの？「うそよ」彼女は首を振った。

女性たちはしたり顔でシャナを見ている。ドアの枠にもたれかかったヴァンダの顔に勝ち誇った笑みが浮かんだ。

冷たい不安が肌を伝う。いいえ、うそだわ。ここにいる女性たちは、わたしを傷つけたいだけなのよ。「ローマンはいい人だわ」

「ろくでなしよ」シモーヌが言い放った。

頭がくらくらした。ローマンはいい人だ。心の奥の魂の部分でそう感じた。彼はシャナを傷つけるのではなく、守りたがっている。「信じないわ。ローマンはわたしを大切に思ってくれている。これをくれたのよ」十字架はジャケットの内側で横にずれていた。シャナはそれを引っ張り出して見せた。

女性たちがいっせいにすくみ上がった。

ヴァンダは嫌悪もあらわに体を強ばらせた。「わたしたちはみんな彼の女なの。でも、あなたはここに合わない」

シャナは息をのんだ。ローマンには本当に一一人も愛人がいるの？　そんなにたくさんの女がいながら、どうしてわたしにキスできるの？　彼女は十字架を胸に押しつけた。「あなたたちの言うことは信じないわ」

「それなら、あなたはばかね」シモーヌが言った。「あなたみたいな人とローマンを共有する必要はないはずよ。屈辱だわ」

シャナは女性たちを見つめた。うそをついているに違いないわ。でも、なぜ？　彼女たちの怒りの理由を論理的に説明できる答えはひとつしかない。シャナが彼女たちのマスターのことを知っているからだ。ローマンを。

なぜわたしにこんな仕打ちができるの？　自宅は女でいっぱいなのに、わたしには自分が特別な存在だと感じさせるなんて。ローマンが悪いやつらから守ろうとしてくれていると考えていたわたしは、なんと愚かだったのだろう。わたしをここに置きたがったのは、コレクションにもうひとり加えたらちょうど一ダースになるからよ。シモーヌの言うとおりだわ。あのろくでなし！　思いのままにできる女が一一人もいながら、まだ足りないというの？なんて強欲な男かしら！

シャナは談話室を飛び出して階段を駆け上がった。四階に着く頃には怒りが最高潮に達していた。こんなところにはいられない。ロシア人から守られていようが、そんなことはどうでもいい。もう二度とローマンの顔を見たくない。自分の面倒は自分で見られる。

必要なものはなんだろう？　着替えを少しと、バッグ？　マリリン・モンローのバッグは確か、ローマンのオフィスで見かけた。ローマン、あのろくでなしのオフィスで。

シャナはさらに階段を駆け上がった。五階の警備にあたっていたハイランダーが彼女に気づいて近づいてきた。「何かご用ですか、お嬢さん?」

「バッグを取りたいだけなの」シャナはオフィスのドアを示した。「あそこに忘れちゃって」

「わかりました」警備員がドアを開けてくれた。

中に入ったシャナは、床に置いてあるバッグを見つけた。ベルベットの長椅子のそばだ。中身を確認する。財布、小切手帳、それにベレッタがまだそのまま入っていた。よかった。

ふと、前日の夜ローマンに銃を向けたことを思い出す。あのとき、なぜ彼を信用してしまったのだろう?　一緒に車に乗り込んだ瞬間、彼に命を委ねたのだ。

シャナは悲しい気分でベルベットの長椅子に目をやった。昨夜あそこに横たわって、ローマンに催眠術をかけさせた。またしても彼を信用して、今度はキャリアを、夢を、それに恐怖症を委ねたのだ。それからあそこのドアのところで初めてのキスをした。素晴らしいキス。そして、とうとう心まで委《ゆだ》ねてしまった。

涙がひと粒、頬を転がり落ちた。だめよ! シャナは目もとをぬぐった。あのろくでなしのために流す涙はないわ。ドアに向かいかけた彼女は、途中で足を止めた。

彼に知らせたい。拒絶していることをはっきりわからせたい。誰もこんな仕打ちをしていいはずがないわ。シャナは引き返し、十字架のネックレスを外してデスクに置いた。これで彼にメッセージが伝わるはず。

オフィスを出ると、先ほどの警備員がドアのそばにいた。ああ、そうだったわ。どうやったらこの家から出られるだろう? いたるところに警備員がいるのだ。シャナは考え込みながら四階まで階段をおりた。確かさっきローマンの女たちと会ったときには、初めて見る顔のハイランダーがひとりで玄関を警備していた。裏口にはコナーがいるに違いない。彼をかわすのは絶対に無理だ。試してみるなら玄関だろう。だがＩＤカードはなく、キーパッドに打ち込むセキュリティ・コードも知らない。なんとか警備員を説得してドアを開けてもらわなければ。

自室に戻ったシャナは、部屋中を歩きまわりながら策を練った。ろくでなしのローマンから何かを受け取ると思うとぞっとするが、今は生き延びるための闘いの真っ最中なのだ。もっと現実的にならなければならない。彼女はいちばん大きなショッピングバッグを選んで、着替えと必要最小限のものを詰め始めた。

ラディンカが買ってくれた服の中には黒が一着もなかった。困ったわ。この計画には黒い服が必要なのに。そうだ！　昨夜はいていたパンツは黒だった。シャナは自分の服に着替え直し、新しいほうはバッグに突っ込んだ。それから白いナイキのスニーカーを履く。歩くにはこれが最適だ。

ショッピングバッグと自分のバッグを持ち、シャナは階段へ向かった。四階の警備員が彼女を見てうなずく。

シャナは微笑みかけた。「この服を試着するつもりなんだけど……ダーシーと一緒に」シヨッピングバッグを掲げてみせる。「でも、彼女の部屋の場所を訊き忘れちゃって」

「ああ、あのブロンドのかわいい娘ですね」ハイランダーが笑顔になった。「ハーレムの女性たちはみんな、二階で寝ていますよ」

シャナの笑みが凍りついた。ハーレムですって？　彼女たちのことをそう呼んでいるの？　彼女は歯を食いしばって言った。「ありがとう」

足音も荒く階段をおりていく。いまいましいローマン。ご主人様《マスター》とハーレムの女たち。ああ、むかつく！　二階に到着すると、シャナはドアをひとつ選んで中に入った。ダブルベッドがふたつあり、どちらも少しだけ乱れていた。ローマンのハーレムの女性たちは部屋も共有しているようだ。あらあら、かわいそうに。

彼女はクローゼットをのぞき込んだ。キャットスーツがある。だが、それにはとても体を押し込めそうになかった。これだわ！　黒い網目状のチュニック。シャナはピンクのＴシャツの上からそれをかぶった。ヴァンダなら、おそらく下に何も着ないのだろうが。

黒いベレー帽も見つけ、茶色い髪を中にたくし込んだ。変装はこれで十分かしら？　シャナはざっと室内を見渡した。鏡がない。とても信じられないわ。ここの女性たちは、鏡なしでどうやって生活しているの？

バスルームで、シャナはダークレッドの口紅を見つけた。自分のバッグから出したコンパクトを見ながら口紅をつける。さらに赤いアイシャドウもつけた。うん、これであの人たちと同じくらい不気味になったわ。彼女はショッピングバッグとモンローのバッグを持って階段をおりた。

一階に着いたところで、談話室のドアが閉まっていることに気づいた。よかった。ハーレムの人たちは中に閉じこもっているようね。たとえ彼女たちに姿を見られても、出ていくのを止められはしないだろうけど。そのとき、シャナはキッチンからやってくるコナーの姿に気がついた。彼なら間違いなく阻止しようとするに違いない。

彼女は大階段のうしろに駆け込み、隠れ場所を探した。下へ向かう細い階段がある。きっと地下室だろう。もしかすると建物の外へつながる出入口があるかもしれない。シャナはいちばん下まで階段をおりた。暖房設備に洗濯機と乾燥機、それにドアがひとつあった。彼女はそのドアを開けてみた。

中央にビリヤード台のある大きな部屋だった。台の上にステンドグラスのランプがかかり、淡い光が部屋の中を照らしている。あちこちに運動器具が置かれていた。壁には、キルトと同じ生地で作られ、標語らしきものが刺繍《ししゅう》されたバナーが飾られている。バナーのあいだにかかっているのは剣や斧《おの》だ。別の壁を背にしてレザーのソファが置かれ、その両側には赤と緑の格子柄の、布張りの肘掛け椅子が二脚あった。ここはハイランダーたちが勤務時間外にくつろぐ場所に違いない。

そのとき、階段をおりてくる足音が聞こえた。まずいわ。今、部屋を出たら見つかってしまう。ソファは壁につけてあるので、うしろに隠れることもできない。必死であたりを見まわしたシャナは、もうひとつドアがあることに気づいた。

足音はどんどん近づいてくる。ひとりではなさそうだ。彼女はドアに駆け寄り、さっと体を滑り込ませた。中は完全な暗闇だった。クローゼットかしら？　シャナはショッピングバッグとモンローのバッグを床に置いた。両手で探ってみたものの、まわりには何もなさそうだ。

彼女はドアにもたれた。警備員の控え室で誰かが話す声がして、笑いが起こった。やがて声は遠ざかっていった。ほんの少しだけドアを開けてみる。室内には誰もいなかったが、明かりを全部つけたまま去ったらしく、先ほどより明るくなっていた。

シャナはバッグを手に取り、忍び足で隠れ場所を出た。ドアを閉めようとして振り返ったとたん、はっと息をのんだ。控え室からの明かりで、わずかだが隠れ場所の中が見えたのだ。ありえないわ。バッグを床に落とし、出てきたばかりの部屋に近づく。明かりのスイッチを探して壁を手探りした。カチッ。

ふたたびシャナは息をのんだ。ぞっとして鳥肌が立つ。ふた筋の長い列があるその細長い部屋は、まるで陰鬱な寄宿舎のようだった。けれども並んでいるのはベッドではない。ああ、そんな、うそでしょ。そこにあるのは棺の列だった。一〇以上あるだろう。どれも開いている。中は空で、それぞれに格子柄の枕《まくら》とブランケットが置かれていた。

シャナは明かりを消してドアを閉めた。信じられない！　異常よ！　彼女はバッグを持って、よろめくように警備員の控え室を出た。胃がむかむかしていた。もうたくさんだ。まずはあの頭のおかしな女たちに会って、ローマンの裏切りを知った。それが今度は棺ですって？　ハイランダーたちは本当にあそこで寝ているのかしら？　吐き気の波がこみ上げてきた。シャナはごくりと唾をのみ込んだ。だめ、絶対にだめよ！　不安に押しつぶされるわけにはいかないわ。激しい不快感にも。パラダイスだと思っていた場所が突如として地獄に変わってしまったけれど、負けるものですか。

ここから出なければ。

一階に戻ると、玄関に警備員が立っていた。さあ、ここからが見せ場よ。シャナは深呼吸して震える神経をなだめ、自分に言い聞かせた。今は棺のことを考えちゃだめ。しっかりしなさい。

彼女は肩を怒らせて顎を上げた。「こんばんは《ボンソワール》」バッグを手に玄関へ近づいていく。シャナはわざときついフランス訛りで話しかけた。「外へ出て、ヘアカラーを買わなくちゃならないの。シモーヌが髪にハイライトを入れたがっているから」

警備員が困惑の目を向けてきた。

「ほら、ブロンドのハイライトよ。流行《はや》ってるじゃない！」

彼は眉をひそめた。「あなたは？」

「シモーヌの専属ヘア・スタイリスト。パリから来たアンジェリークよ。わたしのことなら聞いているはずよ。そうでしょ《ネスパ》？」

警備員が首を横に振った。

「くそったれ《メルド》！」外国語の悪態の知識も、たまには役に立つものね。寄宿学校で三年間習ったフランス語も。「手ぶらで戻ったらシモーヌが激怒する《フュリウズ》わ！」

スコットランド人の警備員が顔色を変えた。かっとなるシモーヌを目撃したことがあるのだろう。「少しくらいなら外へ出ても大丈夫でしょう。帰り道はわかりますか？」

シャナはぷりぷり怒ってみせた。「わたしが間抜け《イディオト》に見える？」

警備員がドアの機械にIDカードを通した。緑のランプがつく。彼はドアを開けて周囲を確認した。「大丈夫なようだ。戻ってきたらインターコムのボタンを押してください。ドアを開けますから」

「どうもありがとう《メルシー・ビャン》」シャナは外へ出ると、警備員がドアを閉めるまで待った。ああ！なかなか動悸がおさまらない。やったわ！彼女は左右を確認した。通りは静かだった。歩道をぶらぶら歩く人が数人いる。シャナは階段をおりて、右手のセントラル・パークのほうへ向かい始めた。

背後で車のエンジンをかける音がした。心臓がどきんと跳ねたが、彼女はそのまま歩き続けた。振り返ってはだめよ。きっとなんでもないんだから。

うしろの車がヘッドライトをつけ、通りが明るく照らし出された。額に汗がにじみ始める。振り向いてはだめ。

だが、シャナは我慢できなかった。確かめずにいられない。

肩越しに背後を振り返った。黒いセダンが歩道の縁石から離れようとしている。

まあ！シャナは慌てて前を向いた。ロシア人たちがクリニックの前に停めていた車にそっくりだ。パニックを起こしてはだめよ。ああいう黒い車は街にいくらでも走っているんだから。

そのとき突然、前方からのヘッドライトが彼女の顔をまともに照らした。向かい合う形で駐車していた車がライトをつけたのだ。シャナは目を細めてその車をうかがった。スモークガラスの黒いSUVだ。

うしろでセダンがエンジンの回転数を上げた。SUVが急に動き出す。まっすぐシャナのほうへ向かってきたかと思うと、急ブレーキをかけて歩道に乗り上げ、通りを完全にふさいでしまった。黒いセダンは動けないでいる。運転手がおりてきて悪態をついた。

ロシア語の悪態だ。

シャナは走り出した。ブロックの端まで来ると左へ曲がり、さらに走る。心臓がばくばくしていた。肌にはじっとり汗をかいている。それでも彼女は走り続けた。やがてセントラル・パークに出ると、ようやく速度を落として歩き始めた。あたりをきょろきょろ見まわして、誰にもつけられていないことを確かめる。

助かった。なんとかロシア人から逃れられたようだ。汗が冷えて寒くなってきた。シャナは思わず身震いした。あのSUVがいなければ、今頃は死体になっていただろう。死体を思い浮かべたせいで、地下室にあった棺の記憶が戻ってきた。たちまち胃がよじれる。

シャナは足を止めて何度も深呼吸した。落ち着いて。今は気分を悪くしている余裕などない。棺のことを考えてはだめよ。けれども残念ながら、次に頭に浮かんだことも同じくらい不安をかきたてるものだった。

あのSUVに乗っていたのはいったい誰だろう？

13

ローマンはラディンカを引き連れて舞踏会会場をまわった。会場には作業中の清掃員の一団がいた。三人の男たちが研磨機を左右に動かしながら床を移動している。黒と白のチェックのリノリウムを磨いて艶を出しているのだ。他の者たちは、下の庭を見おろせる厚板ガラスの窓をふいていた。

ラディンカはクリップボードを手に持ち、リストの項目をひとつずつチェックしていた。

「氷の彫刻が明日時間どおりに到着するように、確認の電話をかけておいたわ。八時三〇分きっかりに着く予定よ」

「ガーゴイルやコウモリなしで頼むよ」ローマンはつぶやいた。

「それなら何がお望みなの？　白鳥？　それともユニコーン？」ラディンカが苛立たしげに彼を見た。「これはヴァンパイアの舞踏会だと、思い出させてあげなくちゃならないのかしら？」

「わかっているとも」ローマンはうなった。一〇年前に、彼はおぞましい飾りつけを排除しようと主張した。結局のところ、これは春の会議であって、ハロウィーン・パーティではないからだ。けれども全員の大反対にあった。それで仕方なく、ドラキュラがテーマのばかばかしい飾りつけを毎年繰り返している。同じぞっとする氷の彫刻を用意して、同じ黒と白の風船を天井に浮かせて。それに招待客も同じで、いつも変わらず黒と白で着飾っていた。ローマンは毎年〈ロマテック・インダストリー〉で舞踏会を開催していた。一二の会議室を開放してひとつにした大きな舞踏室に、全世界からヴァンパイアたちが集まってくる。今では伝統になったこの行事を最初に行ったのは二三年前で、彼のコーヴンの女性たちを喜ばせるためだった。彼女たちはこの集まりが大好きなのだ。反対にローマンは年々嫌いになりつつある。こんなものは時間の無駄だ。ラボで過ごすほうがよほど有意義に思えた。

あるいはシャナと過ごすほうが。彼女なら黒と白は着ないはずだ。彼女は鮮やかな色彩を身にまとっている。青い瞳にピンク色の唇、それに猛烈に熱い《レッド・ホット》キス。シャナに会うのが待ち遠しい。ローマンには、その前にラボでしなければならないことがあった。だが会社のオフィスへテレポートしてきてから四〇分以上もたつのに、くだらないチェックをするのに忙しくて、まだラボへ到達できていない。「中国からの荷物は届いたかな?」

「なんの荷物かしら?」ラディンカがリストに指を走らせた。「中国からのものは見あたらないわ」

「いまいましい舞踏会とは関係ない。ラボで研究中の調合薬のために必要なんだ」

「あら、そう。それならわたしにはわからないわ」ラディンカはクリップボードの項目を指して続けた。「明日は新しいバンドを試すことにしたの。〈ハイ・ヴォルテージ・ヴァンプス〉よ。メヌエットから最新のロックまで、なんでも演奏できるんですって。面白そうじゃない？」

「愉快だね。さて、わたしはラボへ行くことにする」ローマンはドアへ向かいかけた。

「ローマン、待ってくれ！」うしろでグレゴリの声がした。振り返ると、彼とラズロが舞踏室に入ってくるところだった。

「やっと来たか」ローマンはふたりに近づいていった。「ラズロ、きみの携帯電話をまだ持っているんだ」彼はポケットから電話を取り出した。「それと、口の中のワイヤーをきみに外してもらいたいんだが」

ラズロは無反応でローマンを見つめている。大きく見開かれた目は焦点が合っていない。指が小刻みに痙攣《けいれん》していた。ボタンをつかみたいのに思いどおり動かせないというように。

「さあ、こっちへ」グレゴリが壁に並んだ椅子のひとつにラズロを促した。「やあ、母さん」

「こんばんは」ラディンカは息子の頰に軽くキスをすると、化学者の隣に腰をおろした。

「どうしたの、ラズロ？」彼が応えないので、彼女はローマンを見上げた。「ショックを受けているみたいだわ」

「ぼくたちふたりともなんだ」グレゴリが豊かな茶色い髪を手ですいた。「悪い知らせがある。めちゃくちゃ悪い知らせだ」

仕方がない。ローマンは清掃員たちに声をかけて、三〇分の休憩をとるように頼んだ。全員がいなくなるまで待ち、グレゴリに向き直る。「説明してくれ」

「今夜仕事へ来るのに、一緒に乗っていくようラズロを誘ったんだ。彼は着替えのために自分のアパートメントに寄りたがった。だけどぼくらがそこへ行くと、室内がすっかり荒らされていたんだ。破壊されてたんだよ！　家具は壊され、クッションが引き裂かれて。それに壁にはペンキがスプレーされていた」

「やつらはわたしを殺したいんです」ラズロが小声で言った。

「ああ」グレゴリが眉をひそめる。「壁にメッセージが書いてあった。〝ラズロ・ヴェストに死を。シャナ・ウィーランに死を〟って」

ローマンは息をのんだ。ちくしょう。「ロシア人たちはシャナを匿っているのがわれわれだと知っているんだな」

「なぜわかったのかしら？」ラディンカが訊いた。

「たぶんラズロの車だろう」ローマンは言った。「ナンバープレートから調べたんだ」

「どうしたらいいんです？」ラズロがささやく。「わたしはただの化学者なんだ」

「心配するな。きみはわたしの保護下にある。必要なだけタウンハウスにいればいい」

「ほらな、相棒」グレゴリが化学者の肩を軽く叩いた。「言っただろ、大丈夫だって」

だが実際は、大丈夫とはほど遠い。ローマンはグレゴリと不安げな視線を交わした。イワン・ペトロフスキーは、ローマンの行動を彼個人への侮辱と受け取るだろう。自らのコーヴンのヴァンパイアたちを促して、攻撃を仕掛けてくるかもしれない。シャナを守るために、ローマンは自分のコーヴンを戦争の危険にさらしてしまったのだ。

ラディンカがラズロの手を握りしめて言った。「何もかもうまくいくわよ。アンガス・マッケイが今夜、ハイランダーたちをもっとたくさん連れてくる予定なの。ここの警備はホワイトハウスより厳重になるわ」

ラズロは震える息を深く吸った。「わかりました。もう大丈夫です」

ローマンはラズロの携帯電話を開いた。「シャナがうちにいると信じているなら、ロシア人たちが襲ってくるかもしれない」彼は自宅の番号を打ち込んだ。「コナー、家のまわりの警備を強化してくれ。ロシア人が――」

「よかった！」コナーがさえぎった。「ちょうどいいときに電話をくれた。彼女の姿が見えないんだ。消えてしまった」

ローマンは腹部を蹴られたような衝撃を受けた。「シャナのことか？」

「そうだ。彼女がいなくなった。今そちらへかけようとしていたんだ」

「くそっ！」ローマンは叫んだ。「どうして彼女から目を離したんだ？」

「どうかしたのか？」グレゴリが近づいてきた。

「彼女が……彼女がいなくなった」声がかすれる。突如として喉が動かなくなったようだ。

「玄関の警備員をだましたんだ」コナーが言った。

「どうやって？　彼女が人間だとわからなかったのか？」

「ここの女性たちと同じような服装をしていた」コナーが説明する。「それに、シモーヌに同行してきたふりをしたらしい。どうしても外へ出る用があると言い張るので、警備員が行かせたんだ」

シャナはなぜ出ていったんだ？　ほんの一時間前にキスを交わしたばかりなのに。ただし……。「彼女が他の女性たちに会ったというのか？」

「そうだ」コナーが答えた。「女性たちは、自分たちはあなたのハーレムの女だと言ったらしい」

「ああ、くそっ」ローマンはじっとしていられず、電話を耳から離して二、三歩歩いた。女性たちが黙っていられないのはわかっていたはずだ。おかげでシャナがとてつもない危険にさらされている。

「ロシア人たちが彼女をとらえたら……」グレゴリは最後まで言わなかった。

ローマンは携帯電話を耳にあて直した。「コナー、イワン・ペトロフスキーの自宅の外を見張らせてくれ。やつが彼女をつかまえたら、必ずそこへ連れていくはずだ」

「承知した」

「それから、コーヴンのメンバーたちにも連絡してほしい。もしかしたら彼女に気づく者がいるかもしれない」ローマンにはニューヨークの五つの区で夜の仕事についている仲間たちがいる。その中の誰かが今夜、シャナを見かけたとしても不思議ではない。可能性が低いとしても、今のところはそれがいちばんいい方法だろう。

「わかった、そうしよう。その……とても残念だ」コナーの声がかすれた。「あの娘のことは好きだったんだ」

「わかっている」ローマンは電話を切った。なんということだ。美しいシャナ。いったいどこにいる？

シャナはタイムズ・スクウェアにある〈トイザらス〉の前で待っていた。このあたり一帯は明るくて人で混み合っているので、待つには最適の場所だと思われた。観光客たちが立ち止まって写真を撮り、ビデオ・スクリーンに覆われたビルに目を見張っている。街角はハンドバッグを売る露店でにぎわっていた。

歩いているあいだに、シャナはどうしても現金が必要だと思いついた。現金なら足がつかない。危険な目にあわせてしまう恐れがあるので、家族にも古い友人たちにも連絡できない。それに家族は国外にいるのだ。去年の夏に短期間だけボストンを訪れていたが、その後アメリカを離れてリトアニアに向かった。昔からの友人たちもみな州外で、ニューヨークにはいなかった。

仕方なく、シャナは新しい友人に連絡した。〈カルロズ・デリ〉の人たちだ。カルロはクリニックの惨状を目にしていたらしく、快く援助を申し出てくれた。そこで彼女は、トミーにここへ来てもらうように頼んだのだった。

シャナはとぎれることのない人波に倒されないよう、建物に体を押しつけていた。やがてトミーの姿を見つけると、声をあげ、両手を振って合図した。

「やあ！」ピザの配達人はにっこりして、歩行者をかわしながら近づいてきた。手にファスナー式のピザのケースを持っている。

「トミー」

「時間がかかっちゃってごめん」細い腰でジーンズがずり下がり、赤ん坊の『スクービー・ドゥー』がプリントされたボクサーショーツがのぞいていた。

シャナはトミーを抱きしめた。「本当にありがとう。カルロにも感謝を伝えてね」

「いいんだよ」彼はシャナの耳もとに屈んでささやいた。「ピザの下に現金が入ったファスナー付きのビニール袋がある。本物の配達っぽく見えるほうがいいと思ったんだ」

「素晴らしい考えね」彼女はバッグから小切手帳を取り出した。「いくら払えばいい？」

「ピザの代金かい？」トミーがまわりを見ながら、わざと大きな声を出した。それから小声になって言い添える。「エンチラーダ四つ。用意できたのはそれで全部なんだ」まるで突然スパイ映画に出演が決まったかのように、彼はこの状況を楽しんでいるらしい。

「つまりそれは四〇〇ドルという意味ね」シャナは〈カルロズ・デリ〉に宛てて小切手を切り、トミーに渡した。「一週間ほど現金化を待ってもらえれば、本当に助かるんだけど」

「いったいどうなってるんだい、ドクター？」トミーはファスナーを開けて小さなピザの箱を取り出した。「ロシア訛りの大男が何人か店に来て、いろいろ聞いてまわってたよ」

「なんですって！」シャナはあたりをうかがった。もしかしてトミーがあとをつけられているかもしれないと、急に不安になったのだ。

「大丈夫だってば。誰も何も教えなかったから」

「まあ。ありがとう、トミー」

「どうしてあいつらはドクターに危害を加えようとしてるんだい？」

シャナはため息をついた。罪のない人たちを巻き込みたくない。「見てはいけないものを見てしまったから、とだけ言っておくわ」

「ＦＢＩが助けてくれるよ。そうだ、きっとあれがＦＢＩだったんだ」

「あれって？」

「黒い服の男たちさ。彼らもドクターのことを尋ねに来た」

「そう。どうやら最近のわたしは人気者みたいね」急いでボブ・メンドーサに電話しなければ。この時間なら、さすがに連絡がつくだろう。

「他に何かぼくらにできることは？」トミーが目をきらめかせて訊いた。「なんか面白くってさ」

「ゲームじゃないのよ。わたしと接触したことは誰にも言わないで」シャナはバッグを手探りした。「チップをあげなきゃね」

「いいよ、いらないって。現金が必要なんだろ」

「ああ、トミー。どうやってあなたにお礼をすればいいかしら？」彼の頬にキスをする。

「わお。今のでいいよ。それじゃあ、ドクター」トミーは笑顔を見せると、背を向けて歩み去った。

シャナは荷物をまとめ、彼とは反対の方向へ歩き出した。ドラッグストアに入り、公衆電話からボブに連絡する。

「メンドーサだ」疲れているような声だ。

「ボブ、わたし……ジェーン。ジェーン・ウィルソンよ」

「よかった。心配していたんだ。今までどこに?」

何かがおかしい。どこがおかしいか問われてもはっきりわからない。だがボブの声からは、心配も安堵も感じられないような気がした。

「居場所を教えてくれ」

「まだ移動している途中なのよ、ボブ。どう思う? ニューヨークを出るべきかしら?」

「まだニューヨークにいるのか? 正確にはどこなんだ?」

うなじがチクチクする。理性では連邦保安官を信用して打ち明けるべきだと思うものの、本能は何かがおかしいと叫んでいた。「店の中よ。あなたのオフィスに行きましょうか?」

「いや、こちらから行く。きみの居場所を教えてくれ」

シャナはごくりと音をたてて唾をのみ込んだ。声の感じが妙だ。なんとなく冷ややかで機械的な感じがする。「あの……明日の朝、あなたのオフィスに行くほうがいいと思うわ」

間が空いた。奥のほうで誰かが話している。女性の声だ。

「隠れ家への行き方を教える。明日の夜八時半にそこへ来てくれ」

「わかったわ」シャナは住所を書き留めた。ニューロシェルのどこかのようだ。「それじゃあ、また明日。さようなら」

「待ってくれ！　今までどこにいたか教えてくれないか？　どうやって逃げたんだ？」

通話を長引かせようとしているのかしら？　もちろん、逆探知されているに違いない。

「じゃあね」シャナは電話を切った。手が震えている。ああ、どんどん被害妄想がひどくなっていくわ。連邦保安官さえ怪しく思えてくるなんて。あと一週間もしたらエイリアンの話をしながら泣きじゃくって、頭にアルミホイルをかぶっているかもしれない。

神に連絡をとろうとするかのようにじっと天井を見つめ、心の中で不満の声をあげる。〝どうしてわたしがこんな目にあうんですか？　ごく普通の暮らしができれば他に何もいらないのに！〟

シャナはヘアカラーの箱と、わずかな持ち物を入れるための、ファスナーがついた安っぽいナイロン製のトートバッグを買った。七番街でほどほどの値段のホテルを見つけ、偽名を記入して現金で支払った。鍵をかけてホテルの部屋に閉じこもると、ようやくほっとして大きく息を吐いた。やったわ。ロシア人たちから逃げ切った。ろくでなしのローマンと恐怖の館《やかた》からの脱出に成功したのよ。いったいどちらのほうのショックが大きかったのかしら？　ローマンの女性の好みか、それとも地下室の棺の列か。ああ、いやだ！　シャナは身震いした。

あのことは忘れるのよ。これからのことと、どうやって生き延びるかだけを考えなさい。

バスルームでヘアカラーを使い、ベッドの上で三〇分待つ。ピザを食べながら、シャナはテレビのチャンネルをあちこち変えた。地元のニュースらしい番組にでくわし、そこで止める。〈ソーホー・ソーブライト・デンタル・クリニック〉が映っていたのだ。砕けたガラスが散らばる歩道に、立ち入り禁止の黄色いテープが張られていた。

シャナは音量を上げた。ニュースキャスターが、前の晩にクリニックがこうむった被害について説明していた。警察は、近くで起こった殺人事件とのかかわりを疑ってこの件を調べているらしい。

画面に映し出された若いブロンド女性の写真を見て、シャナは息をのんだ。彼女の遺体はクリニックに近い裏通りで発見された。死因の正式発表はまだだが、レポーターによると、異様な傷があったとの噂が飛び交っているという。首に動物に嚙まれたような穴が開いていたらしい。近隣の人々は、社会から落ちこぼれた十代の若者たちが集う秘密カルト組織を非難している。彼らはヴァンパイアのふりをしたがるのだそうだ。

ヴァンパイアですって？　シャナは鼻を鳴らした。そういう秘密クラブの存在は耳にしたことがあった。他に時間やお金のつかい道を知らない退屈した子供たちが、血を飲んだり、犬歯をわざとヴァンパイアの牙に似せたものに変えたりするらしい。まったくぞっとする。まともな歯科医なら絶対にそんな処置はしないはずなのに。

シャナの脳裏に、無意識のうちに一連の記憶がよみがえってきた。ローマンが持っていた狼の牙。ベッドに横たわる彼の、死んでいるとしか思えない体。棺でいっぱいの地下室。

背筋を冷たいものが這いのぼってきた。まさか、ヴァンパイアなんて存在するわけがないわ。最近のわたしは立て続けに精神的なダメージをこうむってきた。だから妄想がひどくなっているのよ。そう、それだけ。ヴァンパイアのふりをしたがる人はいるけど、本物なんてありえない。

それに、どれも理にかなった説明ができるわ。わたしが調べたローマンの歯は普通の大きさの歯だった。確かに通常よりは多少先が尖っていた。でも、それも説明は可能だ。おそらくまれな遺伝的特質に違いない。手や足の指に水かきがついて生まれてくる子がいるが、だからといって人魚ということにはならないはずだ。

じゃあ、棺は？　どんな説明がつけられるの？

シャナはバスルームへ行って髪をすすいだ。タオルで水分をふき取り、鏡で仕上がりを確かめる。マリリン・モンローのようなプラチナブロンドだ。あまり気分のいい連想ではなかった。マリリンは若くして死んだのだから。シャナは不安を覚えながら、鏡に映る自分の姿に見入った。さっきテレビで見たばかりの女性にそっくりだ。ヴァンパイアに殺されたブロンドの女性に。

「これはわたしの専門分野ではありません、社長」おろしたての白衣のボタンをひねりながら、ラズロが言った。

「心配するな」ローマンは〈ロマテック・インダストリー〉の自分のラボで、スツールに腰かけながら化学者を励ました。「それにどうやったとしても、わたしを傷つけることにはならない。すでに死んでいるんだからな」

「まあ、理論上はそうですが。でも、あなたの脳はまだ活動しています」

ぐちゃぐちゃにつぶれているも同然だ。ローマンはそう思っていたが、口にするつもりはなかった。シャナが姿を消したと報告を受けてからというもの、彼は筋道立ててものを考えられなくなっていた。「VANNAの配線はうまくやったじゃないか。わたしが相手でもちゃんとできるはずだ」

ラズロはいったんワイヤーカッターを取り上げたが、気が変わったらしく、先が針のように尖ったペンチに持ち替えた。「どうすればいいのか本当にわからないんです」

「このいまいましいワイヤーをむしり取ってくれればそれでいい」

「わかりました、社長」ラズロがペンチを持って、ローマンの開いた口に近づいた。「不快な思いをさせるかもしれませんので、先に謝っておきます」

「んあぁ」ローマンはわかったと返事をした。

「わたしを信頼してくださってありがとうございます」ラズロはワイヤーを引っ張って緩めた。「こうして気の紛れる仕事を与えてくださったことも、感謝しているんです。さもないとまたいろいろ考えて……」急に手をおろして眉をひそめた。

「ああんぐぁ」ローマンの口からはワイヤーが突き出ている。脅しのことをくよくよ考えている場合ではないのだ。

「ああ、すみません」ラズロはふたたび仕事に取りかかった。「車が手もとにないんです。VANNAをトランクに入れたまま、昨夜のクリニックに置いてきてしまったので。だから今夜は何もすることがないんですよ」

ヴァンパイア人工栄養供給装置《VANNA》に関して、ローマンは残念ながらある結論に達していた。あのおもちゃのせいで、彼はどうしようもなく血が欲しくなった。彼女はあらゆるヴァンパイアに噛むことの快感を思い出させてしまうのだ。だがラズロに、彼の研究が廃止になるとは言いづらい。ひどい苦しみを味わっているときにはとくに。話すのは会議のあとにしよう。

「よし」ラズロが最後のワイヤーを取りのぞいた。「終わりましたよ。具合はどうです?」

ローマンは歯に舌を這わせてみた。「うん、いいな。ありがとう」これで口にワイヤーをつけたまま会議に出席しなくてすんだ。シャナもキスを避けるのに固定具を口実にできなくなった。今後もキスの可能性があるかどうかはわからないが。

彼はラボの時計に目を向けた。午前三時三〇分。三〇分おきにコナーに連絡して最新の報告を受けていたが、これまでのところシャナを見かけた者は誰もいない。彼女は完全に姿を消してしまっていた。

シャナはタフで頭が切れる。それにあの十字架が彼女を守ってくれるだろう。そう思ってはいても、ローマンはまだ心配だった。少しも仕事に集中できない。中国からの荷物はすでに届いていたが、待ち焦がれていたその荷物でさえ、どんどん募っていく苛立ちと不安から彼の気持ちをそらしてはくれなかった。

「他にできることはありませんか?」またボタンを引っ張りながらラズロが訊いた。

「わたしが現在取り組んでいる研究を手伝ってくれないか?」ローマンはデスクに積まれた

書類の山を指して言った。

「喜んでお手伝いしますよ、社長」

「実は、太陽が出ている時間帯でも起きていられる調合薬を研究中なんだ」彼はラズロに書類を渡した。

化学者が目を丸くする。「非常に興味深い」彼はそう言って書類に目を通し始めた。

ローマンはデスクに戻り、届いた箱を開けた。「これは中国南部に自生する珍しい植物の根だ。並外れた活性効果があると思われる」彼は大量の発泡スチロールの粒に手を突っ込み、エアクッションで包まれた乾燥した根を取り出した。

「見てもよろしいですか？」ラズロが手を伸ばした。

「もちろん」一週間前には、ローマンもこの研究に夢中だった。けれども今はすっかり関心を失っている。シャナと一緒に過ごせないなら、どうしてわざわざ昼間に起きていなければならないんだ？　くそっ、思った以上に強く彼女の影響を受けているぞ。だがシャナがいなくなってしまっては、どうすることもできない。

二時間後、ローマンはタウンハウスに戻ってきた。ヨーロッパからのゲストたちは無事に三階と四階の部屋に落ち着いた。彼のいわゆるハーレムの女性たちは、シャナに無礼な態度をとったことで厳しく叱られ、それぞれ二階の自室でおとなしくしている。

オフィスに入った彼は、夜食をとろうとホーム・バーに向かった。電子レンジでボトルを温めているあいだに、なんとはなしにデスクのほうへ歩いていく。頭の中はシャナの記憶でいっぱいだった。血のように赤いベルベットの長椅子に横たわっていた彼女が見える。ドアのそばでキスをしていた、ふたりの姿が目に浮かぶ。

はっとしてローマンは立ち止まった。デスクに十字架のついた銀のネックレスが置かれている。「シャナ、だめだ」思わず手を伸ばしたとたん、十字架がたちまち肌を焦がした。「くそっ！」慌てて手を離し、指先の火傷を確かめる。彼に必要なのはまさしくこれだ。神に見放された存在であることを、痛みをもって思い出す必要があった。彼の傷などひと晩で癒えるが、シャナはどうなる？　この銀の十字架がなければ、ロシアのヴァンパイアたちから身を守ることは不可能なのに。

これはわたしの失敗だ。もっと正直になるべきだった。おかげで怒りに駆られたシャナは、生き延びるためにもっとも必要なものを置いていってしまったのだ。

ローマンは固く目を閉じて意識を集中させた。昨夜、彼はシャナと精神的に強く結びついていた。あれは驚くほど強力な、双方向の結びつきだった。もしかしたらまだ残っているかもしれない。

ローマンは心の中で彼女に手を差し伸べた。〝シャナ！　シャナ、いったいどこにいるんだ？〟

けれども感じるのは孤独と、どうしようもない無力感ばかりだった。

奇妙な夢に取りつかれ、シャナは眠りながらうめいていた。夢の中で彼女は仕事をしていた。デンタル・チェアにトミーが座り、彼女に落ち着けと言っている。次の瞬間、彼はローマンに姿を変えた。ローマンがてのひらを上にして手を掲げた。血だまりの中に見えているのは狼の牙だ。

シャナは寝返りを打った。いやよ、血は見たくない。

夢の中で、彼女は治療器具を取り上げてローマンの口の中に入れた。先についた鏡の部分をじっと見る。どういうこと？　鏡が映し出しているのは誰も座っていない椅子だった。でも、ローマンは間違いなくそこに座っている。ふいに彼がシャナの手をつかんだ。無理やり歯鏡をもぎ取ってトレイの上に放り出す。「一緒に来るんだ」

あっというまにふたりはローマンのオフィスにいた。彼がシャナを抱きしめてささやく。

「わたしを信用してくれ」シャナは自分が溶けていくような気がした。

彼がキスをした。決して終わってほしくないと思うようなキス。あまりに激しくて、ベッドの上でブランケットを蹴り飛ばしてしまうようなキスだ。ローマンは彼女を促してベッドルームに向かい、ドアを開けた。だが、そこに彼のキングサイズのベッドはない。

部屋の真ん中にあるのは黒い棺だった。いやよ。シャナは恐怖に脅えて棺を凝視した。

ローマンが手を差し伸べていた。彼のほうへ来るように手招きしている。シャナはあとずさりして彼のオフィスへ戻った。ところがそこにはハーレムの女性たちがいて、彼女を嘲笑《あざわら》っていた。女性がひとり増えている。テレビのニュースで見た、あの死んだブロンド女性だ。首に開いたふたつの穴から血が滴り落ちていた。

ぎょっとして、シャナは激しくあえぎながらベッドの上で起き上がった。どうしよう、眠っているときでさえ神経がおかしくなってきている。彼女はうなだれて両手で顔を覆い、こめかみをこすった。

〝シャナ！　シャナ、いったいどこにいるんだ？〟

「ローマン？」

闇が姿を変えて近づいてくるかもしれないと半ば期待しながら、シャナは暗い部屋の中を見まわした。ベッドサイドテーブルで時計の文字盤が光っていた。午前五時三〇分。彼女はランプの明かりをつけた。

誰もいない。大きく息を吸い込む。かえってこのほうがいい。ローマンには助けてもらえない。彼は信用できないのだから。失意の涙がこみ上げてきた。

感じるのは孤独と、どうしようもない無力感ばかりだった。

14

シャナは翌日のほとんどをホテルの部屋に隠れて過ごし、ボブと会うために隠れ家へ行く時間になるのを待った。何を考えていても、いつのまにかローマンに行きついてしまう。どうして彼の本当の姿に気づかなかったのだろう？

ローマンは優秀な科学者で、ハンサムでセクシーな男性だ。自分の身の危険など気にせず彼女を救い出してくれた。親切で寛大だった。でもそれだけではない何かを、シャナは彼の中に感じ取ったのだ。尽きることなく湧《わ》き出てくる深い後悔。彼女にはローマンの苦痛が理解できた。彼女自身も罪の意識と後悔を感じながら毎日を生きているのだから。最初に見つけたとき、カレンはまだ生きていた。それなのに恐怖にすくんで何もせず、そのまま彼女を死なせてしまった。

本能的な直感はシャナに、ローマンも彼女と同じ苦悩に悩まされていると告げていた。どこか深いところで、本質的に彼と結びついているような気がした。他の誰よりもお互いを慰め合う方法を知っている、ふたつの魂のように。彼はシャナに未来への希望を与えてくれた。

そして彼女は、今度は自分がローマンに希望を与えようと誓った。彼と一緒にいるのはとても正しいことに思えたのだ。

それなのに現実は、ハーレムを持つ女好きのろくでなしだったなんて。孤独と不安のせいでシャナの洞察力は歪められ、もはや人の心が正しく読み取れなくなったのだろうか？ どういうわけか自分の罪悪感と絶望をローマンに投影してしまい、彼をまったく違う人間だと思い込んでしまったのだろうか？ 本当のローマン・ドラガネスティはいったいどんな人なのだろう？

ローマンに関して、シャナは疑いを抱かなかった。彼は完璧な男性だと思っていた。彼が相手なら、恋に落ちることも可能だと思っていた。涙がこぼれて頬を伝う。いや、自分に正直になるなら、すでに彼を好きになり始めていた。だからこそハーレムの存在を知って、これほど傷ついているのだ。

午後になると、シャナはホテルのコンピューター・ルームへ行って調べものをした。ローマンについては何もわからなかったが、〈ロマテック・インダストリーズ〉のホームページを見つけた。ニューヨークのホワイトプレーンズ近辺にある施設の写真が載っている。よく手入れされた庭園に囲まれた、美しいところのようだ。彼女はそのページを印刷してバッグに入れた。理由はわからない。ローマンには二度と会いたくないのに。女好きのろくでなしなのだから。そうよね？ シャナはため息をついた。どんな男だとしても、彼のせいでわたしはおかしくなっているわ。今はそんなことより、もっと重要な問題を心配しなければならないというのに。たとえば生き延びることを。

夜の七時四五分になり、シャナはいよいよ隠れ家へ向かうことにした。ラディンカが買ってくれた服は、身を隠すには不向きだった。ホットピンクのパンツにキャミソール、蛍光オレンジとピンクのチェックの大きなコットンシャツ。これでは一キロ以上離れたところからでも見つけられてしまうだろう。いや、この格好を変装だと考えればいい。まさか彼女がホットピンクのマリリン・モンローになっているとは、誰も予測していないはずだ。

シャナは荷物をまとめてエレベーターに乗り、ロビーへおりた。ホテルの前で列に並んでタクシーを待つ。太陽はすでに沈んでいたが、街には明かりがともっているので暗くない。おかげで彼女は通りの向かいに停まっている黒いSUVに気づき、はっと息をのんだ。ただの偶然に決まっているわ。黒のSUVなんて、ニューヨーク・シティには何百台も走っているはずだもの。

やがて順番がまわってきて、シャナはタクシーに乗り込んだ。たちまち、ホット・パストラミサンドの匂いが襲いかかってきた。身を乗り出して運転手に住所を告げた彼女は、助手席にしわくちゃのアルミホイルにのった食べかけのサンドイッチが置いてあるのを見つけた。そのときタクシーが急発進し、シャナは後ろに引き戻された。

「ニューロシェル?」運転手はそう言うと、セントラル・パーク方面へ向かって大通りを北へ、猛スピードで走り出した。

シャナはうしろを振り返った。あのSUVが縁石を離れようとしている。そこでタクシーが右折した。彼女は深呼吸してしばらく待ち、もう一度うしろを見た。SUVが角を曲がってくる。どうしよう!

シャナは運転手に言った。「うしろの黒いSUVが見える? この車をつけているわ」

運転手がバックミラーに目を向けた。「いや、いや。大丈夫」

どこの訛りかわからないが、肌の色からしてアフリカ系か、カリブ海あたりの出身なのだろう。彼女は運転手のIDカードをちらりと見た。「オリンゴ、冗談で言ってるんじゃないの。そこで急に曲がって、それでもついてくるかどうか確かめてみて」

運転手は肩をすくめた。「お客さんがそう言うなら」六番街で左折した彼は、満面に笑みを浮かべて言った。「ほらね? 黒いSUV来ない」

SUVが六番街へ左折してきた。

オリンゴの笑みが消える。「厄介なこと?」

「彼らがわたしをつかまえたらそうなるわ。あの車をまける?」

「映画でやってるみたいに?」

「そう、映画みたいに」

「これ、映画?」歩道に設置されたカメラを探すように、オリンゴはまわりをきょろきょろ見まわした。

「いいえ、違うのよ。でもあの車をまいてくれたら、余分に五〇ドル払うわ」シャナは頭の中で所持金を計算した。このドライブが終わるころには、ほとんどゼロに近くなっているだろう。

「よしきた」返事と同時にオリンゴがアクセルを踏み込み、二車線分を突っ切って右に曲がった。

体がうしろへ引っ張られ、シャナは座席の背に押しつけられた。手探りでシートベルトを探す。とんでもないドライブになりそうだ。

「くそっ！　まだついてくる」オリンゴが急ハンドルを切ってふたたび右折した。今や車は当初とは違う方向へ、南へ向かっている。「どんな厄介事？」

「話せば長くなるわ」

「ああ、なるほど」駐車場を通り抜けたオリンゴは、速度を落とさずに猛スピードのまま別の通りへ出た。「いいロレックス手に入る場所知ってる。プラダのバッグも。ほんとに安いよ。本物そっくり」

「ありがたいけど、今は買い物をしている時間がないの」赤信号を無視したタクシーは衝突すれすれのところで配達用トラックをかわし、シャナは思わずたじろいだ。

「残念」バックミラー越しにオリンゴがにっこりした。「いいお客さんに見える」

「ありがとう」彼女はうしろを振り返った。黒いＳＵＶは赤信号で一瞬止まったものの、まだついてきていた。ダッシュボードの時計を見る。八時一五分。隠れ家へは、待ち合わせの時間より遅れて着くことになりそうだ。

無事に到着できるならの話だが。

ローマンは八時二〇分に〈ロマテック・インダストリー〉に着いた。開会記念舞踏会は九時きっかりに始まる予定だ。彼は舞踏室をまわってチェックした。天井に浮かぶ大量の風船は、まるで黒と白子《アルビノ》のコウモリの集団に見える。ローマンは内心でうめいた。どうして客たちはこんなおどろおどろしい雰囲気を好むんだ？　彼なら、自分が死んでいることを思い出させるものに囲まれながらパーティを楽しむ気分にはとうていなれない。

テーブルは黒いクロスで覆われ、交差するように四角い白の布がかかっていた。それぞれのテーブルの端に葬儀用の白いユリを飾った黒い花瓶が置かれているが、中央には何もない。氷の彫刻のために空けてあるのだ。

三つのテーブルのうしろには、それぞれ黒い棺が据えられていた。棺といっても内側にサテンを張ったものではない。巨大なアイスボックスなのだ。角氷を入れ、今夜発表する予定の新しい風味の血液――〈バブリー・ブラッド〉と〈ブラッド・ライト〉――を冷やしてあった。

部屋の片側の、庭を見おろせるガラス窓の前にステージが設置されていた。バンドがすでに到着して、機材をセッティングしている。

両開きのドアが突然開いた。作業員たちが扉を押さえているあいだに氷の彫刻が運び込まれてくる。彫刻のまわりに人が集まって慌ただしい雰囲気になってきた。誰もが興奮しているのだ。

ところがローマンは、かつてないほど憂鬱な気分だった。タキシードは着心地がいいとは言えず、ケープは——ばかばかしい。シャナに関する情報は依然としてなかった。彼女は完全に姿を消した。ローマンを心配で疲弊させ、彼の年老いた心臓を喪失感で干からびさせて。ローマンは今夜コナーに、彼らイワン・ペトロフスキーの自宅を見張るよう頼んでいた。それは舞踏会に参加できなくなることを意味するが、ハイランダーは一も二もなく引き受けた。結局これまでのところ、ロシア人たちもまだシャナを見つけていないようだ。

ラディンカが頬を紅潮させてローマンのほうへやってきた。「素晴らしいと思わない？　わたしが計画した中でも最高のパーティになりそうよ」

彼は肩をすくめて答えた。「たぶんそうだろう」とたんにラディンカの目が光るのがわかった。「見事だ。きみは卓越した能力を発揮したよ」

彼女が鼻を鳴らした。「ばかにされているときは、そうとわかるのよ。タイが曲がっているわ」ローマンのボウタイを直そうと手を伸ばす。

「鏡なしでは難しいんだ。それに修道院にこんなドレスコードはなかったものでね」

ラディンカが一瞬、手を止めた。「では本当なの？　あなたは修道士だったの？」

「あまり優秀ではなかったが。ひとつを除いて、ほとんどの誓いを破ってしまった」

ボウタイを結び直した彼女は、ローマンの発言は信じられないというように声をもらした。

「それでもあなたはいい人だわ。わたしはあなたに、一生かかっても返せない借りがあるのよ」

「後悔していないのか？」ローマンはそっと尋ねた。

ラディンカの目に涙が浮かぶ。「いいえ。決して後悔しない。あのままなら死んでいたわ。もしもあなたが……」

彼女の息子を悪魔に変えなければ？　けれども彼女は、そんな残酷な言葉を聞きたくないだろう。

ラディンカは一歩うしろに下がり、瞬きして涙を払った。「感傷的な気分にさせないでちょうだい。しなければならないことが山のようにあるんだから」

ローマンはうなずいた。「彼女はまだ見つかっていない」

「シャナのこと？　心配しないで。彼女は戻ってくるわ。絶対に。あなたの未来には彼女が存在するんですもの」ラディンカは自分の額に触れて続けた。「わたしには見えたの」

彼はため息をついた。「きみを信じたいよ。本当に。だが何年も前に、わたしは信じることをやめたんだ」

「それで科学に関心を向けるようになったの？」

「そうだ。科学は信頼できる。必ず答えをくれるからね」それに、神のようにわたしを見捨てたりしない。エリザのように裏切ったりしない。あるいはシャナのように、わたしから逃げたりしない。

ラディンカが頭を振って、悲しげな目でローマンを見つめた。「年を重ねているわりに、あなたにはまだまだ学ぶべきことがあるわね」彼女は口をすぼめた。「あなたも気づいているでしょうけど、シャナとの将来のためには、ハーレムの女性たちを追い払わなければならないわよ」

「シャナは行ってしまったんだ。そんなことをしても意味がない」

ラディンカは目を細めた。「そもそも、なぜ彼女たちを手もとに置いているの？　わたしの知るかぎり、あなたは彼女たちに関心を持ってすらいないのに」

「きみこそ、わたしの私生活には関心を持たないことになっているはずだが？」

「救いようのない状態のあなたを前にして、そんなことできると思う？」

ローマンは大きく息をついた。無事に設置が完了したらしい氷の彫刻のひとつに目を向ける。なんということだ。これほど醜悪なゴブリンは見たことがないぞ。「コーヴン・マスターはハーレムを持たなければならない。古くからの伝統だ。ハーレムは力と信望の象徴なんだ」

感銘を受けた様子もなく、ラディンカは平然と彼を見ている。

「ヴァンパイアにとっては当然のことなんだ。わかるだろう？」

彼女は胸の前で腕を組んだ。「それなら、うちの息子にはコーヴン・マスターになってほしくないわ」

「彼女たちには行くところがない。女性が仕事をするのは考えられない時代に育ったんだ。なんの技術も持ち合わせていないんだよ」

「人にたかるのはうまいようだけど」

ローマンは片方の眉を上げた。「彼女たちには住む場所と飲む血液が必要だ。わたしのほうは体面を保つためにハーレムを必要としている。全体的に見て、この取り決めはかなりうまくいっているんだ」

「つまりは見栄《みえ》のためだけなのね？　彼女たちとベッドをともにしたことはないの？」

ローマンは片方の足からもう一方へ重心を移動させた。息が詰まる感じがして、ボウタイを緩めようと手を伸ばす。

「台なしにしないで！」ラディンカが彼の手をぴしゃりと叩いた。彼女はローマンを睨みつけて言った。「シャナが怒るのも無理ないわね」

「彼女たちのことはなんとも思っていない」

「それが言い訳になると思うの？」ラディンカは鼻で笑った。「まったく男ときたら。たとえヴァンパイアでも、あなたたち男はみんな同じなんだわ」ちらりと横を見る。「ヴァンパイアの男たちといえば、ついに到着したみたいよ。わたしもそろそろ仕事に戻らなくては」そう言って、彼女はテーブルのひとつに向かいかけた。

「ラディンカ」呼び止められて、彼女が振り返った。「ありがとう。きみは本当によくやってくれた」

ラディンカは皮肉めかした笑みを浮かべた。「人間にしては悪くないでしょ？」

「最高だ」決して見下していないことを、彼女が理解してくれるといいのだが。ローマンは近づいてくる男たちをその場で待った。ジャン＝リュック、グレゴリ、それにラズロが前を歩いている。後方にはハイランダーたちを引き連れたアンガスがいた。

アンガス・マッケイは大柄な男で、数世紀を経てもほとんど丸くなっていない、以前のままの戦士だった。正装であるハイランド・ドレス——黒いジャケット、袖と胸もとにレースの襞《ひだ》飾りがついた白いジャボットシャツ——姿だ。舞踏会のテーマが黒と白なので、ハイランダーたちはスコット・ブラック・アンド・ホワイト・タータンやダグラス・グレイ・タータンのキルトを身にまとっていた。大きな下げ袋《スポーラン》は黒いマスクラットの毛皮でできているようだ。アンガスがひとつうなずき、ハイランダーたちを解散させた。彼らは建物のセキュリティ・チェックをするために、それぞれに散っていった。

少しでも正装に合わせようとしたのか、アンガスは肩までの長さの赤褐色の髪を編み、黒い革ひもで結んでいた。膝丈の黒い靴下から、柄の黒い短剣がわずかに見えている。彼が武器なしでどこかへ出かけることはないのだ。この古い友人なら、入口の鉢植えの中に両刃の剣《クレイモア》を隠していても不思議ではない、とローマンは思った。

ジャン＝リュックはアンガスと正反対のタイプなので、ふたりが並んで歩いていると思わず笑ってしまいそうになる。

洗練ということにかけて、ジャン＝リュック・エシャルプの右に出る者はいない。彼は西ヨーロッパの大コーヴン・マスターというだけでなく、世界的に名高いファッション・デザイナーでもあるのだ。当初ジャン＝リュックはイブニングウェアだけを手がけていた。彼も仲間たちも夜しか活動しないからだ。だが、やがて映画スターたちが彼のデザインしたものを身につけるようになり、ビジネスは急速に発展していった。今では〈シック・ゴシック〉

と名づけたシリーズを発表して、イブニングにかぎらずファッション界の最先端をひた走っている。

ジャン=リュックは黒いタキシードの上にグレーのシルクで裏打ちした黒いケープをまとっていた。黒いステッキを持っているが、歩行に必要なわけではない。ローマンの知るかぎり、ジャン=リュックはもっとも身のこなしの軽いヴァンパイアだった。背が高く細身で、おそらく眉ひとつ動かさずに建物の側面を駆けのぼれるに違いない。乱れた感じの黒い巻き毛に、好みに合わなければ相手が誰でも敢然と挑みかかる、きらめく青い瞳をしていた。いかにもしゃれ者といった外見だが、そこからは想像もつかない性質を秘めている。このフランス人は瞬時に変貌《へんぼう》を遂げるのだ。

ローマンは友人たちにうなずいた。「わたしのオフィスへ行かないか？」

「いいとも」アンガスが代表して答えた。「グレゴリから、今夜新しい飲み物を発表すると聞いたぞ」

「そうなんだ。〈ヴァンパイア・フュージョン・キュイジン〉の最新作になる」ローマンは男たちを先導し、オフィスへ向かって廊下を進んだ。「まずひとつ目は〈バブリー・ブラッド〉といって、血とシャンパンを融合させたものだ。特別な機会の飲み物として宣伝を展開することになるだろう」

「素晴らしい《フォルミダーブル》じゃないか、友よ《モナミ》」ジャン=リュックが微笑んだ。「シャンパンの味がどれほど恋しかったか」

「残念ながら、味のほうはどちらかというと血に近い」ローマンは続けた。「だが、泡立ちは感じられる。アルコールも含まれているんだ。何杯か飲めば確実にほろ酔い気分が味わえるぞ」

「その点は保証するよ」グレゴリがつけ加えた。「実験台に志願して、たっぷり飲んだんだ。まったくすごいよ。少なくともぼくはそう思う」彼はにやりとした。「あの夜のことはほとんど覚えていないんだ」

ラズロがレンタルのタキシードのボタンをいじりながら言った。「車まで連れていくのに、オフィスの椅子にのせて押していくはめになりました」

男たちが笑い声をあげ、ラズロは顔を赤らめた。三人の有力なコーヴン・マスターたちと同席して緊張しているのだろう、とローマンは思った。まあ、ラズロはいつでも神経を高ぶらせているのだが。

「ウイスキーは無事に届いたか?」アンガスが訊いた。

「ああ」ローマンは古い友人の肩を叩いた。「次はきみのために、ウイスキーを加えたものを開発する予定だ」

「おお、それは楽しみだな」

「〈チョコラッド〉を試してみたよ」いかにもフランス人らしい鼻に皺を寄せながら、ジャン＝リュックが口を開いた。「わたしには甘すぎる。だが女性たちは大喜びだ」

「どうも人気がありすぎるようだ」ローマンはオフィスのドアを開けた。「それもあって、今夜紹介するふたつ目を考案することになった。〈ブラッド・ライト〉というんだ」

「ダイエット・ドリンクか？」部屋に入りながら、ジャン＝リュックが訊いた。

「ああ」ローマンは全員が中に入るまでドアの脇で待った。「うちのコーヴンの女性たちから苦情が殺到したものでね。体重が増えたのはわたしのせいだと言うんだ」

「ううむ」アンガスがローマンのデスクの正面に座った。「うちの女性たちも同じように文句を言っている。そのくせ飲むのをやめられないんだ」

「みんな〈チョコラッド〉が大好きなのさ」デスクの角に腰かけて、グレゴリが言った。「この四半期で売り上げは三倍に伸びてる」

「〈ブラッド・ライト〉が問題の解決になればいいのだが。コレステロールを抑えて、血糖値もかなり低く設定してある」ローマンはドアのところでためらっているラズロに気づき、彼の肩に手を置いて言った。「ラズロはわが社でもっとも才能ある化学者だ。その彼が昨夜、殺害の脅迫を受けた」

ラズロはうつむいて擦り切れた黒いローファーを見つめ、タキシードのボタンをひねっている。

表情を強ばらせたアンガスが椅子に座り直し、ラズロにさっと目を向けた。「誰がこの男を脅すというんだ？」

「イワン・ペトロフスキーだと踏んでいる」ローマンはドアを閉め、部屋を横切ってデスクへ歩いていった。

「おお」アンガスが眉をひそめた。「アメリカにいるロシアのコーヴン・マスターだな。情報によると、殺し屋として報酬を得ているとか。だが金を払ってまで、きみの化学者を殺したがるやつがいるのか？」

「悪しき者たち《マルコンテンツ》は、人工血液の製造にかかわる者なら誰でも殺したがるだろう」ジャン＝リュックが言った。

「ああ、確かに」アンガスも同意した。「今回もそうだと思うか？」

ローマンはデスクの椅子に腰をおろした。「やつらは昨年の一〇月に、ささやかなハロウィーンのプレゼントをうちの玄関に置き去りにしていったんだが、それ以来音沙汰《おとさた》がない」

「爆発物か？」ジャン＝リュックはアンガスに向き直った。「きみは専門家だ。トゥルー・ワンズと名乗るやつらのリーダーは誰だと思う？」

「容疑者は三人にまで絞り込んでいる」アンガスがレースの襟を緩めながら言った。「会議でこの件を話し合おうと思っていた。やつらには何か手を打たねばならない」

「そのとおりだ」強い決意を表明するように、ジャン＝リュックがステッキで床を叩いた。彼が意気込むのも無理はない。マルコンテンツはジャン＝リュックも殺そうとしたのだ。

ローマンはデスクの上でこぶしを握りしめた。「もしまだイワン・ペトロフスキーが容疑者のリストに載っていないようなら、早急に加えたほうがいい」

「すでにリストのトップだ」アンガスが言った。「なぜやつがきみのところの化学者を脅すんだ？　きみをターゲットにするならわかるが」

「今の状況にわたしがかかわっていると気づけば、すぐに攻撃目標を変えてくるだろう」

アンガスが目を細めた。「どういうことか説明してくれ」

ローマンは椅子の上で体重を移動させた。「話せば長い」

「珍しいことでもないさ」ジャン＝リュックがわけ知り顔の笑みをローマンに向けた。「おまけにその手の話にはたいていい女が絡んでいる。そうだろう《ネスパ》？」

「今回の場合は、そうだ」ローマンは深呼吸した。「彼女の名前はシャナ・ウィーラン。イワン・ペトロフスキーの最新の標的だ。彼女の死を望むロシア系マフィアから仕事を請け負っているらしい」

「その女性を保護したのか？」アンガスが訊いた。

「それはそうだろう」ジャン＝リュックが肩をすくめる。「自分のコーヴンの女性を守るのはマスターの務めだ」

「ラズロは彼女の逃亡に手を貸した」グレゴリが説明した。「それでペトロフスキーに命をねらわれるはめになったんだ」

ラズロがうめいてしゃがみ、床に落ちたボタンを拾った。

「では、そのレディと化学者を守ってやらなければ」椅子の肘掛けを指でとんとん叩きながら、アンガスが言った。「なるほど油断ならない状況ではあるが、そうせざるをえまい。コーヴン・マスターであるわれわれがもっとも重視すべき責務は仲間を守ることだ」

ローマンはごくりと唾をのみ込んだ。ここから大騒ぎになるぞ。「彼女はわたしのコーヴンのメンバーではない」

アンガスとジャン＝リュックがそろって、たっぷり五秒間はローマンを見つめた。

「彼女は人間《モータル》なんだ」

ジャン＝リュックが瞬きした。アンガスは関節が白くなるほど強く肘掛けをつかんでいる。

ふたりは警戒するように視線を交わした。

やがてアンガスが咳払いして言った。「人間の暗殺に干渉しているのか？」

「そうだ。わたしは彼女に避難場所を与えた。われわれの同族に追われているのだから、そうするのが正しいことだと感じたのだ」

ジャン＝リュックがステッキの金の握りに両手を置いて身を乗り出した。「人間界の問題にかかわるとはきみらしくない。しかも自分のコーヴンを危険にさらす可能性があるというのに」

「わたしは……あのときは、彼女の技術を必要としていたんだ」

ジャン＝リュックは肩をすくめた。「誰しもときに何かを必要とすることがある。だが、フランスにはこういう格言もある。〝どんな猫も暗闇では灰色〟とね。なぜひとりの人間のためにそこまでの危険を冒すんだ？」

「説明するのは難しい。彼女は……特別なんだ」

アンガスがバンと音をたててこぶしで椅子を叩いた。「人間からわれわれの存在を隠しておくこと以上に重要な問題はない。まさかその娘に秘密を打ち明けていないだろうな」

「できるかぎり知らせないように努めたのだが」ローマンはため息をついた。「残念ながら、わたしの……ハーレムの女性たちは口を閉ざしていられなかった」

眉間に皺を寄せたアンガスは容易に近づきがたい雰囲気を醸し出している。「どこまで知っている？」

「わたしの名前、仕事。住んでいる場所と、女性たちを囲っていることも。だが、ヴァンパイアだとはわかっていないはずだ」今のところは。頭の切れるシャナのことだから、いずれ真実を知るに違いない。

アンガスが鼻を鳴らした。「その娘にそれだけの価値があることを願うが。きみが匿っているとペトロフスキーに知れたら――」

「彼はもう知ってる」グレゴリが告げた。

「なんということだ《メルド》」ジャン＝リュックがささやく。

アンガスの顔が険しくなった。「やつを舞踏会に招いたのか？」

「ああ」組んだ腕をデスクについて、ローマンは前屈みになった。「招待状は今回の問題が発生する前に発送していた。友好の意思表示として毎年招待しているが、ここ一八年ペトロフスキーは来ていない」

「人工血液が発表されて以来ずっとだな」ジャン＝リュックがつけ加えた。「彼の反応を覚えているよ。激怒していた。試飲を拒否したあげく、彼の時代遅れのイデオロギーをわれわれが裏切ったと見なして、悪態をついたり脅しの言葉を吐いたりしながら飛び出していった」

ジャン＝リュックが話しているあいだに、アンガスがジャケットのボタンを外して肩のホルスターからピストルを抜いた。ちゃんと装弾されているか確かめている。「やつのことは任せておけ。銀の銃弾を入れてあるんだ」

ローマンは眉をひそめた。「わたしのコーヴンのメンバーにあたらないよう気をつけてくれ、アンガス」

スコットランド人は眉を上げた。「やつは間違いなくやってくるぞ。きみが娘を匿っていると知っているんだからな。彼女は〈ロマテック・インダストリー〉にいるのか？」

「もうわたしのところにはいない。逃げたんだ」

「なんだと？」アンガスがさっと立ち上がった。「その娘はうちのハイランダーたちが任務についていたにもかかわらず、逃げ出したというのか？」

ローマンはグレゴリと目を見交わした。「まあ、そういうことだ」

ジャン＝リュックがくすくす笑った。「確かに彼女は特別だな。そうだろ？」

悪態をつぶやきながら、アンガスが銃をホルスターに戻した。オフィスの中を歩きまわり始める。「とうてい信じられん。ちっぽけな人間の娘がわたしのハイランダーたちより上手《うわて》だったと？　いったい誰が統括していたんだ？　生きたまま皮を剝《は》いでやる。役立たずめ」

「責任者はコナーだった」ローマンは答えた。「だが、彼女は賢明にも彼を避けたんだ。自分のことを知らない警備員を選んだ。変装して、シモーヌに随行してきたふりをしたんだよ。

かなり説得力のあるフランス訛りだったらしい」

「それを聞いて彼女のことが好きになったよ」ジャン＝リュックが言った。

アンガスはうなりながら歩き続けている。

グレゴリの携帯電話が鳴った。「外で出るよ」彼はそう言って部屋を出ていった。

「シモーヌといえば――」ローマンはジャン＝リュックに顔をしかめてみせた。「どうして早く来させたんだ？　彼女はトラブル以外の何物でもない」

フランス人は肩をすくめた。「それこそが答えだ、友《モナミ》よ。彼女は悩みの種なんだ。わたしだって息抜きがしたい」

「こちらへ来た最初の晩にナイトクラブを破壊した。昨夜はわたしの……女性たちの何人かを殺すと脅した」

「それはそうだろう。嫉妬《ラ・ジャルジー》だよ。嫉妬《しっと》は女を狂気に駆り立てる」ジャン＝リュックはステッキを膝に置いた。「幸いシモーヌはわたしのハーレムのメンバーではない。だが、彼女の雇い主というだけでも十分に苦労しているんだ。もしもわたしが彼女のマスターだとしたら、絶望に追い込まれるだろうな。それでなくともハーレムの件では問題を抱えているんだから」

アンガスはまだ床を睨みながら行ったり来たりしていた。「ハーレムを解散させようかと考えているんだ」彼は不満げにぶつぶつ言った。友人たちに見つめられていると気づき、足を止めて広い肩を怒らせる。「楽しんでいないわけではないさ。確かに彼女たちと過ごすのはいつだって楽しい。娘たちはわたしに手を出さずにいられないんだ」

「ああ、わたしも同じだ《モワ・オシ》」ジャン＝リュックがうなずいてローマンを見た。

「わたしもだ」ローマンは英語で繰り返した。このふたりは本気で言っているのだろうか？

アンガスが顎を掻《か》いた。「だが、大勢の女性をわけ隔てなく満足させ続けるのは難しい。彼女たちは、わたしが毎晩楽しませてくれるはずだと考えている。経営すべき事業があることなど理解しようとしないのだ」

「そう《ウィ》、そのとおり《エグザクトマン》」ジャン＝リュックがつぶやいた。「それにときどき、たくさんの美女をひとり占めにするのは利己的すぎるのではないかと思うんだ。世の中には孤独な男性ヴァンパイアが大勢いるのに」

なんということだ。ローマンは信じられなかった。他のコーヴン・マスターたちも彼と同じようにハーレムの維持にうんざりしていたとは。もしかするとラディンカが正しいのかもしれない。古い伝統を廃止すべきときが来ているのかもしれなかった。なんといってもローマンには、人間を嚙むのをやめて人工血液を飲むよう、ほとんどのヴァンパイアたちを説得した実績がある。

携帯電話をポケットにしまいながら、グレゴリが戻ってきた。「コナーからだった。ペトロフスキーと仲間の数名に動きがあったらしい。ニューロシェルの方角へ向かっているようだ。コナーがあとをつけている」

「シャナは？」ローマンは訊いた。

「見かけていない。でも、やつらはみんな正装しているそうだ。黒と白で」グレゴリは心配そうな視線をラズロに向けた。

くそっ。ローマンは内心で悪態をついた。ペトロフスキーたちは舞踏会へやってくるつもりなのだ。

「わたしはどうすればいいんです？」ラズロが目を見開いて言った。「ここにはいられない」

「気を揉むな」アンガスがラズロに近づいて肩をつかんだ。「やつらには手を出させないぞ。わたしの部下たちに警戒態勢をとらせる」

ローマンはふたたびピストルを抜くアンガスを目で追った。ジャン＝リュックがステッキの握りをひねり、長く鋭い剣を引き抜いた。予定どおり舞踏会を開催できるのだろうか？それとも血の海になるのか？

ふいにドアが開き、入ってきた男にアンガスが銃口を向けた。

イアンが驚いて目をぱちぱちさせている。「おっと。こんな歓迎を受けるとは思わなかった」

アンガスが笑ってピストルをホルスターに戻した。「イアン、わが古き友よ。調子はどうだ？」

「上々です」イアンは上司であるアンガスと肩を叩き合った。「たった今、ワシントンから戻りました」

「ちょうどいいときに戻ったな。イワン・ペトロフスキーがこちらへ向かっている。少々面倒なことになりそうだ」

イアンが眉をひそめた。「それよりもっと厄介な問題かもしれない」彼はローマンを見た。「ラングレーに行ったのは正解でした。少なくとも事前に警戒しておける」

「どういうことだ？」アンガスが尋ねた。

「ドクター・ウィーランの父親について調査してきたんです」イアンが説明した。

ローマンは立ち上がった。「彼はCIAだったのか？」

「はい」イアンがうなずく。「最後の駐在地はロシアでしたが、新しいプロジェクトを率いるために、三ヵ月前にワシントンに呼び戻されたようです。ファイルは厳重に暗号化してありましたが、なんとか大部分の解読に成功しました」

「続けてくれ」ローマンは促した。

「彼は〝ステイク・アウト〟と呼ばれる作戦の責任者なのです」

アンガスが肩をすくめた。「法の執行機関が張り込み《ステイク・アウト》をするのは普通のことだろう」

「その意味ではありません」イアンの顔が曇った。「名称と合わせてロゴマークもありました。コウモリを木の杭が貫い《ステイク・アウト》ているマークです」

「なんと」アンガスがつぶやいた。

「彼らは始末する予定の標的をリストにしていました。ペトロフスキーとその友人たち数名も名を連ねています」そこでイアンは悲しげにローマンを見た。「あなたもリストに載っているんです」

ローマンは息をのんだ。「それはつまり、載っているのは全員ヴァンパイアだということか？」

「はい」イアンは眉をひそめた。「お察しのとおりです」

ローマンはどさりと椅子に身を沈めた。まいったぞ。厄介なことになった。口から出てきた声はささやきに近かった。「彼らはわれわれの存在を知っているのだ」

15

イワン・ペトロフスキーはカーチャに渡された住所を確かめた。「ここだ、ウラジミール。停めろ」

ニューロシェルの隠れ家からそう遠くない場所に、ウラジミールが駐車スペースを見つけた。薄暗い街灯がともされた通りの両側に、背が高くて細い木造の家が並んでいる。ちっぽけな前庭に面して屋根付きのポーチがついていた。ほとんどの家は窓に明かりが見えるが、隠れ家は真っ暗だ。

カーチャほどイワンが重んじている女性ヴァンパイアはいない。その彼女がまたしても、自分が非常に役立つことを証明してみせた。イワンのコーヴンの古くからのメンバーであるカーチャは、あらゆる面で彼と同じくらい残忍だ。シャナ・ウィーランを担当する連邦保安官を突き止め、誘惑したのは彼女だった。カーチャは連邦保安官を完全に支配下に置き、いともたやすくこの罠《わな》を仕掛けた。

車で待機するようウラジミールに指示すると、イワンはヴァンパイアのスピードでさっと隠れ家に近づいた。裏口で足を止め、アレクと、イワンのハーレムの女であるガリーナが追いついてくるのを待つ。彼らは家の中に滑り込んだ。暗闇でもあたりが見える優れた視力を利用して、一行はキッチンを横切って狭い廊下を進んだ。カーチャと連邦保安官は表側の部屋のソファの上にいた。彼女はスカートをヒップまでたくし上げ、男の膝にまたがっている。

「楽しんでいるのか？」イワンは訊いた。

カーチャが肩をすくめた。「退屈しちゃって。ただの暇つぶしよ」

「交代する？」ガリーナが連邦保安官の隣に座った。男の目はどんよりと曇っている。首に開いた穴から血が滴り落ちていた。

イワンは連邦保安官の目の前で手を振ってみた。反応がない。彼は男の額に付箋《ふせん》を貼りつけたい衝動に駆られた。〝故障中〟と書いて。「それで、ウィーランの小娘はどこだ？」

カーチャがさっと連邦保安官の膝からおりた。セクシーな黒いスカートの裾《すそ》が体に沿って滑り落ち、彼女が履いている黒いサンダルをかすめて止まった。「お気に召したかしら？」スカートの片側に腰まで入ったスリットを見せつけるようにして、彼女はポーズをとった。下着をつけていないのは一目瞭然《りょうぜん》だ。ノースリーブの白いティアードブラウスは、彼女の大部分をさらけ出していた。

「ああ、かなり気に入った。だが女はどこにいる？」イワンは腕時計に視線を落とした。八時四〇分だ。あと一〇分でここを出なければならない。シャナ・ウィーランを殺すだけならほんの数分ですむが、彼はまず女をもてあそぶと心に決めていた。

カーチャがイワンの副官に同情の目を向けた。「かわいそうなアレク。いつもボスが女たちといるところを目にしながら、自分では一度も味わえないなんて」彼女はスカートの中に手を入れ、下着をつけていないヒップの輪郭をなぞった。

アレクが目をそらしてこぶしを握りしめた。

「そこまでだ、カーチャ」なぜ彼女はいつも、イワンとアレクのあいだに問題を引き起こそうとするのだろう？　最近ではいい部下——彼の命令に従い、しかもハーレムの女たちに手を出さない強いヴァンパイア——を見つけるのが難しいのだ。ここ何年も、イワンは彼の女たちにちょっかいを出したという理由で大勢のヴァンパイアを処刑してきた。これ以上、数を減らす余裕はない。

イワンはゾンビと化した連邦保安官を示して言った。「ウィーランの小娘もこんな状態なんだろうな？　どこにいる？　二階か？」

カーチャが一歩あとずさりし、用心深い目になってイワンを見た。「彼女はまだ来ていないわ」

「なんだと？」彼はカーチャに詰め寄った。

ぶたれると思ったらしく、彼女がひるんだ。

イワンはこぶしを握りしめた。首の周辺が張りつめ、圧力が耐えがたいまでに高まった。彼が脊椎骨を鳴らすと、ポキンという音があたりに響いた。カーチャの顔色が変わる。彼女の美しい首に同じことをされるのではないかと恐れているのだろう。

カーチャが頭を垂れた。「あなたをがっかりさせることになって、わたしの心も打ちひしがれています、ご主人様」昔の呼びかけに戻って彼女が言った。

「おまえの話では、あの女は八時三〇分までにここへ現れるということだった。何があったんだ？」

「わかりません。ここへ来るようにボブが告げて、彼女も同意したのです」

イワンは歯ぎしりした。「それなのにまだ来ていない」

「はい、ご主人様」

「女から連絡は？」

「ありません」

「いまいましい舞踏会へ行く前に、あの女で食事をすませるつもりだったのだ」イワンは部屋の中を歩きまわり始めた。素晴らしい計画に思えたのに。二五万ドルが手に入るだけでなく、ローマン・ドラガネスティが苦しむ姿を見て楽しむこともできたはずだった。まずウィーランの小娘の血を吸い尽くし、それからドラガネスティの舞踏会へ行って、やつの足もとに女の死体を放り出してやるつもりだった。ドラガネスティとやつのひ弱な仲間どもがパニックを起こしているあいだにアレクとウラジミールが忍び込み、今夜のグランド・フィナーレを飾ってやる予定だったのだ。完璧な計画だ。完璧になるはずだった。いったいあの女はどこにいるんだ？　食事が遅れるのは我慢ならない。

「愚かな雌犬め！」イワンは首の筋を片側に寄せた。

カーチャがたじろいだ。「きっと来ます。たぶん遅れているのでしょう」

「女が現れるのをひと晩中待っているわけにはいかない。腐った舞踏会に行かねばならないんだからな。ハイランダーたちに止められることなく〈ロマテック・インダストリー〉の中に入る、唯一のチャンスなのだ」イワンは壁に近づくと、こぶしを打ちつけて突き破った。「腹を空かせたまま舞踏会へ行かねばならないとは。あそこには口に合うものが何もないんだぞ」

「あたしもお腹が空いたわ」ガリーナが下唇を突き出した。昔ウクライナで娼婦《しょうふ》をしていたこのセクシーな赤毛は、口の尖らせ方も男の悦《よろこ》ばせ方も熟知している。

「ボブにはまだ血がたっぷり残っています」カーチャが申し出た。「わたしは軽く吸っただけですから」

「うーん、おいしそう」ガリーナが連邦保安官にまたがって舌なめずりした。

イワンは腕時計に目を落とした。「五分あるな」男の首に牙を沈ませるガリーナを見ながら、彼は言った。「わたしの分を残しておけ」この連邦保安官はこれ以上役に立ちそうにない。血を吸い尽くしてもかまわないだろう。

グレゴリが腕時計で時間を確かめた。「そろそろ九時だ。舞踏室へ行ったほうがいいだろう」

ローマンはデスクの椅子から立ち上がった。気が進まない。シャナが危険にさらされているときに、どうやって楽しめるというんだ？〈バブリー・ブラッド〉を飲むと考えただけでも胃がむかついた。そこへきて、今度はイアンからの報告だ。シャナの父親がローマンを殺したがっている一団のリーダーだとは。

なんということだろう。歴史は繰り返す運命なのか？　ローマンが一八六二年にロンドンで経験した大失敗とよく似ている。彼はエリザという名の若く美しいレディと出会った。だが彼女の父親がローマンの秘密を見破り、彼に国を離れるよう要求したのだ。ローマンは同意したものの、エリザなら彼の苦しい選択を理解して、一緒にアメリカへ駆け落ちしてくれるに違いないと思った。だから真実を告白したのだ。次の夜目を覚ましたローマンは、棺の蓋が開き、胸の上に木の杭が置いてあるのを見つけた。

父親の仕業に違いないと考え、問いつめるために出かけていった彼は、杭を残したのがエリザだと教えられた。ローマンを殺そうとした彼女を、父親が思いとどまらせたというのだ。残った恐ろしい生き物たちからの復讐を恐れたらしい。何もかもにすっかり嫌気が差したローマンは、彼らから自分に関する記憶をすべて消し去った。けれども残念なことに、彼自身の記憶は消しようがない。その後アメリカに渡って新しい生活を始めたものの、悲しい記憶はつねにローマンにつきまとっていた。もう二度と人間の女性とかかわる危険は冒すまい。彼はそう誓った。それなのにシャナがローマンの前に姿を現し、暗闇に引きこもっていた彼の心を希望で満たしたのだ。

本当のことを知ったら、シャナはどんな反応を見せるだろう？　彼女もまた、睡眠中をねらってローマンを殺そうとするのだろうか？　それとも父親に任せるのか？

CIAはどのようにしてヴァンパイアの真実を突き止めたのだ？　どこかの愚か者が人間たちの前でヴァンパイアの技を見せびらかし、あとで記憶を消し忘れたに違いない。どうやって知ったにせよ、深刻な問題が持ち上がっていることは事実だ。ローマンとアンガス、それにジャン＝リュックの三人は、会議のほとんどを費やして今後の対策を練った。

ローマンはオフィスにいた男たちとともに舞踏室へ向かった。「イアン、〝杭打ち《ステイク・アウト》〟作戦についてどれくらいわかっている？　チームの人数は？」

「シャナの父親を入れて五人です」

「たったの五人？」アンガスが言った。「悪くないニュースだ。メンバーの名前はわかるか？　そちらから攻められるかもしれないぞ」

ローマンは眉をひそめた。シャナの父親を殺す？　それで彼のロマンスが実を結ぶ可能性が高まるとはとうてい思えなかった。

「納得がいかない」ジャン＝リュックが口をはさんだ。歩きながら床をステッキでコツコツ叩いている。「目覚めているわれわれを人間が攻撃するのは不可能だ。たちまち彼らの心をコントロールできるのだから」

はっとしてローマンは足を止めた。そういうことか？　シャナはマインド・コントロールに対して並外れた抵抗力を示した。それにローマンと結びついていたときには、不思議なほど正確に彼の心を読んだ。彼女が超能力を備えている可能性はかなり高いと言えるだろう。父親から受け継いだ超能力を。なんということだ。マインド・コントロールに抵抗できる、政府公認のヴァンパイア・キラーの集団なのか。落ち着いてはいられないぞ。

「日中にわれわれを殺すつもりに違いない」アンガスが言った。「昼番の警備員をもっと訓練する必要があるな」

「ミスター・ドラガネスティは、昼間もわれわれが起きていられるようにする調合薬を研究中なんです」ラズロが心配そうにちらりとローマンをうかがった。「すみません、明かすべきではなかったかもしれませんが」

「本当なのか？」ローマンの肩をつかんでアンガスが訊いた。「そんなことができるのか？」

「できると信じている。だが、まだテストをしていない」

「ぼくが実験台になるよ」グレゴリが笑顔で申し出た。

ローマンは首を横に振った。「きみの身に何かが起こる危険は冒せない。わたしがラボで研究に励むためにも、きみのような人材に事業を運営してもらわなければ」

舞踏室《メルド》へ続く両開きのドアを開けたとたんにジャン＝リュックが息をのみ、廊下へあとずさりした。「なんてことだ。あのいまわしいDVNの女がいるぞ。こちらを見たような気がする」

「報道記者か？」ローマンは尋ねた。

「ちょっと違う」ジャン＝リュックは肩をすくめた。「彼女はコーキー・クーラント。『ライヴ・ウィズ・アンデッド』という、セレブを扱う番組をやってる」

アンガスが苛立って声を荒らげた。「どうして彼女がここにいるんだ？」

「それはあなたたちがセレブだからだよ」信じられないという顔でグレゴリが指摘した。

「まさか、知らなかったとか？」

「そうですとも」ラズロが首をすくめた。「みなさんは有名なんですから」

ローマンは眉をひそめた。ヴァンパイアの世界を変えたのは彼の発明かもしれないが、彼自身は現在でも毎晩ラボで長い時間を過ごしている。実を言うと、今この瞬間にも、ラボにいられたらどんなにいいかと考えていた。

「あの笑顔にだまされるな」アンガスが警告した。「情報によると、彼女は昔ヘンリー八世のために、ロンドン塔で拷問部屋の指揮をとっていたらしい。当時はキャサリン・クーラントと呼ばれていた。アン・ブーリンの兄から無理やり近親相姦《そうかん》の自白を引き出した張本人だそうだ」

ジャン＝リュックがいつものように軽い口調で言った。「それが今ではマスコミの仕事をしているのか。なるほど、やっていることは同じだ」

「ぼくらは豊胸ブタ《ポーキー・インプラント》と呼んでいるんです」いぶかしげな視線を向けられ、イアンが説明した。「ほら、コーキー・クーラント——ポーキー・インプラント。しゃれですよ」

「気に入った」グレゴリが両手でメロンをつかむような手つきをした。「それにしてもでかいおっぱいだ。本物とは思えないな」

「ああ」イアンも加わった。「巨大だ」

「もう十分だ」ローマンは歯を食いしばった。「情報をありがとう。だがあの女性の背景に疑問があろうと、それ以上に前景が疑わしかろうと、ひと晩中廊下に隠れているわけにはいかないんだぞ」

「ああ、そうだ」アンガスが肩を怒らせた。「ドラゴンに立ち向かうのだ」イアンが深呼吸した。「われわれもドラゴンにならなければ」

両開きのドアが勢いよく開いた。

男たちは煙ひとつ吐けずに縮み上がった。

「ここにいたのね！」ドラゴン・レディが高らかに宣言した。勝利を確信して黒い瞳をきらめかせている。「もう逃げられないわよ」

コーキー・クーラントは持ち場につくようスタッフに合図した。ふたりの男がドアを開けたまま押さえている。大柄な男がデジタルカメラを操作しているあいだに、女性スタッフがコーキーのメイクに最後の仕上げを施した。スタッフは全員黒いジーンズと、白文字で〝DVN〟とプリントされた黒いTシャツを着ていた。コーキーのうしろに黒と白で正装した招待客たちが集まり、逃げ道をふさぐ形になっている。

身動きがとれなくなったぞ。退却するにはローマンのオフィスに戻るしかなさそうだが、貪欲なレポーターがそこまでついてくるのは確実と思われた。

「逃げようなんて考えても無駄よ」黒い目を細めて男たちを見ながら、コーキーが言った。

「話してもらいますからね」

拷問部屋の女主人として、そのせりふがお気に入りだったのだろう。ローマンはアンガスと視線を交わした。

「もういいわ!」コーキーが手を振ってメイクのスタッフを退けた。右耳に入れた小型マイクに触れ、誰かの声を聞いているかのように頭を傾ける。「三〇秒でオンエアよ。みんな、位置について」彼女はカメラの前でポーズをとった。黒いドレスから特大サイズの胸がはみ出さんばかりだ。

なるほど、豊胸手術をしたに違いない。きっとチューリッヒのドクター・ウーバーリンゲンのもとを訪れたのだ。彼は現在のところヴァンパイアでただひとりの整形外科医で、高い料金を取って、ヴァンパイアが永遠に若く美しく見えるように手助けしている。コーキーが誰もが望むDVNの仕事を手に入れられたのは、豊かな胸のおかげかもしれなかった。〈デジタル・ヴァンパイア・ネットワーク〉は設立されてまだ間もないが、次のビッグスターを夢見る希望にあふれたヴァンパイアたちが、毎週何百人も仕事を求めて訪れていた。

デジタルカメラの出現以前は、ヴァンパイアの姿を映像に残すなど不可能だと思われていた。今やデジタル技術のおかげで新たな世界への扉が開かれたのだが、可能性と同時に問題も持ち上がっている。実際、DVNのせいでCIAに存在を知られたのだとしても驚かないだろう。彼らはDVNが放送に使っている秘密の周波数を発見したのかもしれなかった。

グレゴリの携帯電話が鳴った。彼は電話を開きながら脇に寄った。「やあ、コナー」小声で話す。「どうした?」

ローマンは一方通行の会話に耳を澄ませた。

「ニューロシェルの家だって？」グレゴリが尋ねた。「何があった？」

カメラマンが合図したとたん、コーキーが輝くばかりの笑みを浮かべた。「こちらはコーキー・クーラント。『ライヴ・ウィズ・アンデッド』をお伝えしています。今夜はみなさんのために特別なお楽しみをご用意しました。本年度最大のヴァンパイアのパーティ会場から生放送でお届けしています！　視聴者のみなさんは、今夜ここに集うセレブの姿をぜひ見たいとお思いでしょう」

コーキーはアンガス・マッケイを指し示し、彼について紹介を始めた。それからジャン＝リュック・エシャルプにも同じことをする。ローマンはグレゴリの会話を聞き取ろうと、彼らに背を向けた。

「本当に？」グレゴリがささやいた。「死んでいるのか？」

ローマンはあえいだ。シャナのことを話しているのだろうか？　生気のない彼女の体が目に浮かぶ。うそだ！　わたしのシャナにそんなことが起こるなんてありえない。

「ローマン・ドラガネスティです！」コーキーがローマンの前にまわり込んで言った。「何千人もの視聴者があなたに会いたがっているんですよ」

「今は都合が悪いんだ、ミス・インプラント」ローマンはジャン＝リュックがステッキで背中を突いてくるのを感じた。「あ、その、ポーキー。いや、違う、そんなつもりでは――」

くそっ、彼女の名前はなんといった？

レポーターの目がドラゴンの吐く炎のように燃え上がった。笑顔が強ばる。

「マドモワゼル・クーラント」ジャン＝リュックが割り込んできた。「どうか最初のダンスをわたしと踊っていただけませんか？」

「まあ。ええ、喜んで」コーキーはカメラに凶暴な笑みを向けると、ジャン＝リュックの腕に爪を食い込ませた。「あらゆる女性の夢ですもの。西ヨーロッパの大コーヴン・マスターとダンスをするなんて。まさに王と言ってもおかしくない方だわ！」彼女はジャン＝リュックとともに舞踏室へ入っていった。

ローマンはグレゴリに近づいた。「何があったんだ？　教えてくれ」アンガスが加わり、イアンとラズロも続いた。

グレゴリが携帯電話をポケットにしまって言った。「コナーはイワン・ペトロフスキーをつけてニューロシェルへ行き、ある家にたどりついた。イワンと仲間たちは中に入っていった。やつらがシャナをとらえているかもしれないと思ったのでコナーは裏にまわり、二階まで浮遊して中にテレポートしたんだ」

ローマンは神経が張りつめるのを感じた。「彼女はそこにいたのか？」

「いいや。二階の部屋には誰もいなかった」

思わず安堵のため息がもれる。

「でも、一階には別の人間がとらえられていた」グレゴリは続けた。「コナーは彼らの会話に耳を澄ませた。イワンはシャナが現れないので激怒していたそうだ。それからみんなで血を吸って、その人間を殺したらしい。何もできなくてコナーはひどく腹を立てていたよ。ひとりでは四人のヴァンパイアに太刀打ちできないとわかっていたから」

「くそっ」アンガスがつぶやいた。

「そこへ電話がかかってきて、やつらは急いで玄関から出ていったんだ。コナーは一階へおりて犠牲者を確認した。連邦保安官だったそうだ」

「なんということだ」ローマンは顔をしかめた。「おそらくシャナが連絡していた相手だろう」

「ちくしょう」アンガスがうなった。「CIAがわれわれの死を望むのも無理はない。ペトロフスキーのようなヴァンパイアがわれわれの名を汚すのだ」

「誰も傷つけたくはありません」タキシードのボタンをいじりながら、ラズロが言った。

「一部には平和を望んでいる者が存在することを、CIAにわかってもらえないものでしょうか?」

「やってみよう」アンガスが広い胸の前で腕を組んだ。「だが信じなければ、彼らを殺すしかない」

「はい」イアンがうなずく。

ローマンは眉をひそめた。どういうわけか、彼の頭にはハイランダーのような考えが浮かんでこなかったのだ。「それで、コナーは今どこにいるんだ?」

「こちらへ向かっている」グレゴリが答えた。「ペトロフスキーもだ。コナーが耳にしたことによると、ここで何かするつもりらしい」

「おお、それでは準備しなければ」アンガスは大股《おおまた》で舞踏室へ入っていった。

ローマンはドアのそばにとどまった。バンドがワルツを演奏している。フロアではヴァンパイアのカップルがくるくるまわりながら踊っていた。ジャン＝リュックとレポーターが踊りながら通り過ぎていく。ジャン＝リュックはローマンにしかめっ面を向けてきた。舞踏室の隅では、アンガスがハイランダーの一団に指示を与えていた。

イワン・ペトロフスキーがトラブルを起こしにやってくる。だが少なくとも、前もってわかっているのだ。胸が悪くなるほどローマンが不安を感じているのは、わかっていないことのほうだった。いったいシャナはどこにいるんだ？

タクシーのダッシュボードの時計は八時一五分と読めた。約束の時間には遅れているが、シャナはもうあとをつけられていなかった。運転手のオリンゴの技術のおかげで、黒いSUVをまくことができたのだ。

「この通りよ」シャナは住所が書かれた紙を見ながら言った。「五二一六七。どの家かわかる？」

通りの街灯は薄暗く、家の番地を読み取るのは難しかった。タクシーは明かりのついていない家の前を通り過ぎた。

速度を落としてオリンゴが言った。「今のだと思う」

「あの暗い家？」なぜボブは暗闇で待っているのだろう？　疑念の冷たい指がシャナのうな

じをくすぐる。電話に出たボブの声もどこかおかしかった。

オリンゴが車を停めた。「さあ、ついた。五〇ドル余分だね？」

「ええ」シャナはバッグから財布を取り出した。もう一度暗い家に目を向ける。「あの家なんだけど、安全そうに見える？」

「誰もいないように見える」オリンゴはパストラミサンドをひと口かじり、体をひねって彼女を見た。「他の場所に行きたい？」

シャナはごくりと唾をのみ込んだ。「他に行く場所が思いつかないの」さっとあたりを見渡す。通りには数台の車が停まっていた。あれは黒いセダンかしら？　うなじの不快感が背筋を伝って這いおり始めた。「あの車の横を通り過ぎてくれる？」

「わかった」オリンゴは通りに沿ってタクシーを進め、ゆっくりとセダンのそばを通り過ぎた。

シャナは後部座席からそっとのぞいた。ハンドルの前に男が座っている。「うそ、大変だわ！」ローマンの家の前で、ロシア語で悪態をついていた男だ。

振り返って彼女のほうを見た男が目を細めた。

シャナは男に背を向けた。「このまま行って！　急いで！」

オリンゴがアクセルを踏んだ。タイヤがきしむ。シャナはうしろを振り返ってみた。ロシア人の男が携帯電話に向かって何か叫んでいた。タクシーが通りの端に到達したところでオリンゴが左にハンドルを切ったので、男の姿はそれ以上見えなくなった。

どうしよう。ロシア人たちはこの隠れ家まで見つけたんだわ。いったいどこへ行けばいいの？「ああ、もうっ」シャナは座席に沈み込んで顔を覆った。

「大丈夫？」

「わたし――考えなきゃ」友達。友達が必要だ。匿ってくれて、現金を貸してくれる友達。考えるのよ！　てのひらの付け根で額を叩く。あまり遠くへは行けない。すでに手持ちのお金が底を突きかけているのだから。友達。誰か近くにいる友達。

「ラディンカ！」シャナは体を起こした。

「何？」バックミラー越しにオリンゴが不安そうな視線を向けてきた。

「〈ロマテック・インダストリー〉まで行ってもらえる？」彼女はバッグの中をかきまわし、印刷した紙を引っ張り出した。「ここに住所があるわ。ホワイトプレーンズのすぐ外なの」身を乗り出してオリンゴに紙を見せる。

「わかった。問題ない」

シャナは座席に背を預けた。ラディンカならきっと助けてくれる。彼女は親切で理解があるのだ。それに会社では夜の勤務についていると話していた。施設にも警備員がいるだろう。たくさんの従業員が働いているはずだ。ローマン・ドラガネスティもいるに違いない。

シャナは身震いした。あんなぞっとする女たらしの助けは借りたくない。ラディンカには、ローマンに二度と会いたくないと説明しよう。ただ明日の朝、連邦保安官の事務所に連絡するまでの安全な隠れ場所が欲しいだけなのだ。

かわいそうなボブ。彼が無事だといいのだけれど。黒いセダンに乗っていたロシア人を思い出すと鳥肌が立ってきた。シャナはリアウインドウから外をのぞいた。「つけられているかしら？」

「それはない」オリンゴが言った。「こっちはかなり早くスタートした」

「そうだといいんだけど」

「サバンナの狩り、思い出すね。狩り大好き。それがわたしの名前。知ってる？ オリンゴは〝狩り大好き〟の意味」

シャナは両手を自分の体にまわした。「追いかけられるほうはどんな気分だと思う？」

笑い声をあげて、オリンゴが急に右へ曲がった。「心配いらない。黒い車来たら、まいてあげるよ」

ほどなくタクシーは〈ロマテック・インダストリー〉に到着した。曲線を描く長いドライブウェイが、正門から施設の正面玄関まで続いている。さらに、手入れの行き届いた土地をぐるりと一周して、ふたたび正門まで戻ってきていた。ドライブウェイは黒いリムジンで混み合っている。

「列に並ぶ？」オリンゴが訊いた。

シャナは困惑して車の列を見つめた。何が行われようとしているのかしら？ 逃げ道のない渋滞にはまるのは危険に思える。「いいえ、ここでおろして」

オリンゴが道路の脇に車を停めた。「きっと中で何か大きなことがあるね」

「わたしもそう思うわ」人数が多ければ多いほどにぎやかだろう。大勢の人々が彼女を守ってくれるかもしれない。目撃者が山ほどいれば、ロシア人たちも喜ばないはずだ。「さあ、どうぞ」シャナはオリンゴに紙幣の束を渡した。

「ありがとう」

「もっとチップをあげられればいいんだけど。あなたには本当に感謝しているの。ただ、もうほとんど手持ちがなくて」

オリンゴがにっこりすると、闇に白い歯が光った。「問題ない。アメリカ来てこんなに楽しかったの初めて」

「じゃあ、またね」シャナはモンローのバッグとトートバッグをつかむと、〈ロマテック・インダストリー〉の正門めがけて走り出した。

「止まれ！」詰め所から警備員が出てきた。ハイランダーだ。

ふいに開かれた棺の列が脳裏によみがえり、シャナは凍りついた。考えてはだめよ。ラディンカに会うことだけに集中して。

ハイランダーはダークグレーと白のキルトを身につけていた。シャナを疑わしげに見て言う。「黒と白の服装をしていませんね」

見ればわかるでしょう。ホットピンクは法律違反だとでも？「ラディンカ・ホルスタインに会いたいの。シャナ・ウィーランが来ていると伝えてもらえるかしら？」

警備員は目を見開いた。「なんと！ では、彼らが探していたのはあなたなんですね。動かないで、お嬢さん。そこにいてください」

彼は詰め所に入って電話を取った。

シャナはうしろを向いてリムジンの列を眺めた。いつから研究施設でしゃれたパーティを開くようになったのかしら？

そのとき、彼女は思わず息をのんだ。通りの向こうから黒いセダンが姿を現し、車の列に並んだのだ。どうしよう。

シャナは車に背を向け、玄関を目指して走り出した。中に武装したハイランダーたちがいることを願うしかない。いまいましい棺は忘れるのだ。彼らが味方についてくれるなら、なんとかして棺のことを頭から追い払わなければ。完全には無理だとしても。

ようやく玄関に到着した。そこでは黒と白のイブニングウェアに身を包んだ男女が、次々にリムジンからおりてきていた。彼らは蔑《さげす》んだ目でシャナを見ている。中には変な匂いがするとばかりに鼻をくんくんさせる者までいた。

なんてお高くとまった人たちかしら。彼女は建物の中に身を滑り込ませた。広い玄関ホールは人であふれ、優雅に着飾った男女があちこちに集まって談笑していた。彼らのあいだを縫うように進みながら、シャナは傲慢な視線が自分に向けられるのを意識した。まるでみすぼらしい服を身にまとい、相手もなくたったひとりで高校の卒業記念パーティ《プロム》に現れたみたいな気分だ。

右手に両開きのドアがあった。開いた扉が閉まらないように、それぞれ大きな鉢植えで押さえてある。奥の部屋から音楽と話し声がもれ聞こえてきた。シャナはそのドアに近づいた。そのとき、近づいてくるハイランダーの集団に気づき、彼女はドアと鉢植えのうしろに身を隠した。ハイランダーたちは散らばり、玄関のあたりを捜索している。

「モータルを探しているのかね？」タキシードを着た白髪の男性が尋ねた。

「人間《モータル》？」

「はい、そうです」ハイランダーのひとりが言った。「入ってくるのを見ましたか？」

「ああ、見たとも」白髪の男性が答えている。「ひどい服装だった」

「間違いなくモータルよ」鼻をひくひくさせながら、連れの女性がつけ加えた。「匂いでわかるわ」

ああ、どうしよう。裕福で気取ったそのふたりがハイランダーの注意を引きつけているあいだに、シャナはこっそりドアを通り抜けた。とたんにそこが舞踏室だと気づく。まるで一八世紀から抜け出してきたように、黒と白で装った男女がメヌエットを踊っていた。他の人々はのんびりと歩きまわって、おしゃべりをしたりワイングラスから飲み物を飲んだりしている。

シャナは人ごみを抜けて進んでいった。すれ違う人々が必ず振り返る。仕方がないだろう。ホットピンクの服を着ていれば、招かれざる客であることを大声で触れまわっているようなものだ。急いでラディンカを見つけなければ。シャナはコウモリを形どった大きな氷の彫刻がのったテーブルを通り過ぎた。コウモリ？　今は一〇月ではない。春にコウモリとはどういうことだろう？

テーブルのうしろに開いた棺が置かれていることに気づき、彼女はショックのあまり立ち止まってしまった。巨大なアイスボックスとして使っているらしい。まったく、ぞっとするわ！　シャナは人をかき分けて前進した。ラディンカはどこにいるの？　ローマンはステージに上がるのかしら？　彼は間違いなくシャナに気づくはずだ。彼女は胸幅の広い、黒いTシャツを着た男性のうしろに隠れた。Tシャツには〝DVN〟とプリントされ、男性はデジタルカメラを構えていた。

「オンエア」男性が巨大な胸の女性に合図した。

「こちらコーキー・クーラントが『ライヴ・ウィズ・アンデッド』をお送りしています。なんて刺激的な夜でしょう！　ご覧いただけるでしょうか？　わたしのうしろでは――」レポーターがステージを指した。「これからローマン・ドラガネスティが、第二三回開会記念舞踏会の開催を祝して挨拶の言葉を述べる予定です。みなさんご存じのとおり、ローマンは〈ロマテック・インダストリー〉のCEOであり、〈フュージョン・キュイジン〉の開発者であり、しかも北アメリカ最大のコーヴンのマスターでもあります」

コーヴン？　コーヴンの集会？　魔女でもあるまいし、魔女の集会《コーヴン》。シャナはきょろきょろとあたりを見まわした。この人たちはみんな魔法使いなの？　それなら黒ずくめの服や、棺を使ったアイスボックスのようにおぞましい飾りつけもうなずける。

「お飲み物はいかがですか？」目の前でウエイターが立ち止まり、グラスがのった黒いトレイを差し出した。

この人も同類かしら？　まさかラディンカも？　ローマンは？　「わたしは……あの、何か軽いものはあるかしら？」

「もちろんですとも！　ミスター・ドラガネスティが考案した最新作です」ウエイターがシャナにワイングラスを渡した。「どうぞお楽しみください」そう言って立ち去る。

彼女はグラスをのぞき込んだ。中に入っている液体は赤い。そのときローマンの声が聞こえてきて、シャナはそちらに注意を引きつけられた。なんてセクシーな声かしら。あのろくでなし。

「〈ロマテック・インダストリー〉へようこそ」ローマンは人々をざっと見渡した。シャナはＤＶＮの男性の背後で、できるだけ小さくなっていた。だがホットピンクの服を着ていては、花火を打ち上げてここにいると叫んでいるようなものだろう。

「そして年に一度の記念――」ローマンが突然言葉を切った。

男性のうしろから顔をのぞかせてみる。ああ、大変、ローマンがまっすぐこちらを見ているわ。彼が片手で合図すると、イアンがステージに駆け上がった。振り向いた若いハイランダーが彼女を見つけた。急いで段をおりてシャナのほうへ向かってくる。

「舞踏会へようこそ」ローマンが挨拶を切り上げた。「どうぞ楽しんでください」彼もイアンのあとから階段をおりてきた。

「まあ、素晴らしいわ！」レポーターが叫んだ。「ローマン・ドラガネスティがこちらへ向かってきます。お話をうかがってみましょう。ローマン！」

困ったわ。どうすればいいの？　棺で眠るハイランダーを信用する？　大魔法使いか何からしい、女たらしのローマンを信用するの？

うしろに下がってきたDVNの男性がシャナにぶつかった。「おっと、失礼」

「いいんです」彼女はつぶやいた。そのときふと、テレビ画面に映っていた、飛んでいるコウモリのマークとキャッチフレーズが頭をよぎった。〝ようこそDVNへ。どこかが夜であるかぎり二四時間放送中〟いつも夜なの？　魔法使いのネットワーク？「DVNというのはなんの略なんですか？」

男性は鼻で笑った。「この五年間どこにいたんだい？」彼が目を細めた。「ちょっと待てよ。人間《モータル》だな。ここで何をしている？」

シャナは息をのんだ。ここにいる人間がわたしひとりだとしたら、他の人たちはいったい何者なの？　思わずあとずさりする。「DVNはなんの略？」

男性の顔にゆっくりと笑みが広がった。「〈デジタル・ヴァンパイア・ネットワーク〉さ」

シャナはあえいだ。うそ、こんなのむかつく冗談に決まっているわ。ヴァンパイアなんてこの世に存在するわけがない。

イアンの手が伸びてきて彼女をつかんだ。「一緒に来てください、ミス・ウィーラン。ここは安全とは言えない」

シャナは尻込みした。「放して。わたし――わたしはあなたがどこで寝ているか知っているのよ」棺だ。ヴァンパイアは棺で眠る。

イアンが眉をひそめた。「さあ、グラスを渡してください。キッチンへご案内して本物の食事を用意しますよ」

本物の食事ですって？ それなら、これは何？ シャナはグラスを持ち上げて匂いを嗅いだ。血だわ！ たまらず悲鳴をあげ、グラスを脇に放り出す。グラスが床に落ちて砕け、血が一面に飛び散った。

女性が金切り声をあげた。「ちょっと、何するのよ！ 新しい白のドレスに血の染みがついたじゃないの。いったい何を――」女性はシャナを睨みつけた。

剣幕に押されてうしろに下がる。シャナはあたりを見まわした。いたるところで人々がワイングラスに口をつけていた。血を飲んでいるのだ。彼女は胸にバッグを抱えた。ヴァンパイアなんだわ。

「シャナ、お願いだ」ローマンがそっと近づいてきた。「一緒に来てくれ。わたしならきみを守れる」

彼女は震える手で口もとを覆った。「あなた……あなたもそうなのね」ローマンはドラキュラのようなケープまで身につけていた。

DVNの男が叫んだ。「コーキー、こっちへ来てくれ！」

レポーターが人ごみをかき分けて近づいてくる。「これは新たな展開です。人間がヴァンパイアの舞踏会に押しかけてきているわ！」彼女はシャナの顔の前にマイクを突き出した。

「教えてください。飢えたヴァンパイアの群れに囲まれるのはどんなお気持ち?」

「地獄に落ちるがいいわ!」シャナはうしろを向いた。だが、ドアのところに立っていたのはロシア人たちだった。

「わたしと一緒に来るんだ」ローマンが彼女の腕をつかみ、彼の着ているケープで包み込んだ。

とたんに目の前が真っ暗になった。

16

純然たる恐怖に襲われたその一瞬、シャナは足が地面についていないことに気がついた。浮かんでいるのだ。困惑し、めまいを覚えながらも、ローマン・ドラガネスティに抱えられていることだけを意識していた。暗闇に包まれて方向感覚を失い、ただ恐ろしかった。やがて突然の衝撃とともに、シャナは立っていた。よろめきもしていない。

「落ち着いて」ローマンはまだ彼女の腕をつかんでいた。彼がケープを外すと、頬をなでるひんやりしたそよ風を感じた。腐葉土と花の香りが漂ってくる。

戸外だ。シャナは〈ロマテック・インダストリー〉を取り囲む庭園に立っていた。庭園灯が投げかける淡い光が低木や木々の輪郭を際立たせ、芝生に不気味な影を描いている。どうやってここまで来たのだろう？　それにローマン・ドラガネスティとふたりきりだ。ローマン、あの……あの……。考えたくない。そんなことが本当であるわけがない。

シャナが慌ててローマンから離れると、履いていたナイキのスニーカーが小道の砂利を弾き飛ばした。そう遠くないところに、厚板ガラスの窓を通して明るく輝く舞踏室が見えた。

「どうやって？　わたしたちはどうやって……？」

「テレポートだ」ローマンがそっと答えた。「きみをあそこから出すには、これがいちばん早い方法だった」

ヴァンパイアの特技に違いない。本物のヴァンパイアだけに備わる力。たとえば……ローマンのような。シャナは身震いした。ありえないわ。ヴァンパイアがロマンティックだという、近頃流行りの考え方を支持したことは一度もない。もともと悪魔のような生き物で、きわめて不快に感じる存在のはず。青みがかって朽ちかけた肉体を持ち、爪がめちゃくちゃに長い、おぞましい生き物のはずだ。バッファローの群れさえ倒せるほど息がくさいことは言うまでもない。とにかく、ローマンみたいにゴージャスでセクシーな姿をしているわけがないのだ。ヴァンパイアが彼のようなキスをするとは、とても考えられない。

まあ、どうしよう、彼とキスしてしまったわ！　地獄からやってきた生き物の口に舌を突っ込んでしまった。傑作の懺悔《ざんげ》に聞こえるでしょうね。聖母マリアへの祈りを二度唱え、今後悪魔の子とはいっさいの接触を避けなさい。

シャナは木の影が広がる草の上に足を踏み出した。闇の中で見えるのはローマンのシルエットだけだ。黒いケープが涼しげな風に揺れている。

何も考えず、彼女は正門の明かりを目指して一目散に駆け出した。邪魔になるはずのバッグ類も苦にせず、持てるかぎりの力を振り絞って走った。アドレナリンが急上昇し、もしかしたら逃げられるかもしれないという希望がどんどん膨らんでいく。あとほんの数メートルで——。

うなりをあげて何かがそばを通り過ぎたかと思うと、突然シャナの前に闇にぼやけた姿が立ちはだかった。ローマンだ。彼女はぶつかる寸前で慌てて足を止めた。酸素を求めて激しくあえぐ。ところが彼は息切れすらしていなかった。

呼吸を整えようと、シャナは前屈みになった。

「わたしから逃げ切ることはできない」

「気づいていたわ」彼女は慎重な目つきでローマンを見た。「わたしのミスよ。あなたの食欲をかきたてるようなことをするべきではなかった」

「そのことは心配いらない。わたしは決して——」

「噛まない？　あなたはまさにそうしようとしてたんじゃないの？」ふいに狼の牙が目に浮かぶ。「ああ、そんな。わたしが再植したあの歯は——本物の牙だったの？」

「そうだ。助けてくれてありがとう」

シャナは鼻を鳴らした。「請求書を送るわ」頭をのけぞらせて夜空の星を見つめる。「自分にこんなことが起こるなんて信じられない」

「いつまでもここにはいられない」ローマンが舞踏室を示して言った。「ロシア人たちに姿を見られるかもしれないんだ。来てくれ」彼はシャナに近づこうとした。

慌ててうしろに飛びすさる。「あなたとはどこへも行かないわ」

「きみに選ぶ権利はない」

「それはあなたの考えでしょう」シャナはトートバッグを肩にかけて、モンローのバッグを開けた。

ローマンが苛立ち交じりのため息を吐いた。「わたしを撃つことはできないぞ」

「もちろんできるわよ。おまけに殺人罪に問われもしない。だって、あなたはすでに死んでいるんだもの」シャナはベレッタを取り出した。

たちまちローマンが銃をもぎ取り、花壇に放り投げた。

「なんてことを！　護身のためにあれが必要なのよ」

「あんなものはきみを守ってくれない。守れるのはわたしだけだ」

「へえ、あなたはそんなに偉いの？　でも問題がひとつあるわ。わたしはあなたに何も求めていないの。とくに歯型はつけてくれなくて結構」ローマンの不満げなうめきが聞こえた。忍耐力が限界に近づいているのかもしれない。残念ながら、わたしの正気も限界に近づいているわ。

ローマンが舞踏室を指差した。「あそこにいるロシア人たちが見えないのか？　やつらのリーダーはイワン・ペトロフスキーだ。きみを殺すためにマフィアが雇った。やつはプロの殺し屋で、しかもいまいましいほど腕がいい」

シャナは思わずあとずさりした。そよ風に髪を乱され、体に震えが走る。「あなたのパーティに来ているということは、知り合いなのね」

「すべてのコーヴン・マスターを招くのが慣例なんだ」ローマンはシャナに近づいてきた。

「マフィアはきみを殺すのにヴァンパイアを雇った。きみが生き延びるには、別のヴァンパイアの助けを借りるしかない。わたしの助けを」

シャナは鋭く息を吸い込んだ。おぞましい真実を彼自身が認めたのだ。どんなに否定したくとも、もう否定できなくなった。あまりにも恐ろしい真実だ。

「行かなければ」ローマンがすばやくシャナをつかんだ。反論の声をあげる間もなく目の前が真っ暗になる。方向がわからず、ぐるぐる旋回する感覚が怖くてたまらない。もはや、自分の体がどこにあるのかさえわからなくなった。

体のパーツをふたたび感じ始めたとたん、シャナは真っ暗な部屋の中に立っていた。平衡感覚が戻り、よろめきそうになる。

「気をつけて」ローマンが彼女を支えた。「テレポートは慣れるまで時間がかかるんだ」

シャナは彼の手を振り払った。「こんなこと二度としないで！　いやなの」

「わかった。それなら歩くことになるが」ローマンは彼女の肘を取った。

「やめて」手を引き抜く。「あなたとはどこへも行かない」

「さっき言ったことを聞いていなかったのか？　きみがペトロフスキーから逃れる唯一の頼みの綱が、わたしなんだぞ」

「わたしは無力じゃないわ！　ここまで自分でなんとかやってきたの。それに政府も助けてくれるはずよ」

「たとえばニューロシェルの連邦保安官か？　彼は死んだよ、シャナ」

思わず息をのんだ。ボブが死んだ？「ちょっと待って。どうやって知ったの？」

「ブルックリンにあるペトロフスキーの自宅をコナーに見張らせていた。彼はニューロシェルまでロシア人たちをつけていって、きみの連絡係を発見したんだ。ヴァンパイアの一団を相手にして、連邦保安官に勝ち目はなかった。きみも同じだ」

シャナはごくりと喉を鳴らした。気の毒なボブ。死んでしまったなんて。わたしはどうしたらいいの？

「きみのことをあちこち探しまわったんだぞ」ローマンが彼女の腕に触れた。「わたしに助けさせてくれ」

腕を指が滑っていくと、シャナの全身に震えが走った。嫌悪感のせいではない。まったく逆の反応だった。その反応は彼女に、ローマンがどれほど決然として彼女を救い出そうとしてくれたかを思い出させた。どれほど親切で思いやりがあったか、どれほど優しく寛大だったかを。シャナを助けたいという彼の気持ちは心からのものだ。たとえ知ったばかりの驚くべき事実にショックを受け、混乱していても、心の奥の深いところで彼女はそれを感じ取っていた。それでも真実を知ってしまった今、どうしてローマンの助けを受け入れられるだろう？　だけど、受け入れずにいられるの？　〝毒をもって毒を制す〟という言葉がなかったかしら？　ヴァンパイアにも同じことが言えるかもしれない。

ちょっと待って。いったい何を考えているの？　ヴァンパイアを信用するつもり？　彼らにとってわたしは食糧源なのよ。本日のおすすめ。

「その髪の色が本当の色なのか？」ローマンがそっと尋ねた。

「えっ？」いつのまにか彼が近くにいて、いくぶん熱心すぎる目でシャナを見つめていた。まるでお腹が空いているような目で。

「茶色は染めた色に違いないと思っていたんだ」ローマンは彼女の肩にかかった髪に触れた。

「これがもとの色なのか？」

「いいえ」シャナはうしろへ下がり、肩から髪を払いのけた。いけない。首をあらわにしてしまったわ。

「本当の色は？」

「どうして髪の色にこだわるの？」声が震え、知らず知らずのうちに大きくなっている。

「ブロンドのほうが味がいいとか？」

「安全でありきたりな話題のほうが、きみの神経を静められると思ったんだ」

「そう。でも、うまくいかなかったみたいよ。あなたが地獄から来た人の血を吸う悪魔だという事実を、わたしはまだ受け入れられないの！」

びくっとしてローマンが体を強ばらせた。彼の感情を傷つけてしまったんだわ。だけど待って、わたしには腹を立てる権利が十分にあるはずよ。でも、それならなぜ、きつい言葉で彼を非難したことを後悔しているの？

シャナは咳払いした。「ちょっと言いすぎたかもしれないわ」

「きみの描写は本質的に正しい。ただし地獄へ行ったことはないから、その部分だけは適切とは言いがたい」ローマンの影が部屋の中をゆっくり移動する。「わたしが今いるところが地獄だというなら話は別だが」

まあ。本当に傷ついているんだわ。「ご――ごめんなさい」

長い沈黙が流れた。しばらくして、ようやくローマンが口を開いた。「謝罪は不要だ。きみのせいではないのだから。それに哀れんでもらう必要はない」

対処の仕方がよくなかったみたい。だけどわたしだって、悪魔と話した経験が豊富にあるわけじゃないんだもの。「あの……明かりをつけてもいいかしら？」

「だめだ。窓から中が見えてしまう。ペトロフスキーに気づかれるかもしれない」

「ここはどこなの？」

「わたしのラボだ。庭が見渡せる場所にある」

そういえば変わった匂いが充満していた。消毒液や、何か濃くて金属的な匂い。血だわ。シャナの胃がキリキリ痛んだ。ローマンは血の研究をしているんだから、あたりまえよ。彼は人工血液を開発した本人。それを飲む本人でもある。彼女は身震いした。

けれども彼が人工血液を製造しているということは、少なくともそれを飲むヴァンパイアたちは、もはや人間の生き血は吸っていないということだ。ローマンは異なる二種類の方法で人間の命を救っている。やはりヒーローなのだ。

同時に、血を飲む悪魔でもある。いったいどうしたらいいのだろう？　ローマンをはねつけたいと思うものの、彼に手を差し伸べ、あなたはちっとも悪くない――ヴァンパイアにしては――と言いたい気持ちもあった。

心の中でうめきながら、シャナは気づいた。ローマンは彼女の慰めを必要としていない。彼の自宅には、孤独な夜に相手をしてくれるヴァンパイアの女性が一〇人もいるのだ。シモーヌを入れれば一一人も。

ローマンがドアを開けると、そこは薄暗い明かりのともされた廊下だった。舞踏室を離れてから初めて彼の顔が見えた。顔色が悪い。緊張して、そして怒っている。

「ついてきてくれ。お願いだ」そう言って、ローマンは廊下に出ていった。

シャナはゆっくり彼に近づいた。「どこへ連れていくつもりなの?」ドアから外をのぞく。廊下には誰もいなかった。

ローマンは答えず、彼女のほうを見ようともしなかった。今にも悪党たちが姿を現すのではないかと警戒するように、廊下を見渡している。瞬間移動の力があれば、彼らがふいに出現することも考えられるのだろう。ローマンは正しい。シャナを殺すと決めているヴァンパイアから逃れるには、別のヴァンパイアを頼るしかないのだ。つまりローマンを。

「わかったわ。行きましょう」シャナは彼のあとについて廊下を進んだ。

ローマンがケープをはためかせながらエレベーターへ向かって歩いていく。「〈ロマテック・インダストリー〉の地下には、内側を全面銀で覆った部屋があるんだ。どんなヴァンパイアも、その壁を抜けてテレポートすることはできない。そこにいればきみは安全だ」

「まあ」シャナはエレベーターの前に立ち、下へ向かうボタンを見つめながら言った。「銀はあなたにとって、スーパーマンの力を奪うクリプトナイトみたいなものなのね?」

「ああ」エレベーターが開いた。ローマンが扉を押さえ、中に入るようシャナに合図する。彼女はためらった。

彼が顎を強ばらせた。「わたしを信じるしかないんだ」

「わかってるわ。これでも努力してるのよ。それであなたはあの銀の十字架をくれたの？ロシアのヴァンパイアからわたしを守るものとして？」

「そうだ」ローマンの青ざめた顔に苦しそうな表情がよぎった。「それに、わたしからきみを守るために」

シャナはぽかんとして口を開けた。彼はずっとわたしを嚙みたいという誘惑に駆られていたわけ？

ローマンが目を細めた。「来るのか来ないのか、どっちなんだ？」

唾をのみ込む。他にどんな選択肢があるというのよ？　彼女はエレベーターの中に足を踏み入れた。

彼が手を離すと、シューッと音をたてて扉が閉まった。シャナはローマンから離れて立ち、階数表示のボタンを見つめていた。心の中で声がする。〝彼はあなたが知っていた以前の彼と変わらない。同じ男性なのよ〟

「もうわたしを信頼していないんだろう？」

シャナは震える息を吐いた。「努力しているわ」

ローマンが彼女を睨んだ。「きみを傷つけることなど、わたしには絶対にできない」

しまい込んでいた怒りが突然、噴き出した。「もう傷つけているわ、ローマン。あなたはずうずうしくも……わたしを誘惑して、キスをした。同棲している愛人が一〇人以上もいるくせに。それればかりか、あなたは……あなたは……」

「ヴァンパイアだ」

「実際にわたしを嚙むことを考えていた、恐ろしい生き物よ」

ローマンがシャナに向き直って近づいてきた。瞳の色が濃くなり、艶やかな金色に変わっている。「こうなるとわかっていた。わたしを殺したいと思っているんだろう？」

彼女は驚いて目をしばたたいた。殺す？

「わたしを追い払いたければ、杭か銀のナイフで心臓を貫くのがいちばんだ」ローマンはさらに足を踏み出し、自分の胸の一点を指で示した。「心臓はここだ。いや、心臓だったもの、と言うべきかもしれないが」

シャナは彼の広い胸を見つめた。あそこに頭を預けたのだ。キスまでした。甘くて、生気にあふれたキスだった。その彼が死んでいるなんて信じられない。

ローマンが彼女の手を取って胸に押しあてた。「ちょうどこの場所だ。覚えていられるかな？　わたしが眠るまで待ったほうがいい。完全に無防備になるから」

「やめて」シャナは手を引き戻した。

「なぜだ？」彼が身を乗り出して迫ってくる。「地獄から来た血を吸う悪魔を殺したいと思わないのか？」

「やめてよ！　あなたを傷つけるなんてできない」

「もう傷つけたよ、シャナ」

息が喉で引っかかった。熱い涙がこみ上げてきて、彼女は顔をそむけた。エレベーターの扉が開き、ローマンが暗い廊下に出ていった。

シャナは躊躇《ちゅうちょ》した。どうすればいいの？　命が危険にさらされているだけではまだ足りない？　けれども、彼女の胸が痛むのはまったく別の理由からだった。ローマンについての真実を理解し、受け入れたい。心から彼のことが気になっているのだが、自分がどんどん事態を悪化させているとしか思えなかった。助けてくれようとしているローマンを傷つけている。でも、わたしだって傷ついているのよ。完璧な男性だと思っていたのだから。こんなことになって、いったい彼とどんな関係が築けるというの？

しかもローマンはわたしを必要としていない。同族の女性が一〇人以上も自宅で彼を待っている。きっと彼女たちは一〇〇年前から彼を知っているのだろう。それに対して、わたしがローマンを知ったのはほんの数日前だ。太刀打ちできると思う？　シャナは重い足取りで廊下へ出た。

彼は巨大なドアの前に立ち、キーパッドに数字を打ち込んでいた。

「ここが銀で覆われた部屋なの？」

「そうだ」ローマンが装置に額を押しあてた。赤い光線が目の網膜をスキャンする。彼は重そうな金属製のドアを開け、先に入るよう身ぶりで示した。「この中ならきみは安全だ」

シャナは部屋に入った。ベッドやキッチンが備わった小ぶりなアパートメントという感じだ。開いているドアの向こうにバスルームも見える。彼女はキッチンのテーブルにバッグを置いた。ローマンを見ると、彼も部屋に入り、脱いだケープを手に巻きつけていた。

「何をしているの？」

「ドアのこちら側は銀なんだ。触れるとわたしの肌は焼けてしまう」ケープを絶縁体がわりにし、彼はドアを押して閉めた。複数の鍵をかけ、かんぬきをスライドさせる。

「わたしと一緒にここにいるつもり？」

ローマンがシャナを見た。「嚙まれないか心配しているのか？」

「そうかもしれないわ。だって、いずれあなたは空腹になるでしょうから」

「人間の血は必要ない」食いしばった歯のあいだから絞り出すように彼は言った。怒った様子でキッチンへ行き、冷蔵庫からボトルを取り出して電子レンジに突っ込む。

やっぱりお腹が空いているんじゃないの。シャナは眉をひそめてそう思った。それとも、腹が立ったら何か食べたくなるのかしら。わたしみたいに。けれども今は情動的摂食の講義をするタイミングだとは思えない。先に空腹を満たしてもらうほうがよさそうだ。

ローマンの自宅のキッチンでの出来事がどっとよみがえってきた。コナーはなんとかしてシャナを冷蔵庫から遠ざけようとしていた。彼とイアンは電子レンジでプロテイン飲料を温めていた。それにハーレムの女性たちも、ワイングラスで赤い液体を飲んでいた。あきれた、答えはずっと目の前にあったんだわ。狼の牙。地下室の棺。わたしのベッドで死んだように眠っていたローマン。本当に死んでいたのね。歩いたり話したりしているこの瞬間でさえ、彼は死んでいる。それに彼のキスは……まさに悪魔的なほどすごかった。

「自分にこんなことが起きるなんて信じられないの」シャナはベッドの端に腰かけた。だが実際に起こった。何もかもすべて現実なのだ。

電子レンジが鳴った。ローマンがボトルを取り出し、温めた血をグラスに注いだ。シャナの体に震えが走る。

グラスに口をつけた彼が振り返った。「わたしはコーヴン・マスターだ。すなわち、コーヴンのメンバーはわたしが責任を持って守らねばならない。きみを保護することで、わたしは昔からの敵――イワン・ペトロフスキー――の怒りをかきたててしまった。きみを殺そうとしているロシアのヴァンパイアだ。やつがわたしのコーヴンに宣戦布告しないともかぎらない事態になった」

ローマンは安楽椅子に歩いていき、そばの小さなテーブルにグラスを置いた。指先でグラスの縁をなぞる。「何もかもきみに打ち明けなかったことを後悔している。だがあのときは、できるだけ知らせずにいるのが最善の策に思えたんだ」

何を言っていいかわからず、シャナはベッドに腰かけたまま、椅子に身を沈めるローマンをじっと見ていた。彼が首もとに手をやり、ボウタイを引っ張って緩めた。責任を感じている人々のことを話す姿はとても普通で、死んでいるとは思えない。ローマンは体を傾けて額に手をあて、眉をこすった。疲れているようだ。なんといっても大企業の責任者であり、推測するところ大きな集団の責任者でもあるのだから。

そのうえ今度は彼女のせいで、そのすべてが危険にさらされている。「わたしを守っていることで、あなたはかなりの迷惑をこうむっているのね」

「違う」ローマンが椅子に座り直してシャナを見た。「ペトロフスキーとわたしの敵対関係は数百年も前にさかのぼるんだ。迷惑どころか、きみを保護したおかげで、わたしは長いあいだ忘れていた喜びを感じることができた」

また涙がこみ上げてきて、彼女は唾をのみ込んでこらえた。わたしだって、一緒に過ごしたひとときを楽しんだわ。ローマンを笑わせるのが好き。彼の腕に抱かれたいと思う。彼のすべてが大好きだった。同棲している女友達がいると知るまでは。

小さなあえぎをもらしたシャナは、怒りと苛立ちの主な原因がローマンのハーレムにあると気づいた。ヴァンパイアだと教えてくれなかった理由は理解できる。悪魔のような生き物であることを認めたがる人がどこにいるだろう？　それに彼は自分だけでなく、他のヴァンパイアも守らねばならない立場にあるのだ。だからシャナに打ち明けたくないと考えても、それは納得できた。許すこともできる。

ローマンが悪魔だという事実――その点に関してはさまざまな解釈が可能だ。結局のところ、彼は人工血液を開発したことで結果的に毎日何百万という輸血を必要とする人間の命を救っている。さらに人間とは別の食糧源をヴァンパイアに用意することで、やはり人間の命を守っている。心の奥ではシャナも、ローマンは悪ではないとわかっていた。そうでなければ、これほどまで彼に惹かれなかっただろう。

そう、やはり問題はハーレムなのだ。他のすべてを許せても、それだけは許せない。どうしてハーレムが我慢ならないのだろう？　涙がこぼれ落ちそうになって、シャナは目を閉じた。ただの嫉妬だ。わたしはローマンを独占したい。

だけど彼はヴァンパイアよ。決してわたしのものにはならない。

シャナはちらりとローマンのほうをうかがった。まだこちらを見ている。血の入ったグラスを傾けながら。ああ、うそでしょう。いったいなんて言えばいいの？　彼女は瞬きして涙を振り払い、神経を静めようと努力した。「いい部屋ね。どうしてここを作ったの？」

「何度か命をねらわれたから。マルコンテンツからの避難場所として、アンガス・マッケイがこの部屋を設計したんだ」

「マルコンテンツ？」

「われわれはそう呼んでいる。向こうはトゥルー・ワンズと名乗っているが。実態はテロリスト以外の何物でもない。人間を襲う権利をサタンから与えられたと信じる秘密結社なんだ」ローマンはグラスを掲げてみせた。「人工血液を飲むのは恥ずべき行為だと考えている」

「それで開発者のあなたを嫌っているのね」

彼の顔にかすかな笑みが浮かんだ。「ああ。わたしだけでなく〈ロマテック・インダストリー〉も。ここ数年のあいだに何度か手榴弾《しゅりゅうだん》の攻撃を受けた。ここや自宅の警備を厳重にしているのはそういうわけだ」

ずらりと並んだ棺で眠るヴァンパイアの警備員たち。新たな現実が染み込んでいくあいだ、シャナは自分の体に腕をまわしてこらえた。血を飲み終えたローマンがキッチンへ歩いていく。彼はグラスをすすいでシンクに置いた。

「では、ヴァンパイアにも二種類いるのね。人間を餌食《えじき》にする悪いマルコンテンツと、あなたのような善良なヴァンパイア」

ローマンが彼女に背を向けたまま、大理石のカウンターに両手をついた。身動きひとつしていないが、シャナには彼が呼吸を荒らげ、ある種の内なる悪魔と格闘しているのがわかった。つまり彼自身と。

いきなりローマンが大理石にこぶしを打ちつけ、彼女はびくりとして飛び上がった。振り返ったローマンの表情は険しく、目がギラギラしていた。彼はシャナのほうへ歩いてきて言った。「わたしが善良だなどという間違った考えは絶対に持つんじゃない。きみが想像しうるよりはるかに多くの罪を犯してきたんだ。平然と命を奪った。何百人もの人間をヴァンパイアに変えてきた。彼らの不滅の魂を、永遠に地獄から出られない運命に追い込んだんだ!」

シャナはじっと座っていた。心の奥まで揺さぶられ、彼の視線の激しさに凍りついていた。殺人者。ヴァンパイアを生み出してきた男。もしもローマンの目的がわたしを怖がらせることなら、ものすごくうまくやっているわ。彼女は弾かれたように立ち上がり、ドアを目指して駆け出した。だが、鍵をふたつ開けたところで背後からとらえられた。

「くそっ、やめるんだ」ローマンがシャナを脇に押しのけて最初の鍵をかけ直した。とたんに彼は息をのみ、さっと手を引いた。

ローマンの指先はみみず腫《ば》れのように赤くなっていた。皮膚の焦げるいやな匂いが漂う。

「どうし――」

歯を食いしばって、彼がふたつ目の鍵に手を伸ばしかけた。

「やめて！」シャナはローマンの手を押しやり、自分で鍵をかけた。もう、わたしはいったい何をしているのかしら？

ローマンが怪我をした手を胸に引き寄せた。痛みのせいで顔から血の気が引いている。

「火傷したのね」シャナは小さな声で言った。わたしの身の安全を守るために、そこまで必死になっているの？彼女は手を伸ばした。「見せて」

彼はあとずさりした。「ひと晩寝れば治る」シャナを睨んで言う。「二度としないでくれ。たとえ外へ出たところで、一メートルも行かないうちにわたしにつかまるだけだ」

「囚人みたいに言わないで」

ローマンは冷蔵庫へ行き、ひとつかみの氷を取り出した。「きみはわたしの保護下にあるんだ」

「どうしてなの？　なぜそこまで決意を固くしているの？」

彼はシンクの前に立って火傷を氷で冷やしている。答えないつもりなのだろう。シャナはのろのろとベッドのほうへ戻った。

「きみは特別だから」ローマンが静かに言った。

ベッドのそばで足が止まる。特別？　シャナは目を閉じた。ああ、この人はわたしの胸を切なくさせる。何もかも忘れて彼を抱きしめ、慰めたくなってしまう。「あなたが自らわたしを殺すこともできるのよ。ロシア系マフィアはきっと報酬を支払うわ」

ローマンはシンクに氷を捨てた。「きみに危害を加えることはできない」

それならなぜ、最悪の面をわたしに信じさせようとするの？　自分を邪悪な存在のように描写して。シャナは重苦しい気分でベッドに腰をおろした。まさか、ローマンはそんなふうに自分自身を見ているのかしら？　いまわしい、邪悪な生き物だと？　彼が深い苦悩や後悔にさいなまれているように見えるのも無理はない。「どのくらいたつの……？」

「ヴァンパイアになってから？」ローマンが振り向いた。「はっきり言えばいい、シャナ。わたしはヴァンパイアだ」

涙で目がかすんできた。「言いたくない。あなたに合わないもの」

彼は悲しげな目でシャナを見た。「わたしも否定した時期があった。でも、最終的には乗り越えたよ」

「どうやって？」

ローマンは口もとを引き結んだ。「空腹になった」

シャナは身震いした。「人間を襲ったのね」

「そうだ。人工血液を開発するまではずっと。〈ロマテック・インダストリー〉を設立したのは、ヴァンパイアにも人間にも等しく安全な世の中にするためなんだ」

やっぱり。たとえローマンが自分でそう思っていなくても、わたしには彼が善良な人だとわかる。「他にどんなことができるの？　つまり、瞬間移動と銀の大皿の上でジリジリ焼ける以外に」

ローマンの目が和らいだ。「感覚が鋭くなった。遠くの物音が聞こえるし、暗闇でも目が見える。鼻も利くから、きみがA型Rhプラスだとわかる」彼は口の端を歪めた。「いちばん好きな味だ」

シャナはたじろいだ。「だったら、わたしのことはおかまいなく、冷蔵庫の中のものは全部どうぞ」

ローマンが微笑んだ。

ひどい。血を吸う悪魔にしては、彼はハンサムすぎるわ。「他には？　ああ、そうだ。弾よりも速く動けるのよね」

「そうしようと思ったときだけだ。ゆっくりするほうがいい場合もある」

彼女は息を詰まらせた。わたしに誘いをかけているの？　「コウモリに変身して飛びまわったりは？」

「しない。それは古い迷信だ。われわれは変身しない。空中浮揚は可能だが」

「パーティに戻らなくてもいいの？　お友達が待っているんじゃない？」

肩をすくめ、ローマンはカウンターにもたれた。「ここできみと一緒にいるほうがいい」

さあ、次はいよいよ辛い質問だ。「あなたはヴァンパイアになりたかったの?」

彼が身を固くした。「まさか。もちろん違う」

「それなら何があったの? 襲われたの?」

「詳細は重要じゃない」ローマンは安楽椅子のほうへ歩いていった。「きみは聞きたくないだろう」

シャナは深呼吸して言った。「聞きたいわ。すべて知りたいの」

ジャケットのボタンを外しながら、彼は迷っているようだった。「話せば長くなる」

「話してみて」シャナは強ばりながらも、なんとか笑みを浮かべた。「わたしはとらわれの身の聴衆だもの」

17

ローマンは安楽椅子の背にもたれて天井を見つめた。話していいものだろうか。前回打ち明けた女性は、そのあと彼を殺そうとしたのだ。

彼は大きく息を吸うと、口を開いた。「わたしは一四六一年にルーマニアの小さな村で生まれた。兄がふたりに妹がひとりいた」彼らの顔を思い浮かべようとするものの、記憶はあまりに曖昧だった。ほんの短いあいだしか一緒に過ごしていないのだ。

「まあ」シャナが小声で言った。「あなたは五〇〇歳以上になるのね」

「思い出させてくれてありがとう」

「続けて」彼女が促す。「あなたの家族に何が起こったの?」

「うちは貧しかった。困難な時代だったんだ」そのとき、ベッドの上の一角で点滅する赤いライトがローマンの目を引いた。デジタルの監視カメラが作動しているのだ。彼は手で空を切るようなしぐさをした。たちまちライトが消える。

ローマンはふたたび話し始めた。「四歳のとき、母が出産で命を落とした。それから妹も死んだ。まだ二歳だった」

「お気の毒に」

「五歳になると父親に近くの修道院に連れていかれ、そこに置き去りにされた。父は戻ってくるに違いないと思い続けたよ。愛されているとわかっていたんだ。立ち去る前、父親はわたしをきつく抱きしめたから。わたしは修道士に与えられた寝床で眠るのを拒否した。父が迎えに来るからと言い張っていたんだ」ローマンは額をこすった。「そのうちに修道士たちもわたしの泣き言にうんざりしてきて、ついに本当のことを教えてくれた。父は彼らにわたしを売ったんだ」

「まあ。恐ろしいことだわ」

「父や兄たちは元気でやっているに違いない、彼らのためにわたしが稼いだ金で、きっと王様のようにたっぷり食べているに違いない。わたしはそう思って自分を慰めた。だが現実には、わたしはひと袋の小麦と引き換えだった」

「ひどい！　お父さんはよほど追いつめられていたのね」

「飢えていたんだ」彼はため息をついた。「父はなぜわたしを手放したのだろうと、たびたび考えた」

シャナが身を乗り出した。「寄宿学校に入れられて、わたしもそう感じていたわ。家族はわたしに腹を立てているんだろうと思い続けていた。でも、自分がどんな悪いことをしたかわからなかったの」

「悪いことなど何もしていなかったに違いないよ」ローマンは彼女と視線を合わせた。「修道士たちはわたしが学ぶことに熱心で、教えを授けやすいと気づいた。だから父はわたしを選んだのだと、コンスタンティン神父が話してくれた。兄弟の中で、わたしが学問の探究にもっとも適していることを理解していたからだと」

「いちばん頭がいいから罰を受けたというの？」

「罰とは思わない。修道院は清潔で暖かかった。二度と飢えることはなかったよ。だがわたしが一二歳になる頃には、父も兄たちも全員死んでいた」

「ああ、そんな。かわいそうに」シャナがベッドから枕を取って膝に置いた。「ありがたいことに、うちの家族はまだみんな生きているわ。でも大切な人を失うのがどんな気持ちか、わたしにも理解できる」

「コンスタンティン神父は修道院の治療師で、わたしの指導者となった。可能なかぎりのことを彼から学んだんだ。彼は、わたしに癒《いや》しの才能があると言った」ローマンは眉をひそめた。「神から授かった才能だと」

「それであなたは一種の医者になったのね」

「そうだ。自分が何をしたいのか、迷いを感じたことは一度もなかった。一八歳になると誓いを立てて修道士になったんだ。人々の苦しみを和らげると誓った」彼は口もとを歪めた。「サタンと、そのあらゆる邪悪な誘惑をはねつけると誓った」

シャナが枕を胸に抱きしめて言った。「それからどうなったの？」

「コンスタンティン神父とわたしは村から村へ旅してまわり、できるだけのことをして病人を癒したり、苦しみを和らげたりした。当時はまともに教育を受けた医師が多いとは言えず、貧しい人々を診る者はとくに少なかった。われわれは多くの人たちに必要とされていたんだ。ふたりとも長時間働いた。重労働だったよ。やがてコンスタンティン神父は年老いて体が弱くなり、旅を続けられなくなった。彼は修道院にとどまり、わたしひとりで行くことが許されるようになった。おそらくそれが間違いだったんだろう」ローマンは苦笑いした。「わたしは自分で思うほど賢くなかった。わたしを導き、賢明な助言を与えてくれるコンスタンティン神父がいなければ……」

目を閉じると、彼を育ててくれた神父の皺の目立つ年老いた顔がつかのま浮かんだ。今でもひとりで暗闇に座っていると、ときどきあの優しい声が聞こえるような気がした。ローマンが脅えてばかりの幼い子供だったときでさえ、神父は希望と励ましを与え続けてくれた。だから彼も神父を愛したのだ。

ふと、ある光景が脳裡《のうり》をよぎった。廃墟と化した修道院だ。修道士たちがひとり残らず死体となって瓦礫《がれき》のあいだに散らばっている。コンスタンティン神父は身を引き裂かれていた。恐ろしい記憶を締め出そうと、ローマンは手で顔を覆った。だが、どうすればそんなことができるというのだろう？　彼らに死と破滅をもたらしたのはわたし自身なのに。神は絶対にわたしをお許しにならないはずだ。

「大丈夫？」シャナがそっと訊いた。

ローマンは顔から手をおろして震える息を吸った。「どこまで話したかな？」

「あなたが旅してまわる医者だったというところ」

同情の浮かぶシャナの顔を見ると取り乱してしまいそうだったので、彼は天井に視線を移した。「旅はだんだん広範囲にわたり、現在はハンガリーやトランシルヴァニアと呼ばれているあたりまで行くようになった。そのうち修道士としての身なりに気をつかうのもやめてしまった。剃髪《ていはつ》した髪も伸びてきた。だが清貧と禁欲の誓いは守り続けていたから、正しくて高潔なのだと自分を納得させていた。神はわたしの味方をしてくださると。癒しの能力があるという噂は本人より先に広まり、わたしは訪れる村々で賓客としてもてなされた。英雄と言ってもいいほどに」

「それはよかったわね」

ローマンは首を振った。「いや、よくなかったんだ。悪をはねつけると誓ったにもかかわらず、わたしはしだいに恐ろしい罪に屈していった。自尊心を持つようになったんだ」

シャナが鼻を鳴らした。「仕事に自信を持ってどこが悪いの？　あなたは人々の命を救っていたんでしょう？」

「違う。わたしを通して神が助っていたのだ。いつしかわたしは、その違いを心に刻むのを忘れてしまった。そして取り返しのつかないことになった。永遠に呪われたのだ」

疑わしげな顔をして、彼女が枕を抱きしめた。

「ハンガリーのある村の噂が耳に入ったのは、わたしが三〇歳のときだった。ひとり、またひとりと村人が死んでいくのに、誰にもその理由がわからないというんだ。その頃わたしは、厳重に隔離することと衛生管理を徹底させることで、疫病の治療にも成功をおさめていた。わたしは……その村も救えると思ったんだ」

「そこへ行ったのね」

「ああ。自負心から、わたしは自分が彼らの救世主になれると考えた。けれども村へ行ってみると、疫病が原因ではないとわかった。村人を殺していたのは、残忍なおぞましい生き物だったんだ」

「ヴァンパイア？」シャナがささやいた。

「やつらは城を占拠して土地の人々を襲っていた。その時点で教会に助けを求めるべきだったのに、うぬぼれたわたしはひとりでやつらを倒せると思った。自分のことを神の子だと思っていたんだ」失墜の恥ずかしさと恐怖を消し去ろうと、ローマンは眉をこすった。「わたしは間違っていた。両方の面で」

シャナが表情を曇らせた。「襲われたの？」

「そうだ。だがやつらは、他の村人たちのようにわたしをそのまま死なせなかった。自分たちと同じヴァンパイアに変えたんだ」

「どうして？」

ローマンは冷笑した。「そうしない手はないだろう？　やつらは長年温めていた計画の実現にわたしを利用した。神の子を地獄の生き物に変貌させたらどうなるか？　彼らにとってはひねくれたゲームだった」

シャナが体を震わせた。「かわいそうに」

ローマンは両手を上げた。「終わったことだ。聞くも哀れな話だよ、まったく。己の自尊心に溺《おぼ》れている修道士を見て、神は見捨てようと決めたんだろう」

あふれんばかりの苦悩を目に浮かべて、シャナが立ち上がった。「神様に見捨てられたと思っているの？」

「もちろんだとも。きみが自分で言ったんだ。わたしは地獄から来た人の血を吸う悪魔だと」

シャナは顔をしかめた。「ときどき大げさに言いすぎるのよ。だけど、今はもう真実を知っているわ。悪党たちが襲ってきたとき、あなたは人々を助けようとした。わたしやカレンがロシア系マフィアに襲ってくれと頼んでいないのと同じで、あなたも好きで襲われたんじゃない」目に涙をきらめかせながら、彼女が近づいてきた。「カレンは死にたかったわけじゃない。わたしだって、家族を失い、追われる生活を送りたいと望んだわけじゃない。あなたは自らヴァンパイアになりたがったんじゃないのよ」

「当然の報いを受けたんだ。きみが言ったように、わたしは悪党どものひとりになった。わたしを善人にはできない、シャナ。恐ろしいことをしでかしてきたのだから」

「それは……それには理由があったはずよ」

ローマンは前屈みになって膝に肘をついた。「わたしの罪を許そうとしているのか？」

「そうよ」シャナは彼の椅子のそばで足を止めた。「わたしが見るかぎり、あなたは昔と変わっていないもの。人工血液を開発して、ヴァンパイアが人間を襲わなくてもいいようにした。そうでしょう?」

「ああ」

「まだわからないの?」顔が見えるように、彼女はローマンのかたわらでひざまずいた。「あなたは今でも人の命を救おうとしているのよ」

「わたしが破滅させた命の償いにはとうてい足りない」

涙の浮かぶ悲しそうな目で、シャナは彼を見つめた。「あなたには善良な部分があると信じるわ。たとえあなたが信じていなくても」

ローマンは唾をのみ込み、こみ上げてくる涙を瞬きしてこらえた。彼にシャナが必要な理由がわかった。彼女にこれほど強い感情を抱くのも無理はない。絶望に満ちた五〇〇年ののち、シャナは彼の心に触れ、これまで存在すらしなかった希望の種を植えつけたのだ。

ローマンは立ち上がって彼女を引き寄せた。きつく抱きしめ、二度と放したくないと願う。彼女が信じるような男になれるなら、どんなことでもしよう。シャナの愛に値する男になるために、彼はなんでもしようと誓った。

イワンはアンガス・マッケイに微笑みかけた。大男のスコットランド人はイワンの前を行ったり来たりしながら、恐ろしげな顔をすれば脅せると言わんばかりに彼を睨みつけている。舞踏室に足を踏み入れたとたん、イワンと仲間たちはハイランダーたちに取り囲まれたのだ。

イワン、アレク、カーチャ、そしてガリーナの四人は部屋の隅へ連れていかれ、座るように言われた。イワンは仲間たちにうなずき、ここは応じるようにと合図した。連れの三人に両脇を守られ、彼はくつろいで椅子に座っていた。ハイランダーたちが彼らの前に立ち、それぞれが銀メッキが施された短剣の革製の柄に手をかけて、剣を抜きたくてたまらないという表情をしている。

脅しは明らかだ。心臓をひと突きすれば、長きにわたるイワンの存在は終焉《しゅうえん》を迎えるだろう。だが、彼は恐ろしいと思わなかった。彼も仲間も、好きなときにこの建物からよそへテレポートすればいいだけだとわかっていたからだ。今はただ、彼をとらえたと思い込んでいるやつらと戯れるのが楽しくて仕方がない。

まだ前を行きつ戻りつしながら、アンガス・マッケイが口を開いた。「教えてくれ、ペトロフスキー。どうして今夜ここへやってきたんだ?」

「招かれたものでね」イワンはカマーバンドの下に手を入れた。

ハイランダーたちがいっせいに前へ踏み出し、威嚇してくる。

イワンは笑みを浮かべた。「招待状を出そうとしているだけだ」

マッケイが腕を組んだ。「続けろ」

「おたくの部下たちは少しばかり神経質すぎるぞ」イワンはそっけなく言った。「スカートをはいていることと関係があるに違いない」

ハイランダーたちのあいだから低いうなりが発せられた。「この悪党を串刺《くしざ》しにさせてください」誰かが声をあげた。

マッケイが片手を上げて制した。「いずれそのときが来たらな。今はまず話を聞かなければならない」

イワンはカマーバンドから紙を取り出して開いた。頭上の明かりを受け、破れ目を貼り合わせたテープが光っている。「これがわれわれ宛ての招待状だ。しばらく出欠を決めかねていたのだが、女性たちに説得されてね。どうも面白いパーティになりそうだと」

「そのとおりよ」カーチャが椅子に座ったまま片側に身をよじり、スカートの下に何もつけていないことが全員にわかるように脚を組んだ。「ちょっと楽しみたかったの」

アンガスが眉を上げた。「どんな楽しみだ？　今夜、誰かを殺すつもりなのか？」

「招待した客に対して、いつもこんなふうに無礼な態度をとるのか？」イワンは招待状を床に落とし、腕時計に目をやった。ここへ来てすでに一五分がたっている。そろそろウラジミールが人工血液の保管場所を見つけ出している頃だろう。トゥルー・ワンズが大勝利をおさめるまで、あと少しの辛抱だ。

マッケイが彼にのしかかるようにして言った。「時計ばかり見ているな。それをこちらへよこしてもらおう」

「もうポケットを空にしたじゃないか。おまえたちは盗人《ぬすっと》の集団か？」イワンはわざと時間をかけて腕時計を外した。彼が何かするつもりだとマッケイは気づいている。もう少し時間稼ぎをする必要があった。観念したようにため息をつき、イワンはマッケイの手に腕時計を置いた。「普通の腕時計だ。時間を気にしていたのはパーティが恐ろしく退屈なせいだ」

「確かにそうよ」ガリーナが口を尖らせた。「まだ誰ともダンスすらしてないわ」

マッケイが部下のひとりに腕時計を渡した。「調べろ」

頭を傾けたイワンは、別のハイランダーとともに舞踏室へ入ってきたフランス人のコーヴン・マスターに気がついた。多くの招待客たちが首をめぐらせ、部屋を横切る彼を賞賛の目で見ている。ジャン＝リュック・エシャルプ。情けないヴァンパイアの見本のような男だ。人間を襲うどころか、あの愚かな男はやつらを着飾らせている。しかも、そうすることで大金を手に入れているのだ。

イワンが首を傾けるとポキッという大きな音が響き、招待客たちの注意を引いた。今や全員が彼のほうを見ていた。思わず笑みが浮かぶ。

マッケイが好奇に満ちた目でイワンを見た。「どうした、ペトロフスキー？　頭のねじをちゃんと締めていないのか？」

ハイランダーたちが声を殺して笑っている。

イワンの顔から笑みが消えた。好きなだけ笑うがいい、愚か者どもめ。爆発が起こったら、そのときはこちらが笑う番だ。

シャナはローマンの腕の中で体を強ばらせた。確かに彼を慰めたかったのだが、いざこうしてみると、ヴァンパイアに腕をまわしているという事実に動揺を感じずにはいられなかった。慣れるまで、まだ時間がかかりそうだ。シャナは身を引き、彼の肩に置いていた手を胸に滑らせた。

ローマンがシャナを軽く抱いたまま彼女の顔を見つめた。「考え直しているのか？　まだわたしを殺す決心はついていないんだろう？」

「違うわ。そういうんじゃないの」彼の胸に触れている右手に目を向ける。心臓の真上だ。ここを杭が貫くと考えるだけで恐ろしく、シャナは思わず視線を外した。「あなたを傷つけるなんて絶対に――」彼女はショックを受け、目をぱちぱちさせてローマンを見上げた。

「心臓が動いているわ。てのひらに鼓動を感じる」

「そうだ。だが、太陽がのぼれば止まる」

「わたし――わたしは――」

「全身が機能していないと思っていた？　わたしは歩けるし話もできる。それは間違いないだろう？　わたしの体は摂取した血液を消化する。脳を機能させるためには血液と酸素が必要だ。空気がなければ話すことはできない。そのどれも、まずは心臓が動いて体内に血液を循環させなければ起こりえないことなんだ」

「まあ。わたしはただ、ヴァンパイアというのは……」

「完全に死んでいると？　夜は違う。わたしの体がきみに反応したことを覚えているだろう、シャナ？　ラズロの車の後部座席にいた最初の夜から、きみは気づいていたはずだ」

シャナの頬が熱くほてった。彼の興奮した下半身は確かに、日が落ちると体が非常によく機能することを証明していた。

ローマンが彼女の頬に触れた。「あのときからきみが欲しかった」

シャナは彼の手が届かないところへ下がった。「わたしたちには無理……」

「絶対にきみを傷つけない」

「それは確かなの？　完全にコントロールできるというの？　あなたの、その……」

ローマンの顎が強ばった。「邪悪な衝動？」

「言おうとしたのは、あなたの……食欲のことよ」シャナは自分の体に腕をまわした。「わたし――わたしはあなたが好きだわ、ローマン。助けてくれて感謝しているから、そう言うんじゃないの。心からの気持ちよ。長いあいだ苦しんでいるあなたを見るのは辛い――」

「それならわたしと一緒にいてくれ」ローマンが手を差し伸べた。

シャナはあとずさりした。「どうやって？　あなたがその、ヴァンパイアだという事実に折り合いをつけられたとしても、まだ同棲している女性たちの問題が残っているわ。あなたのハーレムよ」

「あれは、わたしにとってはなんの意味もないことなんだ」

「わたしにとっては違うわ！　あなたが一〇人以上もの女性と寝ているのに、無視できると思う？」

ローマンが眉をひそめた。「これが問題になるとわかっているべきだった」

「あたりまえじゃない！　どうしてそんなに大勢の女性が必要なの？」ああ、いやだ。ばかな質問だったわ。どんな男性だって、そんなチャンスがあれば飛びつくに決まってるじゃないの。

ため息をつき、彼はキッチンへ歩いていった。結び目が緩まり首にぶら下がっているボウタイを引く。「コーヴン・マスターがハーレムを持つのは古くからの伝統だ。わたしには伝統を引き継ぐしか選択肢がない」

「あら、そう」

ローマンはボウタイを引き抜いてキッチンのテーブルに放り投げた。「きみにヴァンパイアのしきたりは理解できないだろう。ハーレムはコーヴン・マスターの力と威信の象徴なんだ。彼女たちの存在があるからこそ敬意を得られる。ハーレムがなければ、わたしは笑い物になるんだ」

「まあ、かわいそうな坊や！　意思に反して不道徳な慣習にがんじがらめにされているなんて。ちょっと待って、悲しくて涙が出てきたみたい」シャナは両手を上げ、しばらくそのまま動かなかった。「あら、いやだ、間違いだったわ。アレルギーかしらね」

ローマンは彼女を睨みつけた。「それより、刺激の強すぎるウィットのせいで消化不良を起こしているんだろう」

シャナも負けずに睨み返した。「なんて楽しいのかしら。一〇人以上もいるハーレムの女性たちと違って、あなたのご機嫌をとらなくてごめんなさいね」

「そんなことを望んではいない」

彼女は腕を組んだ。「だからタウンハウスを出ていったの。あなたが女好きのろくでなしだとわかったから」

ローマンの目がぱっと燃え上がった。「きみは——」怒りの表情が徐々に驚きへと変わっていく。「きみは嫉妬しているのか」

「なんですって？」

「きみは嫉妬しているんだ」彼はまるで勝利した闘牛士のように優雅にジャケットを脱ぎ、キッチンの椅子の背にかけた。「嫉妬するあまり我慢できなくなっている。これがどういう意味かわかるか？　きみはわたしを求めているんだ」

「むかついているという意味よ！」シャナは彼に背を向けてドアへ向かった。いまいましい男。頭がよすぎるわ。ローマンはわたしが彼に惹かれていることを知っている。だけど、ハーレムに大勢の愛人を囲っているヴァンパイアなのよ？　悪魔とつき合うにしても、少なくとも浮気をしない悪魔でないと。ああ、もう。自分がこんな苦境に置かれていること自体が信じられないわ。「朝になったら司法省に連絡するべきなのかも」

「だめだ。彼らでは、わたしのようにきみを守れないぞ。どんな相手を敵にまわしているかすら把握していないんだから」

それは確かだ。シャナが知るかぎり、生き延びる確率がもっとも高いのは、ローマンのもとにとどまる場合だろう。彼女はドアの横の壁にもたれかかった。「ここに残るとしても、一時的な措置にすぎないわよ。わたしたちのあいだにはどんな関係も存在しえない」

「ほう。わたしともう一度キスしたくないというのかな?」ローマンがじっと見つめている。落ち着かなくて身もだえしてしまいそうだ。

「ええ」

「触れるのもなし?」

「そうよ」鼓動が急に速まった。

「わかっているだろうが、わたしはきみが欲しい」

シャナはごくりと唾をのみ込んだ。「そんなわけないわ。つねにあなたを幸せにしてくれるハーレムがあるじゃない。わたしは必要ないはずよ」

「彼女たちには一度も触れていない。親密な意味では」

ばかにしているの? これほどあきれた言い訳は聞いたことがないわ。「わたしを間抜けだと思わないでちょうだい」

「まじめに言ってるんだ。彼女たちの誰とも、物理的にベッドをともにしたことはない」

怒りがふつふつと湧き起こってきた。「うそをつかないで。セックスしてるのはわかっているんだから。彼女たちが話しているのを聞いたのよ。しばらくご無沙汰で、どれほどあなたを恋しがっているか」

「そのとおりだ。ずいぶん長いあいだしていない」

「ほら、認めたわ。やっぱり彼女たちとセックスしてるんじゃないの」

「ヴァンパイア・セックスだ」

「何よそれ？」

「純粋に精神上の行為だよ。同じ部屋にいる必要さえない」ローマンは肩をすくめた。「ただ彼女たちの脳に感覚と興奮を植えつけるだけだ」

「テレパシーの一種だと言いたいの？」

「マインド・コントロールだ。人間を操ったり、ヴァンパイア同士でお互いに連絡をとったりする場合に使う」

人間を操る？「その方法でわたしにあなたの歯を治療させたの？」シャナは眉をひそめた。「つまり、あなたの牙を。わたしをだましたのね」

「きみに普通の歯だと思わせなくてはならなかった。正直に言わなかったことを今は後悔しているよ。だがあの状況では、他にどうしようもなかったんだ」

彼の言い分にも一理ある。真実を知っていれば助けようとしなかっただろう。「歯鏡に映らなかったのは、見間違いじゃなかったのね」

ローマンの眉がさっと上がった。「覚えているのか？」

「なんとなく。口の固定具はどうなったの？」

「もう外した。昨夜ラズロに頼んで取ってもらったんだ。きみのことが心配でたまらなかった、シャナ。きみがいなくなって、わたしは何も手につかなくなった。心できみに呼びかけたよ。ふたりのあいだにまだつながりが残っているかもしれないと期待して」

シャナははっとした。寝ていたときに彼の声が聞こえたことを思い出したのだ。「あ、あなたが好きなときに頭の中に侵入してくるなんて、いい気持ちはしないわ」

「心配しなくていい。きみは途方もなく強い精神の持ち主だ。許可してくれなければ、わたしは入れない」

「あなたを阻止できるの?」それは吉報だ。

「ああ。だがいったん中に入れば、経験したことがないほど強い結びつきが生まれる」

目を輝かせたローマンが歩み寄ってきた。「われわれが一緒になればどんなに素晴らしいか」

うそ、どうしよう。「そんなことにはならないわ。自分で認めたように、あなたは一〇人以上の女性たちとセックスしてるんだから」

「ヴァンパイア・セックスだと言っただろう。直接体験するものじゃない。参加者はそれぞれひとりで自分のベッドにいる」

参加者ですって? フィールドでひとつのボールを追いかける、サッカーチームみたいなもの? 「それはつまり、同時に全員の相手にするということ?」

ローマンは肩をすくめた。「全員を満足させておくには、もっとも時間効率がいい方法なんだ」

「信じられない」シャナは自分の額をぴしゃりと叩いた。「流れ作業セックス? 自動車王のヘンリー・フォードもびっくりだわ」

「きみはそうやって冷やかすが、考えてみてくれ」彼の熱い視線が突き刺さって動けない。

「触れられるときの感覚や悦びはすべて直接頭の中に送り込まれる。呼吸や心拍をコントロールするのは脳なんだ。体の中でもっともエロティックな部分でもある」

急に太腿をぎゅっと閉じたい衝動に駆られた。「それで？」

ローマンの口の端が持ち上がった。きらめく瞳がさらに熱を帯び、まるで溶けた金のような色になっている。「究極の満足感が得られるんだ」

もうやめて。シャナは膝と膝を固く合わせた。「実際には女性たちの誰にも触れたことがないの？」

「どんな外見かも知らない」

彼女はローマンをじっと見つめ、首を横に振った。「やっぱり信じられないわ」

「わたしがうそをついているというのか？」

「そうね、わざとじゃないでしょうけど。奇抜すぎるもの」

彼は目を細めた。「そういうものが現実に存在するとは思えない？」

「触れもせずに一〇人以上もの女性を満足させられるなんて、信じるのは難しいわ」

「それなら、ヴァンパイア・セックスが現実のものだと証明してみせよう」

「ええ、ぜひお願い。どうやって証明するの？」

ローマンの顔にゆっくりと笑みが広がった。「きみとやってみるんだ」

18

イワンは舞踏室の片隅で、アンガス・マッケイと間抜けなハイランダーどもを相手に時間を稼いでいた。めかし屋のフランス人、ジャン=リュック・エシャルプが別のハイランダーを連れて近づいてくる。

マッケイがふたりを出迎えた。「見つけたか、コナー？」

「はい」ハイランダーが答えた。「監視カメラを確認しました。彼らはまさにあなたの予想どおりの場所にいましたよ」

「シャナ・ウィーランのことを話しているのか？」イワンは訊いた。「ドラガネスティがあの女を連れ去るのを見たぞ。これがやつの言う、現代のヴァンパイアらしいやり方なのか？危険になったら逃げ出して身を隠すというのが？」

うなりをあげてコナーが一歩前に進み出てきた。「こいつの痩せこけた首をひと思いに折る許可をもらいたい」

「だめだ《ノン》」ジャン=リュック・エシャルプがコナーをステッキで制した。彼は氷のような青い目でイワンを見つめながら言った。「いずれそのときが来たら、わたしに任せてくれ」

イワンは嘲笑った。「おれをどうするつもりだ、エシャルプ？ ファッションを変えて大変身させるつもりか？」

エシャルプが笑みを浮かべた。「保証するぞ。そうなったら誰ひとり、おまえだと気づかなくなるだろう」

「化学者は？」マッケイがコナーに訊いた。「無事か？」

「はい。イアンが一緒に」

「おまえたちが話しているのがラズロ・ヴェストのことなら、ひとつ教えてやろう」イワンは言った。「やつに残された日は数えるほどしかないぞ」

その発言に驚いた様子もなく、マッケイはまったく表情を変えなかった。彼はイワンの腕時計を調べているハイランダーに向き直った。「どうだ？」

部下が肩をすくめる。「普通の時計のようです。中を開けてみないことには、はっきりしたことは言えませんが」

「わかった」マッケイが腕時計を受け取って床に落とし、足で踏みつけた。

「おい！」イワンは椅子から立ち上がった。

マッケイは腕時計を拾い上げ、つぶれた中身を調べている。「何もなさそうに見えるな。いい時計だ」

「ろくでなしめ」彼は目をきらめかせながら、イワンに腕時計を返した。

「ちょっと待てよ」イワンは壊された腕時計を床に放り投げた。

コナーが一歩うしろに下がってイワンたちを凝視した。「四人だ」

「ああ」マッケイが言った。「ニューロシェルの家には四人いたと報告を受けたぞ」

「確かにそうです」コナーが応じた。「だが、もうひとり運転手がいたんだ。あいつはどこへ行った？」

イワンはにやりとした。

「ちくしょう」マッケイが低くうなった。「コナー、みなを連れて施設内を調べてくれ。外の警備員にも連絡して庭を探させるんだ」

「承知しました」コナーはハイランダーたちについてくるよう合図した。短い言葉を何度か交わすと、それぞれがヴァンパイアに身についたスピードでさっと散っていった。

ハイランダーの列に空いた隙間は、たちまちコーキー・クーラントとDVNのスタッフによってふさがれた。「そろそろ撮影させてくれてもいい頃よ」彼女が刺々《とげとげ》しい口調で言い放った。振り返って、にこやかな笑顔をカメラに向ける。「コーキー・クーラントが『ライヴ・ウィズ・アンデッド』をお届けしています。今年の開会記念舞踏会では刺激的な出来事が次々に起こっています。こちらではご覧のとおり、ハイランダーの連隊がロシア系のヴァンパイアたちを拘束しているところです。理由を教えていただけますか、ミスター・マッケイ？」彼女はアンガス・マッケイの鼻先にマイクを突きつけた。

マッケイが無言で睨みつける。

笑みを顔に貼りつけてコーキーが言った。「まさか、わけもなく拘束しませんよね？」ふたたび彼にマイクを向ける。

「向こうへ行ってくれ」マッケイが静かに言った。「あんたには関係のないことだ」

「おれは話したいね」イワンは手を振ってカメラマンの注意を引いた。「ここへは招待されて来たんだ。なのに見てくれ、こんな扱いを受けている」

「危害を加えてはいないぞ」マッケイが銃を抜いてイワンにねらいを定めた。「今はまだ。五人目の仲間はどこにいる？　何をするつもりなんだ？」

「車の駐車場所を探しているんだろう。これほど大きなパーティなんだから、駐車係を置くべきだぞ」

マッケイが眉を上げた。「これは銀の弾だと忠告しておいてやろう」

「こんなに大勢の目撃者の前でおれを殺すつもりか？」イワンは嘲《あざけ》った。まさに願ってもない状況だ。舞踏会の出席者全員の注意を引きつけているだけでなく、DVNの視聴者までもが彼のメッセージを聞くことになる。彼は椅子から空中に浮揚し、音楽が終わるのを待った。

エシャルプがステッキから剣を抜いた。「おまえの言うことなど誰も聞きたくない」

「開会記念舞踏会に血の雨が降るのでしょうか？」コーキーがはっきり聞こえるようにささやいた。「チャンネルはそのままで！」

音楽が終わり、イワンはばかにするように小さく会釈した。あいにくそのせいで首の骨がずれてしまい、ポキンと音をたててもとに戻さなければならなかった。

コーキーが満面の笑みを浮かべてカメラに向いた。「ロシア系のコーヴン・マスター、イワン・ペトロフスキーがスピーチしようとしています。彼が何を言うつもりなのか、聞いてみましょう」

「このような舞踏会に出席したのは実に一八年ぶりだ」イワンは話し始めた。「一八年間、われわれの優れた生活形態が悲劇的に衰退していくのを、ただ黙って見ているしかなかった。いにしえからの習わしが衰えようとしているのだ。われわれの誇るべき伝統が笑い物になっている。道徳的に正しいという現代のヴァンパイアの新たな観念が、今や疫病のごとくわれわれの中に入り込んでいる」

　客たちのあいだにざわめきが起こった。中にはこのメッセージが気に入らない者もいるようだが、他はもっと聞きたがっている。イワンはそう感じた。

「ばかげた〈ヴァンパイア・フュージョン・キュイジン〉を飲んで太り、悦に入っている者がいったいどれだけいることか。狩りの興奮を忘れ、噛むことの快感を忘れてしまった者がどれほどいる？　今夜ここに宣言する。偽りの血などいまわしいだけだ！」

「もう十分だ」マッケイが銃を構えた。「おりてこい」

「なぜだ？」イワンは叫んだ。「真実が怖いのか？　トゥルー・ワンズは違うぞ」エシャルプが剣を掲げた。「トゥルー・ワンズなど、こそこそ隠れている臆病者の集まりじゃないか」

「これからは違う！」イワンはDVNのカメラをまっすぐ見据えた。「おれはトゥルー・ワンズのリーダーだ。今夜われわれは復讐を決行する！」

「とらえろ！」マッケイが突進し、部下たちがあとに続いた。

イワンと仲間たちは空中に浮かび上がると、そのまま姿を消した。テレポートしたのだ。彼らは外の庭におり立った。

「急げ！」イワンは叫んだ。「車へ」

彼らはビュッと音をたてて芝生を横切り、駐車場へ向かった。ところが車は空だった。ウラジミールの姿はどこにも見えない。

「くそったれ」イワンはうなった。「もう終わっているはずだぞ」振り返って、あたりをざっと見まわす。「おい、いったいどうしたんだ？」彼はカーチャを睨んだ。

彼女が自分の体を見おろして笑い声をあげた。「夜の空気がやけに冷たいと思ったわ」スカートがなくなり、腰から下がむき出しになっている。「空中にジャンプしたとき、あのフランス人にとらえられそうになったの。きっとスカートをつかまれて、脱げてしまったのね」

「ジャン＝リュック・エシャルプに？」ガリーナが訊いた。「彼、すごくキュートだわ。あのスコットランド人たちも。ねえ、キルトの下は何もはいてないと思う？」

「もういい！」イワンはジャケットを脱いでカーチャに投げた。「おまえたちはおれのものだと思い出させてほしいのか？　さあ、車に乗れ」

カーチャが眉を上げ、彼が渡したジャケットに袖を通した。お尻は覆われたが、陰部は丸出しのままだ。アレクがぽかんと口を開けて食い入るように見ている。

刺すような痛みがイワンの首を襲った。「今後ずっと目玉なしで過ごしたいのか？」彼はうなった。

アレクがはっと姿勢を正す。「いいえ」

「それならさっさと女たちを車に乗せて、エンジンをかけるんだ」イワンは歯を食いしばり、ポキッと音とたてて首を鳴らした。

そのとき、輪郭のぼやけた不鮮明なかたまりが、闇の中を彼らのほうへ突進してきた。ウラジミールだ。彼はイワンのそばで止まった。

「保管場所を見つけたか？」

「はい《ダー》」ウラジミールがうなずいた。「爆破の準備は整っています」

「よし。行くぞ」イワンは走ってくるハイランダーたちの姿を見つけた。さあ、いよいよだ。彼は右袖のカフスボタンに手を伸ばした。やつらにポケットを空にされることを見越して、プラスティック爆弾の起爆装置を仕込んでおいたのだ。このボタンを押せば、ドラガネスティの大事な人工血液の在庫がすべて吹き飛ぶ。

　シャナは言葉もなかった。ヴァンパイア・セックス？　そんな奇怪な現象が現実に存在するとは信じられない。ローマンの言うとおり、確認する方法がひとつあった。まさか、検討するつもりじゃないでしょうね？

　まあ、それを体験しても妊娠はしない。同じ部屋にすらいないのだから、まったく安全には違いないだろう。噛まれることも、抱きしめられることも、不必要に荒々しくされることもない。子供部屋をパタパタ飛びまわるヴァンパイアの赤ん坊が生まれることもないのだ。

シャナはうめいた。本気なの？　そのためにはローマンを頭の中に迎え入れなければならないのよ。彼がひどいことをしないと言い切れる？　刺激的で危険な興奮をもたらされたら――。だめよ。その方向の防衛線は役に立たない。

ローマンはすでにキッチンのテーブルに座り、金色の瞳でシャナを見つめていた。腹立たしいほど、この状況を面白がっているようだ。彼女の答えがイエスなのはわかっていると言わんばかりに。悪党ね。ヴァンパイアだと告白しただけでは満足できないの？　できないのだ。その同じ夜にヴァンパイア・セックスをしようと持ちかけているのだから。究極の満足が得られるヴァンパイア・セックスを。

鳥肌が立った。ローマンはとても聡明《そうめい》だ。その彼が持てる力のすべてをひとつのことに、彼女を悦ばせることに集中させたがっている？　ああ、どうしよう。心が惹かれるわ。

ローマンの目をちらりと見たとたん、シャナはひんやりした風のように頭を取り囲む彼の精神を感じた。胸がどきっとする。膝がゴムになったみたいに力が入らない。そのとき、耳をつんざく大きな爆音が聞こえた。足もとの地面が揺れる。彼女は慌てて壁につかまり、体を支えた。彼はいったいわたしに何をしたの？

ローマンが弾かれたように椅子から立ち上がって電話に駆け寄った。ふたたび部屋が揺れ、シャナは安楽椅子のほうへよろめいた。

「イアン！　どうした？」ローマンが叫んでいる。まあ、大変だわ。ちょっと考えれば、大地が揺れる理由がわかったはずなのに。セックスとは関係ない。攻撃されているのだ。

「やつをつかまえたのか？」ローマンは小さく悪態をついた。

「どうなっているの？」シャナは尋ねた。

「ペトロフスキーが逃げた」彼がうなった。「大丈夫だ、イアン。やつの居場所はわかっているんだ。応戦はいつでもできる」

シャナは息をのんだ。ヴァンパイアの戦争が始まるらしい。

「イアン」ローマンが電話の向こうに呼びかけた。「きみとコナーでシャナを家に連れて帰ってほしい。ラズロとラディンカも一緒に」彼は電話を切った。「わたしは行かなければならない。だが、すぐにコナーが迎えに来る」

「爆発はどこで起こったの？」ドアまで彼についていきながら、シャナは訊いた。

ローマンがケープを取り上げ、絶縁体がわりにして鍵を開けた。「ペトロフスキーは人工血液の倉庫を爆破した」

「まあ、そんな」

「不幸中の幸いだ」彼はかんぬきをずらした。「倉庫は舞踏室からかなり離れたところにある。おかげで怪我人は誰も出ていないようだ。血液の在庫は少なくなったが」

「どうして人工血液をねらうの？　ああ、そうか」事態がのみ込めてきて、シャナは顔をしかめた。「彼はヴァンパイアに人間を襲わせたいのね」

「心配いらない」ローマンが彼女の肩に触れた。「ペトロフスキーは知る由もないが、他にもイリノイとテキサスとカリフォルニアに工場があるんだ。必要とあらば、東海岸の不足分をそちらで埋め合わせられる。やつが思っているほどひどい打撃はこうむっていない」

シャナはほっとして微笑んだ。「彼が相手にするには、あなたは頭がよすぎるわ」

「すまないが、きみを置いていかなくてはならない。被害を調べる必要があるから」

「わかっているわ」彼女はローマンが出られるように銀のドアを開けた。

彼は手の甲でそっとシャナの頬をなでた。「夜の遅い時間なら、きみと一緒に過ごせる。待っていてくれるか？」

「ええ。気をつけて」起ころうとしている戦いのことをもっと知っておきたい。だがローマンは、目にも留まらぬ速さで廊下を駆けていってしまった。

ドアを閉めながら、シャナは自分の犯した間違いを悟った。ローマンは今夜、彼女とヴァンパイア・セックスをするつもりで言ったに違いない。それに気づきもせず、彼女は同意してしまったのだ。


三〇分後、シャナはラディンカとラズロとともにリムジンの後部座席にいた。助手席にコナーが座り、イアンが車を運転している。今ではシャナも、イアンが一五歳よりはるかに年上だとわかっていた。彼女は同乗者を見渡し、全員ヴァンパイアかどうか見きわめようと目を凝らした。イアンとコナーは間違いない。地下室の棺で眠っているのだから。ラズロは小柄でおとなしく、天使のように無邪気な顔をしている。彼が悪魔のような生き物だとは考えづらいが、おそらくヴァンパイアなのだろう。

ラディンカは判断が難しかった。「あの……あなたは昼間にわたしの買い物をしてくれたのよね？」

「そうよ」ラディンカがミニ・バーから自分用に飲み物を注いだ。「わたしは人間よ。あなたが気にしているのがそのことなら」

「でもグレゴリは――」

「ええ、あの子はヴァンパイア」ラディンカは頭を傾けてシャナを見た。「どういういきさつか聞きたい？」

「でも、わたしには関係のないことだわ」

「ばかなこと言わないで。ローマンがかかわっているんですもの、あなたも知っておくべきだわ」ラディンカはスコッチ・ウイスキーに口をつけ、色付きガラス越しに窓の外を眺めた。

「一五年前に夫が癌《がん》で亡くなって、わたしたちには恐ろしいほど高額の医療費の請求書が残されたの。グレゴリはイエール大学を退学して、こちらへ戻ってこなくてはならなかった。ニューヨーク大学に編入し、アルバイトを始めたわ。わたしも仕事が必要だったけど、なんの経験もなくて。でも幸運なことに〈ロマテック・インダストリー〉で雇ってもらえたの。もちろん、労働時間の条件は厳しかったわ」

「夜勤？」シャナは訊いた。

「そう。数ヵ月もすれば慣れてきて、自分がとても有能だとわかったの。それにローマンに対して委縮したことは一度もなかった。彼はそこが気に入ったんじゃないかしら。そのうちにわたしは彼の個人秘書になったわ。いろいろなことに気づき始めたのはその頃よ。とくにローマンのラボで。まだ温かい、半分空の血液のボトルを見つけたりね」ラディンカは微笑んだ。「研究に夢中になっているときの彼は、心ここにあらずのぼんやり博士という感じなのよ。時間を忘れ、夜明けが近くなって車で自宅へ帰る余裕がないこともたびたびだった。そうなると、彼は一瞬のうちにテレポートせざるをえなくなるの。ラボにいたと思ったら、次の瞬間にはもう姿が見えなくなっていたわ」

「何かがおかしいと思ったのね」

「ええ。わたしはもともと東ヨーロッパの出身で、よくヴァンパイアの話を聞かされて育ったの。だから答えを導き出すのも簡単だったわ」

「悩まなかったの？　仕事を辞めようと思ったことは？」

「ないわ」ラディンカは優雅に手を振った。「ローマンはいつでもわたしによくしてくれたんですもの。一二年前のある夜、グレゴリがわたしを迎えに来てくれた。車が一台しかなかったから。あの子は駐車場でわたしを待っていて、そのときに襲われたの」

コナーが前の座席から身をよじって話に加わった。「ペトロフスキーだったのか？」

「わたしは見ていないの。駐車場で死にかけているかわいそうな息子を発見したときには、もういなくなっていたわ」ラディンカは体を震わせた。「でも、グレゴリはペトロフスキーだったと言っている。きっとそうなんでしょう。自分を殺そうとした怪物の顔を忘れられる人がいる?」

コナーがうなずいた。「われわれで必ずやつをつかまえる」

「なぜペトロフスキーがグレゴリを襲ったの?」シャナは尋ねた。

タキシードのボタンをいじりながら、ラズロが口を開いた。「たぶん、グレゴリを〈ロマテック・インダストリー〉の人間の従業員だと思ったんでしょう。格好の標的だと考えたんだ」

「そうね」ラディンカがまたスコッチを口に含んだ。「かわいそうなグレゴリ。大量の血を失っていたわ。病院に運ぶまでもたないとわたしにはわかった。だからローマンに、あの子を助けてくれるように頼んだの。でも、彼は拒んだわ」

シャナの肌に寒気が走った。「あなたはローマンに、自分の息子をヴァンパイアにしてほしいと頼んだの?」

「あの子を救うにはそれしかなかったのよ。ローマンはグレゴリの魂を地獄に送ることになると言って反対したけど、わたしは耳を貸さなかった。彼はいい人だとわかっていたから」

ラディンカは車内のヴァンパイアたちを指し示した。「ここにいるみんなも、死ぬ前は善良で高潔な男性たちだった。死んだからといって何が変わるの? 地獄に落ちる定めだなんて、わたしは信じない。自分の息子をあきらめてあのまま死なせるなんて、わたしにはできなかった!」

グラスを置くラディンカの手は震えていた。「わたしはローマンに懇願したわ。膝をついてすがって。とうとう彼はそれ以上耐えられなくなった。そしてあの子を腕に抱いて、ヴァンパイアに変えたのよ」彼女は頬にこぼれた涙をぬぐった。

ぶるっと身を震わせ、シャナは自分の体に腕をまわした。ローマンの中には善良な部分があるとラディンカも信じている。なのになぜ、彼にはわからないの？ どうして何百年ものあいだ、自分を苦しめ続けているの？ 「どうやって――どうやってヴァンパイアに変えるの？」

「人間は、ひとりか、あるいは複数のヴァンパイアによって血を飲み干されなければなりません」ラズロが説明した。「その時点で昏睡《こんすい》状態に陥ります。そのまま放っておくと自然に死を迎える。でもヴァンパイアが自らの血をその犠牲者に与えると、目覚めたときにはヴァンパイアに変わっているんですよ」

「まあ」シャナは唾をのみ込んだ。「最近はもう、ヴァンパイアになる人間は多くないのよね？」

「そうだ」コナーが答えた。「われわれはもはや人間を嚙まない。もちろん、ペトロフスキーといまいましいマルコンテンツは別だが。やつらは必ずわれわれで始末をつける」

「そうだといいのですが」ラズロがぐいとボタンを引っ張った。「彼はわたしのことも殺したがっているんだ」

「どうして？」シャナは尋ねた。

ラズロがもぞもぞした。「たいした理由じゃないんです」

「あなたの逃亡を手伝ったからよ」スコッチをひと口飲み、ラディンカが言った。「そんな、わたしのせいなの？　喉が詰まり、シャナは息をするのが苦しくなった。わたし……ごめんなさい、ラズロ。そんなつもりじゃなかったの」

「あなたが悪いんじゃありません」ラズロは座席で身を縮めた。「イアンと一緒に監視カメラでペトロフスキーを見ていたんですが、あの男は……普通じゃない」

ヴァンパイアにとって普通とはどういうことかしら？　シャナは疑問に思った。「気がふれているという意味？」

「残酷なんだ」前の座席からコナーが言った。「やつのことは何百年も前から知っている。人間を激しく嫌っているんだ」

「あんなふうに首を動かすなんて気味が悪い」リムジンを右折させながら、イアンが言った。

「変だよ」

「いきさつを知らないのか？」コナーが訊いた。

「知りません」イアンがちらりと彼を見た。「何があったんです？」

みんなと顔を合わせられるように、コナーは体をよじって話し始めた。「二〇〇年ほど前のことだ。ペトロフスキーはまだロシアにいた。ある村を襲い、人間の血を吸うだけでは飽き足りず、彼らを拷問にかけていた。だが数人の村人が、古い粉ひき場の穴蔵でやつの棺を見つけたんだ。彼らはペトロフスキーが眠るまで待って、やつを殺そうとした」

ラズロが身を乗り出した。「杭を打ったんですか？」

「いや。かわいそうに、村人たちには知識がなかったんだ。彼らは埋めてしまえばいいだろうと考えて、棺を教会の墓地へ運んだ。ペトロフスキーを棺ごと地中に埋めて、その上に復讐の天使の大きな像を置いた。その夜やつは目を覚まし、土を掘って外へ出てきたんだ。怒りのあまり乱暴に土をかき分けたので、像が傾いて頭の上に落ちてきた。そのとき首の骨を折ったんだよ」

「うそでしょ」シャナは顔をしかめた。「うえっ」

「あんなろくでなしに同情することはない」コナーが続けた。「激怒したあいつは、首を治す間も惜しんで村人を全滅させた。翌日寝ているあいだに治癒能力が働いて、やつの首はまっすぐにならないまま治ってしまった。それ以来、ずっと首の痛みを抱えているんだ」

「苦しんで当然だ」イアンが言った。「やつの存在を消し去らなければ」

コナーたちがそのロシアのヴァンパイアを殺せたとしても、シャナの問題が解決するかどうかはわからない。ロシア系マフィアが新たに別の殺し屋を雇うかもしれなかった。しかも彼女のまわりではヴァンパイアの戦争が起ころうとしている。シャナは座席に身を沈めた。状況は絶望的に思える。

ローマンのタウンハウスの自室に戻ったシャナは、事実を直視せざるをえなくなった。あるヴァンパイアに真剣に惹かれているという事実を。

彼が頭をのせていた枕に目を向ける。死んでいると思ったのも無理はなかった。昼のあいだ、ローマンは本当に死んでいるのだから。けれども夜になると彼は起き出し、歩いたり話したり、血を消化したりする。ラボで研究にいそしみ、優れた頭脳を使って科学の分野に驚くべき功績をもたらすのだ。ローマンは仲間たちを守っている。好きなときにヴァンパイア・セックスをする。彼のハーレムの女性たちと。しかも一度に全員と。その彼が今度はシャナと試したがっている。

喉の奥からうめきがもれた。なんておかしなジレンマだろう。コナーが食事をのせたトレイを持ってきてくれたあと、シャナはドアに鍵をかけていた。けれどもそんな鍵では、ローマンが頭に入ってくるのを防ぐことはできないのだ。ヴァンパイア・セックスでは究極の満足感が得られる。彼はそう言った。

シャナは空のトレイを床に置き、テレビのリモコンを手に取った。セックスのことはもう考えたくない。ローマンのハーレムのことも。DVNではコーキー・クーラントが〈ロマテック・インダストリー〉の爆破された区域の前に立って、最新情報をレポートしていた。だが、シャナの耳に彼女の声は入ってこなかった。爆発でできた穴のそばにいるローマンの姿に気づいたのだ。彼は疲れて緊張しているように見えた。埃《ほこり》とすすで服が灰色になっている。

かわいそうに。あのハンサムな顔に触れ、励ましの言葉をかけてあげたい。そのとき、コーキーが舞踏会の見どころを順に振り返り始めた。突然画面いっぱいに現れた自分の顔を見て、シャナは息をのんだ。わたしが初めてヴァンパイアに気づいた瞬間だわ。まあ、恐怖に脅えた顔をしている。あの顔。

画面ではシャナが血の入ったグラスを床に投げ捨てていた。ローマンが彼女をつかんでケープに包み込んだかと思うと、そのまま姿が見えなくなった。デジタルで録画されているので、ヴァンパイアたちは何度でもこの映像を楽しむことができるのだ。

シャナは震える指でテレビの電源を消した。自分の置かれている状況の深刻さがずっしりとのしかかってくる。ヴァンパイアの殺し屋がわたしを殺そうとしている。別のヴァンパイアが守ろうとしてくれている。ローマン。ああ、この場に彼がいてくれたらいいのに。彼を怖いとは思わなかった。親切で思いやりのある男性だ。いい人だわ。ラディンカやコナー、それに他のみんなもそう認めている。ローマンは素晴らしい男性なのだ。それを理解していないのは本人だけだった。あまりにも恐ろしい記憶が彼につきまとっているからだ。ひとりでは受け止められないほど残忍な記憶が。

ローマンに本当の自分自身を理解させることができさえすれば。シャナはベッドに寝転んだ。どうやったら彼との関係がうまくいくだろう？ これ以上の接触を避けるべきなのは確かだった。だが心の奥では、自分が彼を拒みきれないとわかっていた。彼女はすでにローマンに心を奪われている。

それから何時間かたって、太陽がのぼる前の、夢の中を漂っているような深い眠りに身を委ねていたシャナは、突然の冷気を感じてベッドカバーの下に深くもぐり込んだ。

〝シャナ〟

冷気は徐々に消え去り、心地よいぬくもりを感じ始めた。

〝シャナ、ダーリン〟

驚いて目を開けた。「ローマン？　あなたなの？」

かすかな息が左耳をくすぐった。低い声が聞こえる。

〝きみを愛させてくれ〟

19

シャナはベッドに起き上がって暗い部屋の中に目を凝らした。「ローマン？　そこにいるの？」

〝わたしは上の階にいる。きみの中に入らせてくれてありがとう〟

わたしの中に？　頭の中に入っているというの？　寝ているあいだに入ったんだわ。こめかみの片側からもう片方へ、氷のように冷たい痛みが駆け抜けた。

〝シャナ、お願いだ。わたしを押し出そうとしないでくれ〟ローマンの声が薄れてゆく。まるで洞窟《どうくつ》の反対側から話しているように、エコーがかかって聞こえた。

シャナはうずくこめかみをさすった。「わたしはあなたを押し出そうとしているの？」

〝閉め出そうとしている。なぜだ？〟

「わからない。何かがわたしのほうへ来る感覚があって、思わず押し返してしまうの。反射的に」

〝力を抜くんだ、かわいい人《スウィートネス》。きみを傷つけたりしないから〟

何度か深呼吸するうちに、痛みが和らいできた。

〝それでいい〟前より近くでローマンの声がした。先ほどよりはっきり聞こえる。シャナの鼓動が速まった。彼を頭の中に招き入れたいのかどうか、自分でもはっきりしないのだ。どれくらい考えを読まれるのだろう？

〝何を心配しているんだ？　わたしに知られたくない秘密があるのか？〟

いやだ、しっかり読まれているわ。「重大な秘密というわけじゃないけど、自分の中にしまっておきたいことはいくつかあるわ」たとえば、ローマンがどれほどハンサムでセクシーか――。しまった。いいえ、あなたは醜い年寄りのヒキガエルよ！

〝セクシー？〟

ああ、もう。このテレパシーとかいうのは苦手だわ。ローマンに心を読まれると思うと、わざと変なことを考えて彼を混乱させてみたくなる。

楽しそうな空気が温かい繭のようにシャナを取り囲んだ。〝それならあまり考えないほうがいいな。リラックスして〟

「頭の中にあなたがいるのに、リラックスできると思う？　わたしの意思に反することを無理にさせたりしないわよね？」

〝もちろんだ、スウィートネス。きみの考えをコントロールしたりしない。愛を交わすときの感覚を送り込むだけなんだ。それに、太陽がのぼればすぐに立ち去る〟

シャナは額に何か温かく湿ったものを感じた。キスだ。そう思ったとたん、優しい指がそっと顔をなでた。こめかみをさすられると、最後まで残っていたかすかな痛みが消えた。彼女は目を閉じ、頬骨から顎、耳へとたどる指の動きを感じた。どうやっているのかわからないが、本物そっくりの感触だ。それに素晴らしく気持ちがいい。

〝何を着ているんだい？〟

「それって重要なこと？」

〝わたしが触れるとき、きみには裸でいてほしい。美しい曲線や深いくびれをすべて感じたいんだ。きみの息が震えるのを聞きたい。情熱に駆られて筋肉が張りつめ、どんどん締まっていくのを――〟

「もうやめて！　あなたは最初の言葉からわたしの弱みをついているわ」シャナはナイトガウンを脱いで落とした。布がするりと滑って床にシルクの水たまりができる。彼女は温かいシーツの中にもぐり込み、続きを待った。

待ち続けた。「もしもし？」天井を見つめながら、五階で何が起こっているのだろうと考える。「ハロー？　地上からローマンへ――あなたのベッドメイトはすでに服を脱いで、準備万端に整えております」

反応なし。疲れすぎて寝てしまったのかしら。いいわよ。これまでだって、長いあいだ男性の関心をつなぎ止めておくのが得意だったとは言えないし。それにローマンは――永遠にそばにいることも可能なんだから。でも、彼にとってわたしがひとときの気まぐれ以上の存在だと言い切れるの？　たとえ関係が数年続いたとしても、ローマンにしてみれば瞬きを一回するくらいの感覚かもしれない。シャナはうめき、寝返りを打って腹這いになった。こんなことがうまくいくと思う？ 片方は生きていて、もう片方は死んでいる、正反対のふたりなのよ。正反対だからこそ惹かれ合うとは言うけれど、これほど極端な場合にはあてはまらないだろう。

〝シャナ？〟

彼女は顔を上げた。「戻ってきたの？ どこかへ行ってしまったのかと思っていたのよ」

〝すまない。ちょっと用があって〟ローマンの指が優しくシャナの肩を揉み始めた。

ため息をついて頭を枕に預ける。用ですって？ 「正確には今どこにいるの？ まさかデスクに座っているんじゃないでしょうね？」書類仕事を片づけながらかもしれないと思うと腹が立ってきた。かなり優秀な人だから、電子メールの返事を打ちつつ、わたしにオーガズムを与えることが可能かもしれない。

ローマンがくすくす笑った。〝ベッドに座っている。夜食をとりながら〟

わたしの肩をマッサージしながら血を飲んでいるの？ うえっ。なんてロマンティックなのかしら。冗談じゃないわ。

〝わたしは裸だ。それを聞けば少しは役に立つかな？〟

まあ。シャナは彼のゴージャスな体を思い浮かべた。訂正――思い浮かべているのは醜い年寄りのヒキガエルの姿よ。

ローマンが羽根のような軽さで彼女の背中を愛撫した。全身に震えが走る。これはすてき。彼は手の付け根を使って、ゆっくり円を描きながら背中を押した。訂正――すてきなんてものじゃないわ。天国よ。

〝他のヴァンパイアの声が聞こえるかい？〟

「いいえ。ひとりだけで十分。ありがとう」圧力が徐々に増し、感情が満ちてくるのがわかった。誇り。いや、もっと激しい。どちらかというと……独占欲のような。

〝きみはわたしのものだ〟

やっぱり。彼の声が聞こえるからといって、わたしを所有する権利があるとでも？　五〇〇年以上生きているくせに、まだ原始人みたいな考え方をするのね。だけど、彼の手はものすごく気持ちがいいわ。

〝ありがとう。きみを悦ばせるのがねらいだから〟ローマンの両手が背中をさまよい、緊張で張りつめた部分を探して長い指が動く。〝原始人だって？〟

いやだ、彼にはなんでも聞こえてしまうのね。微笑んでいる顔が目に浮かぶ。知られていなくてよかったわ。わたしが彼に恋――だめよ、醜い年寄りのヒキガエル、醜い年寄りのヒキガエル。

〝頭の中に入られることに、まだ居心地の悪さを感じているようだね〟

大あたり。マインド・コントロールの悪魔に二点あげるわ。そう思ったとたん、シャナはお尻を軽く叩かれるのを感じた。「ちょっと！」肩を浮かしかけたが、すぐに押し戻された。

「扱いが手荒だわ」枕に押しつけられて声がくぐもる。

〝ああ、そうだ〟ずうずうしくも楽しんでいるように聞こえる。

「原始人」シャナはぶつぶつ言った。ハーレムを持っている原始人。「あなたは前に、これは直接のかかわりを持たない行為だと言ったわよね。だけどわたしには、とても直接的に感じられるんだけど」

〝今はそうだ。ふたりだけしかいないからね。わたしはずっときみのことだけを考えている〟シャナは自分を包み込むローマンの力強い存在を感じた。力強くて、欲望に熱くなっている。反応して肌がぞくぞくした。彼の指が背骨に軽く触れながら首へたどりついた。そこで髪を横にかき分ける。

何か熱くて湿ったものが首に押しつけられた。キス。シャナの体が震えた。顔の見えない相手にキスされるなんて、奇妙な感じだわ。耳にかかるローマンの息は温かかった。そのとき、何かが爪先をくすぐった。

シャナはぎょっとした。「ベッドの中に何かいるわ」

〝わたしだ〟

「だけど――」耳にキスして同時に爪先に触るなんて不可能よ。手の長さが二メートル近くあるなら別だけど。あるいは、人間じゃないなら。

〝大あたり。二点あげよう、スウィートネス〟ローマンがシャナの首に鼻をこすりつけ、爪先をひねった。両方の足の爪先を。指は肩甲骨のあいだをさすり続けている。

「ちょっと待って。いったいいくつ手があるの？」

〝好きなだけ。頭の中では可能なんだ。ふたりの頭の中では〟彼の親指が足の土踏まずを押した。手の付け根で背中をマッサージし、円を描きながら背骨に沿って下がっていく。しかも首へのキスはまだ続いていた。

シャナは夢見心地でため息をついた。「ああ、いい感じ」

〝いい感じ？〟ローマンの手が止まった。

「ええ。とてもいいわ。とても――」頭の中で苛立ちがくすぶっていることに気づき、彼女ははっとした。苛立ちは彼からきている。

〝いい？〟音をたてて火花が散った。

あら、怒ったのかしら。「楽しんでいるのよ。本当に」

頭の中でローマンが腹立たしげに息を吐いた。〝いい人はもうたくさんだ〟

ローマンがいきなり足首をつかんでシャナの脚を広げた。別の手が手首に巻きつく。逃れようとして身をよじっても、彼のほうがずっと力が強かった。押さえつけられ、大きく脚を開かされたまま、どうすることもできない。

もっとも敏感な部分にひんやりした空気が触れた。無防備な姿で、シャナは緊張しながら彼の次の動きを待った。鼓動の音がやけに大きく響いている。

彼女は待った。部屋の中は静まり返り、聞こえるのは苦しそうな自分の呼吸音だけだった。今にも襲いかかられるのではないかと思うと、神経が渦を巻いて張りつめてくる。最初はどこかしら？　わかるわけがないわ。彼は目に見えないんだもの。とても怖い。それにとても……興奮する。

シャナは待った。四つの手にまだ手首と足首をつかまれていた。だが、ローマンは無限に手を持っている。想像しさえすればいくつでも持てるのだ。鼓動がさらに速まった。彼女は脚を閉じようとして、ヒップの筋肉を収縮させた。これではあまりにもむき出しだ。あまりにも開かれている。興奮で肌がぞくぞくした。わたしをこんなふうにさせているのは彼だ。待たせ、期待にうずかせている。じらして、欲望をかきたてている。

次の瞬間、ローマンの存在が消えた。

シャナは頭を上げた。「もしもし？　ローマン？」どこへ行ったの？　起き上がって、ベッドサイドの時計付きラジオを見た。太陽がのぼって正式に彼が死んでしまったのなら、彼女に運がないということだろう。けれども、まだ夜が明けるには早い時間だ。まさかデートの真っ最中に逃げ出したの？時が刻々と過ぎていく。

シャナはベッドに膝をついた。「ひどいわ、ローマン。こんなふうにわたしを置き去りにするなんて」天井に何か投げつけてやろうかしら。

ふいにまた手首をつかまれるのを感じて、彼女は息をのんだ。「ローマン？　来てくれたのね」彼が背後にいるに違いないと思って手をうしろに伸ばしたが、空《くう》をつかんだだけだった。

〝わたしはここだ〟ローマンの両手が肋骨《ろっこつ》をかすめて乳房を包み込んだ。唇が肩をついばむ。

「どこに――どこに行ってたの？」親指でなでられながら会話を続けるのは難しかった。

〝すまない。こんなことはもう二度とないから〟彼はシャナの乳首をもてあそび、硬くなった頂を親指と人差し指でつまんだ。引っ張られるたびに、魂とつながった目に見えないひもが引かれるような気がした。

シャナはどうすることもできずにベッドに横たわり、天井を見つめた。「ああ、ローマン、お願い」彼が見えたらいいのに。触れられたらいいのに。

〝シャナ、かわいいシャナ〟頭の中でローマンの声がささやいた。〝わたしにとってきみがどんな意味を持つ存在か、どうしたらうまく伝えられるだろう？　舞踏会できみを見た瞬間、わたしは心臓がふたたび生き返った気がした。きみは部屋中を明るく照らし、黒と白の海の中で輝いていた。そのときに思ったんだ。これまでのわたしの人生は、終わりのない夜の闇にすぎなかったと。だがそこへ、まるで虹のようなきみが現れて、わたしの黒い魂を色彩で満たしてくれた〟

「ああ、ローマン。泣かせるようなことを言わないで」シャナは腹這いになってシーツで涙をふいた。

〝今度は悦びできみを泣かせよう〟彼の両手がゆっくりと脚を這いのぼってきた。同時にもうふたつの手が背中をかすめておりていく。手は腿と背中のくぼみに到達した。たちまちすべての手が彼女の脚のあいだに集まってきた。思わずヒップに力が入る。シャナは自分が潤うのがわかった。甘く、熱く、どうしようもなく飢えが募ってくる。

ヒップに彼の唇が触れ、キスされるのを感じた。舌先が片側の肌を滑り、割れ目を通って反対側へ移った。

「わたしをおかしくさせるつもりなのね、ローマン。耐えられないわ」

〝これがきみの望みなのか？〟彼の指が股間を覆う巻き毛をかすめた。

シャナはびくりと反応した。「そうよ」

〝どれくらい濡《ぬ》れてる？〟

その質問だけで、また温かいものがどっとあふれ出してきた。「ずぶ濡れよ。自分で確かめて」ローマンの姿が見えるような気がして、彼女は仰向けになった。彼を迎え入れようと脚を広げて横たわっているのに、姿が見えないのは落ち着かない気分だ。「ローマン？」

〝きみにキスしたい〟胸の上をさまよう息を感じたかと思うと、彼が乳首を口に含んだ。舌が周囲をたどり、硬い先端を弾く。

シャナは彼に手を差し伸べたが、そこには誰もいなかった。

ローマンがもう片方の胸に移った。

「わたしもあなたに触れたいわ。あなたを抱きしめたい」手で脚のあいだを覆われて、彼女ははっと息をのんだ。

彼の指が探索を始める。〝びしょ濡れじゃないか。それに美しい〟

「ローマン」思わずまた手を伸ばしたものの、やはりそこには何もなかった。落ち着かないどころではない。ひどく苛々する。しがみつくものがなくて、シャナは仕方なくシーツを握りしめた。

ローマンがなめらかな襞をたどり、そっと開いた。指を一本差し入れて内側の壁をなぞる。

〝これは気に入った？　このほうがいいかな？〟クリトリスの周囲に円を描いていたかと思うと、じらすようにそっと先端に触れた。

シャナは叫んだ。手にしたシーツをよじる。ローマンを抱きしめたい。彼の髪を手ですいて、背中やヒップの筋肉を感じたくてたまらなかった。こんなの一方的すぎるわ。でも、悔しいほど気持ちがいい。

彼が二本目の指を中に入れた。少なくともシャナはそう感じた。もしかすると三本かもしれない。ローマンはまるで拷問のように彼女を苦しめ続けた。彼の指は円を描き、なで、突いてはまた引き下がる。その部分にどれほど神経が集まっているのかわからないが、ローマンはひとつひとつに火をつけると決意しているようだ。やがて彼が膨らんだ中心を強くこすり始めた。手の動きはどんどん速度を増していく。シャナはマットレスに踵《かかと》を食い込ませた。脚に力が入って腰が浮いてしまう。もっと。もっと。

ローマンは彼女の要求に応えた。

シャナは息を切らし、酸素を求めてあえいだ。張りつめた甘美な緊張が高まってくる。彼女は切迫した欲望に燃え上がっていた。強く。もっと強く。彼の手に下半身を押しつけて身もだえする。ローマンが彼女の腰をつかんで口づけた。

舌が一度弾いただけで、シャナは砕け散った。内側の筋肉が彼の指を締めつけている。喉から叫びが噴き出した。体の奥から痙攣が伝わり、指先や爪先まで純粋な快感のさざなみが広がっていく。解放の波が訪れるたびに喉で息が絡まり、指がシーツを握りしめた。ぞくぞくする震えは次から次に起こった。シャナは脚を引き上げて腿をぎゅっと閉じ、あとから追いかけてくる快感を享受した。

〝きれいだった〟ローマンが額にキスするのがわかった。

「あなたは素晴らしかったわ」彼女は胸に手をあてた。鼓動はまだ速く、肌もほてっている。

〝もう行かなければ、スウィートネス。ぐっすり眠るんだ〟

「なんですって？　だめよ、今いなくなるなんてだめ」

〝仕方がないんだ。おやすみ、マイ・ラブ〟

「このまま行ってしまうなんてひどいわ。あなたを抱きしめたいのに」冷たい痛みが鼻梁《びりょう》をつまんだかと思うと、感覚はすぐに消えてしまった。

「ローマン？」

返事はない。

シャナは自分の中に彼の存在を探しまわった。だが、ローマンはすでにいなくなっていた。

「ちょっと、原始人！」天井に向かって叫ぶ。「愛してすぐ置き去りにするなんてひどいじゃないの！」

やはり返事はない。シャナはもがきながら起き上がった。ベッドサイドで時計の数字が光っていた。六時一〇分。ああ、そうだったのね。彼女はベッドに仰向けに倒れ込んだ。もう日がのぼりかけている。いい子のヴァンパイアはおやすみの時間なのだ。そう考えるほうが真実より聞こえがいい。これから一二時間、ローマンは完全に死んでいるという真実よりも。

まいったわ。死体にしては、彼は素晴らしい恋人だった。シャナはうめき、手で目を覆った。ヴァンパイアとセックスをするところだったなんて、わたしはいったい何をしているの？　この関係に未来があるとは思えない。ローマンは永遠に三〇歳のまま。いつまでも若くセクシーでゴージャスなのに、わたしのほうは年老いていく。

シャナはうなった。ふたりの関係は始まったときから終わる運命にある。彼はこれからもずっと、若く美しい王子様でい続けるだろう。

醜い年寄りのヒキガエルになるのは彼女のほうなのだ。


シャナは午後の早い時間に目覚め、ハワード・バーや数人の昼番の警備員たちと一緒に昼食をとった。彼らは訓練を受けた警備員だが、日中に家の掃除もする契約になっているようだ。いくらうるさく掃除機をかけても、死者たちが目を覚ますことはない。彼女は新しい服を洗濯したり、テレビを見たりして退屈な午後を過ごした。〈デジタル・ヴァンパイア・ネットワーク〉も放送していたが、ほとんどがフランス語とイタリア語だった。ヨーロッパでは夜なのだ。画面には相変わらずメッセージが英語で表示されていた。〝どこかが夜であるかぎり二四時間放送中。ＤＶＮ――デジタル放送に対応していなければご覧いただけません〟今なら、この言葉の意味がよくわかる。

ローマンに会うときはきれいにしていたくて、シャナは日が暮れる前に熱いシャワーを浴びた。キッチンに戻って夕食をとりながら警備員の交代を見守る。ハイランダーたちがやってきた。それぞれが彼女に微笑みかけてから、血の入ったボトルを取りに冷蔵庫へ近づいていく。彼らは電子レンジの順番を待つあいだも、シャナに笑顔を向けたり、お互いに目配せしたりしていた。

歯にレタスでも詰まっているのかしら？　しばらくして、スコットランド人たちは夜の持ち場につくためにキッチンから出ていった。コナーだけが残り、シンクでボトルをすすいでいる。そういえば以前も同じことをしている姿を目撃したが、あのときはまだその重要性に気づいていなかった。

「みんながとても嬉しそうにしていたのはなぜ？」キッチンのテーブルに座ったまま、シャナは尋ねた。「昨夜あんな爆発が起こって、すぐにも戦争が始まるのかと思っていたんだけど」

「ああ、おそらくそうなる」コナーが答えた。「だがわれわれといるかぎり、焦る必要はない。ペトロフスキーの件はすぐに片をつける。あの大戦でやつを殺しておかなかったのは失敗だった」

シャナは身を乗り出した。「ヴァンパイアの大戦があったの？」

「そう、一七一〇年のことだ」コナーは食器洗い機の扉を閉めてカウンターにもたれかかった。記憶をたどっているらしく、ぼんやりとした目になっている。「わたしもその場にいた。ペトロフスキーも。もちろん同じ側ではないが」

「どういうふうに戦争が起こったの？」

「ローマンから聞いていないのか?」

「ええ。彼もかかわっていたの?」

コナーが鼻を鳴らした。「始めたのは彼だ」

恐ろしい罪を犯したと彼が言っていたのはこのことかしら? 「詳しく教えてもらえる?」

「話してもかまわないだろう」コナーはゆっくりとテーブルへ歩いてきて椅子に座った。

「ローマンをヴァンパイアに変えたのはカシミールという名の、ひどく性質の悪いやつだった。自分の思いのままになるヴァンパイアの一団を従えて、村々を全滅させたり、レイプや殺しをしたり、ただ快楽のためだけに拷問したりと、悪行のかぎりを尽くしていたんだ。ペトロフスキーはカシミールのお気に入りの子分だった」

シャナは眉をひそめた。以前のローマンは貧しい人々を癒やすことに身を捧《ささ》げる、優しい修道士だった。そんな彼が邪悪な一団の真ん中に放り出されたと考えるだけでぞっとした。

「ローマンに何が起こったの?」

「カシミールは彼に興味をかきたてられた。ローマンから善良さを根こそぎもぎ取って、正真正銘の邪悪な存在に変えてやろうともくろんだ。やつは……ローマンに残酷な仕打ちをしたんだ。恐ろしい選択を迫った」コナーは不快そうに頭を振った。「あるときカシミールは子供をふたりつかまえてきて、両方とも殺すと脅した。だが、もしローマンがどちらかを選んで自ら殺せば、残ったひとりの命は助けてやると持ちかけた」

「そんな」シャナは吐き気がこみ上げてくるのを感じた。神に見捨てられたと彼が信じるのも無理はない。

「ローマンはそんなひねくれた悪事に加担する気はないと断り、カシミールを激怒させた。やつは手下のヴァンパイアたちを引き連れてローマンがいた修道院を襲い、修道士たちを皆殺しにしたんだ。建物も破壊した」

「まあ、そんな！　修道士をひとり残らず殺したの？　ローマンの育ての親の神父も？」想像しただけで胸が痛んだ。

「そうだ。ローマンのせいではないが、彼は今でも責任を感じ続けている」

そういう理由で自己嫌悪に苦しんでいたのだ。シャナには彼が罪悪感を覚える心情が理解できた。カレンの死もシャナのせいではないが、いまだに彼女は自分を責め続けている。

「廃墟になった修道院――五階に飾られている絵はその修道院なのね？」

「ああ。ローマンは忘れないために――」

「自分自身を苦しめるために？」シャナの目が涙で潤んだ。いったい何百年、そのことで自らを鞭打てば気がすむの？

「そうだ」コナーが悲しげにうなずいた。「あれは修道院と亡くなった神父たちを描《か》いた絵で、恐ろしい生き方を選ぶことにした理由をローマン自身に植えつけるものなんだ。彼はカシミールと邪悪な仲間たちを倒すと誓った。だが、ひとりではどうにもならないとわかっていた。だから密かに西へ向かい、闇の中で死にかけている負傷者を探して戦場をめぐったんだ。一五一三年にローマンは、ヘンリー八世がフランスのカレーに侵攻した際の戦いでジャン＝リュックを、スコットランドではフロドゥンの戦いでアンガスを見つけた。彼らをヴァンパイアに変え、三人は最初の同盟者となった」

「あなたはいつ？」

「ソルウェイ湿原の戦いで」コナーはため息をついた。「わたしの美しいスコットランドは、長いあいだ平和から遠ざかっていた。死にかかっている戦士を探すには最高の場所だったんだよ。わたしは木の下まで這っていって、そこで死を待っていた。ローマンがそんなわたしを見つけて、気高い目的のためにもう一度戦う気はあるかと尋ねた。ひどい痛みに襲われていて、あのときのことはよく覚えていないんだ。だが、イエスと言ったに違いない。その夜にローマンがわたしをヴァンパイアに変えた」

シャナは唾をのみ込んだ。「自分に起こったことが腹立たしい？」

コナーはびっくりしたように見えた。「まさか、お嬢さん。わたしは死ぬところだった。ローマンは存在し続ける理由を与えてくれたんだ。アンガスもそこにいた。イアンをヴァンパイアに変えたのは彼だ。一七一〇年までに、ローマンはヴァンパイアの大軍を準備した。アンガスが大将を務めた。わたしは隊長だったんだ」彼は誇らしげに微笑んだ。

「それから、カシミールに立ち向かったの？」

「ああ。血みどろの戦いが三晩続いた。傷つき、移動できないほど弱った者は、夜明けとともに焼け死んでいった。三日目の夜、太陽がのぼる寸前にカシミールが倒れた。やつの手下どもは逃げたよ」

「ペトロフスキーもそのひとりだったのね？」

「そうだ。だが、もうすぐわれわれでやつをつかまえてやる。心配はいらない」コナーは立ち上がって伸びをした。「そろそろ巡回に行ったほうがよさそうだ」

「ローマンはもう起きているでしょうね」

コナーがにやりとした。「ああ、間違いない」赤と緑のキルトを膝のあたりで揺らしながら、彼はキッチンから出ていった。

シャナは深いため息をついた。ローマンは自分の犯した罪について本当のことを話していた。人間をヴァンパイアに変えたのだ。でも彼が選んだのはすでに死にかけていた人ばかりで、しかも高潔な目的のためだった。彼は罪のない人々をいたぶって楽しんでいた、邪悪なヴァンパイアのカシミールを倒したのだ。

ローマンに恐ろしい過去があったとわかっても、それはシャナにとって受け入れられるものだった。カシミールがいなければ、彼は以前のままの善良な男性だったに違いない。彼はつねに罪のない人間を守り、命を救う方法を追い求めてきた。それなのに深く後悔し続け、神に見捨てられたと信じている。彼女はどうにかしてローマンの心に近づき、彼の痛みを和らげなければならないと感じた。ふたりの関係はうまくいかない運命にあるかもしれないが、それでも彼を大切に思う気持ちに変わりはなかった。これ以上、ローマンが苦しむ姿を見るのは耐えられない。シャナは廊下に出て、階段のほうへ歩き始めた。

「まあ、シャナ！」談話室の入口にマギーが立っていた。

両開きの扉が開かれ、ハーレムの中が見えている。いやよ。ここの女性たちとは顔を合わせたくない。

「シャナ、入ってちょうだい」マギーが彼女の腕を取り、談話室へ引っ張っていった。「ねえ、みんな！　シャナよ」

ハーレムの女性たちが、そろって輝くばかりの笑みを向けてきた。

いったいどういうつもり？　急に好意を示されても、とても信用する気になれないわ。

申し訳なさそうに微笑んで、ヴァンダが近づいてきた。「失礼な態度をとって本当に悪かったわ」彼女はシャナの髪に触れて言った。「この色、似合ってる」

「ありがとう」シャナは一歩うしろに下がった。

「行かないで」マギーが腕をつかむ。「中へ入って、わたしたちの仲間に加わってちょうだい」

「そうよ」ヴァンダも賛成した。「あなたをハーレムに歓迎するわ」

シャナは息をのんだ。「なんですって？　ハーレムに加わるつもりはないわ」

「でも、あなたとローマンは――もう恋人同士なんでしょう。違うの？」ソファの一角に丸まったシモーヌが口を開いた。

「わたしは――そんなこと、あなたたちに関係ないでしょう」どうして彼女たちが知っているの？

「そんなにピリピリしないでよ」ヴァンダが言った。「わたしたちはみんなローマンが好きなの」

「そうよ《ウィ》」シモーヌがワイングラスに口をつけた。「わたしは彼と過ごすために、はるばるパリからやってきたんですからね」

シャナの中で怒りが燃え上がった。ローマンに対する怒りと、この女性たちに対する怒り。だが、何よりも自分自身に腹が立つ。これほど大勢の女性がそばにいるのに、彼に深くかかわるべきではなかったのだ。「ローマンとわたしのあいだに起こっていることは、ふたりだけの問題なの」

マギーが首を振った。「ヴァンパイアのあいだでプライバシーを保とうとしても難しいわ。ローマンがあなたに愛し合おうと言うのを聞いちゃったもの」

「えっ？」シャナは心臓が口から飛び出るかと思った。

「マギーは人の考えを拾い上げるのが得意なのよ」ヴァンダが説明した。「ローマンの話を耳にして、彼女はすぐにほかの人たちに呼びかけたの。だからわたしたちもお楽しみに加えてくれるように、みんなでローマンに頼んだわ」

「なんですって？」頭の中で火花が散った。

「落ち着いて」心配そうな顔でダーシーが言った。「結局、彼は入れてくれなかったんだから」

「すごく失礼だわ！」シモーヌが怒りをぶつけた。

「ひどいわよね」マギーは顔をしかめて腕を組んだ。「ローマンがまたセックスに関心を示すようになるまで、長いあいだ我慢して待っていたのよ。それなのに実際そうなったら、わたしたちを仲間に入れようとしないなんて」

「最悪だわ」ヴァンダがため息をついた。「わたしたちは彼のハーレムなのに。彼とヴァンパイア・セックスをする権利があるはずでしょう。でも、彼はわたしたちを閉め出した」

シャナはぽかんと口を開けて女性たちを見つめていた。心臓が激しく打っている。

「断言します」南部美人が言った。「こんなに虐げられた気持ちになるのは初めてよ」

「あなたたち——」呼吸しようと懸命にもがく。「あなたたち全員が仲間に加わろうとしたの?」

ヴァンダが肩をすくめた。「いったんヴァンパイア・セックスが始まったら、誰でも参加していいのよ」

「それが本来あるべき姿よ」マギーも言った。「二度もお願いしたのに、ローマンはわたしたちを拒み続けたの」

「それどころか腹を立てていたわ」ソファでシモーヌが口を尖らせた。

「言い争いと怒鳴り合いが繰り返されたの」マギーが続けた。「ハイランダーたちまで口をはさんできて、ローマンを放っておけと言ったのよ」

シャナは内心でうめいた。彼らがにやにやしていたのも無理はない。彼女とローマンが何をしていたか、この家にいる全員が知っているのだろうか? 自分でも顔がほてっているのがわかった。

「今夜もセックスするつもり？」シモーヌが訊いた。

「あなたをハーレムに迎えたい理由はそこなの」マギーが親しげに微笑んだ。

「そうよ」ヴァンダも笑みを浮かべている。「それならローマンもわたしたちみんなと愛し合ってくれるわ」

「だめ、だめよ」シャナは首を振りながらあとずさりした。「絶対にいや！」涙を見られたくなくて、彼女は急いで駆け出した。信じられない！　昨日の夜、ローマンが途中で二度もいなくなったわけがこれでわかった。シャナを待たせて、そのあいだにハーレムから殺到する呼びかけに応えていたのだ。テレパシーで彼女を愛していたあいだずっと、その力の一部を、ハーレムの女性たちを閉め出すために使っていた。窓の外にのぞき屋の集団がいる場所で愛し合っていたようなものだ。

シャナは階段を駆け上がった。最初のショックが恐怖に変わり、次にズキズキする痛みに変わった。どうしてこんないまわしい騒ぎに首を突っ込んでしまったの？

二階に着く頃には涙がこぼれていた。なぜここまで愚かになれたのだろう？　ローマンを頭の中に入れるべきではなかった。ベッドにも。もちろん、心の中にも入れるべきではなかったのだ。三階に来ると、今度は痛みが怒りに変わった。ハーレムなんてくそくらえよ！ローマンのろくでなし。わたしが大切だと言っておきながら、どうしてハーレムをお払い箱にしないの？　四階にたどりつき、自分の部屋へ行こうとして、シャナは足を止めた。怒りは最高潮に達し、激しく燃え上がりすぎて、このままではおさまらない。彼女は足を踏み鳴らしながら五階へ上がった。

警備員がわけ知り顔の笑みを向けてきた。

平手打ちでその笑いを消してやりたい。シャナは歯を食いしばって言った。「ローマンに会いたいの」

「どうぞ」警備員はローマンのオフィスのドアを開けた。

彼女は勢いよく中に入ってドアを閉めた。ローマンは一七一〇年の対戦を生き抜いたかもしれないけれど、これからもっと強烈な恐怖を味わうことになるのよ。

激高した人間の女がもたらす恐怖を。

20

ローマンは考え事をしながらベッドに横たわっていた。真っ先に浮かぶのはシャナのことだ。昨夜は素晴らしかったが、同時に苛々もさせられた。階下の女性たちを遮断するのに、かなりのエネルギーを費やさなければならなかったからだ。くそっ。彼女たちから相手をするようせっつかれるのはうんざりだ。全員の名前さえ知らないのに。直接一緒に過ごしたこともない。ヴァンパイア・セックスのあいだ、彼は女性の体を想像しながら愛を交わしていた。ハーレムの女性たちにとっては気持ちのいいものかもしれないが、彼にしてみれば想像上の体はVANNAの体と変わらなかった。本物ではないのだ。女性たちの誰でもない。シャナとも違う。そのこともローマンが苛立ちを感じた原因のひとつだった。彼は心の中でシャナを思い浮かべていたが、本物の彼女ではないとわかっていた。裸のシャナがどんな様子か彼は知らない。それに想像するだけでは足りなかった。本物がいい。彼女もそう思っているはずだ。昨晩のシャナは、彼に触れることも抱きしめることもできないと文句を言っていた。

なんとしてでも、現在研究中の調合薬を完成させなくては。昼間も起きていられるようになれば、二四時間ずっとシャナを守れるだろう。それに、他のヴァンパイアたちに邪魔されず彼女とふたりきりになれる。一緒に暮らすようにシャナを説得できた場合、彼が日中も起きているほうが普通に近い生活が送れるはずだ。

ローマンはベッドから飛び起きて熱いシャワーを浴びた。今夜もシャナに会いたいが、会社に行かなければならない。今週の終わりまでは会議で予定が詰まっていた。彼とアンガス、それにジャン＝リュックで、マルコンテンツに対処する計画を練らなければならないのだ。ペやつらのリーダーがペトロフスキーとわかった今は、なおさらことを急ぐ必要があった。ペトロフスキーを始末すれば、法を順守する現代のヴァンパイアだけでなく、シャナにとってもより安全な世の中になるだろう。

ローマンはひとり微笑んだ。ヴァンパイアの戦争が起ころうかという差し迫ったときでも、シャナのことを考えずにいられない。彼女は他の誰とも違っていた。飾らず、自分の感情にとても正直だ。シャナの頭の中に入ったローマンは、彼女の本当の気持ちを探ろうとした。シャナは彼がヴァンパイアだという事実をかなりうまく受け止めていたが、それは思いやりにあふれた情け深い心の持ち主だからにほかならない。ローマンが彼女に〝スウィートネス〟と呼びかけるのは、実際にそう思っているからだった。シャナは本当に優しくてかわいらしい性質を備えていて、彼はそこが気に入っているのだ。

タオルで体をふきながら、ローマンは密かに笑った。怒ったときの彼女ときたら、威勢がよくて恐れを知らない。彼はシャナのそういうところも好きだった。彼女がわたしを愛してくれればいいのだが――ローマンは心の底からそう願っていた。現実になれば完璧だ。彼自身はすでにシャナを愛している。

ローマンは舞踏会で彼女の姿を目にした瞬間、その事実に気がついた。黒と白の海の中で、シャナはただひとりホットピンク色をしていた。どういうわけか、彼女なら生そのものであり、色彩であり、彼が真実の愛を捧げる相手だった。たとえ彼の魂が罪で真っ黒になっていても、ローマンを受け入れて愛することができると感じた。たとえ彼の魂が罪で真っ黒になっていても、すべてが失われたわけではない。もしも、ほんのわずかでも彼女に愛される部分があるなら、自分が許される可能性を信じることができる。昨夜はシャナに愛していると告げるのを我慢した。そういう告白は面と向かって伝えなければならないと思ったからだ。

ローマンは身を屈めてボクサーショーツを引き上げた。黒い点が頭の中をぐるぐるまわり始める。くそっ、腹が減ってめまいがする。シャワーを浴びる前に食事をとるべきだったのに、シャナへの思いに気を取られてすっかり忘れていた。下着姿のまま、彼はオフィスへ行って冷蔵庫からボトルを取り出した。あまりに空腹で、冷たいままでもかまわないと思えた。そのときオフィスのドアが閉まる音がして、ローマンは振り返った。シャナだ。彼はボトルのキャップを緩めながら微笑んだ。「やあ」

返事がない。

ローマンはもう一度うしろを振り返ってよく見た。シャナは彼のほうへ歩いてくるところだった。頬を流れる涙で濡らし、目を赤く腫らして……激怒している。「何か悪いことでもあったのか、ダーリン？」

「何もかもよ！」シャナが息を切らして叫んだ。怒りが毛穴から噴き出しそうな勢いだ。

「もうこれ以上我慢できない」

「わかった」彼はボトルを置いて言った。「わたしが悪かったようだな。何が悪いのかわからないが」

「すべて悪いわ！　あなたにハーレムがあることが悪い。わたしをほったらかしてベッドで待たせておいて、そのあいだに女性たちと話していたことがむかつくの。何より最低なのは、彼女たちが乱交パーティに参加したがったことよ！」

ローマンはたじろいだ。「参加させる気などなかった。あれは完全にふたりだけのことだったんだ」

「うそよ！　わたしたちが愛し合ったって、みんな知ってるじゃないの。彼女たちは中に入れてほしくて、ドアを叩き続けていたんだわ」

彼は内心でうめいた。困った女たちだ。「また他の女性たちと話したんだな」

「あなたの女たちよ。あなたのハーレム」シャナが怒りに燃える目を細めた。「彼女たちから仲間に入るように誘われたの。あなた、知ってた？」

ちくしょう。

「その理由がわかる？　わたしをハーレムに加えたいのは、そうすれば次のときにわたしたちのベッドにもぐり込めると思っているからよ！　テレパシーを使った愛の大交歓会というわけね。あなたは何回もオーガズムを味わわせてくれるんでしょう。待ち切れないわ！」

「それは皮肉を言っているのかな？」

「ああ、もうっ！」シャナは両方のこぶしを宙に突き上げた。

ローマンは歯を食いしばって言った。「聞いてくれ、シャナ。昨夜のことを内密にするために、わたしはものすごいエネルギーを費やしたんだぞ」そうやって力を使い果たして、今は空腹でたまらないのだ。

「内密なものですか！　ハイランダーたちまで、わたしたちが何をしていたか知ってたわ。あなたはこの家の全員に気づかれるとわかっていながら、それでもわたしと愛し合ったのよ」

だんだん腹が立ってきて、彼はシャナのほうへ足を踏み出した。「誰にも聞かせていない。あれは非公開だったんだ。きみがうめいたり叫んだりするのを耳にしたのはわたしだけだ。わたしだけがきみの体が震えるのを――」

「やめて。あんなことするべきじゃなかった。あなたには、仲間に加わりたがっているハーレムの女たちがいるのに」

ローマンはこぶしを握りしめて気持ちを静めようとした。空腹時に自制心を保つのは至難の業だ。「彼女たちのことはどうしようもない。ひとりで生きていくすべを知らないのだから」

「冗談でしょう！　一人前になるのにいったい何百年必要なのよ？」

「女性が仕事を持つとは考えもしなかった時代に育ったんだ。無力な彼女たちを守る責任はわたしにある」

「本気であの人たちにいてほしいと思っているの？」

「違う！　一九五〇年にコーヴン・マスターになったとき、ハーレムも引き継いだだけだ。全員の名前すら覚えていない。わたしの時間はすべて〈ロマテック・インダストリー〉の設立と、ラボでの研究に費やしてきた」

「望んでいないなら、誰か他の人に譲ればいいじゃない。まわりには寂しいヴァンパイアが大勢いるはずよ。つき合ってくれる、すてきな死んだ女性が欲しくてたまらないヴァンパイアが」

　ローマンの怒りにふたたび火がついた。「偶然にも、わたしはその死んだ人々のひとりなんだ」

　シャナが腕を組んだ。「あなたとわたしは……違うのよ。うまくいくとは思えない」

「昨日の夜は非常にうまくいったと思っていたんだが」くそっ、彼女はわたしから離れるつもりだ。黙って行かせるわけにはいかない。ふたりはお互いに似ている。わたしのことを誰よりも理解しているのは彼女なんだ。

「わたしは――できないわ。仲間に入ろうとする女性が大勢いるうちは、二度とあなたと愛し合わない。我慢ならないの」

　怒りがローマンを切り刻んだ。「楽しまなかったとは言わせないぞ。わたしにはわかっているんだ。きみの頭の中にいたんだから」

「それは昨夜のことよ。今は恥ずかしさしか感じない」

ローマンはごくりと唾をのんだ。「昨夜したことを恥じているのか？　わたしを恥ずかしいと思っているのか？」

「違うわ！　女性たちがあなたを求めていることに怒っているの。わたしたちのベッドに加わるのは当然の権利だと信じていることが腹立たしいのよ」

「そんなことは絶対に許さない！　彼女たちは問題じゃないんだ、シャナ。わたしが必ず閉め出す」

「そもそも存在しなければ、閉め出す必要もないはずでしょう！　わからない？　あの人たちとあなたを共有するのがいやなの。彼女たちはここから去るべきよ！」

ローマンは息が詰まるのを感じた。なんということだ。本当の問題はそこだったのか。シャナは彼を恥じているわけでも、関心がないわけでもない。それどころか彼を大切に感じ、自分のものにしたいと思っている。自分だけのものに。

シャナが目を見開いてあとずさりした。「あの……言いすぎたわ」

「だが真実だ」

「いいえ」彼女はローマンのデスクまで下がった。「わたしにそんなことを言う資格はないもの。それに、わたしのためにライフスタイルをすっかり変えてとは頼めない。どちらにしても、この関係はうまくいかないのよ」

「いや、うまくいく」彼はシャナに近づいていった。「きみはわたしを求めている。わたしの愛情のすべてを、情熱のすべてをきみだけに向けてほしいと思っているんだ」

さらに後退した彼女が長椅子にぶつかった。「もう行かなくちゃ」

「きみはわたしを誰とも共有したくない。そうだろう、シャナ？　独占したいんだ」

彼女の瞳がきらめいた。「つねに望みがかなうとはかぎらないでしょう？」

ローマンはシャナの肩をつかんだ。「今回はかなう」彼女を抱き上げて、背が高く端がカーブした赤いベルベットの長椅子に腰かけさせる。

「なんなの――」

軽く押すと、彼女はうしろに倒れ込んだ。

「どういうつもり？」シャナは起き上がろうともがき、なんとか肘をついて上半身を起こした。腰が長椅子の高いほうにのっているため、下半身が持ち上がる格好だ。

ローマンは白いナイキのスニーカーを脱がせて床に落とした。「きみとわたしのふたりだけだ、シャナ。われわれが何をしているか誰にもわからない」

「でも――」

「完全にふたりきりだ」シャナのパンツのファスナーをおろし、脚から引き抜く。「きみの望みどおりなんだぞ」

「ちょっと待って！　意味が違う。これは……本物だわ」

「そのとおり。わたしのほうは準備ができている」彼の視線が赤いレースのパンティーに留まった。くそっ。これは本物のセックスだ。

「ふたりともよく考えなくちゃ」

「考えるなら早くしてくれ」ローマンは赤いレースに手をかけた。「間に合わないぞ」

シャナが彼を見つめた。大きく目を見開き、浅い呼吸で胸を上下させている。「あなたの――あなたの目が赤いわ。光ってる」

「愛を交わす準備が整ったというしるしだ」

彼女は息をのんだ。視線がローマンのむき出しの胸をさまよう。「重大な一歩を踏み出すことになるのよ」

「わかっている」彼は親指の腹でレースをこすった。人間と実際に肉体的なセックスをするのだ。「きみが止めてほしければそうする。何があってもきみを傷つけることだけはしたくないんだ、シャナ」

彼女が仰向けに倒れ込んだ。「ああ、どうしよう」両手で顔を覆う。

「どうする？　現実のものにするか？」

シャナが手をおろしてローマンと目を合わせた。全身をかすかに震わせ、彼女はささやくように言った。「ドアに鍵をかけて」

ローマンの体を強烈な感情の嵐が駆け抜けた。興奮、欲望、そして何より安堵。シャナは彼を見捨てなかったのだ。ローマンは猛スピードでドアまで行って鍵をかけ、急いで彼女のそばに戻った。

立ち止まると、頭の中で旋回する黒い点が見えた。ヴァンパイアのスピードはかなりのエネルギーを消費するのだ。残っているわずかなエネルギーはシャナのために必要だった。ローマンは彼女の足を持って靴下を脱がせた。一度に片足ずつ。これは現実のことで、現実の彼には手がふたつしかないのだから。テレパシーはなしだ。

シャナの足はローマンが想像していたものと少し違った。もっと長くてほっそりしている。親指よりその隣のほうが長い。昨夜は細かいところまで思い浮かべなかった。だが今は、こういう詳細こそが最高に素晴らしく思える。エロティックな夢ではなく現実のシャナなのだ。どんな夢だろうと本物の彼女にはかなわない。

ローマンはシャナの足首をつかんで脚を持ち上げた。長くて美しい形だ。称賛をこめながら、ふくらはぎまで手を滑らせた。肌は想像どおりの柔らかさだったが、こちらにも予想外の発見があった。膝の上にそばかすが散り、腿の内側に小さくて平らなほくろが見えたのだ。

まるで磁石に引き寄せられるように、彼はほくろに顔を近づけて唇をあてた。シャナの肌は温かい。新たな経験にローマンは驚いた。彼とは違うのだ。ヴァンパイアはあまり熱を発散しないので、ヴァンパイア・セックスをしているときも、熱い体を想像したことが一度もなかった。それに香りも。シャナの肌は清潔で、すがすがしい女らしさと……生の匂いがした。命を息づかせる血の匂い。肌のすぐ下で静脈が脈打っている。A型Rhプラス。ローマンは腿の内側に鼻をこすりつけ、豊かで金属的なその香りを楽しんだ。

だめだ！　首をまわして彼女の腿に頬をつける。ここでやめておかないと、本能にとらわれて牙が飛び出しかねない。先へ進む前に、安全を期して急いでボトルの血を飲んでおくべきだ。

ところがそのとき、ローマンの鼻が別の匂いを嗅ぎつけた。血ではないが、同じように彼を酔わせる匂いだ。それはシャナのパンティーの下からきていた。興奮の香り。くそっ、なんて甘いんだ。これほど心を引きつける香りが存在するとは思いもしなかった。下半身が反応し、コットンのボクサーショーツを押し上げる。香りに誘われて、彼はレースに鼻を押しつけた。

シャナが息をのみ、ぶるっと身を震わせた。

ローマンは彼女の脚のあいだで体を起こした。下着の端をつかんで数センチ引きおろす。カールした毛に指の関節が触れた。

彼は目を奪われた。わかっていてもおかしくなかった。ついにシャナの色が現れたのだ。ローマンは彼女と目を合わせて言った。「赤毛だったのか？」

「あの……そうだと思うわ」シャナが唇をなめた。「ストロベリーブロンドと言う人もいるけど」

「赤みがかった金色だ」彼は弾力のある毛を関節でこすった。思っていたのとは違う肌触りだ。粗くてカールしていて、興奮させられる。ローマンは彼女に微笑みかけた。「考えれば気づいたはずなのに。きみの癇癪《かんしゃく》は赤毛特有のものだ」

シャナは顔をしかめた。「激怒する理由があったのよ」

彼は肩をすくめた。「ヴァンパイア・セックスは過大評価されすぎだな。こっちのほうが……」巻き毛に絡まる自分の指を見おろす。「こっちのほうがずっといい」ローマンは潤った隙間に指を滑り込ませた。

シャナがびくっとして息をのんだ。「あなたのしていること」荒い息を静めるかのように片手を胸にあてる。「こんな……こんなふうに反応するなんておかしいわよね？　だって昨夜、あなたが頭の中にいたときは……」

「わたしはきみに感覚を植えつけただけだ。どう反応するかはきみが決めていたんだよ」濡れて熱い部分に深くもぐり込み、なめらかな中心をこする。

シャナの口から長いうめきがもれた。

「きみの反応は美しい」指はしとどに濡れていた。陶然とさせる豊かな香りが漂ってくる。興奮が高まり、先へ進むようにローマンを駆り立てた。彼はヒップから脚へシャナの下着を引きおろし、床に落とした。

彼女はローマンのために脚を開き、そのあいだに迎え入れてくれた。彼のウエストに脚を巻きつけてくる。苦しいほど股間が張りつめていたが、それをどうにかするより、彼女を見たいという気持ちが勝っていた。ローマンは身を屈め、湿った茂みを軽くかき上げた。ここだ。欲望の露で輝く膨らみが見える。彼に向けられた欲望だ。もう我慢の限界だった。荒れ狂う欲求がローマンを締めつけていた。

まずは彼女を味わいたい。

ローマンはシャナの腰の下に手を入れ、持ち上げて口をつけた。彼女が声をあげ、脚がさらにきつく巻きついてきた。ゆっくり舌を動かすたびに震えが走るのがわかる。やがて彼は探索を開始した。シャナがあげる小さな叫びの連続にあおられて、動きがどんどん強く速くなっていく。彼女はローマンに踵を食い込ませて身をよじった。シャナの腰をしっかりつかんだまま、彼はヴァンパイアにしかできないスピードで舌を動かした。

体がびくっと跳ねたかと思うと、シャナが大きく叫んだ。甘い芳香がローマンの顔を包む。彼女は解放を迎えて小刻みに震え、息を切らしてあえいだ。膨らんだ部分を彼に押しつけている。そこは赤く充血して脈打っていた。避けがたい反応から逃れようとして、ローマンは顔をそむけた。けれどもシャナの腿に締めつけられ、顔のすぐそばを流れる彼女の血を意識せずにいられなかった。

生存本能が咆哮をあげた。たちまち牙が飛び出し、シャナの内腿の血管に突き刺さる。ローマンの口内に彼女の血が流れ込んできた。悲鳴が聞こえたが、飢えと欲望に圧倒され、彼はやめることができなかった。これほど甘美で豊かな味わいの血は初めてだ。シャナがわめき、彼から逃れようともがいた。ローマンは彼女の脚をつかんで、その芳醇《ほうじゅん》な果汁をたっぷり飲んだ。

「ローマン、やめて!」自由なほうの足で、シャナが彼を蹴った。

ローマンは凍りついた。なんということだ。いったいわたしは何をしたんだ? 二度と人間を嚙まないと誓ったのに。彼はもぎ取るようにして牙を引き抜いた。シャナの脚に開いた穴から血が滴った。

彼女が長椅子の上で身をくねらせ、ローマンから距離を置く。「わたしから離れて！」

「シャ――」そのとき、まだ牙が伸びたままだと気づいた。尽きかけた最後の力を振り絞って、ローマンは言うことを聞きたがらない牙を引っ込めた。空腹でたまらない。ひどく弱っている。ボトルを置いたカウンターへ早くたどりつかなければ。

何かが顎を伝い落ちた。シャナの血だ。くそっ、彼女が恐怖に満ちた表情を浮かべているのも無理はない。今の彼はまるで怪物のように見えているに違いなかった。

いや、まさしく怪物なのだ。自分の愛する女性を噛んだのだから。

21

彼がわたしを噛んだ。

ローマンはまるで何事もなかったかのようにホーム・バーへ歩いていく。何事もない？　彼の顔についているのはわたしの血よ。シャナは左の腿に開いた穴を見つめた。飲み尽くす前に彼がやめてくれてよかった。さもなければ今頃は昏睡状態に陥り、ヴァンパイアに変えられるのを待っていたに違いない。

ああ、なんてこと。シャナはうなだれて両手で顔を覆った。いったいわたしは何を期待していたのかしら？　悪魔とダンスをすれば、火傷するのはあたりまえだ。だが意外にも焼けつくような痛みはなく、刺された感じすらない。痛みは一瞬で消えてしまった。彼女を脅えさせたのはショックだった。ローマンの牙が飛び出すのを目にしたショック。その牙が肌を突き破るのを感じたショック。シャナは自らの血が牙から滴り落ちるのを見てしまった。少なくとも失神はしなかった。生存本能が働いたのだろう。

ローマンは完全に自制心を失っていた。普通なら、セックスのときに相手の男性がすっかりわれを忘れてしまうようなことがあれば嬉しい。自分にそういう魅力があるのを喜ばない女がいるだろうか？　けれどもローマンにわれを忘れさせるということは、彼女を朝食と見なしているヴァンパイアを解き放つことにほかならない。

こんな関係がどうしてうまくいくだろう？　シャナの心がどれほどローマンを恋しく思おうと、彼とつき合う唯一の安全な方法は、彼から距離を置くことなのだ。当分のあいだ彼の保護を受け入れられるとしても、情熱までは受け入れられない。

そう考えると胸が痛んだ。脚の痛みよりはるかに痛い。なぜローマンがヴァンパイアでなければならないの？　こんなにも素晴らしい男性なのに。死んでさえいなければ、わたしには完璧な人だ。シャナはじっと天井を見つめた。神様、どうしてなんです？　わたしは普通の暮らしを望んだだけなのに、なぜヴァンパイアをお与えになったんですか？　これはどういう天罰なの？

答えはドサッという大きな音だった。彼女は長椅子の上で体をひねってうしろを見た。ホーム・バーから一メートル足らずの床にローマンが倒れていた。

「ローマン？」シャナは立ち上がった。彼はカーペットにうつ伏せになったまま動かない。

「ローマン？」彼女はゆっくり近づいた。

ひと声うめいて、彼が仰向けに転がった。「血が……必要……」

ひどく顔色が悪い。飢えているに違いなかった。シャナからはあまり補給できなかったのだろう。彼女はカウンターに置かれているボトルに気づいた。血だ。ボトルいっぱいの血。

うう っ。こんなことはしたくない。服を着て、部屋の外にいる警備員を呼んでくればいい。

シャナはちらりとローマンを見た。固く目を閉じて、まるで死人のような肌の色だ。警備員を待つ余裕はなさそうだった。彼女が行動を起こさなければならない。今すぐに。

心臓が激しく打つのを感じながら、シャナは立ち尽くしていた。一瞬、まるで自分がまだ鉢植えのうしろにいて、カレンが死ぬのを見守っているような気がした。あのとき彼女は何もしなかった。恐怖に支配されてカレンを助けなかった。あんなことは二度とできない。

シャナはごくりと唾をのみ込むと、血の入ったボトルに近づいていった。カウンターまで来ると匂いがして、悲惨な記憶が戻ってきた。血の海に横たわる親友の姿がよみがえる。彼女は匂いを吸い込まないように顔をそむけた。今の彼女には別の友人がいて、どうしてもこれをやり遂げなければならないのだ。シャナはボトルに手をかけた。冷たい。新鮮な味がするように温めるべきだろうか？　そう考えただけで胃がむかついた。

「シャナ」

声のしたほうに目を向ける。体を起こそうとしてローマンがもがいていた。本当に力が出ないのだ。彼はひどく弱っていた。これほどまで血を必要とする状態なら、彼女を嚙んでしまったのも無理なかったのかもしれない。それより途中でやめられたことのほうが驚きだ。彼は自分が危険な状態に陥るのを厭《いと》わなかった。

「今、行くわ」シャナはローマンのそばにひざまずいた。片手で彼の肩を支え、もう片方の手でボトルを口にあてる。血のボトルを。口の中に苦いものが広がった。手が震え、数滴の血が彼の顎に落ちてしまう。たちまち、口から血を流していたカレンの顔が目に浮かんだ。

「だめよ」手がぶるぶる震え出した。

ローマンが手を伸ばしてシャナを支えたものの、その手もまた震えていた。彼はごくごくと音をたてて血を飲んだ。飲み下すたびに喉が動く。

「あなたが手伝ってくれているの？　つまり、精神で？」歯の治療をしたときは、彼がマインド・コントロールで恐怖の克服を手伝ったはずだ。

ローマンがボトルをおろした。「いや。そうしたくてもできない」彼はふたたびボトルに口をつけた。

それなら自力で恐怖を乗り越えつつあるのかもしれない。冷たい血を一心に飲むローマンを見ているとまだかすかに吐き気がこみ上げてくるが、気を失うところまではいかなかった。

「気分がましになった。ありがとう」彼はもう一度ボトルを傾けて、残りを全部飲み干した。

「よかった」シャナは体を起こした。「それなら、わたしはもう行ったほうがよさそうね」

「待ってくれ」ローマンがゆっくり立ち上がった。「わたしに……」彼女の腕を取る。「きみの手当てをさせてほしい」

「わたしなら大丈夫よ」笑うべきか、それとも泣くべきなのかわからない。シャナは腿に穴が開いた状態で、半裸のまま立っているのだ。確かにショックを受けた。だが、悲しみのほうが強かった。重くて黒い石に心臓をつぶされ、ヴァンパイアとの関係は決してうまくいかないと、絶えず思い知らされているような感じだ。

「来てくれ」ローマンが彼女をベッドルームへ導いた。

キングサイズのベッドを、シャナは悲しい目で見つめた。彼が人間ならいいのに。ベッドルームの様子からして、ローマンは秩序立ててきちんと整頓《せいとん》するタイプのようだ。彼がバスルームへ入っていく。あら、見て、便座がおりているわ。これ以上、男性に何を望めというの？　ああ、彼が生きてさえいれば。

ローマンが洗面台の上の蛇口を開けた。バスルームに鏡はなく、美しい風景を描いた油絵がかかっているだけだった。緑の丘に赤い花、そして輝く太陽が描かれた絵だ。もしかすると彼は太陽が恋しいのかもしれない。太陽なしで生きるのは辛い。

洗面用のタオルを湿らせると、ローマンはシャナの腿をふくために身を屈めた。温かい布の感触が気持ちいい。彼女の中でふいに何かが崩れ、体を折り曲げてこのまま床に倒れ込んでしまいたい衝動に駆られた。

「すまない、シャナ。こんなことはもう二度とない」

ええ、二度と起こらないわ。目に涙があふれてきた。これ以上、愛し合うことも情熱に身を任せることもない。ヴァンパイアを愛するわけにはいかないのだから。

「痛むのか？」

こみ上げてくる涙を見られないように、シャナは顔をそむけた。

「痛いんだな」ローマンが体を起こした。「起こるはずのないことだったんだ。わたしはこの一八年間、誰も嚙んでいない。人工血液を導入してからずっとだ。いや、正確に言うと違うな。一度だけ緊急処置を行ったことがある。グレゴリに」

「ラディンカが話してくれたわ。あなたはいやがっていたって」

「そうだ」ローマンは引き出しを探って、絆創膏を二枚取り出した。「彼の不滅の魂を貶《おとし》めたくなかった」

本当に中世の修道士のような話し方だ。彼の苦しみを思ってシャナの胸は痛んだ。ローマンが自分の魂をいまわしく思っているのは間違いない。

彼は絆創膏の包みを破いた。「ヴァンパイアは夜に目覚めたときがいちばん空腹なんだ。きみが入ってきたとき、わたしは食事をとろうとしていたところだった。愛し合う前にひと瓶飲んでおくべきだったんだ」そう言いながら、シャナの傷に絆創膏を貼る。「これからは必ず先に飲むようにする」

〝これから〟など存在しない。「わたし……わたしには……」

「きみには、なんだい？」

ローマンはとても心配そうな顔だった。それにとても美しい。もう肌に色が戻っていた。肩幅が広く、柔らかそうで思わず触れたくなるような黒い毛が胸を覆っている。金茶色の瞳がじっとシャナを見つめていた。

彼女は瞬きして涙を払った。「わたしには……ここにトイレがあることが信じられないの」臆病者。シャナは心の中で自分を叱った。だが、彼を傷つけたくなかったのだ。自分自身も傷つきたくない。

ローマンは驚いたようだ。「ああ、そのことなら、わたしが使うんだ」

「トイレを？」

「そうだ。われわれの体が要求するのは赤血球だけだ。血漿《けっしょう》や〈ヴァンパイア・フュージョン・キュイジン〉に加えた材料は不必要だから、すべて排泄物《はいせつぶつ》になる」

「あら」そこまでは知りたくなかった。

彼が頭を傾けて言った。「大丈夫か？」

「もちろんよ」シャナはローマンに背を向けると、むき出しのヒップを見られていることを意識しながらバスルームを出ていった。優雅に退場しようとしても無理だわ。彼女はオフィスを横切り、床に放り出されたままの衣類のところへ戻った。

身支度を整えて長椅子に座り、靴のひもを結んでいると、ローマンがオフィスに入ってきた。彼は冷蔵庫からまたボトルを取って電子レンジに入れた。すでに服を――黒いジーンズにグレーのポロシャツを――着ている。顔を洗って髪もとかしたようだ。彼はとてつもなくハンサムで、しかもまだ飢えているらしい。

電子レンジが鳴り、ローマンがボトルを取り出してグラスに血を注いだ。「きみに借りができた」グラスに口をつけながら、彼はデスクのほうへ歩いていった。「あんなに空腹のままでいてはいけなかったんだ。きみは親切にもわたしを助けてくれた。わたしがあんな……あんなことをしたあとにもかかわらず」

「わたしを嚙んだこと？」

「そうだ」苛立っている様子でデスクの椅子に座る。「だが、プラスの面に目を向けたい」

「からかっているの？」

「違う。数日前の晩なら、きみは血を見ただけで気を失っていた。わたしが手助けしないと歯の治療を終えられなかったんだ。それが今夜はわたしに血を飲ませることができた。きみは恐怖を克服しかけているんだよ、シャナ。誇りに思っていいことだ」

そのとおりだわ。進歩しているのは間違いない。

「それに素晴らしい歯科医であることも証明された」

「どういうこと？」

「きみが再植したわたしの牙は完璧に機能している」

シャナは鼻を鳴らした。「確かにね。その証拠がわたしの体にある」

「あれは不幸な過ちだった。でも、治療がうまくいったとわかったのはいいことだ。きみは見事な仕事をしたんだよ」

「ええ、そうよね。片方の牙だけになるなんて、あなたには恐ろしいことだったでしょうから。お友達に〝左きき〟ってあだ名をつけられるかもしれなかったんだもの」

ローマンが眉を上げた。「怒っているようだな」大きく息を吸う。「きっとわたしが悪いんだ」

怒っているんじゃないわ。傷ついて、悲しくて、疲れ果てているの。ここ数日のショッキングな出来事の数々に順応しようとして、すっかり疲れてしまったのだ。心のどこかで、このままベッドにもぐり込んで二度と出てきたくないと思っている自分がいた。この気持ちをどうやって説明すればいいのだろう？「わたし――」そのとき突然、ドアノブをがちゃがちゃさせる音が聞こえて、シャナは口を閉じた。

「ローマン？」グレゴリがノックした。「鍵なんかかけてどうしたんだ？　約束してたはずだぞ」

「くそっ、忘れていた」ローマンがつぶやいた。「失礼する」彼は高速でドアまで到達すると鍵を外し、また同じ速度でデスクへ戻ってきた。

シャナはぽかんと口を開けて見ていた。ヴァンパイアのスピードには当惑するばかりだ。たとえセックスのときに重宝するとわかっていても。とたんに顔が赤くなった。セックスのことを考えてはだめよ。どうしてもその次には、鋭い牙や血のことを思い出してしまうのだから。

「やあ」脇にファイルをはさんだグレゴリがオフィスに入ってきた。フォーマルなイブニングウェアを着て、颯爽《さっそう》とケープまではおっている。「貧困問題の解決策をプレゼンしに来たんだ。やあ、スウィートケーキ」彼はシャナに向かってうなずいた。

「こんばんは」彼女は立ち上がった。「わたしは失礼したほうがいいわね」

「気にしないでいいよ。実を言うと意見を聞かせてほしいんだ」グレゴリがファイルから大きなカードを数枚取り出し、ローマンのデスクの上に立てた。

最初のカードに書かれた文字が読めた。〝いかにして貧困層に人工血液を勧めるか〟

ローマンがシャナをうかがいながら言った。「貧しい者たちを説得して人工血液を買わせるのは難しい。望めば新鮮なものが手に入るのでね。しかも無料で」

「食糧源に直行できるということね。つまり、人間に」彼女は眉をひそめた。「わたしのような」

見つめ返すローマンの目がシャナに語りかけていた。〝乗り越えるんだ〟

グレゴリがふたりの顔を交互に眺めた。「何かの邪魔をしたのかな？」

「いいえ」彼女はカードを指して促した。「どうぞ続けて」

にっこりすると、グレゴリはプレゼンを開始した。「〈ロマテック・インダストリー〉の使命は、人間とヴァンパイアに等しく安全な世の中にすることだ。もう二度と人間を傷つけないというのは、〈ロマテック・インダストリー〉にかかわるわれわれすべての気持ちを代弁する言葉だと思う」彼は一枚目のカードを伏せて二枚目を見せた。

そこにはふたつの言葉が書かれていた。〝低価格〟と〝利便性〟。わたしのことじゃないといいけど、とシャナは思った。

「このふたつの要素こそが、貧困問題の解決に通じるはずなんだ」グレゴリが続けた。「低価格に関してラズロと話し合った結果、彼が素晴らしいアイディアを出してくれた。われわれが存在し続けるには赤血球しか必要ないわけだから、その赤血球と水を混ぜた飲料を考案すればいいと言うんだ。通常の人工血液や〈ヴァンパイア・フュージョン・キュイジン〉シリーズに比べれば、生産コストはずっと安価に抑えられるだろう」

ローマンがうなずいた。「確かにそうだが、きっとひどい味になるぞ」

「味はなんとかするつもりだ。さて、次は利便性の問題だが」グレゴリは次のカードを出した。ドライブスルーの窓口がある建物が描かれている。

「これはヴァンパイアのためのレストランなんだ」彼は説明した。「もちろんメニューには、〈チョコラッド〉や〈ブラッド・ライト〉のような〈ヴァンパイア・フュージョン・キュイジン〉の人気商品も含まれている。だけどそこに、さっき言った新しい安価な商品を加えるんだ。温められた食事があっというまに出てくるんだよ」

シャナは目をぱちくりさせた。「ファストフードのレストランってこと？」

「そのとおり！」グレゴリがうなずいた。「そこで赤血球と水の新飲料を安く提供する」

「ヴァンパイアのバリューセットね！　レストランの名前はどうするの？　大手ハンバーガーチェーンの〈ジャック・イン・ザ・ボックス〉をもじって〈バット・イン・ザ・ボックス〉？　それとも〈バーガー・キング〉風に〈ヴァ、ヴァンパ、イ、イア・キング〉なんてどうかしら？」自分でも驚いたことに、シャナはくすくす笑っていた。

グレゴリも笑う。「うまいこと言うね」

だが、ローマンは笑っていなかった。彼は怪訝《けげん》そうにシャナを見つめていた。

彼のことは無視して、シャナはドライブスルーの窓口を指差した。「これは危険じゃない？　普通のレストランだと思って人間が並ぶ可能性があるわ。メニューにあるのが血だけだと気づいたら、あなたたちの大きな秘密が明らかになってしまうでしょう？」

「彼女の指摘はもっともだ」ローマンが言った。

「そうだ、いい考えがあるわ」シャナはレストランを思い浮かべながら両手を上げた。「店舗には上のほうの階を借りるの。たとえば一〇階とか。そこにドライブスルーを設置すればいいわ。それなら人間は並べないもの」

グレゴリが困惑した顔で訊いた。「一〇階？」

「そうよ！ドライブスルーじゃなくてフライスルーにするの」そう言って、どっと笑い出す。

グレゴリはローマンと顔を見合わせた。「だけどヴァンパイアは飛ばない」

ローマンが立ち上がった。「いろいろ名案が浮かんだようだな、グレゴリ。ラズロに言って、その……バリューセットの開発を進めるといい」

シャナは口を手で覆ったが、どうしても笑いが止まらなかった。

ローマンが心配そうな視線を彼女に向けた。「レストランに適した貸し物件の調査も始めてくれ」

「了解、ボス」グレゴリはカードをファイルにしまった。「今夜はシモーヌとクラブへ行くんだ。もちろん調査目的だよ。最適な経営方法を調べるために、ヴァンパイアにもっとも人気のある娯楽場を視察してくる」

「それはいいな。シモーヌが面倒を起こさないように気をつけるんだぞ」

グレゴリがうなずいた。「そうするよ。わかってると思うけど、彼女がぼくと出かけるのは、ただあんたに嫉妬させたいからなんだ」

　ふいにシャナは笑いたい気分ではなくなった。彼女はローマンを睨んだ。

　彼もきまりが悪い顔をするくらいの礼儀はわきまえているようだ。「関心がないことは、はっきり彼女に伝えてある」

「ああ、わかってる」ドアに向かいかけたグレゴリが足を止めた。「そうだ、明日の夜〈ロマテック・インダストリー〉で市場調査をしたいと思ってたんだ。貧困層のヴァンパイアのグループを招いて、レストランに関するアンケートに記入してもらうんだよ。今夜、クラブで情報を流してくるつもりだ」

「よさそうじゃないか」ローマンはドアまで歩いていった。

　グレゴリがシャナを見て言った。「どうやらこういうことに才能がありそうだね。明日の晩の調査を手伝ってくれないかな？」

「わたしが？」

「そうだよ。〈ロマテック・インダストリー〉で行われるんだから危険はないだろう」グレゴリは肩をすくめた。「提案してみただけさ。何かすることがあったほうがいいかと思って」

　シャナは選択肢を考えてみた。引き受けなかった場合は、ハーレムの女性たちとローマンの家でごろごろしているしかない。「いいわ。面白そうだし。気をつかってくれてありがとう」

「いいんだよ」グレゴリがファイルを脇に抱えた。「さて、それじゃあ、そろそろ引き上げて街へ繰り出すか。このケープ、いけてると思わないか？　ジャン＝リュックが貸してくれたんだ」

シャナは微笑んだ。「すごくホットよ」

グレゴリはもったいぶった歩き方でドアへ向かった。「こんなケープを着たらセクシーになりすぎるよ。おまけに牙もあるんだ。セクシーすぎる」くるりと一回転したかと思うと、片手を天井に突き上げてディスコのポーズをとった。「セクシー！」彼はケープをひらひらさせて出ていった。

にやにやしながら、シャナは言った。「ヴァンパイアであることを楽しんでるみたいね」

ローマンがドアを閉めてデスクへ戻ってきた。「彼は正真正銘、現代のヴァンパイアなんだ。生きるために人間を噛んだ経験がない」

彼女は鼻を鳴らした。「とても若いってことね。完全にボトル育ちなの？」

デスクの椅子に座りながら、ローマンは笑みを浮かべた。「動揺させたいなら、ディスコはもう古いと言ってやればいい」

シャナは声をあげて笑った。けれどもローマンの顔を見たとたんにふたりの悲劇的な状況が思い出され、急に笑いが止まる。うまくいくわけがない。年をとっていく彼女に対して、ローマンはいつまでも若いままだ。彼とでは子供を持てるかどうかも怪しい。唯一の望みである普通の生活が送れるとも思えなかった。しかも彼は噛みたい衝動を覚えずに愛し合うことができない。不可能なのだ。

ローマンが前のめりになった。「大丈夫なのか？」

「もちろん」そう言いながらも、出てきた声はやけに甲高かった。涙で視界がぼやけ始めるのを感じ、シャナは顔をそむけた。

「このところずっとひどい経験の連続だった。命が脅かされ、きみにとっての現実が……」

「破壊された？」

彼は眉をひそめた。「変わってしまったと言おうとしたんだ。今はもうヴァンパイアの世界を知ってしまったから。だが、実際は人間の世界と同じだよ。昔からずっとそうだ」

同じだなんてありえないわ。彼女は涙をこらえようとして洟《はな》をすすった。「わたしの望みはただ、普通に暮らすことだけなの。地域社会に根をおろして、自分がそこに所属していると感じたい。普通の安定した仕事につきたい。普通の夫が欲しいのよ」たまらずこぼれ落ちた涙を慌ててぬぐう。「大きな家が欲しい。大きな庭があって、ピケットフェンスがあって、大きな犬がいるの。それから……」また涙がこぼれた。「子供が欲しい」

「どれも素晴らしい願いだ」ローマンがささやいた。

「そうね」頰の涙をふきながら、シャナは彼と目を合わせるのを避けた。

「われわれふたりには未来がない。きみはそう思っているんだろう？」

彼女はうなずいた。椅子のきしむ音が聞こえて、さっと視線を向ける。ローマンは椅子の背にもたれてじっと彼女を見つめていた。表面は穏やかに見えるが、歯を食いしばっているのか顎の筋肉がぴくぴくしていた。

「もう行ったほうがよさそうだわ」シャナは震える足で立ち上がった。

「普通の夫か」ローマンがつぶやいた。身を乗り出し、怒りに燃える目で彼女を釘《くぎ》づけにする。「きみは退屈な夫を持つには元気がよすぎるし、頭もよすぎる。きみの人生には情熱が必要だ。知性できみに挑み、ベッドで悲鳴をあげさせる。必要なのはそういう相手だ」彼は椅子から立ち上がった。「きみに必要なのはわたしなんだ」

「そんなの、頭に穴が開くぐらいありえないことよ。わたしの場合、脚には穴が開いているけど」

「もう二度と噛んだりしない!」

「噛まずにいられるわけがないわ!」頬に涙が流れ落ちる。「だってあなたの本質なのよ」

ローマンが青ざめた顔で椅子に座った。「きみはそう思っているのか? わたしの本質は邪悪だと?」

「違う!」シャナは腹立たしげに頬をぬぐった。「あなたは善良で高潔な人だと……ほぼ完璧な人だと思っているわ。普通の状況なら、絶対に誰かを傷つけようなんて思わないでしょう。でも愛し合えば、あなたはどこかで自制心を失ってしまう。この目で見たもの。目が赤く光って、歯が――」

「二度とそういうことにはならない。きみと愛し合う前に必ず腹を満たしておくつもりだ」

「そんなことをしてもだめよ。あなたは……あなたには情熱がありすぎるの」

ローマンがこぶしを握りしめた。「それには理由があるんだ」

「二度とわたしを噛まないと保証はできないはずよ。だってそれが……あなたという存在なんだから」

「保証する。ほら」彼はデスクの端にあった銀の十字架のネックレスを、鉛筆を使って引き寄せた。「これをつけてくれ。そうすればきみを抱き寄せることすらできない。まして嚙むことなど不可能だ」

ため息をついて、シャナはネックレスを首にかけた。「足の指にもリングがいるわね。銀のガーターも。おへそと乳首にも必要かも」

「美しい体にピアスの穴など開けないでくれ」

「あら、どうして？　あなたは開けたじゃない」

ローマンがたじろいだ。

いけない。また彼を傷つけている。「ごめんなさい。どうもうまく対処できないみたいなの」

「きみはよくやっている。ただ、いろいろなことがありすぎたんだ。さっきもグレゴリと話しながらくすくす笑っていただろう？　きみは少し……不安定になっているんだと思う。しばらく休んだほうがいい」

「そうかもしれないわ」シャナは十字架を持ち上げて眺めた。「これはどのくらい古いものなの？」

「修道士になったときに、コンスタンティン神父からもらったものだ」

「きれいだわ」彼女は十字架を胸に押しあてて深呼吸した。「修道院で何があったかコナーが話してくれたの。本当にお気の毒だわ。でも、あなたのせいでないことはわかっているはずよ」

ローマンは目を閉じて額をこすった。「きみはわたしたちが違っていると言ったが、実は似ているんだ。そっくりなんだよ。友達が殺されたとき、きみもわたしと同じように感じたはずだ。われわれには感情的なつながりがある。とても強い力だ。それを無視することはできない」

また涙があふれそうになった。「ごめんなさい。あなたを幸せにしてあげたくてたまらないのに。ずっと辛い思いをしてきたんだもの。あなたには幸せになる権利があるわ」

「きみも同じだ。わたしはあきらめないぞ、シャナ」

涙がひと粒、頬を伝って落ちた。「うまくいかないわ。あなたは永遠に若くて美しいままよ。だけどわたしは年をとって白髪になるの」

「そんなことは気にしない。問題にならないんだ」

彼女は鼻を鳴らした。「なるに決まってるじゃない」

「シャナ」ローマンが立ち上がってデスクをまわってきた。「それでもきみはきみだ。わたしはきみを愛しているんだ」

22

一〇分後、ローマンは〈ロマテック・インダストリー〉のラディンカのオフィスにテレポートした。

仕事をしていた彼女が顔を上げて言った。「やっと来たのね。遅刻よ。アンガスとジャン＝リュックはあなたのオフィスで待っているわ」

「わかった。ラディンカ、きみに調べてもらいたいことがあるんだ」

「いいわよ」彼女はデスクに肘をついて身を乗り出した。「何かしら？」

「新しく土地を買おうかと思っている」

「もうひとつ施設を？　いい考えだと思うわ。このあたりはマルコンテンツがうろうろして、爆破騒ぎを起こしているんですものね。爆破といえば、指示はまだもらっていないけど、イリノイの工場から人工血液をこちらへ運ぶように連絡しておいたわ」

「ありがとう」

ラディンカはペンとメモを手に取った。「さて、新しい工場を建てたいのはどこ？」

ローマンは眉間に皺を寄せると、足を踏み替えて重心を移動させた。「工場ではない。わたしが欲しいのは……家だ。大きな家がいい」

眉を上げながらも、ラディンカは彼の要求をメモしている。「大きいということの他に、ご希望は？」

「近隣の環境がよくて、ここからあまり遠くない場所でなければならない。あとはピケットフェンスと大きな庭と大きな犬だ」

ラディンカがペン先でトントンとメモを叩いた。「犬つきの家なんて、普通は売っていないと思うけど」

「わかっている」秘書の顔に浮かぶ、面白がっているような表情に苛立ちを覚えて、ローマンは腕を組んだ。「どこで大きな犬が手に入るか調べてもらいたいんだ。大きな犬になる子犬でもいいかもしれないが」

「どんな犬がご希望か訊いてもいいかしら？」

「大きい犬だ」ローマンは歯を食いしばった。「いろいろな犬種の写真を手に入れてくれ。それと売りに出ている家の写真もできるだけ。最終的に決断を下すのはわたしじゃないんだ」

「あら」ラディンカが満面の笑みを浮かべた。「つまり、あなたとシャナの関係がうまく進んでいると見ていいのね？」

「いや、まだだ。結局は家を貸すことになるかもしれない」

彼女の笑みがしぼんだ。「そういうことなら、ちょっと時期尚早じゃないかしら。ことを急ぎすぎると、逃げられてしまうかもしれないわよ」

いずれにしてもシャナは逃げ出すかもしれない。ローマンは内心でうめきながら思った。「彼女が何より求めているのは、普通の暮らしと普通の夫なんだ」彼は顔をしかめて肩をすくめた。「わたしは普通とは言えない」

ラディンカの口もとがぴくりと動いた。「そうねえ。だけど〈ロマテック・インダストリー〉で一五年も働いていると、最近では何が普通なのか確信が持てなくなったわ」

「普通の家と普通の犬なら与えられる」

「普通をお金で買おうとしているの？　見透かされてしまうわよ」

「彼女の夢を実現させようとしていることを理解してもらえればそれでいい。できるかぎり普通の暮らしが送れるように努力するつもりなんだ」

ラディンカは考え込むように眉をひそめた。「どんな女性でも、本当に望んでいるのは愛されることだと思うわ」

「その点はもう問題ない。彼女には愛していると言った」

「まあ、すてき！」けれどもラディンカの笑みはまたすぐに消えた。「あなたはちっとも幸せそうに見えないわ」

「それはきっと、彼女がわたしの部屋から走り出ていったせいだろう。泣きながら」

「あら、まあ。こういうことに関して、わたしが間違うことはほとんどないんだけど」

ローマンはため息をついた。ときどき、ラディンカは本当に超能力の持ち主だろうかと疑問に思うことがある。それならなぜ、自分の息子が襲われることを予見できなかったのだろう？　もっとも、グレゴリがヴァンパイアになるとわかっていたのなら話は別だが。

メモをペンで叩きながら、ラディンカが言った。「彼女があなたの運命の相手だということは確かよ」

「それはわたしも確信している。彼女がわたしを心から大切に思ってくれているのもわかっているんだ。そうでなければ――」

ラディンカが眉を上げてローマンに続きを促した。

彼はもぞもぞと足を踏み替えた。「家を探してくれればありがたい。もう会議に行かないと」

ラディンカの口もとがまたぴくりとした。「そのうちにシャナは機嫌を直すわよ。調べもののことは任せて」彼女は椅子を回転させてコンピューターに向かった。「まずは家から取りかかるわ」

「ありがとう」ローマンはドアへ歩いていった。

「そうだわ、ハーレムの人たちをクビにしなきゃだめよ！」背後からラディンカが声をかけてきた。

彼は顔をしかめた。彼女たちは大きな問題だ。自分の力で暮らしていけるようになるまでは、経済的に援助してやらなければならないだろう。

ローマンは自分のオフィスに入った。「こんばんは、アンガス、ジャン＝リュック」

アンガスがぱっと立ち上がった。いつもどおり、緑と青のマッケイ・タータンのキルトに戻っている。「ここまで来るのにずいぶん時間がかかったじゃないか。マルコンテンツの問題はすぐに対処しなくてはならないんだぞ」

ジャン＝リュックが座ったまま片手を上げて挨拶した。「こんばんは《ボンソワール》、友よ《モナミ》」

「何か決めたのか？」ローマンはデスクをまわって椅子に座った。

「議論の時間は終わった」アンガスが部屋の中を歩きまわり始めた。「昨夜の爆発はマルコンテンツの宣戦布告だ。ハイランダーたちはすでに臨戦態勢を整えている。今夜にでも攻撃できるぞ」

「賛成しかねるな」ジャン＝リュックが割り込んだ。「ペトロフスキーはその手の報復を予測しているはずだ。やつのブルックリンの自宅を攻撃するとして、防御を完全に整えて待つ向こうに対してこちらは正面から挑み、わざわざ優位に立たせてやる必要があるか？」

「部下たちは恐れを知らない者ばかりだ」アンガスがうなった。

「わたしだってそうだぞ」ジャン＝リュックの青い瞳が光った。「だが、これは恐怖心とは関係ない。実際的になるべきだ。きみとハイランダーたちがいつもこんなに短気でなければ、過去に多くの戦いで負けることもなかったに違いない」

「短気ではない！」アンガスが吠えた。

ローマンは両手を上げて制した。「この問題はいったん保留にしないか？　幸い昨夜の爆発では誰も怪我人が出なかった。ペトロフスキーに関しては、片をつけるべきだとわたしも思う。だが、人間の目撃者がいる前で全面戦争に突入するのは気が進まない」

「そのとおりだ《エグザクトマン》」ジャン＝リュックが椅子に座り直した。「ペトロフスキーと仲間たちを見張るべきだと思う。やつらがひとりきりか、ふたりになったときをねらって始末するんだ」

アンガスが嘲るように鼻を鳴らした。「高潔な戦士がすることじゃない」

ジャン＝リュックがゆっくり立ち上がった。「わたしが高潔でないとほのめかしているつもりなら、決闘を申し込まざるをえない」

ローマンはうめいた。ふたりの言い争いを五〇〇年も聞かされていれば、たとえ最高の友情で結ばれていても精神的に疲れてくる。「まずペトロフスキーから片づけないか？　きみたちが殺し合うのはそのあとにしてくれ」

アンガスとジャン＝リュックが笑い出した。

「いつものことだが、われわれふたりの意見は一致しない」腰をおろしながら、ジャン＝リュックが言った。「決定権はきみに委ねよう」

ローマンはうなずいた。「今回に関してはジャン＝リュックに賛成だ。ブルックリンで総攻撃は目立ちすぎるだろう。それに多くのハイランダーたちを危険にさらすことになる」

「われわれは気にしない」自分の椅子に戻りながら、アンガスがうなった。

「わたしは気にする」ローマンは言った。「きみたち全員とは長いつき合いなんだ」

「こちらの数はかぎられている」ジャン＝リュックがつけ加えた。「フランス革命以降はひとりもヴァンパイアに変えていないからな。きみはどうだ？」

「カロデンが最後だ」アンガスが答えた。「それに引き換えペトロフスキーのようなやつらは、いまだによこしまな目的から人間をヴァンパイアに変えている」

「そうやって邪悪なヴァンパイアを増やしているんだ」ジャン＝リュックがため息をついた。

「今回ばかりは、モナミ、われわれの意見が合ったようだな。こちらと違って、向こうの数は増加するばかりだ」

アンガスがうなずいた。「われわれももっとヴァンパイアを増やさなければ」

「絶対にだめだ！」話の方向が変わったことに警戒して、ローマンは声をあげた。「これ以上、罪のない魂を地獄送りにするつもりはない」

「それならわたしがやろう」アンガスが赤褐色の髪を払って言った。「世界のどこかには、高潔な心を持ちながら死にかけている戦士がいるはずだ。悪と戦い続けるチャンスを歓迎する戦士が」

ローマンは身を乗り出した。「三〇〇年前とは状況が違う。現代の軍隊は兵士を放置しない。たとえ死んだ場合でもだ。姿を消す者がいれば気づくだろう」

「行方不明の兵士は今も存在する」ジャン＝リュックが肩をすくめた。「可能性がないわけじゃない。この件はアンガスに賛成だ」

ヴァンパイアの兵が増えると考えただけで気持ちが沈む。ローマンは額をこすりながら言った。「結論を出すのはしばらく待たないか？　まずペトロフスキーを始末しよう」

ジャン＝リュックがうなずいた。「いいだろう」

「わかった」アンガスが眉をひそめる。「次はCIAと〝ステイク・アウト〟チームの件だ。だが人数がたったの五人なら、片をつけるのに手間はかからないだろう」

ローマンは顔を曇らせた。「殺すのは避けたい」

鼻息を荒くしてアンガスが言った。「殺すとは言ってないぞ。リーダーの娘ときみが関係しているのはみんな知っている」

ジャン＝リュックはにやりとした。「とくに昨夜のことがあってからは」

顔が熱くなるのを感じて、ローマンは驚いた。シャナの反応が移りかけているのかもしれない。

アンガスが咳払いした。「〝ステイク・アウト〟チームを片づける最良の方法は、彼らの頭からわれわれの記憶を消すことだ。タイミングが重要だな。五人の記憶を消すのと、ラングレーに忍び込んで記録を消す作業を同時に行う必要がある」

「きれいさっぱり消してしまわなければ」ジャン＝リュックの顔に笑みが浮かんだ。「気に入ったぞ」

「うまくいくかどうかは疑問だ」口に出したとたん、ローマンは友人たちから驚いた視線を向けられた。「シャナはマインド・コントロールに抵抗できる」

アンガスが緑色の目を見開いた。「冗談だろう？」

「本当だ。そればかりか、彼女は父親から超能力を受け継いでいるようなんだ。〝ステイク・アウト〟チームが小規模なのは、似たような能力を持つ者たちの集まりだからかもしれない」

「なんということだ《メルド》」ジャン＝リュックがささやいた。

「対ヴァンパイア計画に携わっているなら」ローマンは続けた。「たとえ彼らを殺したとしても、犯人がわれわれの仲間だとすぐ知れるだろう」

「しかもアメリカ政府にヴァンパイアを徹底的に排除する動機を与えてしまう」ジャン＝リュックが締めくくった。

「思ったより大きな脅威だな」指で肘掛けを叩きながら、アンガスが言った。「この件に関してはもっと考えるべきだろう」

「わかった。このあたりで休憩しよう」ローマンは立ち上がってドアへ向かった。「用があったらラボへ来てくれ」彼は廊下を急いだ。日中に起きているための調合薬を完成させたくて、気がせいていたのだ。ローマンはラズロのラボの前に立つハイランダーに気づいた。よし。ラズロはちゃんと守られている。

ローマンがスコットランド人に挨拶してラボに入ると、ラズロはスツールに座って顕微鏡をのぞき込んでいた。「やあ、ラズロ」

小柄な化学者はびっくりして椅子から転げ落ちそうになった。

ローマンは慌てて駆け寄り、彼の体を支えた。「大丈夫か？」

「大丈夫です」ラズロが白衣を正した。ボタンはすでに全部なくなっている。「最近ちょっと神経質になっているもので」

「貧困層のための安価な飲料を開発中だと聞いたぞ」

「そうなんです、社長」ラズロが勢いよくうなずいた。「明日の夜の調査のために三種類の試作品を用意しました。赤血球と水の割合を変えて実験しているんです。レモンとかバニラの風味を加えるかもしれない」

「バニラ味の血か？　試してみたい気もするな」

「ありがとうございます」

ローマンは近くのスツールに腰かけた。「きみの意見を聞きたいことがあるんだ。どう思うか教えてくれ」

「もちろんですとも。わたしにできることなら喜んでお手伝いします」

「まだ現段階ではただの理論にすぎないんだが、わたしは精子について考えていた。生きた精子だ」

ラズロの目が見開かれた。「われわれの精子は死んでいますよ、社長」

「わかっている。だが、たとえば人間の精子を採取して遺伝情報を消し、他のDNAを植えつけたらどうかと思ったんだ」

ラズロがぽかんと口を開けた。何度も瞬きしている。「ですが、いったい誰が生きた精子に自分のDNAを入れたがるんです？」

「わたしだ」

「おお、それならあなたは……子供を作りたいのですか？」

シャナとの子供なら。「可能かどうか知りたい」

ラズロはゆっくりとうなずいた。「たぶんできるでしょう」

「よかった」ローマンはドアへ向かいかけて足を止めた。「今の話は内密にしておいてくれるとありがたいんだが」

「もちろんです、社長」ボタンのあった場所の糸を引っ張りながら、ラズロが請け合った。

「ひと言も口外しません」

ローマンは調合薬の研究のために急いで自分のラボへ向かった。CDプレーヤーの電源を入れる。グレゴリオ聖歌が部屋いっぱいに流れ出した。集中を助けてくれる音楽なのだ。研究はあと少しのところまで来ていた。

いつのまにか音楽が消えていることに気づき、ローマンは時計を見た。五時三〇分だ。新しい問題に取り組んでいると、いつも飛ぶように時間が過ぎていく。彼はコナーに電話をかけて自宅のキッチンにテレポートした。「今日はどうだった？」

「問題なし」コナーが答えた。「ペトロフスキーの仲間は現れていない」

「シャナは？」

「自分の部屋にいる。ドアのところにダイエット・コーラとブラウニーを置いてきた。あとで見たらなくなっていたから、たぶん彼女は大丈夫だろう」

「わかった。ありがとう」ローマンは階段へ向かい、螺旋《らせん》の中央に立った。最上階にさっと目を向け、一瞬でテレポートする。自分のオフィスに入った彼はふと立ち止まり、血のように赤いベルベットの長椅子に目を向けた。シャナを嚙むとは、なんと愚かなことをしたのだろう。もっと愚かなのは、彼女に愛していると口走ったことだ。

ローマンは重い足取りで、夜食をとりにホーム・バーへ歩いていった。シャナの部屋へ様子を見に行くべきだろうか？　彼女は口をきいてくれるだろうか？　彼はキャップを外してボトルを電子レンジに入れた。しばらくひとりにしておくほうがいいかもしれない。愛の告白をされたときのシャナの反応は、はかばかしくなかった。時間を与えよう。だが、あきらめるつもりはない。

「ちくしょう！」イワンは狭いオフィスをうろうろと歩きまわった。DVNのニュースを見ていたのだ。〈ロマテック・インダストリー〉の爆破事件がトップニュースとして扱われていたものの、ろくでもない倉庫がひとつ吹っ飛んだだけで、たいした被害は出ていなかった。バラバラになったり、カリカリに焼けたりしたハイランダーはひとりもいない。イワンの知るかぎり、獲物を求めて街をうろつく飢えたヴァンパイアが急増したということもなかった。ドラガネスティの偽の血の在庫を吹き飛ばせば、何かが変わると期待していたのだが。

「自宅に人工血液を貯蔵しているのかもしれません」アレクが言った。「まだ飲み尽くしていないだけかも」

ウイングバック・チェアのひとつに丸まったガリーナが口を開いた。「きっとそうだわ。まだ不足して困るような状況じゃないのよ。それにドラガネスティは、わたしたちの知らない在庫を持っているのかもしれないし」

イワンは歩くのをやめた。「どういうことだ？」

「だって、世界中に人工血液を供給しているのよ。どこか他に工場があってもおかしくないわ」

アレクが彼女にうなずいた。「確かに考えられる」

ガリーナが眉を上げる。「あなたが思うほどばかじゃないのよ」

「やめろ」イワンはふたたび歩き始めた。「計画を練らなければ。まだドラガネスティを十分に痛めつけたとは言えない」

「どうしてそんなに彼を憎むの？」ガリーナが訊いた。

イワンはその問いを無視した。なんとかして〈ロマテック・インダストリー〉に入り込む必要がある。だが、どうやって？　首のあたりが張ってきて神経を刺激した。

「ドラガネスティはカシミールを倒そうとして軍隊を組織したんだ」アレクがガリーナにささやいた。

「あら、教えてくれてありがとう」彼女は秘密めいた微笑みを向けた。

いまいましいことにアレクも微笑み返している。イワンはうなりをあげてポキンと首を鳴らした。その音がふたりの注意を引きつけた。「ハイランダーはどうしている？」

「気配がありません」懸命にガリーナから目をそらしながら、アレクが言った。「外へ出ているとすれば、身を隠しているのでしょう」

「今夜やつらが攻撃してくるとは思えないな」イワンはまた歩き始めた。オフィスのドアが開き、カーチャが入ってきた。「いったいどこへ行ってたんだ？」

「狩りよ」舌なめずりしながらカーチャが答えた。「女は食べなきゃいけないの。それにヴァンパイアのクラブで、いいニュースを仕入れてきたのよ」

「なんだ？　われわれの爆弾で愚かなハイランダーどもが死んだのか？」

「いいえ」カーチャは長い髪をうしろになでつけた。「それどころか、被害は最小限だったと聞いたわ」

「くそっ！」イワンはデスクからガラス製のペーパーウェイトを取って壁に投げつけた。

「ねえ、落ち着いて。癇癪を起こしたってどうにもならないわ。そうでしょ？」

彼は一瞬のうちにカーチャに近づいて彼女の首をつかんだ。「ばかにした態度も同然じゃないのか？　このあばずれが」

カーチャの目が光る。「いい知らせもあるわ。聞きたくないならかまわないけど」

「いいだろう」イワンは彼女を解放した。「さっさと言え」

カーチャは首をさすりながら、苛立った視線を彼に向けた。「〈ロマテック・インダストリー〉に潜入したいんでしょう？」

「もちろんだ。あのチビの化学者を殺すと言ったんだからな。おれは口にしたことは守る。だがあそこにはおぞましいハイランダーどもがうようよしていて、中に入れやしない」

「入れるのよ」カーチャは反論した。「少なくともわたしたちのひとりは。明日の夜、〈ロマテック・インダストリー〉のマーケティング担当副社長が、貧しいヴァンパイアを招いて市場調査をするんですって」

「何をするって？」イワンは訊き返した。

彼女は肩をすくめた。「それが重要なこと？　とにかく、わたしたちの誰かが変装すれば中に入れるわ」

「なんと、素晴らしいじゃないか」カーチャの頬を軽く叩いて、イワンは言った。「よくやった」

「わたしが行きましょう」アレクが申し出た。

だが、イワンは首を振った。「やつらは舞踏会でおまえの姿を見ている。おれも気づかれるだろうな。ウラジミールはどうだ？」

「わたしが行くわ」ガリーナが口を開いた。

イワンは鼻で笑った。「ばかなことを言うな」

「本気よ。向こうもまさか女が来るとは思わないから、警戒していないはずでしょう」

「確かにそうね」カーチャがガリーナの隣に座った。「DVNのメイク担当者を知ってるの。あそこにある衣装も使えると思うわ」

「いいじゃない！」ガリーナが笑みを浮かべた。「太った年寄りの売春婦に変装できるわよ」

「ホームレスの女性《バッグレディ》がいいわ。誰もあなただと思わないはずだもの」

「いつからおまえたちが決定権を持つようになったんだ？」イワンは女たちを睨みつけた。

ふたりが従順にうつむく。「ガリーナがどうやってラズロ・ヴェストをつかまえるんだ？ハイランダーがやつを警備していたらどうする？」

「ナイトシェードを使えばいいわ」カーチャが小声で言う。「持ってるんでしょう？」

「ああ」首のこりをさすりながら、イワンは答えた。「金庫にある。どうしておまえが知っているんだ？」

「一度使ったことがあるの。もちろん、あなたのじゃないわよ。それをガリーナに使わせればいい」

「なんなの、それ？」ガリーナが尋ねた。

「ヴァンパイアの毒よ」カーチャが説明した。「針で刺すと、毒が血流に入り込んで相手を麻痺《まひ》させせられるの。意識はあるけど動けないというわけ」

「すてき」ガリーナの目が輝いた。「使ってみたいわ」

「わかった、いいだろう」イワンはデスクの端に腰かけた。「ラズロ・ヴェストの居場所を突き止めたらこっちへ電話しろ。あのチビを連れてテレポートしてくるんだ」

「それだけでいいの？」ガリーナが静かな口調で尋ねた。

イワンはしばらく考えた。「もう一度、爆弾を仕掛けよう。前より大きいやつだ。ドラガネスティを徹底的に痛めつけられるのがいい」

「それなら」カーチャが提案した。「彼が大切に思っている人たちを殺すべきよ」

イワンはうなずいた。「ハイランダーたちだな」

「まあ、それは確かに気にかけているでしょうけど」真っ赤に塗った唇に指を這わせて、カーチャは言った。「彼の本当の弱点は人間たちよ」

「そのとおりだわ」ガリーナも同意する。「人間の従業員を大勢雇っているもの。爆弾にタイマーをつけて、日の出と同時に爆発させればいい」

「それだ！」イワンは飛び上がった。「ドラガネスティの大事な人間どもが死んでいくのに、やつらにはハイランダーたちも棺に戻らざるをえない。やつらには何もできないんだ。これこそ完璧じゃないか！　明日の夜、ガリーナは人間どもの集まる区域にプラスティック爆弾を仕掛けるんだ」

「カフェテリアとか？」ガリーナはカーチャと意地悪な笑みを交わした。

「よし、そこだ」イワンは宣言した。「やつらのカフェテリアだ」

23

「向こうからわたしが見えるの?」窓の向こうに集まっているみすぼらしい身なりのヴァンパイアたちをうかがいながら、シャナは訊いた。

「いや」そばに立つグレゴリが答えた。「こちらの明かりを消しているかぎり、向こうの部屋からは見えない。マジックミラーになっているからね」

市場調査のことは何も知らないが、ひと晩中テレビを見ているより面白いのは間違いなさそうだ。「貧しいヴァンパイアが存在するなんてびっくりだわ。マインド・コントロールが可能なら、人間からお金を巻き上げられそうなものだけど」

「それもそうだ」グレゴリが言った。「だけどここにいるような人たちは、ヴァンパイアになる前から生活が破綻《はたん》していた場合がほとんどなんだ。とりあえず次の食事を手に入れることしか考えない。麻薬常用者が目の前のドラッグのことしか考えないのと同じさ」

「悲しいわね」シャナは、無料の食事と五〇ドルの謝礼を求めて〈ロマテック・インダストリー〉へやってきた一〇名のヴァンパイアを観察した。「ヴァンパイアになっても人格はそれほど変わらないのね?」

「ああ」ドアのそばに立っていたコナーが口を開いた。彼はシャナのボディガードとしてついてくると言い張ったのだ。「死んだあとでも自分にうそはつけないものなんだ」

だからローマンはいまだに人々を救おうとするし、スコットランドの戦士たちは大義のために戦っているんだわ。ローマンは今頃、何をしているのかしら？　愛の告白以降、彼はシャナに会おうともしていなかった。ふたりの関係には望みがないと気づいたのかもしれない。

「それで、どういう仕組みになっているの？」

「参加者をふたつのグループに分けた」グレゴリが左側の一団を指して言った。「こちらはコンピューターの画面で説明を見て、新しいレストランについてのアンケートに答える。ふたつ目のグループは、いくつか試食してその味を評価する。ひととおり終わったらグループを入れ替えて、また同じことをするんだ」

「わたしは何をすればいいのかしら？」

「試食はこの窓の前ですることになっている。彼らがそれぞれ味を評価するのとは別に、ここから彼らの表情を観察して、反応をメモしてほしい」

シャナはメモ用紙が五つ置いてあることに気づいた。「味は五種類なの？」

「そう。ラズロが考えた三種類の新しい味に〈ブラッド・ライト〉と〈チョコラッド〉を加えてある。〝好き〟、〝普通〟、〝嫌い〟の見出しの下にマークをつけてほしいんだ。わかったかな？」

「ええ、わかったわ」シャナは鉛筆を持った。「ヴァンパイアさんたちを連れてきて」

グレゴリがにやりとした。「手伝ってくれてありがとう、シャナ」彼はドアを開けて参加者たちの部屋へ入っていった。

グレゴリは新しいレストランについて長々と説明した。やがて最初のヴァンパイアが試食テーブルへやってきた。染みのついたレインコートを着た老人だ。顔に、灰色の髭の中までジグザグに続く傷があった。ひとつ目の試食を終えた彼がげっぷをした。

「あれは〝嫌い〟ってこと?」シャナは訊いた。

「〝普通〟だな」コナーが答える。

「あらそう」彼女はメモにマークをつけ、次の試食に取りかかった老人を目で追った。彼はたっぷり口に含んだかと思うと、突然中身を窓一面に吐き出した。

「いやっ!」シャナは飛びのいた。そこら中、血だらけだ。

「これは〝嫌い〟だろう」コナーが言った。

彼女は鼻を鳴らした。「素晴らしい観察力ね、コナー」

ハイランダーがにっこりする。「才能なんだ」

とにかく、これだけの血を見ても吐き気を催さなかったのはいいことだ。恐怖症は間違いなく改善している。次の参加者が来る前に、グレゴリが窓をふいてきれいにした。今度のヴァンパイアはぽっちゃりした年配の女性で、もつれた灰色の髪をしていた。彼女は大きなバッグを胸に抱えながら、飲み物の並ぶテーブルへやってきた。テーブルの端にバッグを置くと、あたりを見まわしてボトルを一本つかみ、もうひとつ持っていたハンドバッグにさっとしまい込んだ。

「あら、大変」シャナはコナーのほうを見た。「〈チョコラッド〉を盗まれちゃったわ」

彼は肩をすくめた。「かわいそうに、あの女性は腹を空かせているんだ。持って帰ればいいさ」

「そうね」しばらくしてシャナが最初のグループのチェックを終えたところで、あのバッグレディが体をふたつ折りにしてうめき始めた。

グレゴリが慌てて駆け寄る。「大丈夫ですか？」

「ああ……あの、ここにお手洗いはありますか？」しわがれた声で女性が訊いた。

「もちろん」グレゴリは彼女をドアのほうへ案内した。「こちらの者がお連れしますよ」彼はドアのそばで警備にあたっていたハイランダーのひとりを指して言った。

バッグレディはハイランダーと一緒に出ていった。その頃にはふたつ目のグループが試食のテーブルにやってきていた。二時間後、すべての調査が終了して、シャナはほっと息をついた。裏に通じるドアが開き、ラディンカが顔をのぞかせた。

「もう終わった？」彼女は訊いた。

「ええ、ようやく」シャナは伸びをした。「こんなに疲れるものだと思わなかったわ」

「それならわたしと一緒に何か食べましょう。元気が出るわよ」

「ありがとう」シャナはバッグを手に取った。「コナーも一緒に来たいんじゃないかしら」

「ああ。あなたの安全を守ると誓ったんだ、お嬢さん」

いないの?」

「優しいのね」彼に微笑みかける。「どこかであなたを待っているヴァンパイアのレディは

コナーは顔を赤らめ、女性たちのあとについて廊下へ出てきた。

「どこへ行くの?」シャナは尋ねた。

「従業員用のカフェテリアよ」きびきびした足取りで廊下を歩きながら、ラディンカが答えた。「信じられないようなチーズケーキがあるの」

「さぞおいしいんでしょうね」

「ええ」ラディンカがため息をついた。「死んでもいいくらいに」

呼び出し音が鳴るやいなや、イワン・ペトロフスキーは電話をつかんだ。「もしもし?」

「ヴェストのラボにいるんだけど」ガリーナが低い声で言った。「助けが必要なの」

「これだから、女をひとりで送り込むべきじゃなかったんだ」イワンはアレクに合図した。

「戻ってくるまで電話をつないだままにしておけ」

「わかりました」アレクが受話器に手を伸ばした。

「よし、ガリーナ。話し続けろ」イワンは彼女の声に集中すると、〈ロマテック・インダストリー〉のラズロ・ヴェストのラボへテレポートした。小柄な化学者が床に横たわって彼らを見ている。意識はあるものの、恐怖に見開かれた目はヘッドライトに照らされたシカのようにうつろだった。

イワンはガリーナの様子を確かめた。薄汚い老女そのものだ。「すごいじゃないか。知らなければおまえだと気づかなかっただろう」

彼女がにっこりすると、黒ずんだ歯が見えた。「面白かったわ。化粧室へ行かなきゃならないふりをしたの。ハイランダーがひとりついてきたけど、そいつがドアを開けたとたんに針を刺してやった」

「今どこにいる?」

「化粧室で気を失っているわ。だけど、こいつの場合はそれほどうまくいかなくて」ガリーナがドアを開けると、床に倒れているハイランダーが見えた。

「くそっ! 廊下に放り出しておくわけにはいかないぞ」

「大きすぎるのよ。わたしひとりでは動かせないわ」

イワンはハイランダーの脇を抱えてヴェストのラボまで引きずった。「どのくらい放置してあったんだ?」

「それほど長くないわ。彼を刺して、すぐにラボへ入ってヴェストを刺したの。動かそうとしたら無理だったから、あなたを呼んだのよ」

ハイランダーを床に放り出すと、イワンはドアを閉めて鍵をかけた。「爆弾は仕掛けたか?」

「ええ。やっぱり入口でバッグを検査されたわ。プラスティック爆弾を服に隠しておいてよかった。カフェテリアのテーブルの下に仕掛けておいたの。あと四〇分くらいで爆発するはずよ」

「素晴らしい」イワンは床からハイランダーがこちらを凝視して、彼らの計画に耳を澄ませていることに気づいた。「これがしたくてたまらなかったんだ」彼はひざまずき、ジャケットから木の杭を取り出した。

ハイランダーが目を見開く。首を絞められたような音が男の喉を震わせた。なんとか動こうとして無駄にあがいている。

「彼は抵抗できないわ」ガリーナがささやいた。

「おれがそんなことを気にすると思うのか？」イワンはハイランダーの上に身を乗り出した。

「自分を殺す相手の顔を見ろ。おまえが目にするのはそれが最後だ」そう言って、彼は男の心臓を杭で貫いた。

ハイランダーが身を弓なりにする。顔が苦痛に歪んだかと思うと、体が崩れ落ちて灰になった。

イワンは杭を脚にこすりつけて灰をぬぐった。「これはいい記念品になる」杭をポケットに戻す。「さて、次はチビの化学者だ」

ラズロ・ヴェストのほうへ歩いていく。「おまえの腰抜けのコーヴン・マスターは守ってくれないようだな？」

ヴェストの顔から血の気が引き、ほとんど真っ白になった。

「ヴィーランの小娘の逃亡を手助けするべきじゃなかったんだ。おれを邪魔するやつがどんな目にあうか、知ってるか？」

「急いで」ガリーナが電話に駆け寄った。「もう行かなきゃ」

イワンは化学者の体を抱え上げた。「電話を持っていてくれ」彼はアレクの声に耳を澄ませながら、テレポートしてブルックリンの自宅に戻った。ガリーナもあとに続く。

彼はヴェストを床に放り投げて肋骨を蹴った。「つましい我が家へようこそ」


おいしいチーズケーキをもうひと口食べながら、シャナは薄暗い明かりのともるカフェテリアを見渡した。ラディンカと彼女は窓際のテーブルに座っていた。コナーはしばらくうろうろしていたが、今は新聞を見つけて読んでいる。彼らの他には誰もいなかった。

「わたしは夜に働くのが好きなの。とても静かだもの」ラディンカが紅茶に人工甘味料をひと袋入れた。「あと三〇分もすれば、ここは人でいっぱいになるわ」

シャナはうなずいて窓の外を見た。庭園をはさんだ向こうに〈ロマテック・インダストリー〉の別棟の明かりが見えた。ローマンのラボはあそこにあるのだ。

「今夜はローマンに会った？」ラディンカが訊いた。

「いいえ」チーズケーキをもうひと口食べる。彼に会いたいのかどうか、自分でもわからなかった。彼が会いたがっているかどうかも。愛を告白した相手が泣きながら逃げたら、男性は傷つくに違いない。

ラディンカが紅茶に口をつけた。「このふた晩ほど、わたしはローマンに頼まれて調べものをしていたのよ。結果を彼のラボに置いてきたけど、彼が言うには最終的に結論を出すのはあなたなんですって」

「なんの話かわからないわ」

「そうでしょうね。彼と話し合う必要があるわ。コナーにラボへ連れていってもらいなさいな」

困ったわ。縁結び役としてのラディンカはあきらめることを知らない。シャナはカフェテリアの壁にかかった大きな時計に目を向けた。もう五時一〇分だ。「時間がないわ。ここへはグレゴリとコナーと一緒に来たんだけど、五時一五分になったら帰ると言われているの。そうだったわよね？」彼女は助けを求めてコナーを見た。

「ああ。だが、なんならローマンとテレポートして戻ることも可能だ」

シャナは彼に向かって顔をしかめた。ちっとも助けにならないんだから。「そろそろグレゴリのところへ行かなきゃ。貧しいヴァンパイア関連の仕事が終わっているといいんだけど」

「調査のほうはうまくいったの？」グリルド・チキン・サラダにドレッシングをかけながら、ラディンカが尋ねた。

「たぶん。だけど虐げられた人たちを見るのは悲しいわ。あるバッグレディがいたんだけど――」シャナはふいに言葉を切った。記憶を探る。「まあ、大変。彼女、あれから戻ってきてないわ」

「なんだって?」コナーが身を乗り出した。「誰のことだ?」

「〈チョコラッド〉のボトルを盗んだおばあさんよ。警備員と一緒に化粧室へ行って、そのまま戻ってこなかった」

「それはまずい」立ち上がったコナーがキルトの前に下げた革袋《スポーラン》から携帯電話を取り出した。

「気分が悪くなって帰ったんじゃないかしら」ラディンカが言った。

シャナにはそう思えなかった。「ヴァンパイアでも病気になるの?」

「ええ。ウイルスに感染した血液を飲んだりすればね」ラディンカはフォークでサラダを突き刺した。「新しい〈ヴァンパイア・フュージョン・キュイジン〉が体に合わないこともあるでしょうし」

コナーが番号を押して話し始める。「アンガス? グレゴリが調査したグループのひとりが施設内をうろついているかもしれない。年配の女性です」

「迷っているのかもしれないわ」ラディンカはサラダを口に入れた。

シャナは歩きまわるコナーを目で追った。心配そうな顔だ。

彼は電話をスポーランに戻し、ふたりのテーブルへ近づいてきた。「アンガスは出入口を封鎖して、建物内を徹底的に調べるように命令を出した。爆破された倉庫から始めるようだ。調べが終わった部屋は、施設全体の調査が完了するまで封鎖されるだろう」

「犯罪が絡んでいると思うの?」ラディンカが訊いた。

「安全が第一だから」時計を見たコナーが眉をひそめた。「日の出まで、あまり時間がないな」

彼は調査に加わりたいに違いない。シャナは推測した。それなのに、わたしのお守りを引き受けたせいで身動きがとれないのだ。「行って、コナー。わたしならラディンカと一緒だから大丈夫」

「いや、だめだ。そばを離れるわけにはいかない、お嬢さん」

ラディンカがくし形に切ったトマトをフォークで刺した。「コナー、彼女をローマンのラボへ連れていけばいいわ。そうすればあなたが調べているあいだ、彼がシャナを見ていられるでしょう」

シャナは眉をひそめた。ラディンカは絶対にあきらめないつもりね。都合の悪いことに、コナーが期待のこもった目でこちらを見ている。彼をがっかりさせたくない。「帰りのドライブはキャンセルということ?」

「とりあえずはそういうことだ」

「わかったわ」彼女はバッグを持った。「行きましょう」

ラディンカは微笑んでいる。「またあとでね」

脚の長いコナーについていくには小走りを続けなければならなかった。ちょうどローマンのラボがある棟への角をまわったところで、大きな警告音が鳴り響いた。「どうしたのかしら?」

「非常警報だ」コナーが走り出した。「何かあったんだ」

先にローマンのラボにたどりついた彼がノックした。ドアを開けてシャナが追いつくのを待っている。彼女は息を切らしながら、コナーに続いて中に入った。

ローマンは電話中だったが、ふたりが部屋に入っていくと顔を上げた。心配そうな表情がたちまち晴れる。彼がシャナに向けた笑顔は、彼女に残っていたわずかな空気をすべて奪ってしまった。「彼女は大丈夫だ。コナーと一緒にここにいる」相手の話に耳を傾けているあいだも、ローマンはシャナから目を離さなかった。

胸がどきどきして口の中が乾いてきた。走ってきたせいに違いないと自分に言い聞かせる。こちらを見るローマンの目つきとはなんの関係もないのだと。

シャナは黒いテーブルにバッグを置いた。かすかに音楽が聞こえた。楽器ではなく男声の合唱だ。心を穏やかにさせるその音は、廊下のスピーカーから聞こえる強烈な警報とは対照的だった。彼女はブラインドが開いている窓から外をのぞいた。庭園の向こうにカフェテリアが見えた。

「情報が入ったら教えてくれ」ローマンが受話器を置いた。

「何があった?」コナーが訊いた。

「市場調査が行われていた場所に近い化粧室で、アンガスが警備員を見つけた。意識はあるものの、麻痺した状態だった」

コナーの顔が青ざめた。「裏にペトロフスキーがいるに違いない」

「バッグレディはどうなったの?」シャナは尋ねた。

「まだ探している」ローマンが答えた。「きみが大丈夫だとわかったから、あとはラズロの無事を確かめるだけだ」

外へ出かかっていたコナーが振り向いた。「行かなければならない」

「わかっている。わたしといればシャナは安全だ」ローマンはドアを閉めて鍵をかけた。

「きみは大丈夫か?」

「ええ」どうやらショックに対する許容範囲が順調に広がりつつあるようだ。単に限界を超えて麻痺しているのかもしれないが。シャナは部屋の中を見まわした。前に一度来たことがあったが、あのときは暗すぎてよく見えなかった。壁にかけられた数々の修了証書が目を引く。彼女はゆっくりと近づいていった。

ローマンは微生物学と化学、それに薬理学で上級学位を取得していた。何百年たった今でも、彼は変わらず治療師なのだ。コナーが言っていたように、たとえ死んでも人の心は変わらないのだろう。そしてローマンの心は善良だった。シャナは肩越しに振り返った。「あなたがこれほどのオタクだったとは気づかなかったわ」

彼が眉を上げた。「なんだって?」

「たくさん学位を持っているのね」

「時間ならいやになるほどあった」ローマンがそっけなく言った。

シャナは唇を嚙んで笑いをこらえた。「夜間学校に行ったの?」

ローマンの唇の端が持ち上がる。「どう思う?」部屋の向こうで、プリンターがカタカタと音をたてて印刷を始めた。彼がコンピューターに向かった。線が複雑に交錯する表やグラフが画面いっぱいに広がっている。シャナにはまったく理解不能だったが、彼は熱心にデータを見ていた。

「これはいいぞ」ローマンがささやいた。印刷されたページの数枚をつかみ、彼はじっと目を凝らした。「実にいい」

「何が？」

彼がテーブルの上に書類を置いた。「これだ」緑色がかった液体の入ったビーカーを手に取る。「ついにやったらしい」顔に笑みが広がった。「本当にやったんだ」

ローマンは嬉しそうで、とても若々しく見えた。まるで何百年も肩にのしかかっていた重荷が突然取れたかのように。そんな彼を見ていると、シャナも微笑まずにいられなかった。これこそローマンがあるべき姿なのだ。ラボで研究に没頭し、発見に喜びをあふれさせる治療師。

シャナは彼に近づいていった。「なんなの？　新しいトイレ用洗剤とか？」

ローマンは声をあげて笑い、ビーカーをおろした。「ヴァンパイアが日中でも起きていられるようになる調合薬なんだ」

彼女は途中で足を止めた。「冗談よね」

「いいや。このことでは冗談など言えない。これは……」

「革命的だわ」シャナはささやいた。「あなたはヴァンパイアの世界を変えてしまうかもしれない」

驚きの表情を浮かべながら、ローマンがうなずいた。「もちろん、まだテストもしていないから確信は持てない。だが、血液の製造に成功して以来の大きな一歩になるだろう」

彼の人工血液は何千もの人々の命を救っている。わたしの目の前にいるのは天才だわ。その人がわたしを愛していると言っているなんて。

ローマンは腕を組んで、緑がかった液体を眺めた。「もしもこの調合薬が臨床的に死んでいるヴァンパイアをうまく活性化させられるとしたら、人間の疾患にも適用できるかもしれない。たとえば昏睡とか緊張症のような」

「あなたは素晴らしい天才よ、ローマン」

彼は眉根を寄せた。「たいていの科学者より長い時間、研究を続けてきたからだろう。あるいはきみが言ったように、オタクなのかもしれない」そう言って微笑む。

「あら、オタクってすごいのよ。おめでとう」シャナはローマンを抱きしめようと手を伸ばしたものの、思い直して彼の腕を軽く叩くだけにとどめ、うしろへ下がった。

ローマンの笑みが薄れる。「わたしを恐れているのか?」

「いいえ。ただ思ったの。わたしたちは……」

「触れ合わないほうがいい? それとも愛し合わないほうがいいと思ったのか?」色濃くなった彼の瞳に飢えがきらめいた。「われわれのあいだには、まだ終わっていない問題がある」

シャナは息を詰まらせてあとずさりした。彼を信頼するかどうかは関係ない。彼女を守るためなら、ローマンはどんなことでもするだろうとわかっていた。問題は、シャナが自分自身を信じられないことなのだ。こんな目で見られると抵抗できなくなる。彼とは二度愛し合おうとしたが、二度とも拒むべきだった。論理的に考えて、ヴァンパイアとの関係がうまくいく可能性がないことははっきりしている。けれども残念ながら、いくら理解していようと、渇望する心を静める役には立たない。全身の神経を震わせ、ローマンを求めて体をうずかせる肉体的な魅力を断ち切ることはできないのだ。

彼女は話題を変えようと試みた。「あなたが聞いているこの音楽はなんなの?」

「グレゴリオ聖歌。集中するのにいいんだ」ローマンは小さな冷蔵庫へ近づいて血のボトルを取り出した。「空腹にならないように」そう言ってキャップを外し、冷たいまま飲み始める。

まあ。これからわたしを誘惑するつもりだということ? まさか。まもなく太陽がのぼってくる。一五分もすれば彼は冷たくなるのだ。もちろんヴァンパイアは、望めばかなり速く動くことができるけれど。シャナはラボの中をぶらぶらと歩いた。そのあいだもローマンは同じ場所に立ったまま、血を飲みながら彼女の動きを目で追っている。「ずいぶん古そうなものね」シャナは石臼とすりこぎを眺めて言った。

「本当に古いんだ。わたしが育った修道院の廃墟から取ってきた。あのときのもので残っているのはそれと、きみがつけている十字架だけだ」

シャナは首の十字架に触れた。「わたしの身の安全が確実になったら、これは返すわね。

あなたにとって大切なものだから」

「それはきみのものだ。わたしにとって、きみ以上に大切なものなどない」

なんと言えばいいのかわからない。〝わたしもあなたが好きよ〟では不十分に思えた。「ラディンカがあなたのために調べものをしたと言っていたわ。そのことであなたと話し合うべきだと」

「ラディンカはしゃべりすぎるな」ローマンはもうひと口飲んだ。「赤いファイルだ」シャナのすぐそばにあるテーブルを指差す。

いったいなんの調査だろうと疑問に思いながら、彼女はゆっくりファイルに近づいた。開いてみると、いちばん上に光沢仕上げの大判の写真があった。ゴールデン・レトリバーの写真だ。「あら、これは……犬ね」写真は一枚ではなかった。黒いラブラドール・レトリバーにジャーマン・シェパード。「どうして犬の写真が入っているのかしら？」

「大きな犬が欲しいと言ったのはきみだ」

「今すぐ欲しいわけじゃないわ。だってわたしは逃亡中なのよ」アラスカン・マラミュートの写真を手に取ったシャナは息をのんだ。その下に家の写真があったのだ。二階建ての大きな白い家で、広い玄関ポーチがあって白いピケットフェンスに囲まれている。前庭には目立つように〝売り家〟の看板が置かれていた。まさに彼女の夢の家だ。

ただの夢の家ではない。これは夢の暮らしをともにしようという、ローマンからの申し出だった。シャナは喉が締めつけられるのを感じ、言葉もなくただ息をあえがせていた。わたしは間違っていた。思っていたほどショックに対して強くなっていないわ。目に涙があふれてくる。彼女は震える手で次の写真をめくった。ピケットフェンスに囲まれた別の家だ。ヴィクトリア朝様式のその古い家には、かわいらしい塔まであった。こちらも売りに出ている。シャナは自分が人生に何を望んでいるかローマンに話した。彼はその願いをかなえようとしてくれているのだ。最後の八枚目の写真にたどりつく頃には、涙で視界がかすみ、ほとんど見えなくなっていた。

「夜なら見に行ける」空のボトルを置いたローマンが近づいてきた。「好きな家を選んでくれ。気に入ったものがなければさらに探すよ」

「ローマン」両手を震わせながら、彼女はファイルを閉じた。「あなたほど大切に思う人はいないわ。だけど――」

「すぐに答えを出す必要はない。まもなく日がのぼるから、もう帰らなくてはならないんだ。わたしのベッドルームにテレポートできる。一緒に来てくれるか？」

ふたりきりになるのだ。だがたとえ彼が誘惑しようとしても、太陽がのぼれば途中でやめざるをえないだろう。指一本上げることもできなくなり、ましてや……。

突然勢いよくドアが開き、大柄なスコットランド人が入ってきた。息を荒らげている。緑色の瞳が涙で潤んでいた。

「アンガス？」ローマンが向き直って言った。「どうした？」

「きみの化学者がいなくなった。あのろくでなしどもが誘拐したんだ」

「まあ、そんな」シャナは手で口を覆った。かわいそうなラズロ。

「彼のラボの電話は受話器が外れていた」アンガスが続けた。「通話記録を調べた結果、ブルックリンのペトロフスキーの自宅にかけられていたことが判明した」

「わかった」ローマンの顔は青ざめていた。

「それにユアン。彼の警備をしていたのはユアン・グラントだった」アンガスの表情が強ばった。「やつらは彼を殺した」

ローマンが驚いてうしろに下がった。「確かなのか？　彼も一緒に誘拐されたのかもしれないぞ」

「違う」アンガスが首を振る。「彼の灰を見つけた。卑劣な悪党どもに杭を打たれたんだ」

「なんということだ」ローマンはテーブルの端をつかんだ。「ユアンが。彼はとても強かった。それなのにどうして……」

食いしばった歯のあいだからアンガスが息を吐いた。こぶしをきつく握りしめている。

「化粧室で倒れていた警備員と同じように、ナイトシェードを使われたのかもしれない。彼は……抵抗できなかっただろう」

「ちくしょう！」ローマンがこぶしでテーブルを打ちつけた。「悪党どもめ」彼は部屋の中を歩きまわり始めた。「日の出は何時だ？　報復の時間はあるだろうか？」

「いいや。あいつらはわざとこのタイミングをねらったんだ。あと五分で太陽がのぼる。どうにも手出しできない」

ローマンがまた悪態をついた。「きみが正しかった、アンガス。今夜、攻撃するべきだったんだ」

「自分を責めるな」アンガスがシャナに目を向けて眉をひそめた。

まあ、どうしよう。全身に鳥肌が立つのがわかった。彼はわたしの責任だと思っているんだわ。わたしの逃亡を助けなければ、ラズロがペトロフスキーにねらわれることもなかっただろう。それにラズロがねらわれなければ、彼らの仲間はまだこの世に存在していたはずだ。

ローマンはまだ歩き続けていた。「少なくとも、やつらもラズロを長く苦しめられない」

「そうだ。太陽が悪行を止めてくれる」ドアノブに手をかけたところでアンガスが言った。

「きみも賛成するだろう。明日の夜、われわれは戦争を開始する」

ローマンが怒りに目を燃やしてうなずいた。「わかった」

シャナは息が詰まるのを感じた。さらに多くのヴァンパイアが失われるに違いない。もしかしたらローマンも。

「われわれは地下室へ避難する。日がのぼるまで、そこで計画を練るつもりだ。きみも可能なうちに寝る場所を見つけておいたほうがいいぞ」

「わかった」ローマンがテーブルのそばで足を止めた。

アンガスがドアを閉めて出ていくと、ローマンは額に手をあてて目を閉じた。悲しんでいるのか、それとも疲れているのか、シャナにはわからなかった。きっと両方だろう。彼は殺されたハイランダーのことを昔から知っていたに違いない。

「ローマン？　シルバールームへ行くべきじゃないかしら」

「わたしのせいだ」彼がつぶやいた。

まあ、罪の意識も感じているんだわ。シャナの目に涙がこみ上げてきた。仲間の死で罪悪感を覚える気持ちはよくわかる。「あなたのせいじゃない。悪いのはわたしよ」

「違う」ローマンは驚いているように見えた。「きみを守ると決めたのはわたしだ。きみと出会った夜、襲撃を逃れ、あの場から脱出するため、ラズロに電話をかけて、戻ってくるように言った。彼はわたしの指示に従っただけなんだ。それがどうしてきみの責任になる？　こんなことが起こるなんて、あのときには考えもしなかっただろう」

「だけど、そもそもわたしがいなければ――」

「それは違う。ペトロフスキーとわたしの争いはずっと昔から続いているんだから」ローマンの足もとがふらついた。

シャナはさっと彼の腕をつかんだ。「あなたは疲れ切っているわ。シルバールームへ行きましょう」

「時間がないんだ」ローマンはラボの中を見まわした。「あそこのクローゼットでかまわない」

「だめよ。あなたを床で寝かせたくないわ」

彼は弱々しい笑みを浮かべた。「スウィートネス、いったん眠ってしまったら寝心地などわからなくなる」

「日勤のスタッフに頼んで、シルバールームのベッドへ運んでもらうわ」

「だめだ。彼らはわたしのことを知らない。わたしなら大丈夫だ」ローマンはよろめきながらクローゼットへ向かった。「ブラインドを閉めてくれないか」

シャナは窓に駆け寄った。東の空がピンクがかった灰色に変わり始めている。彼女がブラインドを閉めたとたん、太陽の金色の光が〈ロマテック・インダストリー〉の屋根に届いた。

ローマンはなんとかクローゼットにたどりついて扉を開けていた。

そのとき、耳をつんざくような爆音があたりに轟《とどろ》いた。床が揺れ、シャナは慌ててブラインドをつかんだ。けれどもブラインド自体が揺れていて、よろめいてしまった。警報が鳴り響く。同時に聞こえてきたのは人々の悲鳴だった。

「大変だわ」彼女はブラインドの隙間から外をのぞいた。朝の太陽の輝きの中に、もうもうと煙が上がっているのが見えた。

「爆発か?」ささやくようにローマンが言った。「どこだ?」

「わからない。煙しか見えないの」シャナはうしろを振り返った。クローゼットの扉にしがみついている彼はひどく顔色が悪かった。

「われわれが何もできないように、この時間をねらったんだ」

シャナはもう一度外をのぞいてみた。「向こうの棟みたい。カフェテリアだわ! ラディンカがあそこにいたの」彼女は電話に駆け寄って九一一にかけた。

「この時間なら……大勢の人間がいたかもしれない」ローマンが扉を押して体を起こし、ふらふらと数歩前に歩いたかと思うと、がくりと膝をついた。

彼女は電話に出たオペレーターに叫んだ。「〈ロマテック・インダストリー〉で爆発があったの」

「どういう種類の緊急事態ですか？」女性の声が尋ねた。

「だから爆発よ！　救急車と消防車をよこして」

「落ち着いてください。あなたのお名前は？」

「急いでもらえない？　怪我人がいるのよ！」シャナは電話を切ってローマンのもとに駆けつけた。彼は床を這おうとしていた。「あなたにできることはないわ。向こうで休んで」

「だめだ。彼らを助けないと」

「救急車を呼んだの。あなたが大丈夫だとわかったら、すぐにわたしもあちらへ行くわ」彼女はクローゼットの扉を指差し、できるかぎり高圧的に聞こえるように言った。「あそこへ入りなさい」

「人々がわたしを必要としているときに何もしないではいられない」

目に涙をためて、シャナはローマンのそばにひざまずいた。「気持ちはわかるわ。でも、わたしを信じて。経験があるのよ。あなたにできることは何もないわ」

「いや、ある」彼はテーブルをつかんで立ち上がった。緑がかった液体に手を伸ばす。

「だめ！　テストがまだなのよ」

ローマンが顔をしかめてみせた。「だからどうなんだ？　この薬がわたしを殺すとでも？」

「ちっとも面白くないわよ。ローマン、お願いだからやめて」

だが、彼は震える手でビーカーを口もとへ持っていった。何口か飲んで下に置く。シャナはローマンにもらった十字架を握りしめた。「どのくらいの量を飲むべきか、わかっているの？」

「いや」あとずさりしたローマンの足がふらついた。「気分が……変だ」そう言ったとたん、彼は床にくずおれた。

24

シャナは彼のそばに膝をついた。「ローマン?」頬に触れてみる。彼は冷たくなっていた。生きているようには思えない。これは普段どおりの日中の反応なの? それとも実験段階の薬で、本当に死んでしまったの?

「なんてことをしてくれたのよ?」鼓動を確かめようと、彼女はローマンの胸に顔を寄せた。何も聞こえない。だが、通常でも彼の心臓が動くのは夜だけなのだ。もしも二度と動かなかったら? 彼の存在が永遠になくなってしまったのだとしたら?

「わたしを置いていかないで」シャナはささやいた。体を起こして座り直し、手で顔を押さえる。ふたりの関係はうまくいかないと、必死で自分を納得させようとしてきた。けれどもこうして本当に……死んでしまったように見えるローマンを目にすると、胸が張り裂けそうに痛んだ。

「ローマン」まるで魂をもぎ取られるように、彼の名前を口にするのが苦しかった。シャナは身を屈め、こみ上げてくる感情をこらえた。彼を失うなんて耐えられない。

だが、カフェテリアには彼女を必要としている人たちがいるはずだった。行かなければ。

今すぐに。そう思っても、体が言うことを聞いてくれなかった。ローマンをこのまま置いてはいけない。カレンを失ったときもひどく辛かったけれど、今回は――心臓をつぶされるような苦しみだ。真実を理解したことが、焼けつくような痛みをもたらしていた。

もはやローマンとの関係がうまくいかないふりをすることはできなかった。すでに関係は始まっていたのだ。シャナは彼を愛していた。命を預けるほど彼を信頼していた。頭の中へ入るのを許し、彼のために血への恐怖心と闘った。彼が善良で高潔な男性だと、つねに信じて疑わなかった。なぜならローマンを愛していたから。

彼は正しかった。ローマンの罪悪感や深い後悔をシャナほど理解できる者はいない。ふたりは感情的にも精神的にも結びついていたのだ。過去には運命のねじれに残酷に傷つけられたとしても、ふたりでなら世界に立ち向かって、苦悩と絶望を乗り越えられただろう。

そのとき、何かがシャナの手首をつかんだ。

ローマンが生きている！　胸が突然動いたかと思うと、彼が息を吸い込んだ。ぱっと開けた目が赤く光っていた。

シャナは息をのんだ。うしろに下がろうとしたが、手首をつかむローマンの力は強かった。どうしよう。もしかして、ジキルとハイドみたいに豹変してしまったの？

彼が頭をめぐらせてシャナを見た。一度、そして二度瞬きすると、瞳の色がいつもの金色味を帯びた茶色に戻った。

「ローマン？　大丈夫？」

「たぶん」彼はシャナの手首を放して起き上がった。「どのくらい意識を失っていた?」

「わ、わからないわ。永遠に感じられたから」

ローマンは壁の時計に目をやった。「ほんの数分だな」彼女に視線を移す。「きみを脅えさせてしまった。すまない」

シャナは慌てて立ち上がった。「あなたが何か深刻なダメージを受けたかと思って怖かったわ。こんなことをするなんて、どうかしているわよ」

「わかっている。でも、うまくいった。太陽が出ているにもかかわらず、わたしは目覚めている」ローマンは立ち上がってクローゼットへ向かった。「ここに救急箱があるはずなんだ」

白いプラスティックの箱をつかんで言う。「さあ、行こう」

ふたりは廊下を走った。まだ警報が鳴っていた。脅えた顔の人々が動きまわっている。ローマンを凝視する人や、一度見てまた見返す人もいた。

「みんな、あなたが誰だか知っているの?」シャナは訊いた。

「おそらく。従業員手帳にわたしの写真が載っているから」彼は驚きの目であたりを見まわした。「ここがこれほど混み合っているのは初めて見た」

ふたりは角を曲がり、ラボのある棟とカフェテリアをつなぐ回廊に出た。そこも人々でごった返し、東向きの三つの窓から明るい太陽の光が差し込んでいた。ひとつ目の窓を通り過ぎたとたん、シャナはたじろぐローマンの声を耳にした。火傷のような赤い跡が彼の頬を横切っている。

彼女はローマンの腕をつかんだ。「太陽があなたを焼いているわ」

「顔だけだ。きみが太陽光をさえぎってくれたに違いない。そばにいてくれ」

急いでふたつ目の窓を通り過ぎながら、彼は救急箱を持ち上げて傷ついた顔を隠した。だが、今度はむき出しの手に赤い筋がついた。

「くそっ」ローマンは火傷した指を曲げたり伸ばしたりして傷の具合を確かめた。

「わたしに箱を持たせて」シャナは救急箱を受け取ると、身長差を補うために頭の上に置いた。人々が好奇の目でふたりを見ていたが、ローマンにそれ以上の傷を負わせることなく、三つ目の窓をやり過ごすことができた。

カフェテリアに入ると、彼がひとりの男性を指差した。「製造担当副社長のトッド・スペンサーだ」

シャナはほとんど聞いていなかった。目の前の光景にショックを受けていたのだ。怪我をした人々が床に横たわっている。みんな走りまわっていた。瓦礫を取りのぞいている者もいれば、怪我人のそばにしゃがみ、包帯を巻いている者もいた。

かつてはコンクリートの柱とガラス窓があった壁に大きな穴が開いている。テーブルが引っくり返り、椅子がつぶれ、食べ物のトレイが一面に散らばっていた。怪我人のうめきを消火器の音が消している。ラディンカの姿はどこにも見えなかった。

「スペンサー」ローマンが副社長に近づいた。「どんな状況だ?」

トッド・スペンサーは目を見開いた。「ミスター・ドラガネスティ、ここにいらっしゃったとは知りませんでした。ええと、火はなんとか消せそうです。それから、手分けして怪我人の様子を見てまわっています。救急隊がこちらへ向かっているそうです。だが、理解できないな。誰がこんなことを？」

あたりを確認しながらローマンが言った。「死者は出ていないのか？」

スペンサーの顔が曇った。「わかりません。まだ全員と連絡がとれていないので」

ローマンは天井が崩れ落ちている、以前は壁のあった場所へ向かった。「あそこに誰かいるかもしれない」

スペンサーがついてきた。「瓦礫を取りのぞこうとしたんですが、重すぎて。特殊な器具を取りに行かせています」

コンクリートの柱が倒れ、下にあったテーブルを押しつぶしていた。ローマンはコンクリートの大きなかたまりを抱えると頭の上に持ち上げ、そのまま庭園に放り投げた。

「なんてことだ」スペンサーがささやいた。「いったいどうやって——」

シャナは眉をひそめた。ローマンはヴァンパイアの特別な力を隠そうともしていない。

「精神的なショックを受けた場合に、思いもよらない力が出ると聞いたことがあるわ。事故の直後に車を持ち上げたりするとか」

「そうかもしれない」スペンサーが顔をしかめて言った。「大丈夫ですか、社長？」

ローマンは前屈みになっていた。ゆっくりと体を起こして振り返る。

シャナは思わず息をのんだ。庭園に近づいたために、彼はまた太陽光にさらされたのだ。

黒く焦げたシャツがくすぶっている。傷ついた胸から煙が立ちのぼり、肉の焦げる匂いが漂っていた。

スペンサーがぎょっとした。「あなたも怪我をされていたとは気づきませんでした。こんな無理をなさってはいけません」

「大丈夫だ」ローマンは屈んで別のコンクリートに手をかけた。「これをどかすのを手伝ってくれ」

スペンサーはもう少し小さめのコンクリートに挑んだ。シャナは天井のタイルを集めて脇に放っていった。ほどなく、つぶれたテーブルが全貌を現した。幸運にも下に椅子があったおかげで、完全にはつぶれていないようだ。テーブルの下の部分に小さな隙間ができていた。人の体が見える。

ラディンカだ。

ローマンがテーブルをつかんで投げ出した。押しつぶされた椅子をどける。「ラディンカ、聞こえるか？」

彼女のまつ毛がかすかに揺れた。

「生きているわ」シャナはささやいた。

ローマンはラディンカのそばにひざまずいた。「もっと包帯がいる」

「手配します」スペンサーが慌てて駆け出していった。

小さな救急箱を開け、シャナはローマンに包帯を渡した。

「ラディンカ、わたしの声が聞こえるか？」彼はこめかみの傷に包帯をあてた。

彼女がうめいて目を開けた。「痛いわ」小さな声で言う。

「わかってる」ローマンが応えた。「もうすぐ救急車が来る」

「どうしてあなたがここにいるの？　わたしは夢を見ているのね、きっと」

「きみはすぐ元気になる。死ぬには若すぎるんだから」

ラディンカがかすかに鼻を鳴らした。「あなたに比べれば誰でも若いわ」

「ああ、大変」シャナは胃が痙攣して吐き気がするのを感じた。

「どうした？」ローマンが尋ねる。

彼女は無言で指差した。ラディンカの脇腹にディナーナイフが刺さっていた。血だまりができている。シャナは手で口を覆い、唾をのみ込んで、こみ上げてくる恐怖をこらえた。

ローマンがさっと目を向けた。「大丈夫だ。きみなら乗り越えられる」

シャナは何度も深呼吸した。なんとかして耐えなければ。こんなところで気絶して、また友達を見捨てるわけにはいかない。

若い男性が、テーブルクロスをひも状に切ったものを抱えて駆け寄ってきた。「ミスター・スペンサーからこれを持っていくように言われました」

「ありがとう」シャナは震える手で間に合わせの包帯を受け取り、膝に置いた。一枚を取って厚く折りたたむ。

「いいか？」ローマンがナイフをつかんだ。「これを抜いたら、すぐにきつく押さえてくれ」

そう言って、彼はナイフを引き抜いた。

急いで傷口に包帯を押しあてる。染み出してきた血がシャナの指を濡らした。胃がかきまわされるようにむかむかした。

包帯をつかんで折りたたみ、ローマンがもうひとつパッドを作った。「交代しよう」彼は傷を強く押した。「きみはよくやっている、シャナ」

彼女は血が染みたパッドを脇に寄せて、また新しく包帯をたたみ始めた。「わたしを手伝ってくれているの？　つまり、精神で」

「いや。きみひとりの力だ」

「そう」シャナはまた彼と交代して、ラディンカの傷にパッドをあてた。「自分でできているのね」

そのとき、ストレッチャーを押しながら走ってくる救急隊員が見えた。

「ここだ！」ローマンが叫んだ。

ふたりの隊員がストレッチャーとともにやってきた。「ここからはわれわれに任せてください」ひとりが言った。

ローマンは彼らを手伝って、ラディンカをストレッチャーにのせた。

彼女の手を握りながら、シャナはストレッチャーについてかたわらを歩いた。「グレゴリに伝えておくわね。夜になったらあなたに会いに行くはずよ」

ラディンカは青ざめた顔でうなずいた。「ローマン、戦争が起こるの？　お願いだから、グレゴリを戦いに行かせないで。あの子は訓練を受けていないのよ」

「意識が混濁しているようだ」救急隊員がつぶやいた。

「心配いらない」ローマンはラディンカの肩に触れて約束した。「絶対に彼を危険な目にあわせないから」

「あなたはいい人ね、ローマン」ラディンカがささやいた。シャナの手をぎゅっと握って言う。「逃がしちゃだめよ。それに彼にはあなたが必要なの」

救急隊員たちはストレッチャーを運んでいった。カフェテリアには警察官が到着していた。あちこちでフラッシュを光らせながら、科学捜査班が写真を撮っている。

「くそっ」ローマンがあとずさりした。「ここを離れなければ」

「どうして？」シャナは訊いた。

「あれはデジタルカメラではなさそうだ」ローマンは彼女の腕をつかんでドアへ向かった。救急隊員のひとりがそばで立ち止まった。「ひどい火傷だ。一緒に来てください」

「いや、わたしなら大丈夫だ」

「救急車へ行きましょう。こちらです」

「結構だ」

「わたしはドクター・ウィーランよ」シャナは隊員に微笑みかけた。「この男性はわたしの患者なの。わたしが手当てをしておくわ。ありがとう」

「わかりました。それではお願いします」救急隊員は他の怪我人のもとへ走っていった。

「助かったよ」シャナを導いてカフェテリアを出ながら、ローマンが言った。「シルバールームへ行こう」彼は吹き抜けの階段に続くドアを開けて下へおり始めた。「腹立たしくて仕方がない。警察がどんな証拠を見つけるか確認したいが、あんなにカメラがあってはあそこでうろうろしていられないよ」

「デジタルでないカメラには写らないのね?」

「そうだ」彼が地下のドアを開けた。ふたりは廊下を歩いてシルバールームの入口へ向かった。

「こうすればいいわ」キーパッドに数字を打ち込むローマンにシャナは提案した。「まず、あなたの傷の手当てを手伝う。それから階上へ行ってできるだけ情報を集め、戻ってきてあなたに報告する」

「わかった」彼は網膜スキャナーに顔を近づけた。「本当はきみをひとりで行かせたくないんだが、警察もいることだし危険はないだろう」ドアを開けてシャナを中に入れる。

彼女はふいに苛立ちを感じた。わたしの心配ばかりして、自分のことはまったく無視するの?「ねえ、わたしなら問題ないわ。それよりあなたは大丈夫なの? テストもしていない未知の液体が体内に入っているのよ」

「もう未検証とは言えない」銀のドアから手を守るものを探して、ローマンはまわりを見まわした。

「わたしが閉めるわ」シャナはドアを閉めて銀の鍵をかけ、かんぬきを所定の位置に動かした。「薬が十分に安全かどうか、まだわからないのに。確かなのは、昼間に外へ出ては危険だということよ。あなたはひどい姿だわ」

「それはどうも」

ローマンの胸の火傷を見て、彼女は眉をひそめた。「あなたは怪我をしてる。少し血液を摂取したほうがいいわ」冷蔵庫へ歩いていってボトルを取り出した。

彼が眉を上げた。「わたしに指図するのか?」

「そうよ」シャナはボトルを電子レンジに入れた。「誰かがあなたの面倒を見なきゃ。あまりにも危険を顧みないんだもの」

「わたしの助けを必要とする人たちがいたんだ。ラディンカにはわれわれが必要だった」

うなずきながら、記憶がよみがえってきて、シャナは目を潤ませた。「あなたは英雄よ」

彼女はささやいた。わたしはこの人を心から愛している。

「きみも勇敢だった」ローマンが近づいてきた。ふたりの視線が絡み合う。シャナは彼に抱きついてずっと離れたくないと思った。

ふいに電子レンジが鳴る音がしてびくっとした。彼女は血の入ったボトルを取り出した。

「温度がこれでいいかわからないけど」

「申し分ない」ローマンはたっぷり飲んだ。「お腹が空いたのなら、キャビネットに他の食べ物がある」

「わたしはいいの。それよりあなたの傷の手当てをしないと。早くそれを飲み終えて、服を脱いでちょうだい」

ローマンが微笑んだ。「偉そうにする女性が好きになってきた」

「シャワーも浴びてね。きれいにしなきゃ」シャナはバスルームへ入っていった。鏡付きの薬棚は見あたらなかった。あたりまえだ。引き出しをかきまわし、彼女は抗生剤入りの軟膏《なんこう》を見つけた。「あった。あなたが体を洗ったら、これをつけるわね」上体を起こして振り返る。

「きゃっ！」シャナは思わず飛び上がり、軟膏のチューブを落としてしまった。

「服を脱げと言ったじゃないか」戸口に裸のローマンが立っていた。ボトルの血を飲みながら。

シャナは屈んで軟膏を拾った。頬が熱い。「そんなにすばやく脱ぐとは思わなかったのよ。それに目の前に立っているなんて」戸口に近づいていっても、彼は道を空けようとしなかった。「失礼」

ローマンがほんの少ししか動かないので、無理に通ろうとすれば彼を押しのけなければならない。隙間はほとんどなかった。今や火がついたように顔がほてっている。意識するまいと思っても、ヒップがかすめるもののことを考えずにはいられなかった。

「シャナ？」

「シャワーを楽しんで」シャナはキッチンへ向かい、次々にキャビネットを開け始めた。

「お腹が空いているの」

「わたしもだ」彼がバスルームのドアを途中まで閉めた。

すぐに水の流れる音が聞こえてきた。かわいそうに。あの傷はかなり痛むに違いない。シャナはグラスに水を注いで飲んだ。本当は空腹ではなかった。ストレスでまいっているだけだ。ローマンが言ってくれたように、彼女は血への恐怖心を克服しつつあった。だが、もうひとつの恐怖のほうはどうだろう。ふたりの関係がうまくいかないという恐怖は。

シャナは部屋の中を歩きまわった。長続きする関係なんてどれほどあるというの？　半分くらい？　どんな関係にも保証はないのよ。彼を失うことを恐れているだけなのかしら？　すでにカレンを失った。家族も。今から何年後かにローマンに去られるのが怖いという理由で、幸せになるチャンスを逃してもいいの？　ただの心配のために、心の中にある、この抑えきれない美しい気持ちを打ち砕いてしまっていいの？

わたしは心の底からローマンを愛している。彼もわたしを愛してくれている。ふたりが出会ったこと自体が奇跡だわ。ローマンはわたしを必要としている。彼は何百年も苦しんできた。そんな彼がほんのちょっと味わう幸せを否定することはできない。たとえ永遠に続かないとしても、彼に喜びをもたらせることを嬉しく思うべきなのよ。

シャナは部屋の中央で立ち止まった。胸がどきどきしている。ローマンが信じているように彼女が本当に勇敢なら、今すぐバスルームへ行って、どれほど彼を愛しているか示すはずだ。

彼女はキッチンのカウンターへ戻って水を飲んだ。わたしには勇気がある。わたしならできるわ。シャナは靴を蹴って脱いだ。ベッドにちらりと目を向ける。上掛けは厚みがあって、赤と金の東洋風のデザインが施されていた。シーツは金色のシルクに見えた。避難場所にしては豪華だ。

シャナは上を見あげた。監視カメラがあった。あれをなんとかしなければ。彼女は床からローマンのシャツを拾ってベッドの上に立った。何度か放り投げ、ようやく完全にカメラを覆うことができた。彼女はベッドから飛びおりて上掛けをめくった。

服を脱ぎながら、シャナの脈はどんどん速くなっていった。裸になってバスルームに入る。蒸気が立ち込めていたが、シャワーブースにいるローマンの姿がかろうじて見えた。彼は目を閉じ、肩までの長さの黒髪をすすいでいた。濡れた肌に胸毛が張りついている。傷が斜めに胸を横切っていた。あそこにキスをして、もっと痛みを和らげてあげたい。彼女の視線は下へ向いた。黒い巻き毛の真ん中にリラックスした彼自身がおさまっている。そこにもキスをして、もっと……大きくしたい。

シャワーブースの扉を開けると、カチッと音が響いた。ローマンがぱっと目を開ける。中へ入っていったシャナの体や髪に水しぶきがかかった。

彼の視線がシャナの体を這いおり、顔に戻ってきた。瞳が赤い色を帯び始めている。「本気なのか？」

彼女はローマンの首に腕をまわした。「ものすごく本気よ」

ローマンはシャナを抱き寄せてキスをした。荒々しくむさぼるキスだ。探るような軽いものでも、徐々に高まっていくような甘いものでもなく、ただ抑えきれない情熱が一気に燃え上がるキスだった。ローマンの唇が彼女を探る。両手がヒップをつかんで、目覚めつつある彼の高まりにシャナの体を押しつけた。

彼女はローマンの舌を舌で出迎えた。濡れた艶やかな髪を引っ張って、彼の頭を引き寄せる。やがて唇を離すと、小さなキスで頬の傷をたどり始めた。

ローマンがふたりのあいだに手を差し入れて乳房を愛撫した。「きみは美しい」

「そう？」シャナの手が彼の平らな腹部を滑りおり、もつれた粗い毛に触れた。彼自身のまわりに指を巻きつける。「美しいのはあなただと思うわ」

ローマンが鋭く息を吸った。「ああ」タイルの壁にもたれる。「シャナ」

「なあに？」彼女は手を上下させた。硬いのに、とてもしなやかでなめらかな肌触りだ。とくに先端の部分が。

「どれくらい持ちこたえられるかわからない」

「なんとかなるわよ。あなたはタフガイなんだもの」床にしゃがんで高まりを口に含む。

とたんにローマンが体を強ばらせた。低いうめきが聞こえる。今や彼の下腹部はかなり大きくなり、すべてを受け入れるのは難しかった。シャナは片手で根もとを持ち、口と手を同時に動かした。その部分がさらに硬さと太さを増していく。

「シャナ」ローマンが彼女の肩をつかんだ。「そこまでだ。もう――」

彼の全身に自分の体を滑らせながら、シャナは立ち上がった。彼がぎゅっと目を閉じて、

シャナは彼の肩につかまり、腰に脚を巻きつけたままだった。バスルームを横切りながらローマンがタオルをつかみ、彼女の背中や髪をふいてくれた。

ベッドに着くと、ふいに彼が笑い出した。「シャツのいい使い道を見つけたようだな」そう言って、シャナをベッドに横たえた。彼女は脚を閉じようとしたが、その前に膝をつかまれてしまった。

「この眺めが好きなんだ」ローマンはベッドのかたわらに膝をつき、彼女のヒップを端へ引き寄せた。腿の内側にキスすると、もっともひそやかな場所に口づけた。

すでに刺激され、欲求を募らせていたシャナは長く持ちこたえられなかった。舌がひとつ円を描いただけで、彼女は渦を巻きながら上昇していった。幸いローマンは彼女の渇望を理解して、素晴らしく強引に攻めてきた。急上昇のあと、シャナはふわふわと宙を漂っていたかと思うと突然の解放に襲われ、長々と身を震わせた。

喉の奥から悲鳴がもれる。

ローマンがベッドに上がって、彼女を腕に抱き寄せた。「愛している、シャナ」彼女の額にキスをする。「これからもずっときみを愛するだろう」次は頬へのキス。「いい夫になるよ」そう言って、彼は首筋にキスをした。

「そうね」ローマンに脚を巻きつけ、シャナは言った。優しくて古風な中世の男。彼女の中へ入ってくる前に、自分の気持ちを明らかにせずにはいられなかったのだ。彼女の心に触れる前に。シャナの目は涙でかすんだ。「あなたを愛しているわ」

彼が手を伸ばして体勢を整えた。「最後の誓いだ」ささやくように言う。「長いあいだきみを待っていた」

「えっ？」

ローマンが顔を上げ、赤く燃える瞳をシャナに向けた。

そう告げると、彼は一気に押し入ってきた。

たちまち彼女は息をのみ、突然の侵入に体を強ばらせた。

ローマンは息を荒くして、彼女の肩に頭をもたせかけている。

その声を聞いたとたん、シャナは余分な力が抜けるのを感じた。「シャナ」彼がささやいた。

「ローマン」彼の声はシャナの頭の中でいつまでも響き続けた。〝シャナ、シャナ〟ローマンが滑り込んできて彼女を満たす。彼の目をのぞき込む。赤い輝きの中には情熱以上のものが見えた。愛と驚き、ぬくもりと喜び。シャナが望むすべてがそこにあった。

彼はゆっくりと身を引き、それからまた戻ってきた。〝いつまで続けられるかわからない。これはとても……〟

「わかってる。わたしも同じよ」シャナはローマンを引き寄せ、額と額を合わせた。彼がわたしの頭の中に、そして体の中にいる。彼はわたしの心の一部だ。〝愛しているわ、ローマン〟

精神と精神が絡まり合い、シャナには自分の悦びと彼の悦びの区別がつかなくなった。すべてをふたりで分かち合い、同じように感じている。彼らはお互いをとらえ、動きを速めていった。先にクライマックスを迎えたのはローマンだった。体と心を通して感じる彼の爆発がシャナに火をつけ、砕け散るような解放を迎えさせた。

ふたりは息をあえがせながら、互いに腕をまわして横たわっていた。

しばらくして、ようやくローマンが彼女から離れた。「押しつぶしてしまったかな?」

「いいえ、大丈夫」シャナは彼のそばで丸くなった。

天井を見つめたままローマンが言った。「きみは……きみはわたしが愛した唯一の女性だ。つまり、直接にということだが」

「どういう意味?」

「修道士になったときに誓いを立てたんだ。決して人を傷つけないと誓ったが、それは破ってしまった。清貧の誓いも立てたが、それも破った」

「でも、あなたはいいことをたくさん成し遂げてきたのよ。罪悪感を覚える必要はないわ」

ローマンが横向きになってシャナを見た。「禁欲の誓いも立てた。それをたった今、破ったんだ」

中に入ってくる前に彼が口にした、奇妙な言葉がよみがえってきた。「最後の誓い?」

「そうだ」

彼女は肘をついて上半身を起こした。「初めてだったと言ってるの?」

「肉体的に、という意味ではそうだ。精神的には、何世紀も前からヴァンパイア・セックスを経験してきた」

「冗談なんでしょう。まさか一度も……?」

ローマンが眉をひそめる。「生きていたときは誓いを守り続けた。わたしには無理だと思っていたのか？」

「いいえ、違うの。驚いただけ。だって、あなたは信じられないくらいハンサムだわ。村の娘たちはあなたを見て、気絶しそうになったんじゃない？」

「確かに気絶しかけていた。死にそうだったんだ。わたしが出会った女性たちはみな病気だった。全身が痛んだり、腫瘍《しゅよう》があったり――」

「わかった、もういいわ。光景が目に浮かんだもの。心を引かれるものじゃなかった」

彼が微笑んだ。「最初は偶然ヴァンパイア・セックスを耳にしたんだ。女性たちが困っていて、助けが必要なのかと思った」

シャナは鼻を鳴らした。「それはそうよ。助けが必要だったに違いないわ」

ローマンが転がって仰向けになり、あくびをした。「薬の効き目が薄れてきたようだ。わたしが寝てしまう前に、きみに訊いておきたいことがある」

プロポーズするつもりなんだわ。彼女はベッドの上に座った。「なあに？」

「もしもきみが攻撃されたら――そんなことを許すつもりはないが、ただ――」彼がシャナの目を見た。「攻撃を受けて死にかけていたとして、きみはヴァンパイアに変えてほしいと思うか？」

ぽかんと口が開いた。結婚の申し込みじゃないみたい。「あなたはわたしをヴァンパイアに変えたい？」

「いや。きみの魂を地獄へ送りたくない」

まあ、今は中世なの？「ローマン、わたしは神様があなたを見捨てたとは思わない。あなたの人工血液は毎日多くの人を救っているのよ。あなたは今でも神の計画の一部なんだわ」

「その言葉を信じられればいいんだが」彼はため息をついた。「ペトロフスキーの問題がうまく解決しなかったときのために、きみの意見を知っておきたいんだ」

「わたしはヴァンパイアになりたくない」シャナは顔を曇らせた。「悪い意味にとらないでね。今のままのあなたを愛しているわ」

ローマンがまたあくびをした。「この世の中で、きみはこんなにも善良で純粋で汚れを知らない。わたしが深く愛するのも不思議はないな」

彼の隣でシャナは体を伸ばした。「そんなに善良じゃないわ。だって階上ではみんな忙しくしているのに、わたしはここで楽しんでいるんだもの」

眉をひそめてじっと天井を見つめていたローマンが、ふいに飛び起きて叫んだ。「ラズロ！」

「今頃は眠っているわ」

「そのとおりだ」彼は自分の額に触れた。「黒い点々が見える」

「あなたは疲れ果てているのよ」シャナも起き上がった。「睡眠をとらないと。そうすれば傷も癒えるわ」

「だめだ。わからないのか？　今はすべてのヴァンパイアが眠っている。ラズロを救出するには絶好のチャンスなんだ」

「でも、あなたはもう眠りかけているじゃない」

ローマンが彼女の手をつかんだ。「わたしのラボへの行き方を覚えているか？　きみに残りの薬を取ってきてもらって――」

「だめ！　またのむなんてだめよ。どんな害があるかわからないのに」

「どうせ寝ているあいだに治るんだ。どうしてもやり遂げなければならない、シャナ。ペトロフスキーは目を覚ますと同時にラズロを殺すかもしれない。そうでなくとも、われわれがやつの家を攻撃すれば、きっとラズロは殺されるだろう。頼む」彼はシャナを軽く突いた。

「急いでくれ。わたしの意識があるうちに」

シャナはベッドを這い出て服を身につけ始めた。「よく考えないと。ペトロフスキーの家までどうやって行くつもり？」

「テレポートしてラズロを見つけ、またテレポートで帰ってくればいい。簡単なことだ。もっと早く思いつくべきだった」

「別のことに気を取られていたから」彼女は靴のひもを結んだ。

「急げ」ローマンがベッドの端に座った。

「ええ、わかってる」シャナはドアの鍵を開けた。「戻ったときに入れるように少し開けておくわね」

彼はうなずいた。「わかった」

シャナはいちばん近い吹き抜け階段へ走り、上へ駆け上がった。ローマンの考えに賛成していいものかどうかわからない。また薬をのんで彼がどうなるか、誰にわかるというのだろう？　地上は人でごった返していた。シャナは人込みを縫いながらできるかぎり急いだ。ペトロフスキーの家に警備員がいたら？　ローマンをひとりで行かせるのは危険だ。ラボに足を踏み入れると、テーブルの上に緑色の液体が入ったビーカーがあった。それを手に取った彼女は、そばに置いたままの自分のバッグに気がついた。ベレッタがないのは残念だ。

シャナはバッグをつかんでシルバールームへ戻り始めた。別の銃を借りられるかもしれないわ。ひとつだけ確かなことがある。この任務をローマンひとりに任せるつもりは絶対にない。

25

「本当にひとりで行きたいんですか?」ペトロフスキーの自宅から通りを隔てたところに車を停めながら、フィルが確認した。

「ひとりになるのは短時間よ」シャナはバッグを確かめた。捕虜たちを縛るためのロープが入っている。彼女はハワード・バーに借りた携帯電話を取り出し、覚えたばかりのローマンの家の番号にかけた。

「バーだ」昼番の警備責任者が出た。

「準備が整ったわ。今から中に入るところよ」

「わかりました。通話を切らないように注意してください」鼻にかかった声でハワードが忠告した。「ミスター・ドラガネスティが話したがっています」

「気をつけるんだぞ」電話を替わったローマンが言った。

「大丈夫よ。もしものときのためにフィルがここにいてくれるから」シャナは車のドアを開けた。「今から電話をバッグに入れるわ。またあとでね」携帯電話をバッグの中身のいちばん上に置く。

フィルが励ますように彼女を見てうなずいた。シャナは車をおり、ペトロフスキーの家まで歩いていった。

あれから〈ロマテック・インダストリー〉でローマンに追加の薬をのませ、ふたりで彼の家へテレポートした。そこでハワード・バーと相談しながらラズロの救出計画を立てたのだ。ペトロフスキーの家に直接電話をかけてテレポートするというローマンに、シャナは反対し続けた。もしかすると太陽の光が燦々《さんさん》と降り注ぐ部屋に出てしまうかもしれない。ハワードにも口添えしてもらい、彼女はなんとか自分を計画に参加させるようにローマンを説得した。

ペトロフスキーのメゾネットの前まで来て、シャナはうしろを振り返った。フィルが黒いセダンの運転席に座ってこちらを見守ってくれている。そのとき、別の車が彼女の目を引いた。通りの向こうに駐車している黒いSUVだ。以前あとをつけられた車にそっくりだった。でもSUVはどれも似たり寄ったりだし、ニューヨークには山ほど走っている。

シャナはバッグを胸に抱えた。ローマンに聞こえるように、携帯電話を口もとへ近づけるためだ。彼女は玄関前の階段を上がって呼び鈴を押した。

ドアが開いた。白髪交じりの顎鬚を生やしたスキンヘッドの男がシャナを睨んだ。「なんの用だ？」

「わたしはシャナ・ウィーランよ。あなたたちはわたしを探していたんじゃないの？」

男の目が見開かれた。彼はシャナの腕をつかんで家の中へ引っ張り込んだ。「よほど頭の悪い女なんだな」ドアを閉めながら、男がきつい訛りでうなるように言った。

シャナはさっと彼から離れた。ここはドアの上の窓から光がたっぷり入ってくる。横の部屋の扉が開いていることに気づき、彼女はその小さな応接室へ入っていった。カーペットは擦り切れ、家具も古くてくたびれている。埃の積もった黄色いブラインドを通して、外から日の光が入ってきていた。

ロシア人が彼女のあとから応接室に入ってきた。「どうも妙だな。自殺願望があるのか、そうでなければ何かの策略に違いない」彼はジャケットの前を開いて、肩のホルスターをあらわにした。

シャナは窓のほうへ歩いていった。「策略なんかじゃないわ。逃げるのに疲れただけよ」

男がピストルを抜いた。「ペトロフスキーに殺されるとわかっているはずだ」

「彼と取り引きできないかと思ったのよ」じりじりと窓に近づく。「あなたも知っているでしょうけど、わたしはずっとドラガネスティの家にいたの。あそこのセキュリティについては詳しいのよ」

ロシア人が目を細めた。「命と情報を引き換えにしたいのか」

「そうよ」彼女はカーテンを引いた。

「バッグをこちらへよこせ。中を調べる」

シャナはバッグを近くの椅子の上に置いた。ロシア人が前進してくるあいだに、手早くブラインドを閉める。「さあ」彼女はわざと大きな声で言った。「ここは暗くて居心地がよくなったわ」

バッグの中をのぞき込んだロシア人が携帯電話を取り出した。「どういうことだ？」電話を閉じて通話を遮断する。

だがその頃にはすでに、シャナの合図を聞いたローマンが部屋の中にテレポートしてきていた。彼はヴァンパイアに備わったスピードを駆使してロシア人の手から銃をもぎ取り、顎にパンチを食らわせた。男がぐったりして床に倒れ込む。

シャナがバッグからロープを取り出して渡すと、ローマンはすばやく男の手足を縛った。

「ここまでのところ、うまくいっているわね」彼女はささやいた。「気分はどう？」

「申し分ない」ローマンがロシア人の銃を差し出した。「必要になったらこれを使うんだ」

シャナはうなずいた。

「できるだけ早く戻る」姿がかすむほどの猛スピードで、彼は部屋を出ていった。

この家に他の用心棒がいたとしても、ローマンが近づくのに気づかないに違いない。彼は今と同じように相手を倒して縛り、ラズロを見つけるまで捜索を続けるはずだ。

シャナは携帯電話を取って、もう一度ローマンの家にかけた。「ハワード？　まだそこにいる？」

「いますよ。どうなりました？」

「順調よ。すぐ戻れると思うわ」彼女はバッグの横に携帯電話を置いた。

そのとき、バタンと音がして玄関のドアが開いた。シャナは息をのみ、銃を構えた。玄関ホールを横切る気配がしたかと思うと、足音が応接室の戸口で止まった。現れたのは黒いスーツを着たふたりの男だった。銃を手にしている。

シャナはぽかんと口を開け、何度も瞬きした。「お父さん?」

ショーン・ダーモット・ウィーランは、最後に会った数年前とほとんど変わっていなかった。赤みがかった金色の髪に多少白髪が増えているものの、青い目は相変わらず鋭い。彼は銃をおろした。「シャナ、大丈夫か?」応接室に入ってきて周囲を見まわす。床に転がっている意識のない男を見て、ショーンは眉をひそめた。

「お父さん!」シャナは銃をバッグの横に置いた。それから父親に駆け寄って、首に腕をまわす。

「スウィートハート」ショーンは銃を持ったまま、空いているほうの手で彼女を抱いた。「おまえがこの家に入っていくのを見て、死ぬほど驚いたんだぞ。いったいこんなところで何をしている?」

シャナはうしろに下がった。「お父さんにも同じことを訊きたいわ。リトアニアにいるとばかり思っていたのに」

「しばらくこっちにいる予定だ」ショーンはシャナの頰に触れた。「無事でよかった。おまえのことをずっと心配していたんだ」

「わたしなら大丈夫」彼女はもう一度父親を抱きしめた。「もう二度と会えないと思っていたわ。お母さんたちはどうしている――」

「その話はあとだ」ショーンがさえぎった。「ここから出なければ」彼女のバッグを示して言う。「荷物を取っておいで」

ふたり目の黒服の男が部屋に入ってきた。若くて、ウェーブのかかった黒い髪をしている。

「玄関ホールは異状なしです」彼はじりじりと戸口のほうへ向かった。

シャナはちらりとバッグを見た。携帯電話はそばの椅子の上に置いたままだ。ローマンを置いてはいけない。だが、彼女がここにいる理由を説明するわけにもいかなかった。父に会えてとても嬉しいが、なぜ急に現れたのか疑問に思わずにいられない。「わたしがこの家に入るのを見たの？」

「何週間もペトロフスキーを見張っていたんだ。ドラガネスティのところも」ショーンは連れの男のほうに頭を傾けた。「ギャレットだ」

「こんにちは」彼に挨拶して父親に向き直ったシャナは、そこではっと気づいた。「通りの向こうの黒いSUVに乗っていたのね」

「ああ」ショーンはじれったそうに合図した。「さあ、来るんだ。この家にはまだマフィアのならず者が大勢いる可能性がある。ゆっくりおしゃべりしている暇はない」

「わたし――わたしはひとりじゃないの」

父親が青い目を細めた。「入るときはひとりだったぞ。だが、確か運転手が――」

「銃を置け！」ショーンとギャレットに銃口を向けながら、応接室の入口にフィルが現れた。

さっと振り返ったふたりが銃を向ける。

シャナは息をのんだ。「撃たないで」

フィルは銃を構えたまま、黒服の男たちを睨んだ。「大丈夫ですか、シャナ？　こちらへ来てください」

ショーンが彼女の前に立った。「おまえとはどこへも行かない。いったい何者だ？」

「警備員だ」フィルが答えた。「彼女を守る責任がある。彼女を通せ」

「わたしは父親だ。娘はわたしと一緒に来る」

「ああ、おまえたちが誰だかわかったぞ」フィルが嫌悪感をあらわにして男たちを見た。「CIAだ。〝ステイク・アウト〟のチームだな」

「なんだって？」ギャレットがシャナの父親と不安げに視線を交わした。「どうして知っているんだ？」

CIAですって？　シャナはふたりに交互に目を向け、どうなっているのか理解しようとした。父親はいつも国務省で働いていると言っていたが、外交官らしく見えたことは一度もなかった。〝ステイク・アウト〟とはなんのことだろう？

「では、おまえはドラガネスティの昼間の警備員に違いない」ショーンの声には非難が感じられた。「人類の裏切り者だ。人間のくせにヴァンパイアを守る仕事をしているんだからな」

シャナははっとした。お父さんはヴァンパイアのことを知っているの？

「銃をおろせ」別の声がした。黒服に身を包んだ男がもうひとり、フィルの背後に姿を現していた。

ちらりとうしろを見たフィルが悪態をつく。彼は銃を床に落とした。

「よくやった、オースティン」ショーンが男に声をかけた。彼はフィルに近づいて床から銃を拾い上げた。「おまえは人間だ。だから放してやろう。おまえが仕えている怪物のところへ戻って、やつに残された日は――夜と言うべきかもしれないが――数えるほどしかないと伝えるがいい。われわれはヴァンパイアをひとりずつ抹殺していくつもりだ。やつらにはどうすることもできない」

フィルが心配そうな目でシャナを見た。

「わたしなら大丈夫。行って」彼女は家から走り出ていくフィルを見送った。大変なことになったわ。お父さんとこの男たちはヴァンパイア・キラーだというの？

彼女の推測を裏づけるように、ギャレットがジャケットから木の杭を取り出した。「せっかくここに来たんだから、ヴァンパイアたちが寝ているあいだに始末しましょう」

「やつらは厳重に警備されているはずだ」オースティンと呼ばれた男が応接室に入ってきた。彼も若く、くしゃくしゃのブロンドの髪をしている。彼は床のロシア人に気づいて言った。「日中はたいてい、一〇人から一二人の武装した男たちが家にいるんだ。だが、立ち去るところは見ていない。いったいどこにいるんだろう？」

ショーンがうなずいた。「ここは静かすぎる」彼はシャナに目を向けた。「ひとりじゃないと言っていたな？」

彼女はごくりと唾をのみ込んだ。そう言ったのは、自分の父親がヴァンパイア・キラーだと知る前の話だ。彼らが家の中をうろついてヴァンパイアを始末してまわったら、ラズロとローマンも見つかって殺されてしまうかもしれない。

「勘違いだったみたい。ここを出たほうがいいと思うわ」シャナは屈んでバッグを取った。携帯電話はまだ開いたままだ。彼女はハワードに聞こえることを願いながら、声を大きくして言った。「もう一緒に行けるわよ、お父さん」

ショーンは携帯電話をつかんで番号を確認し、耳にあてた。「誰だ?」彼は顔をしかめて娘を見た。「切られた」携帯電話をたたんでポケットに入れる。「どういうことだ、シャナ?」

「別に」彼女は無関心なふうを装ってバッグを肩にかけた。「準備ができたわ」父親に携帯電話を取られたことは問題なかった。ローマンはこの家の電話を使ってテレポートできるはずだ。家に帰ればハワードとフィルが、シャナに何があったか説明してくれるだろう。とにかく今はヴァンパイア・キラーたちをここから出さなければならない。ローマンから遠ざけなければならないのだ。

「行きましょう」彼女は玄関ホールへ歩き出した。

「待て」ショーンが手を伸ばしてシャナを止めた。「ヴァンパイアのことを聞いても驚いていないな」彼は娘の顔をじっとうかがっている。「おまえはドラガネスティの家で長いあいだ過ごした。あいつがどんな邪悪な生き物か知っているんだな?」

「マフィアに見つかる前に、ここを出たほうがいいと思うけど」

ショーンはシャナの髪をかき分けて首の両側を調べた。「あの怪物に噛まれたのか?」

「彼は怪物なんかじゃないわ」彼女はあとずさりした。「ペトロフスキーをずっと見張っていたのならわかるはずよ。ふたりはまったく違う。ローマンは善良な人なの」

ショーンが不快そうに口もとを歪めた。「ドラガネスティはおぞましい地獄の生き物だ」

「違うわ！　彼は自分の命を危険にさらしてまで、わたしを守ってくれたのよ」

「人質が犯人に感情移入してしまうという、ストックホルム症候群だな」ギャレットがつぶやいた。

ショーンはうなずいて目を細めた。「おまえはやつを中に入れたのか、シャナ？」

頭の中に？　ええ、そうよ、体にも心にも。でもまさか父親に向かって、そんなことを認めるわけにはいかない。父はすでにローマンを殺したがっているのだ。真実を知れば、ローマンの名前を殺害予定リストのトップに持ってくるだろう。この新たな危険のことを、なんとかしてローマンに伝えなければ。だがもしかすると、彼はすでに〝ステイク・アウト〟チームのことを知っているのかもしれない。フィルが知っていたのだから。

「すべて自分の意思でやったことよ」

ショーンが頭を傾け、探るように彼女を見た。「そのうちわかるだろう」

そのとき、影のようなものが猛スピードで部屋に入ってきた。影が停止すると、肩にラズロを担いだローマンの姿になった。「声が聞こえた。どうなっているんだ？」

ショーン、ギャレット、それにオースティンの三人はぽかんとして彼を見ている。

ローマンが彼らの銃に気づき、問いかけるような視線をシャナに向けてきた。「この男たちを知っているのか？」

彼女は父親に近づいて言った。「父はわたしを救出する必要があると思ったみたい」

ショーンが驚いて瞬きした。「ありえない。昼間に動きまわるヴァンパイアだと？」

「それにめちゃくちゃ速い」オースティンがささやいた。「入ってくるのが見えなかった」

ローマンが眉をひそめてシャナの父親を見た。「あなたはショーン・ウィーランだな」

ショーンがうなずく。「おまえはドラガネスティに違いない。わたしの娘を捕虜にしている、むかつく生き物だ」

ローマンが口をきつく結んだ。「彼女の意見は違うようだ。そうだろう、シャナ？」

彼女のところから、木の杭を手にそっとローマンの背後に忍び寄るギャレットの姿が見えた。「あなたはここを出たほうがいいと思うわ」

「きみを置いていくつもりはない」

「この悪党め」ショーンがジャケットから木の杭を取り出した。「娘に何をしたのか知らないが、報いを受けさせてやる」

シャナは急いで父親に駆け寄った。抱きつけばローマンに飛びかかるのを止められるかもしれないと思ったのだ。かわいそうなローマンはただ彼女を見つめてその場に立ち尽くし、無防備な標的になっていた。

「わかったか？」ショーンが彼女に腕をまわしながら言った。「娘はわたしと一緒にいるんだ。それどころか、われわれのチームの一員になるかもしれない」

ローマンは気分が悪そうに見えた。「本当なのか、シャナ？　きみはわたしを殺したいと思っているのか？」

シャナの目に涙がこみ上げてきた。〝杭を持った男があなたのうしろにいるわ〟

ローマンが振り返り、ギャレットに気づいた。彼は苦しみに満ちた顔でもう一度シャナを見ると、猛スピードで部屋を出て階段を駆け上がっていった。

「やつを追え！」ショーンが叫んだ。ギャレットとオースティンが走っていく。

父親はシャナを放すと、がっかりした目で彼女を見た。「やつに警告したな？　おまえをとらえていた怪物に同情しているのか？」

「彼は怪物なんかじゃないわ！　それにわたしをとらえていたわけでもない。自由に外へ出られたんだから」

「だが次の夜には、やつのもとへ戻っていたじゃないか。認めるんだ、シャナ。あいつはおまえをコントロールしている。それがヴァンパイアの手なんだ。犠牲者の心を操って、何が真実かわからなくさせるんだぞ」

シャナの頬に涙がこぼれた。「そうじゃないのよ。真実はわかってる。たとえ死んでも人の心は変わらない。イワン・ペトロフスキーのように、よこしまな心を持った人間が邪悪なヴァンパイアになるの。だけどローマン・ドラガネスティのような人は、いつまでも善良で高潔なままだわ」

ショーンが顎を強ばらせた。「ヴァンパイアに善良も高潔もない。やつらは連続殺人犯だ。

これまで何百年も人殺しを続けてきた」彼女のほうに身を屈めて言う。「それもここまでだ」

シャナはぞっとした。「ひとり残らず殺すなんて無理だわ」

「それこそ、われわれがしようとしていることだ。この世に邪悪な存在がなくなるまで、ひとりずつ順番にやつらの心臓に杭を打ち込んでやる」

オースティンとギャレットが階段をおりてきた。

「逃げられました」オースティンが報告した。「消えてしまったんです。受話器の外れた電話があっただけで」

シャナはほっとして息を吐いた。これでローマンは安全だ。無事に家へ帰った。でも、彼女に裏切られたと思って苦しんでいることだろう。どうにかして彼のもとへ戻らなければ。

ショーンが彼女の腕をつかんで言った。「おまえはわたしたちと一緒に来なさい」

一五分後、シャナは父親と一緒に黒いSUVの後部座席に座っていた。オースティンが運転し、ギャレットは助手席にいる。窓から外を見た彼女は、車がブルックリン橋を経由してマンハッタンの方角へ向かっていることに気づいた。

今頃ローマンは自宅にいるはずだわ。ベッドルームにいるのかもしれない。薬の効果が薄れていればいいのに。少なくとも眠っているあいだは苦しまずにすむもの。とにかくラズロは今夜、安全な場所で目を覚ますことができるんだわ。何を考えても涙がこみ上げてきて、シャナは瞬きして涙を払った。父親の前で泣きたくない。

「この数ヵ月、おまえが辛い思いをしてきたのは知っている」ショーンが優しい声で話しかけてきた。「だが全部終わった。おまえはもう安全だ」

たとえ安全でも、ローマンに二度と会えないなら心が張り裂けてしまうだろう。シャナは咳払いして言った。「お母さんは元気？」

「ああ。今はアメリカにいる。きょうだいたちも。おまえがみんなと会えないのは残念だ」

シャナはうなずいた。

「殺された友達のことは気の毒に思うよ」ショーンが言った。「司法省におまえのことを尋ねたんだが、何も教えてくれなかった。心配でたまらなかったよ」

「わたしなら問題ないわ。大変だったけど、でも大丈夫よ」ローマンの世界に足を踏み入れるまではずっと孤独だった。今では少し離れただけで、もう彼が恋しくなっている。それにラディンカやグレゴリやコナーのことも。カレンを失ってから、本当の友達になったのは彼らが初めてだった。

「偶然おまえの居場所を知ったんだ」ショーンが続けた。「われわれのチームは何週間もペトロフスキーに目をつけていた。自宅を監視して電話を盗聴していたんだ。そのうちにやつが〈ソーホー・ソーブライト・デンタル・クリニック〉に電話をかけた。声でおまえだとわかったよ。そしてやつらがおまえを殺そうとしていることに気づいた」

あのときの恐怖を思い出して、シャナは身震いした。

「われわれは急いでクリニックに駆けつけた。だが、おまえはすでに姿を消していたんだ。

ペトロフスキーにつかまったわけじゃないとわかったときは、なんとしても見つけなければと思ってパニックになったよ。ギャレットにドラガネスティの自宅を見張らせていたら、おまえが出てきた。残念ながら見失ってしまったが」

「ロシア人に殺されるかと思って心配しましたよ」ギャレットがつぶやいた。

「幸運にも、おまえはあのピザ屋に電話した。あそこの電話も盗聴していたから、おまえがどこにいるのかわかったんだ。われわれはホテルの外で待ち、あとをつけた」ショーンがギャレットを睨んだ。「だが、またしても見失った」

ギャレットの顔がかすかに赤くなった。

シャナは彼のことが気の毒になった。彼女の父親を落胆させると、あとが大変なのだ。

「今はCIAで働いているの?」

「ずっと前からだ」

「まあ」シャナは内心で眉をひそめた。父親は何年も家族にうそをつき続けていたのだ。

「最近になって新しい任務を任された。人類が直面するもっとも危険な脅威を排除するという目的で、特別チームを編成することになったんだ」

彼女は唾をのみ込んだ。「ヴァンパイアのこと?」

「そうだ」ショーンは座席に背中を預けた。「五ヵ月前、わたしはセント・ピーターズバーグにいて、そこで女性が男に襲われるのを見た。わたしは銃を抜き、女性を放してうしろに下がれと男に言った。男が手を離すと、その女性は雪の上に倒れ込んでしまった。わたしは発砲したが、男は慌てもしなかった。次の瞬間、頭の中に冷気が入り込んできて、〝すべて忘れろ〟という声が聞こえた。そして男は姿を消してしまった。わたしは女性を調べてみた。するとすでに死んでいて、首にふたつの穴が開いていたんだ」

彼は肩をすくめた。「何世紀ものあいだに姿を見られることがたびたびあったんだろうが、つねにそうやって人間をマインド・コントロールして、記憶を消し去っていたに違いない。だが、わたしの場合はうまくいかなかった」

「マインド・コントロールに抵抗できるのね」

「ああ。われわれはみんなそうだ。だからこのチームは少人数なんだよ。マインド・コントロールを拒めるほど強い超能力を持つ人間は、世の中にほんのひと握りしかいない。あの悪魔たちを倒すことが可能なのはわれわれだけなんだ」

シャナは深く息を吸って、新しく明らかになった事実をしっかり理解しようとした。「どのくらい……どのくらい前からその力のことを知っていたの？」

ショーンは肩をすくめた。「三〇年くらいかな。ＣＩＡに入ったときに自分の能力に気づいて、心を読んだり操作したりする訓練を受けたんだ。悪党どもと交渉するのに役立ったよ」

「ずっとスパイをしながら、わたしたちには外交官だと思わせていたのね」

「おまえの母親に知らせるわけにはいかなかった。それでなくとも辛い目にあわせていたからな。あちこち引っ越しばかりして、いつも外国暮らしで」

シャナは母親がつねに明るく楽観的にふるまっていたことを思い出した。子供たちにとっては強い支えで、引っ越し続きの生活をまるで大冒険のように感じさせてくれた。「お母さんはとてもうまく対応しているんだと思っていたわ」

ショーンが顔を曇らせた。「最初はそうじゃなかった。神経を尖らせて、ノイローゼになりかけていた。だがそのうちどう操ればいいかわかってきて、ずいぶんうまくいくようになった」

操る？ シャナは不安で胃がむかむかしてくるのを感じた。「どうやって操ったの？」

「わたしの力を使って精神力を増強させたんだ。それからはかなり有能になった」

吐き気が暴れ始める。「お母さんをマインド・コントロールしたというの？」

前の座席のふたりが顔を見合わせた。

ショーンが苛立たしげな視線をシャナに向けた。「そんなふうに、ひどく悪いことのような言い方をしなくてもいいだろう。わたしはただ、精神のバランスを健康に保てるように手助けしただけなんだ。そうでなければ、おまえの母親は精神が破綻してしまっていたに違いない」

シャナは歯を食いしばった。「お母さんのためだったと言いたいの？」

「そのとおりだ。それにおまえたち子供のためでもある。家庭が平穏なほうが、わたしも仕事に集中しやすい」

胸の内にふつふつと怒りが湧き起こり、渦を巻き始めた。「お父さんは……わたしたちみんなをコントロールしていたの?」

「落ち着くんだ。癇癪を起こすような年でもないだろう」

シャナはこぶしを握りしめて深呼吸した。信じられない。ここ何年もずっと、彼女は家族を恋しく思ってきた。それなのにその家族も、子供時代も、すべてが偽りだったというのだろうか? 何ひとつ本物ではなかったと?

そのときふいに温かい空気が額をかすめ、頭のまわりを取り囲んで、彼女の精神の防御に穴を開けようとしてきた。シャナは目を閉じてそれを押し戻した。

「それでこそわたしの娘だ」ショーンがささやく。

シャナは目を開けて父親を睨んだ。精神の攻撃は徐々に消えていった。「お父さんだったの?」

ショーンは肩をすくめた。「おまえの防御能力を試してみただけだ。昔から強かった。わたしに抵抗すればするほど、おまえの精神の力は強くなっていったんだ」

喉で息が絡まった。「だからわたしを遠ざけたのね。力が強くなりすぎてコントロールできなくなったから、寄宿学校に入れたんだわ」

「おいおい」彼はシャナに指を突きつけた。「おまえには大金を注ぎ込んだんだぞ。それに家族の誰よりもいい教育を受けさせた。文句を言う理由はないだろう」

こみ上げてくる涙で目がちくちくする。「家族が恋しかったわ」

ショーンが彼女の手を取って軽く叩いた。「おまえがいなくて、わたしたちも寂しい思いをしたよ。いつも誇りに思ってきたんだ、シャナ。おまえの力は、いつかわたしと同じくらい強くなるとわかっていた」

彼女は手を引き抜いた。なんてこと。わたしが知っていたお母さんやきょうだいたちは、本当の姿ではなかったというの？　お父さんにコントロールされた、おとなしいロボットにすぎなかったの？　これまでずっと、シャナは寄宿学校にやられたことで自分を責めていた。だが実際は、家を出られて幸運だったのだ。自由に育ち、善悪の判断を身につけることができた。

おかげで父親のしていることが悪いことだとわかる。ヴァンパイアを皆殺しにしようとするのは、民族の浄化を叫ぶ人々と変わらない。人種差別だ。

彼女は窓の外に目を向けた。わたしはどうすればいいのだろう？

「ところで、教えてくれ」父親が話を続けた。「ドラガネスティはどうやって、昼間に起きて動くことができているんだ？」

「彼は優秀な科学者なの。仲間を助けるために身の危険も顧みず、ある薬を試したのよ」

ショーンは嘲るように鼻を鳴らした。「あいつはおまえに自分のことを気高いスーパーヒーローのように思わせているんだ。だが、わたしを信じなさい。腹が減れば、やつにとっておまえはただの温かい食事にすぎなくなるんだぞ」

シャナは歯を食いしばった。「彼は人工血液を開発したの。何百万人という人間の命が救われているのは彼のおかげなのよ」

「どうせ仲間にもっと食べるものを作ってやろうとしただけだろう」

彼女は父親に向き直った。「彼のことを知れば、どんなに善良な人かわかるのに。でも、お父さんは試してみようともしない。彼ら全員を憎むと決めてしまっているんだわ」

ショーンが顔をしかめた。「おまえは重要な事実を忘れている、シャナ。あいつらはもはや人間ではない。それどころか人間を食糧にしているんだぞ」

「彼らは今も人間よ。ローマンと彼の仲間はもう人を嚙まない。守ろうとしているの。ペトロフスキーとマルコンテンツだけが人間を襲うのよ」

ショーンは首を振った。「人工血液ができたのは最近の話だ。それを開発するまでは、ドラガネスティだって他のヴァンパイアと同じように人の生き血を吸っていた。やつらは怪物なんだよ、シャナ。おまえがどんなに努力しようと聖人には変えられない」

シャナはため息をついた。父親は昔からずっと頑固だった。「ヴァンパイアにも二種類いるわ。現代に適応したヴァンパイアとマルコンテンツよ」

「そいつらをすべて始末するのがわれわれの仕事だ」ショーンがきっぱりと言った。

「彼女の言うことにも一理あるかもしれませんよ」ハンドルを切ってSUVを右折させながら、オースティンが口を開いた。「ずっとペトロフスキーの電話を聞いていたんです。やつはドラガネスティをひどく憎んでいる。電話では、そのふたつのグループが徹底的に戦って決着をつけるというようなことも話題にのぼっていました」

「ヴァンパイアの戦争か？」ギャレットが訊いた。「そりゃすごい」

ショーンがシャナに向き直った。「〈ロマテック・インダストリー〉で爆発があったようだが、誰が背後にいるか知っているのか?」

「ペトロフスキーとマルコンテンツよ。彼らは人工血液をすべてなくそうとしたの。そうすればヴァンパイアたちが、またあちこちで人を嚙まざるをえなくなるから」

ショーンはうなずいた。「他にどんなことを知っている?」

「ローマンと彼の仲間は人間を嚙むことに反対しているわ。わたしたちを守るために戦おうとしているの」

父親は目を細めた。「そんなことはとても信じられない」

「そうだ、やつらを戦わせればいいんですよ」ギャレットが言った。「お互いに殺し合って死ぬかもしれない。そうなればわれわれの仕事もずいぶん楽になります」

シャナは心の中でうめいた。ローマンやコナーやイアン、それにすべてのハイランダーたちの命が戦いで危険にさらされるの? そう考えると気分が悪くなってきた。なんとか戦争をやめさせる方法がないだろうか。

SUVが立派なホテルの入口へ続く車の列に並んだ。

「みんなでここに泊まるの?」シャナは訊いた。

「おまえだけだ」ショーンが答えた。「オースティンが一緒に残っておまえを守る。ギャレットとわたしは別に用があるんだ」

父は監視人を残していくつもりなのだ。ローマンに連絡をとるのが難しくなる。

「さっきも言ったように」ショーンは続けた。「われわれのチームは少人数だ。わたしはヴァンパイアのマインド・コントロールに抵抗できる力を持った人間をずっと探してきた。そういう能力のあるアメリカ人は、誰であろうと国に対して義務がある。力を国のために正しく使わなければならないんだ」

シャナは唾をのみ込んだ。わたしのことを言っているの？

「つまり、シャナ、おまえにわたしのチームに入ってほしい」

ほら、やっぱり。「わたしにヴァンパイアを殺させたいの？」

「悪魔のような生き物から世界を守ってほしいんだよ。われわれの人数はまだまだ足りない。シャナ、おまえが必要だ。すぐにＣＩＡに入る手続きをとって訓練を始めよう」

「わたしにはもう仕事があるの。歯科医なのよ」

ショーンは手を振って退けた。「そんなものはおまえの天職じゃない。神はおまえに才能を与えたんだよ。人類にかけられた呪いと戦うための才能だ。それを使わないなんて許されない」

支配的な父親のために働けというの？　呪いまで持ち出すなんて。シャナの本能は、父親に面と向かって、わたしのことはほうっておいてと言うように告げていた。何よりも望んでいるのは、ローマンのもとにいることなのに。でもわたしが一緒に暮らすせいで、彼が真っ先に標的になってしまったら？　そんなことになるくらいなら、ここにとどまっているほうがましだ。

チームの計画をすべて知ればいいのでは？　それなら危険が迫ったとしても、ローマンに警告できる。そのうちに善良なヴァンパイアが存在することを、お父さんに納得させられるかもしれない。もしかしたらそのうち、またローマンと一緒にいられるようになるかも。けれどもチームに入るのを拒めば、お父さんは杭を打ってわたしの友人たちを殺しまくるだろう。そうなったらとても生きていられない。ローマンはわたしを守るために全力を尽くしてくれた。今度はわたしが彼を守る番だ。

ホテルの回転ドアの前でＳＵＶが停まった。

シャナは深呼吸して言った。「いいわ。お父さんのチームに加わることを考えてみる」

26

ローマンはいつものように、突然鋭く息を吸ってから目覚めた。胸で心臓ががくんと揺れたかと思うと、やがて落ち着いて鼓動を刻み始めた。彼は目を開けた。

「よかった」つぶやく声がする。「もう起きないかと思ったぞ」

瞬きをすると、ローマンは声のしたほうへ頭をめぐらせた。ベッドのそばにアンガスが立ち、しかめっ面をしている。彼だけでなく、大勢の人がベッドを取り囲んでいた。ジャン＝リュックにコナー、ハワード、フィル、グレゴリ、それにラズロだ。

「やあ」グレゴリがにっこりした。「みんな心配してたんだ」

ローマンはラズロに目を向けた。「大丈夫か？」

「はい、社長」小柄な化学者がうなずいた。「ありがとうございました。目が覚めてあなたの家にいるとわかって、どんなにほっとしたことか」

アンガスが腕を組んだ。「いったいどうなっているんだ？　きみが昼間も起きて動いていたと聞いたぞ」

「そうなんだ」ローマンは起き上がってベッドサイドの時計を見た。なんということだ。太陽が沈んで、すでに一時間もたっている。「寝過ごしたようだ」

「ヴァンパイアが寝過ごすなんて、そんな話は聞いたことがない」コナーが言った。

「薬の副作用かもしれません」ラズロが身を乗り出した。「脈を確かめてもかまいませんか、社長？」

「好きなようにしてくれ」ローマンは腕を伸ばした。ラズロが彼の手首を持って腕時計を見る。

「おめでとう、友よ《モナミ》」ジャン＝リュックが言った。「きみの調合薬は大成功だ。昼間に起きていられるとは。まったく驚くべきことだ」

「だが、日光にあたると焼けてしまうのは変わらない」ローマンは自分の胸を見おろした。そこに太陽がつけた傷があった。シャツは破れたままだが、肌はすでにもとどおりになっている。けれども内側には、彼の心を引き裂く別の傷があった。一〇〇年も前に彼を殺そうとしたエリザがつけたのと同じ傷だ。今度はシャナのせいで、ふたたび傷口が開いていた。

「脈は正常です」ローマンの手首を放してラズロが言った。胸がずたずたに引き裂かれているというのに、どこが正常なんだ？　ローマンはこみ上げてくるものを唾をのんでこらえた。

「シャナは戻ったか？」

「いや」コナーが小声で言った。「彼女から連絡はない」

「救出しようとしたんです」フィルが顔を曇らせた。「だが、向こうのほうが人数が多かった」

「いまいましい〝ステイク・アウト〟チームめ」アンガスが低い声でうなった。「きみが目を覚ますのを待つあいだに、フィルとハワードがきみの昼間の冒険をすべて話してくれたよ」

ローマンは心臓がぎゅっと縮まるのを感じた。「シャナは父親のチームに加わることにしたんだ。彼らは彼女を訓練して、われわれを殺そうとするだろう」

コナーが怒りをにじませて一蹴《いっしゅう》した。「そんなことは信じられない」

グレゴリも首を振った。「彼女らしくないよ」

アンガスはため息をついた。「人間は信用できない。これまで大変な目にあってきて、そのことを学んだんだ」ローマンを見て悲しげに言う。「きみもそうだと思っていたんだが」

そのとおりだ。だがシャナが、もう一度ローマンの心を希望で満たしてくれた。彼はすっかり困惑したまま眠りにつき、目覚めた今もわけがわからずにいた。彼女は明らかに父親のもとにとどまりたがっているように見えた。父親とともにいるということは、すなわちヴァンパイア・キラーになることを意味するはずだ。それならなぜ、背後に迫っていた危険を知らせてくれたのだろう？　殺したいと願いながら、どうして助けようとしたんだ？　それとも自分が父親と一緒にいることで、なんとかわたしを守ろうとしたのだろうか？　彼女は本当にわたしを愛しているのか？

「きみが寝ているあいだ、こっちは忙しくしていた」アンガスが言った。「われわれが目覚めたとき、ロンドンとエディンバラの夜が明けるまでにまだ一時間あった。だからこの家にある電話をすべて使って、わたしの部下をこちらへテレポートさせておいたんだ。いい知らせがある。今やわれわれの側の兵は二〇〇になった。いつでも戦いに臨めるぞ」

「わかった」ローマンはベッドから出た。階下にいる二〇〇名の戦士たちの多くは、彼自身がヴァンパイアに変えた者たちだった。もしも今夜の戦いで死ねば、彼らの不滅の魂はどうなるのだろう？　みんな善良な男たちだとわかっていたが、それでも何世紀ものあいだ人間を襲ってきたのだ。そのような生き物が天国へ行くのを、神は決してお許しにならないだろう。他に行くところといえば地獄しかない。やはりローマンは、ヴァンパイアにした瞬間に、彼らの魂の破滅を運命づけてしまったのだ。背負い続けていくには重すぎる罪だった。「すぐにきみたちに加わる。オフィスで待っていてくれ」

男たちは出ていった。ローマンは服を着替え、オフィスへ行って血のボトルを温めた。

「お母さんの具合はどうだ、グレゴリ？」

「大丈夫。病院へ行ってきたところなんだ」ウイングバック・チェアに座っていたグレゴリが、眉をひそめて前屈みになった。「あんたは戦争になってもぼくを参加させないと誓ったと、母さんが言ってた。だけどぼくは臆病者じゃないぞ」

「わかっている」電子レンジが鳴り、ローマンはボトルを取り出した。「だが、きみは戦いの訓練を受けていない」

「それがどうした」グレゴリがぶつぶつ言った。「うしろに隠れているつもりはないんだ」

ローマンはボトルから直接飲んだ。「武器は十分あるのか？」

「わたしの部下たちはそれぞれ、杭と銀メッキを施した剣を持ってきている」膝のあたりでキルトを揺らしながら、アンガスは部屋を歩きまわった。「それにペトロフスキーの側に人間がいたときのために、銃も持ってきた」

そのとき、ローマンのデスクの電話が鳴った。

「噂をすれば影だ」ジャン＝リュックがささやいた。

ローマンはデスクへ歩いていって受話器を取った。「ドラガネスティだ」

「こちらはペトロフスキーだ。どうやって昼間におれの家に忍び込んだのか知らないが、そんなことはもう二度と考えないほうが身のためだぞ。これからは三〇人体制でここを警備する予定だ。おまえが姿を見せたら銀の銃弾をぶち込んでやる」

ローマンはデスクの椅子に座った。「わたしの新しい薬がおまえを不安にさせているようだな。寝ているあいだに杭を打たれないか心配なんだろう？」

「おまえになど見つかるものか、このいまいましいろくでなしめ。昼間に眠るための別の場所があるんだ。絶対に見つけられないぞ」

「うちの化学者は見つけた。おまえもすぐに探し出してやる」

「愚かな化学者は返してやろう。あのイタチ野郎ときたら、うちのソファのボタンを全部取ってしまいやがった。よく聞けよ、ドラガネスティ。今夜、シャナ・ウィーランをおれのところへ連れてくるんだ。さもないとおまえの工場を爆破して、従業員を誘拐し続けるからな。次にさらうやつは、おまえが見つける前に灰の山にしてやる。昨夜、おれが杭を打ち込んだハイランダーのようにな」

受話器を握るローマンの手に力がこもった。これ以上、ハイランダーたちの命を危険にさらすわけにはいかない。それにシャナを裏切るつもりもなかった。たとえ彼女が裏切ったとしても。「ドクター・ヴィーランはここにいない」

「そんなわけがないだろう。おまえと一緒におれの家へ来ていたと聞いたぞ。あの女を連れてこい。そうすれば〈ロマテック・インダストリー〉の爆破をやめてやる」

ばかばかしい。ペトロフスキーがいやがらせをやめるものか。ローマンはそう確信していた。それに、杭を打たれるようなことになろうとも自分がシャナを守るだろうということも。

「いいか、ペトロフスキー。おまえは〈ロマテック・インダストリー〉の爆破も従業員の誘拐も、シャナ・ヴィーランの髪の毛一本傷つけることもできない。なぜなら、おまえの命は明日までもたないからだ」

ペトロフスキーが鼻で笑った。「薬のせいで頭がおかしくなったようだな」

「われわれには二〇〇人もの兵がいる。今夜おまえの家を総攻撃するつもりだ。そっちにはいったい何人いるんだ、ペトロフスキー？」沈黙が広がった。アンガスからの報告で、ロシア系ヴァンパイアのコーヴンでは、かき集めても兵はせいぜい五〇人くらいだろうとわかっていた。

「ここは気前よく」ローマンは続けた。「おまえの兵を一〇〇名と見積もってやろう。それでも二対一なんだぞ。今夜の戦いでどちらが勝つか、賭《か》けてみるか？」

「くそったれのろくでなしめ。二〇〇人もの戦士が集められるわけがない」

「英国からテレポートさせてきたんだ。わたしの言葉を信じなくてもかまわないぞ。すぐに自分の目で確かめることになるんだからな」

ペトロフスキーがロシア語で罵《ののし》った。「こちらだって同じことができるんだぞ。ロシアから何百名も連れてきてやる」

「遅すぎる。ロシアではすでに日の出の時間を過ぎているんだ。電話してみるがいい。誰も応答しないさ」ローマンの耳に友人たちの忍び笑いが聞こえてきた。だが、今から彼が話そうとしていることを知れば、面白いとは思えなくなるだろう。「どうやら困った状況に陥っているようだから、取り引きをしてやってもいい」

「どんな取り引きだ？」ペトロフスキーが訊いた。

アンガス、コナー、それにジャン＝リュックの三人が用心深い表情を浮かべてローマンのデスクのまわりに集まってきた。

「おまえが何より望むものはなんだ？」ローマンは尋ねた。「シャナ・ウィーランやハイランダーたちを殺すより、もっとしたいことは？」

ペトロフスキーがふんと鼻を鳴らした。「おまえの心臓をむしり取って、たき火で焼いてやることだ」

「わかった、チャンスをやろう。争いを今回かぎりで終わらせるんだ。おまえとわたしのふたりだけで」

アンガスがデスクに身を乗り出してささやいた。「何を言ってるんだ？　ひとりで戦うなんて許さないぞ」

「われわれの戦士たちに任せればいい」ジャン＝リュックも言った。「間違いなく勝つんだから」

ローマンは片手で受話器を覆った。「これが最良の方法なんだ。誰の命も危険にさらさずにすむ」

コナーが眉をひそめた。「自分の命を危険にさらしている。そんなことをすべきじゃない」

「正確にはどうしたいんだ、ドラガネスティ？」電話の向こうからペトロフスキーが訊いてきた。「おまえ自身を差し出すつもりか？」

「いや」ローマンは答えた。「一対一の決闘を提案する。銀の剣で、どちらかが灰になるまで戦い続けるんだ」

「勝ったら、おれには何が手に入るんだ？　おまえを殺す喜びの他に」

「おまえにはわたしの死が報酬だ。そのかわり、わたしの従業員やコーヴンやハイランダーたち、それにシャナ・ウィーランには手を出すな。誰も傷つけてはならない」

「だめだ！」アンガスがデスクにこぶしを打ちおろした。「絶対にだめだ」

ローマンは片手を上げ、友人たちの反論を制した。

「なんと気高い心意気だ」ペトロフスキーが嘲笑った。「だが、おれにはちっとも面白くないぞ。そうじゃないか？　おれが欲しいのはトゥルー・ワンズの勝利だ」

ローマンは考えた。「わかった。もしも今夜わたしが死んだら、〈ヴァンパイア・フュージョン・キュイジン〉の製造を停止する」どうせ死んだら開発もできなくなるのだ。

「それには人工血液も含まれるのか?」ペトロフスキーが訊いた。

「いいや。人工血液は人間の命を救っているんだ。健康な人間があたりをうろつかなくなってもいいのか?」

ペトロフスキーの鼻息が聞こえた。「よし、いいだろう。おまえを串刺しにして、くだらない〈ヴァンパイア・フュージョン・キュイジン〉などというものをこの世から消し去ってやる。午前二時だ。セントラル・パークのイースト・グリーン。そこで会おう」

「待ってくれ」ローマンはさえぎった。「わたしが勝った場合の取り決めがまだだぞ」

「ふん! おまえが勝つわけがない」

「わたしが勝利すれば、おまえの部下どもは今度いっさいわれわれに危害を加えないと誓うんだ。ヴァンパイアと人間の両方の従業員、ハイランダー、それにシャナ・ウィーランも含まれる」

「なんだと? それではおまえが死のうが生きようが、どちらにしてもそっちのやつらの身の安全は保障される。最低じゃないか」

「わたしの条件はそれだけだ」ローマンは言った。「〈ヴァンパイア・フュージョン・キュイジン〉とわたしをこの世から消し去るチャンスが欲しければ、取り引きに応じろ」

ペトロフスキーが考えているあいだに、アンガスとジャン=リュックがローマンに文句を言った。

「愚かとしか言えない、モナミ」ジャン＝リュックがささやいた。「最後に剣の練習をしたのはいつだ？」

ローマンにも思い出せなかった。「二〇〇年以上前にきみが訓練してくれた。なんとかなるだろう」

「それにしても腕がなまっているはずだ」アンガスが睨んだ。「ちっぽけなラボに長いあいだ閉じこもっていたんだから」

「そのとおりだ」ジャン＝リュックが宣言《エグザクトマン》した。「どうしてもと言うなら、かわりにわたしが行こう」

「だめだ」ローマンは言った。「きみをヴァンパイアに変えたのはわたしだ。きみの魂を地獄行きの危険にさらすわけにはいかない」

ジャン＝リュックが目を細めた。「問題はそこか。きみはいまだに、わたしたちを変えたことで罪の意識を感じているんだな」

「くそったれ」アンガスが吠えた。「魂を危険にさらしてもいいかどうかは、われわれが選ぶことだ。自分をなんだと思っているんだ？」

ローマンは友人たちを無視して電話の相手に話しかけた。「ひとりで来るんだぞ、ペトロフスキー。おまえとわたしだけ。生き残るのはひとりだ。取り引き成立と見ていいんだな？」

「ああ。だがおれがこの取り引きに応じるのは、五〇〇年以上もおまえを殺したいと思い続けてきたからだ。祈っておけよ、修道士め。今夜おまえは死ぬんだ」そう言って、ペトロフスキーは電話を切った。

ローマンは受話器をもとに戻して立ち上がった。

「そんなことはできないぞ」アンガスが叫んだ。「わたしが許さない」

古い友人の肩に手を置いて、ローマンは言った。「自分で選んだんだ、アンガス。わたしの友人たちの命を救うことができるんだから」

「この中でもっとも剣の腕が立つのはわたしだ」ジャン＝リュックがアイスブルーの瞳を光らせた。「わたしがかわりに行く。これはわたしの権利だぞ」

「心配しないでくれ、ジャン＝リュック」ローマンはフランスの友人の肩をつかんだ。「きみがみっちり教えてくれたんだ。カシミールに致命的な一撃を加えたのはわたしだったことを忘れたのか？」

ジャン＝リュックは顔をしかめてローマンを見た。「わたしがうしろで見張っていたからだ」

「まともに頭が働いていないんだ」アンガスが主張した。「ウィーランの娘に去られたせいで動揺しているに違いない」

ローマンはごくりと唾をのんだ。アンガスの言うとおりなのだろうか？　シャナがここにいれば、自ら進んで危険に身を投じたりしなかっただろうか？　別に自殺しようとしているわけじゃない。ちゃんと勝算があるのだ。それにペトロフスキーを殺すことで多少の動きを封じられるとしても、それでマルコンテンツがいなくなるわけではないだろう。生き抜いて仲間を守り続けなければならない。「もう決めたんだ」

「わたしが介添えする」コナーが言った。

「だめだ。ペトロフスキーとわたしはふたりだけで会うと約束した」

「あいつがそんな約束を守るわけがない」アンガスが断言した。「やつは信用できない。きみだってわかっているはずだぞ」

「わたしは約束を破らない。きみたちも同じだ」ローマンはひとりずつ友人たちの目を見て言った。「それにどこで会うか知らないだろう？　ついてくるんじゃないぞ」

彼らは落胆をあらわにした視線を返してきた。アンガスが口を開きかけた。

「約束してくれ」ローマンは反論される前に言った。「絶対にわたしのあとをつけないと」

「わかった」アンガスが苦々しい顔で他の者たちを見ながら言った。「約束する」

ローマンはドアへ向かった。

「きみは以前、ひとりで村を救えると思った。自尊心からカシミールの毒牙《どくが》にかかったんだ。今度はひとりでわれわれ全員を救えると思っている」

部屋を出かけたところで足を止め、ローマンは振り返ってアンガスを見た。「あのときとは違う」

「それは確かか？」アンガスがささやいた。「用心しろ、古き友よ。一度は自尊心に溺れたことがあるのだから」

シャナはベッドで起き上がった。一瞬どこにいるかわからず、あたりを見まわした。

「大丈夫か?」オースティンが訊いた。

「わたし――ええ、大丈夫。ぐっすり寝ていたみたい」彼女は二匹の番犬とともにホテルの部屋にいた。ここへ到着してすぐ、オースティンの他に若いブルネットの女性も加わったのだ。ベッドサイドの時計付きラジオは八時二〇分を示していた。いけない。長く眠りすぎたわ。でも、ひと晩ずっと起きていたんだもの。疲れ果ててしまったのよ。「外はもう暗いの?」

「ああ」オースティンが、彼と女性の座るテーブルに置いたピザを指差して訊いた。「食べるかい?」

「あとでいいわ」もうローマンも起きているはずだ。ロシアのヴァンパイアたちと戦う準備をしているのかしら? 彼が大丈夫かどうか、話して確かめられればいいのに。携帯電話は父親に取り上げられてしまった。シャナはベッドサイドテーブルの電話に目を留めた。つながっていないままだ。この部屋に入ってすぐに、オースティンが電話線を抜いてしまった。彼女は明らかに信用されていないということだ。文句は言えない。彼らは正しいのだから。彼女は機会さえあればすぐにでも、ローマンのもとへ帰るつもりだった。

「こんばんは。わたしはアリッサよ」ブルネットの女性が自己紹介した。「お父さんに頼まれて、あなたのアパートメントから着替えを持ってきたわ」彼女はシャナのベッドの足もとに置かれたスーツケースを示した。

自分のものだとすぐにわかった。「ありがとう」

「テレビを調整してDVNが映るようにしてあるんだ」オースティンがリモコンを取って音量を上げた。「彼らの世界では〈ロマテック・インダストリー〉の爆破事件が大ニュースになっている。ドラガネスティが今夜報復するのかどうか、その話題でもちきりだ」

「このヴァンパイアのテレビ局はすごいわ」缶入りのソーダを飲みながら、アリッサが言った。「人間界と同じで昼メロのドラマまであるの。ところで〈チョコラッド〉っていったいなんなの？」

「チョコレートと血で作った飲み物よ」シャナは説明した。「女性のあいだで人気なんだけど、聞いた話によると太るらしいわ」

アリッサが笑った。「冗談でしょう」

「いいえ。それだけじゃない。問題を解決するために、ローマンは新しい飲み物を開発したの。〈ブラッド・ライト〉と呼ばれているわ」

今度は番犬ふたりがいっせいに笑い出した。

オースティンが首を振りながら言う。「彼らは予想していたのとまったく違うな」

「わたしもそう思う」アリッサがピザにかぶりついた。「真っ白でひょろひょろの姿を想像していたら、まったく普通なんだもの」

「ああ」オースティンも同意した。「文化は全然違うのに、彼らはなんていうか、とても……人間っぽいんだ」

「彼らも人間よ。痛みや恐怖も感じるし……愛情もあるわ」シャナは、ローマンは今頃どんな気持ちでいるだろうかと考えた。

「あら、お父さんにはそんなこと言っちゃだめよ」アリッサが警告した。「卑劣な怪物の集団だと思っているんだから」

「父はどこに行ったの？」シャナは尋ねた。

「ペトロフスキーの自宅を見張りに。いつものようにね」オースティンが答えた。「レストランできみがねらわれてからというもの、彼はロシア人たちを心の底から憎んでいるんだ」

シャナは驚いて瞬きした。「なんですって？」

「やっちゃったわね、オースティン」アリッサがつぶやいた。

「彼女は知ってると思ったんだよ」オースティンがシャナに向き直って言った。「ＦＢＩから聞いていないのか？」

「どういうこと？」鼓動が急に速くなってきた。「わたしの友達が殺されたのは偶然じゃなかったというの？」

オースティンが眉をひそめた。「報復だったんだ。ロシアにいたとき、きみのお父さんがマフィアの幹部を何人か刑務所に送ったからね。きみたちの家族は密かにロシアを出た。今どこにいるかは誰も知らない。残されたマフィアが復讐を考えたとき、家族の中で所在がつかめたのがきみだけだった」

シャナは頭を振ってめまいを振り払った。「彼らはわたしを殺そうとしていたの？　カレンはわたしのせいで死んだの？」

「あなたが悪いんじゃないわ」アリッサが口を開いた。「ショーン・ウィーランの娘だからという理由だけで、標的にされてしまったんだもの」

「状況を考えれば」オースティンが続けた。「われわれのチームで働くのが、きみにとって最善の策だと思うよ。居場所を知られにくいし、護身術の訓練も受けられる」

シャナはベッドに仰向けに倒れ込んで天井を見上げた。レストランでのあの夜のことは、ずっと恐ろしい偶然の出来事だと信じ込んでいたのだ。悪いときに悪い場所に居合わせてしまっただけだと。でも、初めからねらいはシャナ自身だった。カレンではなく、彼女が死ぬはずだったのだ。

「大丈夫？」アリッサが訊いた。

「わたしのかわりにカレンが死んだと思うと、辛くてたまらないわ」

「そうだろうな」オースティンがソーダの缶を開けた。「少しは気が晴れるかもしれないから言っておくと、マフィアはきみたちをふたりとも殺すつもりだったんだ。目撃者を残したくなかったんだろう」

どういうわけか、それを聞いても気分は晴れなかった。シャナは目を閉じた。

〝シャナ？　どこにいるんだ？〟

彼女は息をのんで立ち上がった。オースティンとアリッサがじっと見ている。「あの、ええと、行かなきゃ」シャナは急いでバスルームに駆け込んだ。ローマンがわたしに連絡をとろうとしているのかしら？　これほど距離が離れていても届くほど、わたしたちの結びつきは強いの？　外のふたりに気づかれないように、彼女は蛇口を開けて水を出した。「ローマン、わたしの声が聞こえる？」

〝ああ。ここにいる〟彼が結びつきを強めたかのように、頭の中で声が大きくなった。〝きみはどこだ？〟

「父のチームのメンバーと一緒にホテルにいるの」

〝とらえられているのか？　それともそこにいるのは自分の意志か？〟

「今のところは大丈夫。わたしのことは心配しないで。それよりあなたはどうなの？　これから戦争があるの？」

〝争いは今夜で終わりにする。なぜ——なぜきみの父親を呼んだんだ？　きみはわたしと一緒にいるものだとばかり思っていた〟

「父に連絡したわけじゃないわ。外にいたのよ。ペトロフスキーの自宅を見張っていて、わたしが中に入るのを見たの。わたしの身が危ないと思って助けに来たのよ」

〝そのまま父親のところにいるつもりか？〟

「あなたと一緒にいるほうがいいわ。でも、こっちにいればあなたを守れるかも——」

〝きみに守ってもらう必要はない！〟

怒りに満ちた彼の声はしばらく頭の中で鳴り響いていた。「ローマン、これからもずっとあなたを愛するわ。絶対に裏切ったりしない」

彼との結びつきが張りつめ、ひびが入るのがわかった。

「ローマン？　そこにいるの？」

先ほどとは違う感情が伝わってきた。絶望だ。彼は傷ついている。シャナは銀の十字架を胸に押しあてた。

〝今夜を生き抜いたら、わたしのところへ戻ってきてくれるか？〟

〝今夜を生き抜いたら、ですって？「ローマン、いったいなんの話？　戦いに行くつもりなの？」

〝戻ってきてくれるか？〟

「ええ！　あなたのところへ戻るわ。だけどローマン、危険なことはしないで。お願いよ」

シャナは十字架をきつく握りしめた。

返事はなかった。

「ローマン！　行かないで！」バスルームのドアを叩く大きな音がして、彼女は飛び上がった。

「シャナ！」オースティンが叫んだ。「どうかしたのか？」

「なんでもないわ」彼女は叫び返した。心の中でメッセージを送ることに意識を集中させる。

〝ローマン。ローマン？　聞こえる？〟

けれども返事はなかった。結びつきはなくなってしまったのだ。そしてローマンもいなくなった。

これは自尊心とは関係がない。アンガスは間違っている。ジャン＝リュックのほうが剣の腕が立つことはローマン自身も十分承知していた。アンガスだって、彼よりずっと有能な戦士だ。それなのに、自尊心から自分の意志を貫くなどということがありうるだろうか？ わからない。ただ、仲間とシャナを守るためならなんでもするということだけは確信が持てた。ローマンは自ら多くのハイランダーたちをヴァンパイアに変えてきた。ジャン＝リュックとアンガスを変えたのも彼だ。彼らが死ねば、その魂が永遠に地獄へ落とされるよう運命づけたのはローマンなのだ。そんな目にはあわせられない。たとえそれが彼自身の死と永遠の破滅を意味するとしても。

一時を少しまわった頃、ローマンは石段を上がり、教会の重い木製の扉を開けた。誰もいない聖堂に自分の足音だけが響く。何列にも並んだ献灯の赤いグラスの中でキャンドルの炎が揺れていた。聖人や聖母の像が彼を見おろし、いったい神の家で何をしているのかと疑問を投げかけてきた。ローマンにもわからないのだ。ここへ来るなんて、何を考えていたのだろう？

彼は十字を切り、聖水に手を伸ばしかけてためらった。彼の手は聖水盤の真上で止まっていた。たちまち水が渦を巻き、沸き始めた。立ちのぼる蒸気の熱を感じる。

ローマンはさっと手を引いた。これから剣で戦うのだから、怪我をするわけにはいかない。すると水の沸騰が止まり、彼の心は絶望に深く沈んだ。彼の問いかけに対する明らかな答えを受け取ったのだ。彼の魂は地獄へ落ちる運命なのだと。

背後で扉が閉じる音がした。さっと振り返ったローマンは、入ってきた人々に気づいて緊張を解いた。

コナーとグレゴリ、それにラズロが、彼にうしろめたそうな表情を向けた。

「あとをつけるなと言ったはずだが」

コナーが肩をすくめた。「ここへ来るだろうとわかっていた。まさか、教会で決闘するつもりじゃないだろうな?」

「それに」グレゴリが言った。「どうせここへ来るつもりだったんだ。あんたのために祈りたかったから」

「そうですよ」十字を切ってラズロが言った。「祈りに来たんです」

ローマンはあきれて鼻を鳴らした。「好きなだけ祈るといい。ほとんど効果は期待できないだろうが」彼は通路を歩いて告解室へ向かった。小部屋に入って椅子に腰かける。

小さな扉が開いた。ついたての向こうの闇の中に、司祭の輪郭がかろうじて見て取れた。年をとって背中が曲がっているようだ。

「祝福してください、神父様。わたしは罪を犯しました」ローマンは顔をそむけ、つぶやくように言った。「最後に告解したのは五一四年前です」

「なんですと?」老司祭の声はしわがれていた。彼は咳払いして言った。「一四年と言ったのかな?」

「ずっと以前です。わたしは神の前で立てた誓いを破りました。多くの罪を犯したのです。そして今夜、わたしの存在はこの世からなくなるかもしれません」

「病に冒されているのですか?」

「いいえ。今夜、わたしは仲間を救うために自分の命を危険にさらすのです」ローマンは木製の壁に頭をもたせかけた。「ですが、果たして善が悪に勝てるのか確信が持てません。自分が善の側にいるのかどうかすら、わからないのです。神はわたしをお見捨てになりました。だからわたしは邪悪なのでしょう」

「なぜ神がお見捨てになったと考えるのかな?」

「かつて、はるか昔に、わたしはある村を救えると考えましたが、高慢の罪に屈して闇に落ちたのです。それ以来ずっとそこにおります」

司祭はまた咳払いすると、椅子に座り直した。今の話がかなり奇妙に聞こえることはローマンにもわかっていた。ここへ来るなんて時間の無駄だったのだ。何を求めていたんだ?

「あなたの話を整理しましょう」司祭が言った。「まず、あなたは人々を救おうとした。勝利を確信していたのですね?」

「はい。わたしは自尊心から、失敗するはずがないと思っていました」

「それなら、あなたの心の中では何も危険を冒していなかったのですよ。今夜は勝利を確信していますか？」

ローマンは小部屋の中の暗闇に目を凝らした。「いいえ、確信はありません」

「では、なぜ命を危険にさらすのです？」

目から涙がこぼれ落ちた。「仲間がそうするのは耐えられないからです。わたしは……彼らを愛しています」

司祭が大きく息をついた。「では、それが答えだ。あなたは自分の自尊心のためではなく、愛のために行動するのです。そしてその愛は父なる神によってもたらされる。神はあなたをお見捨てになっていないのですよ」

ローマンは冷笑した。「わたしの罪の大きさをご存じない」

「あなただって、神の御心の大きさを理解していないのかもしれない」

涙が頬を伝って落ちた。「あなたのおっしゃることが信じられるといいのですが、神父様。でも、わたしはひどく邪悪なことをしてしまいました。もう遅すぎるのかもしれません」

司祭がついたてに身を寄せて言った。「息子よ、心から後悔するなら、遅すぎるということはない。今夜はあなたのために祈りましょう」

27

真夜中過ぎにオースティンの携帯電話が鳴った。彼の礼儀正しい口調や、ずっとシャナをうかがっている様子からして、電話の相手は彼女の父親なのだろう。シャナはヴァンパイアの戦争が起こるかもしれないと心配しながら夜を過ごしていた。精神でローマンに連絡をとろうとしてみたが、うまくいかなかった。

「わかりました」オースティンが彼女に電話を差し出した。「お父さんが話したいそうだ」

シャナは電話を耳に近づけた。「お父さん？」

「シャナ、何が起こっているか、おまえにも知らせておくべきだと思ってね。ペトロフスキーの電話を盗聴しているんだが、彼とドラガネスティの会話を傍受した」

「どうなっているの？　戦争は起こりそう？」

「ドラガネスティは準備を整えたようだ。二〇〇名の兵士がいると言っていた。ペトロフスキーは夜じゅう電話をかけ続けて、仲間に集まるよう命じていた。彼のほうはせいぜい五〇名程度だろうとわれわれは見ている」

シャナは安堵の息を吐いた。「ローマンのほうが数で勝っているのね」

「ああ、まあ、そうなんだが。ドラガネスティはペトロフスキーに取り引きを持ちかけた。セントラル・パークで会うようだ。戦争をするかわりに、どちらかが死ぬまで決闘するのではないかと思われる」

「なんですって？」

「午前二時にイースト・グリーンで、ふたりだけで会うつもりらしい。銀の剣を使って戦い、ひとりだけが生き残るんだ」

シャナは息が苦しくなった。ローマンは死を賭けて戦うつもりなの？「そんな——そんなのだめよ。止めなきゃ」

「止めようなんて考えるな、スウィートハート。だが、おまえの友人のことはちょっと気がかりだ。ペトロフスキーが今夜、仲間に集まるよう命じるのを聞いた。こちらの知るかぎり、ドラガネスティはひとりで行くようだ。だがペトロフスキーのほうは、仲間の一団を引き連れていくつもりらしい」

シャナは息をのんだ。「ひどいわ」

「盗聴した様子では、ドラガネスティの仲間は一対一の決闘が行われる場所を知らないようだった。だから彼らには手助けしようがないんだ。悲しいことだな。きっと袋叩きにあうだろう」

シャナは今聞いたばかりの情報を頭の中で繰り返した。午前二時。セントラル・パークのイースト・グリーン。ハイランダーたちに知らせなければ。

「もう切るよ、スウィートハート。最新情報をおまえに知らせておこうと思ったんだ。それじゃまた」

「ええ、またね」シャナは受話器をきつく握りしめたまま、オースティンとアリッサを見た。「電話をかけたいんだけど」

アリッサが立ち上がった。「許可できないのよ、シャナ」

ふたつ目のベッドにオースティンが横たわった。「なんの害があるっていうんだい？　警察に逮捕されたときだって、一回は電話をかけることが許されるのに」

アリッサが振り返ってオースティンを睨んだ。「正気なの？」

「ああ」彼は鋭い表情で見返した。

そのあいだにシャナは急いでローマンの家の番号を押した。どこかおかしいことはわかっていた。都合がよすぎる。まず父親が彼女に情報を教え、次はオースティンが電話の使用を許可してくれた。だが、そんなことはどうでもいい。とにかくローマンを救わなければならないのだ。

「もしもし？」

「コナー？　あなたなの？」

「ああ。シャナか？　ずっと心配していたんだ」

「あなたは、ええと、あの電話を使ったやつができる？」

「テレポートのことか？　ああ、できる。今どこにいるんだ？」

「ホテルの部屋なの。急いで。話し続けているから」シャナはオースティンとアリッサに目を向けた。「ここには他にふたりいるんだけど、別に――」

なんの前触れもなく、彼女のすぐ横にコナーが姿を現した。

「なんてことだ！」オースティンが慌ててベッドから這い出た。

アリッサはぽかんと口を開けている。

「無断で入ってきてすまないな」コナーがシャナから受話器を受け取った。「イアン、そこにいるのか？」

「こ、この人――キルトを着ているわ」アリッサのささやきが聞こえた。

「ああ、そうだとも」コナーの視線が女性のＣＩＡ局員に留まった。「きれいなお嬢さんだ」

アリッサが唾を吐いた。

「いったいどうやって来たんだ？」オースティンが訊いた。

「おお、それはこういうふうにしたんだ」コナーがシャナに腕をまわした。彼女が彼の腕にしがみついたとたん、あたりが真っ暗になった。

闇が晴れると、シャナはローマンの家の玄関ホールに立っていた。一階は完全武装したハイランダーたちでごった返していた。彼らは苛立ちをにじませながら歩きまわっている。

アンガス・マッケイが近づいてきた。「コナー、どうして彼女を連れてきたんだ？」

シャナはコナーが答える前に口を開いた。「知らせたいことがあるの。ローマンとペトロフスキーが今夜、一対一で決闘するわ」

「それはもう知っている、お嬢さん」悲しげに彼女を見て、コナーが言った。

「だけど、ペトロフスキーは兵士たちを連れていくつもりよ！　あなたたちはローマンを助けなきゃ」

「ちくしょう」アンガスがつぶやいた。「あのろくでなしに約束を守るつもりがないことくらい、初めからわかっていたんだ」

「どうやって知ったんだ、シャナ？」コナーが訊いた。

「父がペトロフスキーの自宅の電話を盗聴したの。彼らの計画を聞いて、わたしに教えてくれたわ。だから警告に来たのよ。ローマンは午前二時にセントラル・パークのイースト・グリーンでペトロフスキーと会うことになっているの」

スコットランド人たちが絶望的な視線を交わした。

アンガスが首を振った。「だめだ。あとをつけないと約束したんだ」

「彼をひとりにはさせないわ！」シャナはコナーの剣に手を伸ばした。「わたしは約束してない。だからわたしが行くわ」

「待ってくれ」コナーが叫んだ。「シャナが行くなら、われわれは彼女のあとをつけていけばいい。それに関しては約束していないんだから」

「そうだ」アンガスがにやりとした。「それにこのお嬢さんには護衛が必要だ。ローマンもわれわれに、彼女のあとをつけていってほしいと思うだろう」

「よかった」シャナはハイランダーたちの顔を見渡すと、空中に剣を突き上げた。「わたしについてきて！」

懺悔で芽生えたローマンのわずかな希望は、イースト・グリーンに到着したとたんに消えてしまった。ペトロフスキーは取り決めを破った。ひとりではなかったのだ。

彼のコーヴンのメンバーが半円形に広がっていた。ローマンが見積もったところ、五〇人はいるようだった。ほとんどが男だ。半分くらいが松明《たいまつ》を持っていた。

ペトロフスキーが一歩前に進み出た。「とうとうおまえにとどめを刺せるときがやってきた」

ローマンは剣の柄を握りしめた。「怖くてひとりでは来られなかったようだな。女まで連れてきているじゃないか。洟でもふいてもらうのか？」

「怖がってなどいない。確かに、おまえの仲間に危害を加えないとは言ったが、おれが殺された場合に手下どもが襲いかからないとは約束していないぞ。いずれにしろ、ドラガネスティ、おまえは今夜死ぬのだ」

ローマンは唾をのみ込んだ。予想のついていたことだ。ひとりの司祭と三人の友人の祈りでは不十分だったのだ。神ははるか昔に彼を見捨てている。

「覚悟はいいか？」ペトロフスキーが剣を抜いた。

ローマンも自分の剣を構える。ジャン＝リュックにもらったその剣は剃刀《かみそり》のように切れ味が鋭く、鋼の刃を純銀が覆っていた。鋼と革でできた柄は彼の手にしっくりなじんだ。ローマンは音をたてて剣を宙に振りかざし、ペトロフスキーに叫んだ。最後に一度だけシャナの顔を思い浮かべると、彼はただひとつのことに精神を集中させた。生き抜くことに。

イースト・グリーンを走りながら、シャナは剣と剣がぶつかり合う音が聞こえたような気がした。恐ろしい音には違いないが、安心させる音でもある。戦っているということは、ローマンは生きているのだから。

「止まれ！」そばでアンガスが叫んだ。「われわれがあとをつける立場なのはわかっているが、もっと急いで行かなければならない」そう言うと、彼はシャナを腕に抱えた。

まわりの木が見えなくなるほどのスピードで疾走するあいだ、彼女は必死でしがみついていた。空き地のそばにたどりつくまで、ハイランダーたちはヴァンパイアに備わったスピードで進んだ。

アンガスがシャナを地面におろした。「きみを誤解していたようだな。すまなかった。さあ」彼は剣を渡してくれた。「ここからはきみのあとをつけていこう」

「ありがとう」シャナは空き地に足を踏み入れた。

アンガスとジャン＝リュックに率いられた戦士たちが背後に広がっている。ローマンとイワン・ペトロフスキーは空き地の中央で、お互いに距離を取りながらぐるぐるまわっていた。シャナの見るかぎり、ローマンは怪我をしていないようだ。一方、ペトロフスキーの服は数箇所が切れていた。左腕から血がにじんでいる。

ペトロフスキーがシャナのほうを見て悪態をついた。「ちくしょう、やっぱりあの女はおまえのところにいたんじゃないか。しかもいまいましい兵士たちまで連れてきやがって」

ローマンはうしろに下がると、シャナとハイランダーたちにちらっと目を向けた。ペトロフスキーに注意を戻しながら、彼は叫んだ。「アンガス、あとをつけないと約束したはずだぞ」

「きみのあとはつけていない」アンガスが叫び返した。「どこにいるか知らなかった。われわれがつけてきたのはこのお嬢さんだ」

突進してきたペトロフスキーをかわして、ローマンが右に跳んだ。さっと回転して相手の腰を突く。ペトロフスキーは悲鳴をあげ、片手で傷を押さえた。

「シャナ！」ローマンが叫んだ。「ここから立ち去るんだ」

「あなたを置いていくつもりはないわ」彼女は前に進み出た。「あなたを死なせたりしない」

ペトロフスキーが自分の手についた血を見ている。「勝ったと思っているんだろう、ドラガネスティ？　だが、おまえは間違っている。カシミールのことで間違ったようにな」

ローマンはペトロフスキーの周囲をまわった。「カシミールは死んだ」

「そうか？」ローマンを視界に入れたまま、ペトロフスキーが円を描くように移動した。「彼が死ぬところを見たのか？」

「日の出の直前に倒れたんだ」

「それでおまえと仲間たちは隠れ家に逃げ帰った。だからその次に起こったことを見ていない。おれが秘密の場所へカシミールを連れていったんだ」

ハイランダーたちのあいだから、息をのむ音が立て続けに聞こえてきた。

「うそだ」顔面を蒼白《そうはく》にしたローマンが叫んだ。「カシミールは死んだ」

「彼は生きている。復讐のための軍を準備しているんだ！」ペトロフスキーが飛び出してきて、剣でローマンの腹部に切りつけた。

さっと飛びのいたものの、完全にはよけきれなかったようだ。傷から血が滴り、彼がよろめいた。

ローマンが出血する瞬間を目撃して、シャナの息が止まった。彼のうしろでふたりのロシア人が剣を抜いたことに気づく。「ローマン！　気をつけて！」彼女は思わず駆け出した。

電光石火の速さでアンガスがシャナをつかんだ。「だめだ」

ローマンはすばやく振り返り、ふたりのロシア人の攻撃から身を守った。

ペトロフスキーがシャナを睨んでいる。「むかつく女め！」彼女のほうへ近づいてくる風の音がしたかと思うと、剣が空を切った。

アンガスがシャナを自分のうしろに引っ張り、武器を手にした。だがそのときにはすでに、剣を掲げたジャン＝リュックが前に飛び出していた。彼が剣を打ちおろすと、大きな音が響いた。ペトロフスキーがよろよろとあとずさりする。ジャン＝リュックがさらに前へ出て突き、ペトロフスキーをうしろへ下がらせた。

ローマンが襲撃者のひとりを串刺しにするのを見て、シャナは息をのんだ。男は地面に倒れ、ボロボロと崩れて灰になった。それを見たもうひとりが剣を落として後退した。ローマンがシャナのほうへ動いてきた。「アンガス、彼女を家に連れて帰ってくれ。ここは危険だ」彼は腹部の傷に手を押しあてていた。

駆け寄ろうとしたシャナをアンガスが引き戻す。「ローマン、われわれと一緒に来てくれ。怪我をしているじゃないか」

ローマンは歯を食いしばって言った。「まだ終わっていない」彼はペトロフスキーめがけて突進していった。

ジャン＝リュックがうしろに飛びすさったとたん、ローマンの剣がペトロフスキーに振りおろされた。相手はふいをつかれたようだ。ローマンはすばやく剣を操ってペトロフスキーの剣を払いのける。剣は宙を飛び、ロシア人たちのそばに落ちた。

ペトロフスキーが剣に駆け寄ろうとした。ローマンが脚のうしろに切りつけ、彼は地面に倒れ込んだ。転がって逃げようとしたが、ローマンはすぐそばに立ち、ペトロフスキーの心臓にねらいをつけた。「おまえの負けだ」ローマンがささやいた。

ペトロフスキーは必死の形相であたりを見まわしている。

ローマンが剣の先を彼の胸につけた。「おまえと仲間たちは二度とわれわれに危害を加えないと誓え」

ペトロフスキーがあえぎながら言った。「誓う」

「わたしの工場へのテロ行為をやめるんだ」

彼がうなずく。「約束すれば殺さないのか？」

ジャン＝リュックが前に出てきた。「殺さなければならないぞ、ローマン」

「そうだ」アンガスがシャナを放してふたりに近づいていった。「こいつは信用できない」

ローマンは大きく息をついた。「彼が死んでも、誰か別の者がコーヴンを引き継いでマルコンテンツのリーダーになるだけだ。新たな指導者もわれわれを脅かし続けるに違いない。だがペトロフスキーを生かしておけば、彼に約束を守らせることができる。そうだな？」

「ああ」ペトロフスキーがうなずいた。「約束する」

「よし」ローマンは冷ややかな笑みを浮かべた。「誓いを破れば、おまえが無防備になる昼間をねらって始末してやる。わかったか？」

「わかった」ペトロフスキーはゆっくり立ち上がった。

ローマンがうしろに下がる。「それならこれで終わりだ」

そのとき、ロシア人のひとりが前に飛び出てペトロフスキーの剣を拾い上げた。「これはおまえのものだ」そう叫ぶと、ペトロフスキーの腹に剣を突き刺した。

ペトロフスキーがよろめいてあとずさりする。「アレク？　なぜおまえがおれを裏切るんだ？」彼は地面に膝をついた。「この、この卑怯者《ひきょうもの》め。おれの権力が、コーヴンが欲しいんだな」

「違う」アレクが彼を睨みつけた。「欲しいのは女たちだ」

ペトロフスキーは腹を押さえながら倒れた。

「ばかな男」女性のヴァンパイアが歩み寄ったかと思うと、ベルトから木の杭を抜いた。「あんたはわたしを娼婦扱いしたわ」

ペトロフスキーがあえいだ。「ガリーナ。愚かなあばずれめ。おまえは娼婦じゃないか」

もうひとり女性が出てきて、ベルトから杭を抜いた。「わたしたちをあばずれなんて二度と呼ばせない。あんたのコーヴンはわたしたちが引き継ぐわ」

「なんだと?」ふたりが近づいてくるのを見て、ペトロフスキーは草の上を這って逃げようとした。「カーチャ、ガリーナ、やめろ。おまえたちにコーヴンの支配は無理だ。愚かすぎる」

「愚かだったことなんか一度もないわ」ガリーナが彼のそばに膝をついた。「これからは望みの男がすべて手に入るのよ」

反対側にカーチャも膝をつく。「わたしは女帝エカテリーナみたいになるの」彼女はちらりとガリーナを見て言った。「いくわよ」

ふたりは同時にペトロフスキーの心臓を杭で貫いた。

「やめろ!」悲鳴が徐々に薄れ、彼は灰になった。

立ち上がった女性たちがハイランダーに目を向けた。

「しばらく休戦するのはどう?」カーチャが提案した。

「わかった」アンガスが答える。

ロシア人たちは稲妻のような速さで闇の中に姿を消した。

終わったのだ。

シャナは震える笑みをローマンに向けた。「なんだか奇妙だったわね。さあ、両手を上げて。止血するわ」

コナーがローマンの腹部に包帯を巻き、端を縛った。スポーランから血のボトルを出して渡す。

「ありがとう」ローマンはボトルを受け取って飲み、シャナに手を伸ばした。「きみに話がある」

「わたしもよ。ばかな決闘なんて二度としないで。あなたをシルバールームに閉じ込めて鍵を処分するわよ」

彼はにっこりしてシャナに腕をまわした。「そうやって偉そうにするきみが好きなんだ」

「娘を放せ！」叫ぶ声がした。

シャナが振り返ると、懐中電灯を手に父親が近づいてくるところだった。うしろには懐中電灯と銀のピストルを手にしたギャレットとオースティン、それにアリッサがいる。ベルトにはずらりと木の杭が並んでいた。彼らは距離を空けたところで立ち止まり、懐中電灯であちこちを照らして調べ始めた。

シャナの父が灰の山を見つけた。「ペトロフスキーだといいんだが」

「そうだ」アンガスが答えた。「ショーン・ウィーランだな？」

「ああ」ショーンがふたつ目の灰を照らして訊いた。「これもロシア人か？」

「そうだ」今度はローマンが答えた。「わたしが殺した」

ため息をついて、ショーンはイースト・グリーンを見渡した。「望んでいた結果にはならなかったな。死んだのはふたりだけだ」

「なんの話をしているの？」シャナは訊いた。

「おまえはうまく役目を果たしたよ、スウィートハート。今おまえに手をかけている汚らわしい生き物の影響を受けているのはわかっていた。だからオースティンに言って、電話を使わせたんだ。おまえはドラガネスティの友人たちに連絡すると思った」

「戦争になるのを期待していたんだな」シャナをつかむローマンの手に力がこもった。「われわれのほとんどが死ぬことを願っていたんだ」

「互いに殺し合ってくれれば、こちらの仕事が少なくてすむ」ショーンが肩をすくめた。「必ずおまえたちを始末する。覚えておくんだな」

ジャン＝リュックが剣を振りかざした。「ばかばかしくて話にもならん。数の上ではこちらが勝っているんだ」

「そうだ」アンガスが前に出た。「われわれが必要な存在だとわかっていないようだな。今この瞬間にも、邪悪なヴァンパイアたちが兵を集めているんだぞ。われわれの助けがなければ、カシミールを倒すことは不可能なんだ」

ショーンが目を細めた。「カシミールなんて名前は聞いたことがない。それに、悪魔の言うことをどうして信じなければならないんだ？」

「この人たちの助けが必要だわ」シャナは叫んだ。「さあ、その怪物から離れてこっちへ来るんだ」

「本当のことなのよ、お父さん」

「人なんかじゃない！」ショーンも叫び返した。「さあ、その怪物から離れてこっちへ来るんだ」

ローマンが咳払いした。「どうやらあなたのお嬢さんに結婚を申し込むには、あまりいいタイミングではなさそうだな」

ショーンがベルトから木の杭を抜いた。「地獄で待っていろ！」

ローマンは眉をひそめた。「うん、やはりタイミングが悪い」

シャナは彼の顔に触れて微笑んだ。「わたしには完璧なタイミングに思えるけど」

「シャナ、きみの望みをすべてかなえたいんだ。ピケットフェンスのある家に——」

彼女は笑い出し、ローマンを抱き寄せた。「本当に必要なのはあなただけよ」

「子供も」彼が続けた。「生きた精子にわたしのDNAを抽入する方法が見つかりそうなんだ」

「なんですって？」驚いてローマンを見つめ返す。「あなたは父親になりたいの？」

「きみが母親なら」

シャナはにっこりした。「ハーレムを解散させなきゃいけないのはわかってる？」

「もう手を打ってある。彼女たちが自活できるようになるまで、グレゴリが自宅に引き取ってくれるそうだ」

「まあ、優しいのね。でも、彼のお母さんがカンカンに怒るわよ」

「愛している、シャナ」ローマンが彼女にキスをした。

「娘から離れろ！」杭を手にしたショーンが前進してきた。

「だめよ！」シャナは振り返って父親と向かい合った。

「シャナ、こっちへ来るんだ。その怪物はおまえの頭を支配しているんだぞ」

「いいえ、違うわ。支配しているのはわたしの心よ」彼女は胸に手をあてて言った。「彼を愛しているの」手が銀の十字架に触れていることに気づく。「あら、大変」シャナはうしろを向いてローマンを見た。「もう一度抱きしめて」

彼は言われたとおりにした。

「痛くないの？」彼女は一歩下がり、十字架を持ち上げてみせた。「あなたは焼かれなかったんだわ」

ローマンが目を見開いて、そっと十字架に触れた。

「これは証《あかし》よ」シャナの目は涙で潤んでいた。「神様はあなたを見捨ててはいない」

彼の手が十字架を握りしめた。「〝あなたは神の御心の大きさを理解していないのかもしれない〟ある賢者が今夜、わたしにそう言ったんだ」

シャナは瞬きして涙をこらえた。「神様は決してあなたを見捨てたりしないわ。それにわたしも」

ローマンが彼女の顔に触れて言った。「わたしはこれからもずっときみを愛するだろう」

シャナが笑うと、涙がひと粒こぼれ落ちた。「神様が許してくれるなら、あなたも自分自身を許さなくちゃ。これからは自分を憎むなんてことはだめよ。わたしたちの誰も、そんなことをしてはいけないの」

「そうだ」コナーがつぶやいた。「いやなやつだって好きにならなきゃいけない」

ローマンはにやりとしてハイランダーを小突くと、シャナに腕をまわした。

「これで終わりじゃないぞ！」ショーンが叫んだ。「必ずおまえたちを追いつめてやる。ひとりずつだ」そう言うと、彼は大股で歩み去った。チームがあとからついていく。

「父のことは心配しないで」ローマンの肩に頭を預けてシャナは言った。「そのうちあなたに慣れるわ」

「では、きみは本当にわたしと結婚してくれるのか？」

「ええ」ローマンに唇をふさがれたとたん、まわりのハイランダーたちから歓声があがった。

シャナは彼に体をすり寄せた。人生は素晴らしい。たとえすでに死んでいる人が相手でも。

訳者あとがき

アメリカのロマンス作家ケレリン・スパークスの初邦訳作品『くちづけはいつも闇の中』をお届けします。ライト・パラノーマルやパラノーマル・コメディとも分類される本作は、Love at Stake シリーズの一作目でもあります。

ローマン・ドラガネスティはニューヨークに暮らすヴァンパイア。彼は人間を襲わねばならないことにひどい罪悪感を覚えながら長い年月を過ごし、その結果、人工血液の開発に成功しました。ヴァンパイアたちを束ねるコーヴン・マスターでもあるローマンは、ヴァンパイアと人間の両方が安心して暮らせる世の中にしたいという理念のもとに、〈ロマテック・インダストリー〉を設立したのです。今ではほとんどのヴァンパイアが同社の人工血液を飲むようになり、人間を襲わなくなりました。ローマン自身は、過去の辛い経験から人間《モータル》の女性とは二度とかかわらないと決意し、科学者として毎夜研究に勤《いそ》しんでいるのですが、ただ存在し続けるだけの日々に、最近では深い孤独と絶望すら感じ始めていました。ところがある夜、部下たちが開発中の作品を試食した彼に、とんでもない悲劇が襲いかかります。早く手を打たなければ、未来永劫《えいごう》、笑い物になってしまう！
シャナ・ウィーランは、二四時間営業のクリニックで夜勤の歯科医として働いています。実はある事件に巻き込まれてマフィアに追われ、ひっそりと身を隠しているのです。家族や友人たちにも連絡できない孤独な日々。それればかりか、事件のせいで、医師としては致命的な心の問題も抱えています。そうまでして逃げているにもかかわらず、ついにマフィアに居所を知られて絶体絶命のピンチ！　そこへどこからともなく超ゴージャスな男性が現れ、彼女を自宅に匿ってくれます。けれども、彼のまわりではおかしなことばかり起こって……。

作者ケレリン・スパークスは高校でフランス語と歴史を教えていたそうで、現在は夫や子供たちとともにテキサスに暮らしています。ヒストリカル・ロマンスを書きたいという夢がかなって二〇〇二年にデビューを果たしますが、次に手がけた本書で人気を博しました。そのLove at Stakeシリーズは、現在までに短編を含む八作品が発表されています。シリーズ第二作目は、本書でヒロインのシャナにちょっぴり親切にしてくれたダーシーと、CIAのオースティンのロマンス。シャナという伴侶《はんりょ》を得たローマンが、名ばかりとはいえハーレムの解散を決意したために、ダーシーは自立の道を探らなければなりません。以前の職業を生かしてヴァンパイアのテレビ局で仕事を見つけようとするのですが……。三作目以降もアンガス、ジャン＝リュック、イアンなど、本書でも活躍した面々が登場してきます。

ところでヴァンパイアものというと、皆様はどんなイメージを抱かれるでしょうか？　運命に翻弄《ほんろう》されるふたり？　胸の痛くなるような切ないロマンス？　本書にもそういう要素はたっぷり盛り込まれています。それに加え、新奇にして特筆すべきなのが、ディティールの細かさではないでしょうか。現代におけるヴァンパイアの暮らしぶりが生き生きと描写され、作者の脳内に構築された世界観がしっかり伝わってきます。それゆえ、異質の存在であるヴァンパイアがより身近に、より現実的に感じられ、今までこの類のロマンスは感情移入しにくいと敬遠していた方でも楽しめると思います。そのあたりがアメリカで圧倒的な支持を集めた理由かもしれませんね。

とてもにぎやかで楽しい作品に仕上がった新感覚のヴァンパイア・ロマンスですので、読み終わったあと、登場人物たちのようにポジティブな気持ちになっていただけたらうれしいです。

二〇一〇年二月

ライムブックス

くちづけはいつも闇《やみ》の中《なか》

著　者　ケリリン・スパークス
訳　者　白木智子《しらきともこ》

2010年3月20日　初版第一刷発行

発行人　成瀬雅人
発行所　株式会社原書房
〒160-0022東京都新宿区新宿1-25-13
電話・代表03-3354-0685　http://www.harashobo.co.jp
振替・00150-6-151594
ブックデザイン　川島進（スタジオ・ギブ）
印刷所　中央精版印刷株式会社

落丁・乱丁本はお取り替えいたします。
定価は、カバーに表示してあります。
 ISBN978-4-562-04381-1　Printed in Japan